梁实秋

著

世间风物好

中国 友谊出版公司

目录

(壹) 闲情偶寄

孩子 / 002
老年 / 006
写字 / 009
下棋 / 012
天气 / 015
理发 / 018
麻将 / 022
音乐 / 027
包装 / 031
画展 / 035
衣裳 / 038

(贰) 只生欢喜

乞丐 / 044
医生 / 048
代沟 / 052
睡 / 057
沉默 / 061
窗外 / 064
搬家 / 068
结婚典礼 / 072
教育你的父母 / 076
由一位厨师自杀谈起 / 080

叁 老友小记

酒中八仙——记青岛旧游 / 086
关于徐志摩的一封信 / 094
叶公超二三事 / 097
忆冰心 / 100
记张自忠将军 / 111
《琵琶记》的演出 / 115

肆 白猫王子

猫的故事 / 124
黑猫公主 / 128
白猫王子五岁 / 132
白猫王子六岁 / 136
白猫王子七岁 / 138
一只野猫 / 141
小花 / 144

伍 市井笑谈

废话 / 148
排队 / 151
讲价 / 155
点名 / 159
洋罪 / 162
谦让 / 166
吃醋 / 169
敬老 / 172
旧 / 175
病 / 179

(陆) 有趣生活

唐人自何处来 / 184
文艺与道德 / 187
幸灾乐祸 / 191
房东与房客 / 195
推销术 / 199
演戏记 / 203
相声记 / 208

(柒) 雅舍谈吃

烧饼油条 / 214
饺子 / 218
腊肉 / 220
饮酒 / 222
腌猪肉 / 226
豆腐干风波 / 229
"啤酒"啤酒 / 234
圆桌与筷子 / 238

闲情偶寄

孩子

兰姆是终身未娶的,他没有孩子,所以他有一篇《未婚者的怨言》收在他的《伊利亚随笔》里。他说孩子没有什么稀奇,等于阴沟里的老鼠一样,到处都有,所以有孩子的人不必在他面前炫耀。他的话无论是怎样中肯,但在骨子里有一点酸——葡萄酸。

我一向不信孩子是未来世界的主人翁,因为我亲见孩子到处在做现在的主人翁。孩子活动的主要范围是家庭,而现代家庭很少不是以孩子为中心的。一夫一妻不能成为家,没有孩子的家像是一株不结果实的树,总缺点什么;必定等到小宝贝呱呱坠地,家庭的柱石才算放稳,男人开始做父亲,女人开始做母亲,大家才算找到各自的岗位。

我问过一个并非"神童"的孩子:"你妈妈是做什么的?"他说:"给我缝衣的。""你爸爸呢?"小宝贝翻翻白眼:"爸爸是看报的!"但是他随即更正说:"是给我们挣钱的。"孩子的回答全对。爹妈全是在为孩子服务。母亲早晨喝稀饭,买鸡蛋给孩子吃;父亲早晨吃鸡蛋,买鱼肝油精给孩子吃。最好的东西都要献呈给孩子,否则,做父母的心里便起惶恐,像是做了什么大逆不道的事一般。

孩子的健康及其舒适，成为家庭一切设施的一个主要先决问题。这种风气，自古已然，于今为烈。自有小家庭制以来，孩子的地位顿形提高，以前的"孝子"是孝顺其父母之子，今之所谓"孝子"乃是孝顺其孩子之父母。孩子是一家之主，父母都要孝他！

"孝子"之说，并不偏激。我看见过不少的孩子鼓噪起来能像一营兵；动起武来能像械斗；吃起东西来能像饿虎扑食；对于尊长宾客有如生番；不如意时撒泼打滚有如羊痫；玩得高兴时能把家具什物狼藉满室，有如惨遭洗劫……

但是"孝子"式的父母则处之泰然，视若无睹，顶多皱起眉头，但皱不过三四秒钟仍复堆下笑容，危及父母的生存和体面的时候，也许要狠心咒骂几声，但那咒骂大部分是哀怨乞怜的性质，其中也许带一点威吓，但那威吓只能得到孩子的讪笑，因为那威吓是向来没有兑现过的。

"孟懿子问孝，子曰：'无违。'"今之"孝子"深契是说。凡是孩子的意志，为父母者宜多方体贴，勿使稍受挫阻。近代儿童教育心理学者又有"发展个性"之说，与"无违"之说正相符合。

体罚之制早已被人唾弃，以其不合儿童心理健康之故，我想起一个外国的故事：

一个母亲带孩子到百货商店，经过玩具部，看见一匹木马，孩子一跃而上，前摇后摆，踌躇满志，再也不肯下来。那木马不是为出售的，是商店的陈设。店员们叫孩子下来，孩子不听；母亲叫他下来，加倍不听；母亲说带他吃冰淇淋去,依然不听;买朱古力糖去,格外不听。任凭许下什么愿,总是还你一个不听;当时演成僵局,顿成胶着状态。

最后一位聪明的店员建议说:"我们何妨把百货商店特聘的儿童心理学专家请来解围呢?"众谋佥同,于是把一位天生成有教授面孔的专家从八层楼请了下来。专家问明原委,轻轻走到孩子身边,附耳低声说了一句话,那孩子便像触电一般,滚鞍落马,牵着母亲的衣裙,仓皇遁去。事后有人问那专家到底对孩子说的是什么话,那专家说:"我说的是:'你若不下马,我打碎你的脑壳!'"

这专家真不愧为专家,但是颇有不孝之嫌。这孩子假如平常受惯了不兑现的体罚,威吓,则这专家亦将无所施其技了。约翰孙博士主张不废体罚,他以为体罚的妙处在于直截了当,然而约翰孙博士是十八世纪的人,不合时代潮流!

哈代有一首小诗,写孩子初生,大家誉为珍珠宝贝,稍长都夸作玉树临风,长成则为非作歹,终至于陈尸绞架。这老头子未免过于悲观。但是"幼有神童之誉,少怀大志,长而无闻,终乃与草木同朽"——这确是个可以普遍应用的公式。"小时聪明,大时未必了了。"究竟是知言,然而为父母者多属乐观。孩子才能骑木马,父母便幻想他将来指挥十万貔貅时之马上雄姿;孩子才把一曲抗战小歌哼得上口,父母便幻想他将来喉声一啭彩声雷动时的光景;孩子偶然拨动算盘,父母便暗中揣想他将来或能掌握财政大权,同时兼营投机买卖……

这种乐观往往形诸言语,成为炫耀,使旁观者有说不出的感想。曾见一幅漫画：一个孩子跪在他父亲的膝头用他的玩具敲打他父亲的头，父亲眯着眼在笑，那表情像是在宣告"看看！我的孩子！多么活泼，多少可爱！"旁边坐着一位客人咧着大嘴做傻笑状，表示他在看着，而且感觉兴趣，这幅画的标题是："演剧术"。一个客人看着别人家的孩子而能表示感觉兴趣，这真的确实需要良好的"演剧术"，兰姆显然是不欢喜这样的戏。

孩子中之比较最蠢，最懒，最刁，最泼，最丑，最弱，最不讨人欢喜的，往往最得父母的钟爱。此事似颇费解，其实我们应该记得《西游记》中唐僧为什么偏偏欢喜猪八戒。

谚云："树大自直"，意思是说孩子不需管教，小时恣肆些，大了自然会好。可是弯曲的小树，长大是否会直呢？我不敢说。

老年

时间走得很均匀，说快不快，说慢不慢。不知从什么时候起在宴会中总是有人簇拥着你登上座，你自然明白这是离入祠堂之日已不太远。上下台阶的时候常有人在你肘腋处狠狠地搀扶一把，这是提醒你，你已到达了杖乡杖国的高龄，怕你一跤跌下去，摔成好几截。黄口小儿一晃的工夫就蹿高好多，在你眼前跌跌撞撞地跑来跑去，喊着阿公阿婆，这显然是在催你老。

其实人之老也，不需人家提示。自己照照镜子，也就应该心里有数。乌溜溜毛氄氄的头发哪里去了？由黑而黄，而灰，而斑，而耄耄然，而稀稀落落，而牛山濯濯，活像一只秃鹫。瓠犀一般的牙齿哪里去了？不是熏得焦黄，就是咧着罅隙，再不就是露出七零八落的豁口。

脸上的肉七棱八瓣，而且平添无数雀斑，有时排列有序如星座，这个像大熊，那个像天蝎。下巴颏儿底下的垂肉变成了空口袋，捏着一揪，两层松皮久久不能恢复原状。两道浓眉之间有毫毛秀出，像是麦芒，又像是兔须。眼睛无端淌泪，有时眼角上还会分泌出一堆堆的"桃胶"凝聚在那里。

总之，老与丑是不可分的。《尔雅》："黄发、鲵齿、鲐背、耇老，寿也。"寿自管寿，丑还是丑。

老的征象还多得是。还没有喝忘川水，就先善忘。文字过目不旋踵就飞到九霄云外，再翻寻有如海底捞针。老友几年不见，觌面说不出他的姓名，只觉得他好生面善。要办事超过三件以上，需要结绳，又怕忘了哪一个结代表哪一桩事，如果笔之于书，又可能忘记备忘录放在何处。大概是脑髓用得太久，难免漫漶，印象当然模糊。

目视茫茫，眼镜整天价戴上又摘下，摘下又戴上。两耳聋聩，无以与乎钟鼓之声，倒也罢了，最难堪是人家说东你说西。龁齿动摇，咀嚼的时候像反刍，而且有时候还需要戴围嘴。至于登高腿软，久坐腰疫，睡一夜浑身关节滞涩，而且睁着大眼睛等天亮，种种现象不一而足。

老不必叹，更不必讳。花有开有谢，树有荣有枯。桓温看到他"种柳皆已十围，慨然曰：'木犹如此，人何以堪！'攀枝执条，泫然流泪"。桓公是一个豪迈的人，似乎不该如此。人吃到老，活到老，经过多少狂风暴雨惊涛骇浪，还能双肩承一喙，俯仰天地间，应该算是幸事。荣启期说："人生有不见日月不免襁褓者。"所以他行年九十，认为是人生一乐。

叹也无用，乐也无妨，生、老、病、死，原是一回事。有人讳言老，算起岁数来斤斤计较按外国算法还是按中国算法，好像从中可以讨到一年便宜。更有人老不歇心，怕以皤皤华首见人，偏要染成黑头。半老徐娘，驻颜无术，乃乞灵于整容郎中化妆师，隆鼻隼，抽脂肪，扫青黛眉，眼眶涂成两个黑窟窿。"物老为妖，人老成精"。人老也就罢了，何苦成精？

老年人该做老年事，冬行春令实是不祥。西塞罗说："人无论怎样老，总是以为自己还可以再活一年。"是的，这愿望不算太奢。种种方面的人欠欠人，正好及时做个了结。贤者识其大，不贤者识其小，各有各的算盘，大主意自己拿。最低限度，别自寻烦恼，别碍人事，别讨人嫌。

"有人问莎孚克利斯，年老之后还有没有恋爱的事，他回答得好，'上天不准！我好容易逃开了那种事，如逃开凶恶的主人一般。'"这是说，老年人不再追求那花前月下的旖旎风光，并不是说老年人就一定如槁木死灰一般的枯寂。

人生如游山。年轻的男男女女携着手儿陟彼高冈，沿途有无限的赏心乐事，兴会淋漓，也可能遇到一些挫沮，歧路彷徨，不过等到日云暮矣，互相扶持着走下山冈，却正别有一番情趣。

白居易睡觉诗："老眠早觉常残夜，病力先衰不待年；五欲已销诸念息，世间无境可勾牵。"话是很洒脱，未免凄凉一些。五欲指财、色、名、饮食、睡眠。五欲全销，并非易事，人生总还有可留恋的在。江州司马泪湿青衫之后，不是也还未能忘情于诗酒么？

写字

在从前，写字是一件大事，在"念背打"教育体系当中占一个很重要的位置，从描红模子的横平竖直，到写墨卷的黑大圆光，中间不知有多大艰苦。

记得小时候写字，老师冷不防地从你脑后把你的毛笔抽走，弄得你一手掌的墨，这证明你执笔不坚，是要受惩罚的。这样恶作剧还不够，有的在笔管上套大铜钱，一个，两个，乃至三四个，摇动笔管只觉头重脚轻，这原理是和武术家腿上绑沙袋差不多，一旦解开重负便会身轻似燕极尽飞檐走壁之能事，如果练字的时候笔管上驮着好几两重的金属，一旦握起不加附件的竹管，当然会龙飞蛇舞，得心应手了。

写一寸径的大字，也有人主张用悬腕法，甚至悬肘法，写字如站桩，挺起腰板，咬紧牙关，正襟危坐，道貌岸然，在这种姿态中写出来的字，据说是能力透纸背。

现代的人无须受这种折磨。"科举"已经废除了，只会写几个"行""阅""如拟""照办"，便可为官。白来水笔代替了毛笔，横行左行也可以应酬问世，写字一道，渐渐地要变成"国粹"了。

当作一种艺术看，中国书法是很独特的。因为字是艺术，所以什么"永字八法"之类的说数，其效用也就和"新诗作法""小说作法"相差不多。绳墨当然是可以教的，而巧妙各有不同，关键在于个人。

写字最容易泄露一个人的个性，所谓"字如其人"大抵不诬。如果每个字都方方正正，其人大概拘谨，如果伸胳臂拉腿的都逸出格外，其人必定豪放，字瘦如柴，其人必如排骨，字如墨猪，其人必近于"五百斤油"。所以郑板桥的字，就应该是那样的倾斜古怪，才和他那吃狗肉傲公卿的气概相称，颜鲁公的字就应该是那样的端庄凝重，才和他的临难不苟的品格相合，其间无丝毫勉强。

在"文字国"里，需要写字的地方特别多，擘窠大字至蝇头小楷，都有用途。可惜的是，写字的人往往不能用其所长，且常用错了地方。

譬如，凿石摹壁的大字，如果不能使山川生色，就不如给当铺酱园写写招牌，至不济也可以给煤栈写"南山高煤"。有些人的字不宜在壁上题诗，改写春联或"抬头见喜"就合适得多。有的人写字技术非常娴熟，在茶壶盖上写"一片冰心"是可以胜任的，却偏爱给人题跋字画。中堂条幅对联，其实是人人都可以写的，不过悬挂的地点应该有个分别，有的宜于挂在书斋客堂，有的宜于挂在饭铺理发馆，求其环境配合，气味相投，如是而已。

"善书者不择笔"，此说未必尽然，秃笔写铁线篆，未尝不可，临赵孟頫《心经》就有困难。字写得坚挺俊俏，所用大概是尖毫。笔墨纸砚，对于字的影响是不可限量的。

有时候写字的人除了工具之外还讲究一点特殊的技巧，最妙者无过于某公之一笔虎，八尺的宣纸，布满了一个虎字，气势磅礴，一气呵成，尤其是那一直竖，顶天立地的笔直一根杉木似的，煞是吓人。据说，这是有特别办法的，法用马弁一名，牵着纸端，在写到那一竖的时候把笔顿好，喊一声"拉"，马弁牵着纸就往后扯，笔直的一竖自然完成。

写字的人有瘾，瘾大了就非要替人写字不可，看着人家的白扇面，就觉得上面缺点什么，至少也应该有"精气神"三个字。相传有人爱写字，尤其是爱写扇子，后来腿坏，以至无扇可写；人问其故，原来是大家见了他就跑，他追赶不上了。如果字真写到好处，当然不需腿健，但写字的人究竟是腿健者居多。

下棋

有一种人我最不喜欢和他下棋，那便是太有涵养的人。杀死他一大块，或是抽了他一个车，他神色自若，不动火，不生气，好像是无关痛痒，使得你觉得索然寡味。

君子无所争，下棋却是要争的。当你给对方一个严重威胁的时候，对方的头上青筋暴露，黄豆般的汗珠一颗颗地在额上陈列出来，或哭丧着脸做惨笑状，或咕嘟着嘴做吃屎状，或抓耳挠腮，或大叫一声，或长吁短叹，或自怨自艾口中念念有词，或一串串地噎嗝打个不休，或红头涨脸如关公，种种现象，不一而足，这时节你"行有余力"便可以点起一支烟，或啜一碗茶，静静地欣赏对方的苦闷的象征。

我想猎人困逐一只野兔的时候，其愉快大概略相仿佛。因此我悟出一点道理，和人下棋的时候，如果有机会使对方受窘，当然无所不用其极，如果被对方所窘，便努力做出不介意状，因为既不能积极地给对方以苦痛，只好消极地减少对方的乐趣。

自古博弈并称，全是属于赌的一类，而且只是比"饱食终日无所用心"

略胜一筹而已。不过弈虽小术,亦可以观人,相传有慢性人,见对方走当头炮,便左思右想,不知是跳左边的马好,还是跳右边的马好,想了半个钟头而迟迟不决,急得对方拱手认输。

是有这样的慢性人,每一着都要考虑,而且是加慢的考虑,我常想这种人如加入龟兔竞赛,也必定可以获胜。也有性急的人,下棋如赛跑,噼噼啪啪,草草了事,这仍旧是饱食终日无所用心的一贯作风。

下棋不能无争,争的范围有大有小,有斤斤计较而因小失大者,有不拘小节而眼观全局者,有短兵相接作生死斗者,有各自为战而旗鼓相当者,有赶尽杀绝一步不让者,有好勇斗狠同归于尽者,有一面下棋一面诮骂者,但最不幸的是争的范围超出了棋盘,而拳足交加。

有下象棋者,久而无声响,排闼视之,阒不见人,原来他们是在门后角里扭做一团,一个人骑在另一个人的身上,在他的口里挖车呢。被挖者不敢出声,出声则口张,口张则车被挖回,挖回则必悔棋,悔棋则不得胜,这种认真的态度憨得可爱。

我曾见过二人手谈,起先是坐着,神情潇洒,望之如神仙中人。俄而棋势吃紧,两人都站起来了,剑拔弩张,如斗鹌鹑,最后到了生死关头,两个人跳到桌上去了!

笠翁《闲情偶寄》说弈棋不如观棋,因观者无得失心,观棋是有趣的事,如看斗牛、斗鸡、斗蟋蟀一般,但是观棋也有难过处,观棋不语是一种痛苦。喉间硬是痒得出奇,思一吐为快。看见一个人要入陷阱而不作声是几乎不可能的事,如果说得中肯,其中一个人要厌恨你,暗暗地骂一声"多嘴驴"!

另一个人也不感激你,心想,"难道我还不晓得这样走!"如果说得不中肯,两个人要一齐嗤之以鼻,"无见识奴!"如果根本不说,憋在心里,受病。所以有人于挨了一个耳光之后还要抚着热辣辣的嘴巴大呼"要抽车,要抽车!"。

下棋只是为了消遣,其所以能使这样多人嗜此不疲者,是因为它颇合于人类好斗的本能,这是一种"斗智不斗力"的游戏。所以瓜棚豆架之下,与世无争的村夫野老不免一枰相对,消此永昼;闹市茶寮之中,常有有闲阶级的人士下棋消遣,"不为无益之事,何以遣此有涯之生?"

宦海里翻过身最后退隐东山的大人先生们,髀肉复生,而英雄无用武之地,也只好闲来对弈,了此残生,下棋全是"剩余精力"的发泄。人总是要斗的,总是要钩心斗角地和人争逐的。与其和人争权夺利,还不如在棋盘上多占几个官,与其招摇撞骗,还不如在棋盘上抽上一车。

宋人笔记曾载有一段故事:"李讷仆射,性卞急,酷好弈棋,每下子安详,极于宽缓,往往躁怒作,家人辈则密以弈具陈于前,讷睹,便忻然改容,以取其子布弄,都忘其恚矣。"(《南部新书》)

下棋,有没有这样陶冶性情之功,我不敢说,不过有人下起棋来确实是把性命都可置之度外。我有两个朋友下棋,警报作,不动声色,俄而弹落,棋子被震得在盘上跳荡,屋瓦乱飞,其中一位棋瘾较小者变色而起,被对方一把拉住,"你走!那就算是你输了。"此公深得棋中之趣。

天气

熟人相见,不能老是咕嘟着嘴,总得找句话说。说什么好呢?一时无话可说,就说天气吧。

"今天好冷啊!""是呀,好冷好冷。"寒来暑往,天道之常,气温升降,冷暖自知,有什么好说的?也许比某些人见面就问"您吃饭啦?""您喝茶啦?"或是某些染有洋习的人之不分长幼尊卑一律见面就是一声"嗨!"要好得多。拿天气作为初步的谈话资料,未尝不可,我们自古以来,行之久矣,即所谓"寒暄",又曰:"道炎凉。"

天气也真是怪,变化无常。苦了预报天气的人。我看过一幅漫画,画着一位可怜巴巴的预报天气的人向他的长官呈递辞书。长官问他何故倦勤,他说:"天气不与我合作。"我看了这幅画,很同情他。他以后若是常常报出明天天气"晴,时多云,局部偶阵雨",我不会十分怪他。

天有不测风云,叫谁预报天气,也是没有太大把握。不过说实话,近年来天气预报,由于技术进步,虽难十拿九稳,大致总算不错。预报正确,没有人喝彩鼓掌,更没有人发报鸣谢。预报离了谱,少不得有人抱怨,甚至大骂。从前根本没有什么天气预报之说,人人撞大运。北方民间迷信,娶妻那天若是天下大雨，硬说是新郎官小时候骑了狗！

古人预测天气，有所谓"月晕而风，础润而雨"之说（见苏洵《辨奸论》）。谁能天天仰观天象而且天上亦未必随时有月。至于础，础润由于湿度高，可能是有雨之兆，但是现代房屋早已没有础可寻了。西方人对于预卜天气也有不少民俗传说。例如，蝙蝠飞进屋，牛不肯上牧场，猫逆向舔毛，猪嘴衔稻草，驴大叫，蛙大鸣……都是天将大雨的征兆。有人利用蟋蟀的叫声，在十五秒内听它叫多少声，再加三十七，就等于那一天的气温（华氏表）。又有人编了四句顺口溜：

燕子飞得高，
晴天，天气好；
燕子飞得低，
阴天，要下雨。

西太平洋热带附近和中国海的台风是有名的。元忽必烈汗两度遣兵远征日本，不顾天时地利，都遭遇了台风而全军覆没，日本人幸免于难，乃称之为"神风"。我们知道台风是有季节性的，奈何忽必烈汗计不及此？我初来台湾，耳台风之名，相见恨晚，不过等到台风真个来袭，那排山倒海之势，着实令人心惊。

记得有一年遇到一个超级的西北台风，风狂雨骤，四扇落地窗被吹得微微弯曲，有迸破之虞，赶快搬运粗重家具将窗顶住，但见雨水自窗隙汩汩渗进，无孔不入，害得我一家彻夜未能合眼。于是听人劝告，赶制坚厚的桧木枊板，等到枊板做成，没有使用几次，竟无大台风来。

我们总算幸运，没有北美洲那样强烈的飓风（即龙卷风），风来像一根巨柱，把整栋的房屋席卷上天！我们的台风来前，向有预报，这恐怕要感谢国际合作，以及卫星帮忙。虽然偶有来势汹汹而过门不入的情事，也乐得凉快一阵喜获甘霖，没得可怨。

人总是不知足。不是嫌太热，就是嫌太冷。朔方太冷，冰天雪地，重裘不暖，好羡慕"暖风熏得游人醉"的景况。炎方太热，朱明当令，如堕火宅，又不免兴起"安得赤脚踏层冰"的念头。

有些地方既不冷又不热，好像是四季如春，例如我国的昆明便是其中之一，住在这种地方的人应该心满意足没话可说了。然而不然，仍然有人抱怨，说这样的天气过于单调，缺乏春夏秋冬的变化，有悖"天有四时"之旨。好像是一定要一年之中轮流地换着四季衣裳才觉得过瘾。好像是一定要"春有百花秋有月，夏有凉风冬有雪"，才算是具有良辰美景赏心乐事。我看天公着实作难，怎样做都难得尽如人意。

久晴不雨则旱，旱则禾稻枯焦。久雨不歇则涝，涝则人其为鱼。这就是靠天吃饭的悲哀。天气之捉弄人，恐怕尚不止此。据气象家的预测，如果太阳的热再加百分之三十，地球上的生物将完全消灭。如果减少百分之三十，地球将包裹在一英里厚的冰层内！别慌，这只是预测，短期内大概不会实现。

理发

理发不是一件愉快事。让牙医拔过牙的人，望见理发的那张椅子就会怵怵不安，两种椅子很有点相像。我们并不希望理发店的椅子都是檀木螺钿，或是路易十四式，但至少不应该那样的丑，方不方圆不圆的，死橛橛硬邦邦的，使你感觉到坐上去就要受人割宰的样子。门口担挑的剃头挑儿，更吓人，竖着的一根小小的旗杆，那原是为挂人头的。

但是理发是一种必不可免的麻烦。"君子整其衣冠，尊其瞻视，何必蓬头垢面，然后为贤？"理发亦是观瞻所系。印度锡克族，向来是不剪发不剃须的，那是"受诸父母不敢毁伤"的意思，所以一个个的都是满头满脸毛氄氄的，滔滔皆是，不以为怪。

在我们的社会里，就不行了，如果你蓬松着头发，就会有人疑心你是在丁忧，或是才从监狱里出来。髭须是更讨厌的东西，如果蓄留起来，七根朝上八根朝下都没有关系，嘴上有毛受人尊敬，如果刮得光光的露出一块青皮，也行，也受人尊敬，唯独不长不短的三两分长的髭须，如鬐鬣，如刺猬，如刈后的稻秆，看起来令人不敢亲近，鲁智深"腮边新剃暴长短须，戗戗地好渗濑人"，所以人先有五分怕他。钟馗须髯如戟，是一副啖鬼之相。

我们既不想吓人，又不欲唬鬼，而且不敢不以君子自勉，如何能不常到理发店去？

理发匠并没有令人应该不敬重的地方，和刽子手屠户同样的是一种为人群服务的职业，而且理发匠特别显得高尚，那身西装便可以说是高等华人的标志。如果你交一个刽子手朋友，他一见到你就会相度你的脖颈，何处下刀相宜，这是他的职业使然。理发匠俟你坐定之后，便伸胳臂挽袖相度你那一脑袋的毛发，对于毛发所依附的人并无兴趣。一块白绸布往你身上一罩，不见得是新洗的，往往是斑斑点点的如虎皮宣。随后是一根布条在咽喉处一勒。当然不会致命，不过箍得也就够紧，如果是自己的颈子大概舍不得用那样大的力。

头发是以剪为原则，但是附带着生薅硬拔的却也不免，最适当的抗议是对着那面镜子焦眉皱眼地做个鬼脸，而且希望他能看见。人的头生在颈上，本来是可以相当地旋转自如的，但是也有几个角度是不大方便的，理发匠似乎不大顾虑到这一点，他总觉得你的脑袋的姿势不对，把你的头扳过来扭过去，以求适合他的刀剪。我疑心理发匠许都是孔武有力的，不然腕臂间怎有那样大的力气？

椅子前面竖起一面大镜子是颇有道理的，倒不是为了可以顾影自怜，其妙在可以知道理发匠是在怎样收拾你的脑袋，人对于自己的脑袋没有不关心的。戴眼镜的朋友摘下眼镜，一片模糊，所见亦属有限。尤其是在刀剪晃动之际，呆坐如僵尸，轻易不敢动弹，对于左右坐着的邻客无从瞻仰，是一憾事。左边客人仰挺着身子刮脸，声如割草，你以为必是一个大汉，其实未必然,也许是个女客;右边客人在喷香水擦雪花,你以为必是佳丽,其实亦未必然,也许是个男子。所以不看也罢,看了怪不舒服。最好是废然枯坐。

其中比较最愉快的一段经验是洗头。浓厚的肥皂汁滴在头上,如醍醐灌顶,用十指在头上搔抓,虽然不是麻姑,却也手似鸟爪。令人着急的是头皮已经搔得清痛,而东南上一块最痒的地方始终不曾搔到。用水冲洗的时候,难免不泛滥入耳,但念平素盥洗大概是以脸上本部为限,边远陬隅辄弗能届,如今痛加涤荡,亦是难得的盛举。电器吹风,却不好受,时而凉飕习习,时而夹上一股热流,热不可当,好像是一种刑罚。

最令人难堪的是刮脸。一把大刀锋利无比,在你的喉头上眼皮上耳边上,滑来滑去,你只能瞑目屏息,捏一把汗。Robert Lynd 写过一篇《关于刮脸的讲道》,他说:当剃刀触到我的脸上,我不免有这样的念头:"假使理发匠忽然疯狂了呢?"

很幸运的,理发匠从未发疯狂过,但我遭遇过别种差不多的危险,例如,有一个矮小的法国理发匠在雷雨中给我刮脸,电光一闪,他就跳得好老高。还有一个喝醉了的理发匠,举着剃刀找我的脸,像个醉汉的样子伸手去一摸却扑了个空。最后把剃刀落在我的脸上了,他却靠在那里镇定一下,靠得太重了些,居然把我的下颊右方刮下了一块胡须,刀还在我的皮上,我连抗议一声都不敢。就是小声说一句,我觉得,都会使他丧胆而失去平衡,我的颈静脉也许要在他不知不觉间被他割断,后来剃刀暂时离开我的脸了,大概就是法国人所谓 Reculer pour mieux sauter(退回去以便再向前扑),

我趁势立刻用梦魇的声音叫起来："别刮了，别刮了，够了，谢谢你……"

这样的怕人的经验并不多有。不过任何人都要心悸，如果在刮脸时想起相声里的那段笑话，据说理发匠学徒的时候是用一个带茸毛的冬瓜来做试验的，有事走开的时候便把刀向瓜上一剁，后来出师服务，常常错认人头仍是那个冬瓜。刮脸的危险还在其次，最可恶的是他在刮后用手毫无忌惮地在你脸上摸，摸完之后你还得给他钱！

麻将

我的家庭守旧，绝对禁赌，根本没有麻将牌。从小不知麻将为何物。除夕到上元开赌禁，以掷骰子状元红为限，下注三十几个铜板，每次不超过一二小时。有一次我斗胆问起，麻将怎个打法。家君正色曰："打麻将吗？到八大胡同去！"吓得我再也不敢提起麻将二字。心里留下一个并不正确的印象，以为麻将与八大胡同有什么密切关联。

后来到美国读书，在轮船的娱乐室内看见有几位同学作方城戏，才大开眼界，觉得那一百三十六张骨牌倒是很好玩的。有人热心指点，我也没学会。这时候麻将在美国盛行，很多美国人家里都备有一副，虽然附有说明书，一般人还是不易得其门而入。我们有一位同学在纽约居然以教人打牌为副业，电话召之即去，收入颇丰，每小时一元。但是为大家所不齿，认为他不务正业，贻士林羞。

科罗拉多大学有两位教授，姊妹俩，老处女，请我和闻一多到她们家里晚餐，饭后摆出了麻将，作为余兴。在这一方面我和一多都是属于"四窍已通其三"的人物——一窍不通，当时大窘。两位教授不能了解，中国人竟不会打麻将？当晚四个人临时参看说明书，随看随打，谁也没能规规矩矩地和下一把牌，窝窝囊囊地把一晚消磨掉了。以后再也没有成局。

麻将不过是一种游戏，玩玩有何不可？何况贤者不免。梁任公先生即是此中老手。我在清华念书的时候，就听说任公先生有一句名言："只有读书可以忘记打牌，只有打牌可以忘记读书。"读书兴趣浓厚，可以废寝忘食，还有工夫打牌？打牌兴亦不浅，上了牌桌全神贯注，焉能想到读书？二者的诱惑力、吸引力，有多么大，可以想见。

书读多了，没有什么害处，顶多变成不更事的书呆子，文弱书生。经常不断的十圈二十圈麻将打下去，那毛病可就大了。有任公先生的学问风操，可以打牌，我们没有他那样的学问风操，不得借口。

胡适之先生也偶然喜欢摸几圈。有一年在上海，饭后和潘光旦、罗隆基、饶子离和我，走到一品香开房间打牌。硬木桌上打牌，滑溜溜的，震天价响，有人认为痛快。我照例作壁上观。言明只打八圈。打到最后一圈已近尾声，局势十分紧张。胡先生坐庄，潘光旦坐对面，三副落地，吊单，显然是一副满贯的大牌。

"扣他的牌，打荒算了。"胡先生摸到一张白板，地上已有两张白板。"难道他会吊孤张？"胡先生口中念念有词，犹豫不决。左右皆曰："生张不可打，否则和下来要包！"胡先生自己的牌也是一把满贯的大牌，且早已听张，如果扣下这张白板，势必拆牌应付，于心不甘。犹豫了好一阵子，"冒一下险，试试看。"啪的一声把白板打了出去！"自古成功在尝试"，这一回却是"尝试成功自古无"了。潘光旦嘿嘿一笑，翻出底牌，吊的正是白板。胡先生包了。身上现钱不够，开了一张支票，三十几元。那时候这不算是小数目。胡先生技艺不精，没得怨。

抗战期间，后方的人，忙的是忙得不可开交，闲的是闷得发慌。不知是谁诌了四句俚词："一个中国人，闷得发慌。两个中国人，就好商量。三个中国人，做不成事。四个中国人，麻将一场。"四个人凑在一起，天造地设，不打麻将怎么办？雅舍也备有麻将，只是备不时之需。

有一回有客自重庆来，第二天就回去，要求在雅舍止宿一夜。我们没有招待客人住宿的设备，颇有难色，客人建议打个通宵麻将。在三缺一的情形下，第四者若是坚不下场，大家都认为是伤天害理的事。于是我也不得不凑一角。这一夜打下来，天旋地转，我只剩得奄奄一息，誓言以后在任何情形之下，再也不肯做这种成仁取义的事。

麻将之中自有乐趣。贵在临机应变，出手迅速。同时要手挥五弦目送飞鸿，有如谈笑用兵。徐志摩就是一把好手，牌去如飞，不加思索。麻将就怕"长考"。一家长考，三家暴躁。以我所知，麻将一道要推太太小姐们最为擅长。在桌牌上我看见过真正春笋一般的玉指洗牌砌牌，灵巧无比。（美国佬的粗笨大手砌牌需要一根大尺往前一推，否则牌就摆不直！）我也曾听说某一位太太有接连三天三夜不离开牌桌的纪录，（虽然她最后崩溃以至于吃什么吐什么！）男人们要上班，就无法和女性比。我认识的女性之中有一位特别长于麻将，经常午间起床，午后二时一切准备就绪，呼朋引类，麻将开场，一直打到夜深。雍容俯仰，满室生春。不仅是技压侪辈，赢多输少。我的朋友卢冀野是个倜傥不羁的名士，他和这位太太打过多次麻将，他说："政府于各部会之外应再添设一个'俱乐部'，其中设麻将司，司长一职非这位太太莫属矣。"甘拜下风的不只是他一个人。

路过广州,耳畔常闻噼噼啪啪的牌声,而且我在路边看见一辆停着的大卡车,上面也居然摆着一张八仙桌,四个人露天酣战,行人视若无睹。餐馆里打麻将,早已通行,更无论矣。在台湾,据说麻将之风仍然很盛。有中国人的地方就有麻将,有些地方的寓公寓婆亦不能免。麻将的诱惑力太大。

王尔德说过:"除了诱惑之外,我什么都能抵抗。"

我不打麻将,并不妄以为自己志行高洁。我脑筋迟钝,跟不上别人反应的速度,影响到麻将的节奏。一赶快就出参差。我缺乏机智,自己的一副牌都常照顾不来,遑论揣度别人的底细,既不知己又不知彼,如何可以应付大局?打牌本是寻乐,往往是寻烦恼,又受气又受窘,干脆不如不打。费时误事的大道理就不必说了。

有人说卫生麻将又有何妨?想想看,鸦片烟有没有卫生鸦片,海洛因有没有卫生海洛因?大凡卫生麻将,结果常是有碍卫生。起初输赢小,渐渐提升。起初是朋友,渐渐成赌友,一旦成为赌友,没有交情可言。我曾看见两位朋友,都是斯文人,为了甲扣了乙一张牌,宁可自己不和而不让乙和,事后还扬扬得意,以牌示乙,乙大怒。甲说在牌桌上损人不利己的事是可以做的,话不投机,大打出手,人仰桌翻。我又记得另外一桌,庄家连和七把,依然手顺,把另外三家气得目瞪口呆面色如土,结果是勉强终局,不欢而散。赢家固然高兴,可是输家的脸看了未必好受。有了这些经验,看了牌局我就怕,作壁上观也没兴趣。何况本来是个穷措大,"黑板上进来白板上出去"也未免太惨。

　　对于沉湎于此道中的朋友们，无论男女，我并不一概诅咒。其中至少有一部分可能是在生活上有什么隐痛，借此忘忧，如同吸食鸦片一样久而上瘾，不易戒掉。其实要戒也很容易，把牌和筹码以及牌桌一起蠲除，洗手不干便是。

音乐

一个朋友来信说:"……我从来没有像现在这样烦恼过。住在我的隔壁的是一群在×××服务的女孩子,一回到家便大声歌唱,所唱的无非是些××歌曲,但是她们唱的腔调证明她们从来没有考虑过原制曲者所要产生的效果。我不能请她们闭嘴,也不能喊'停'!只得像在理发馆洗头时无可奈何地用棉花塞起耳朵来……"

我同情于这位朋友,但是他的烦恼不是他一个人有的。我尝想,音乐这样东西,在所有的艺术里,是最富于侵略性的。别种艺术,如图画雕刻,都是固定的,你不高兴欣赏便可以不必寓目,各不相扰;唯独音乐,声音一响,随着空气波荡而来,照直侵入你的耳朵,而耳朵平常都是不设防的,只得毫无抵御地任它震荡刺激。

自以为能书善画的人,诚然也有令人不舒服的时候;据说有人拿着素扇跪在一位书画家面前,并非敬求墨宝,而是求他高抬贵手,别糟蹋他的扇子。这究竟是例外情形。书家画家并不强迫人家瞻仰他的作品,而所谓音乐也者,则对于凡是在音波所及的范围以内的人,一律强迫接受,也不管其效果是沁人肺腑,抑是令人作呕。

我的朋友对隔壁音乐表示不满,那情形还不算严重。我曾经领略过一次四人合唱,使我以后对于音乐会一类的集会轻易不敢问津。一阵彩声把四位歌者送上演台,钢琴声响动,四位歌者同时张口,我登时感觉到有五种高低疾徐全然不同的调子乱擂我的耳鼓,四位歌者唱出四个调子,第五个声音是从钢琴里发出来的!五缕声音搅做一团,全不和谐。

当时我就觉得心旌战动,飘飘然如失却重心,又觉得身临歧路,彷徨无主的样子。我回顾四座,大家都面面相觑,好像都各自准备逃生,一种分崩离析的空气弥漫于全室。像这样的音乐是极伤人的。

"音乐的耳朵"不是人人有的,这一点我承认,也许我就是缺乏这种耳朵。也许是我的环境不好,使我的这种耳朵,没有适当地发育。我记得在学校宿舍里住的时候,对面楼上住着一位音乐家,还是"国乐",每当夕阳下山,他就临窗献技,引吭高歌,配着胡琴他唱"我好比……",在这时节我便按捺不住,颇想走到窗前去大声地告诉他,他好比是什么。

我顶怕听胡琴,北平最好的名手××我也听过多少次数,无论他技巧怎样纯熟,总觉得唧唧的声音像是指甲在玻璃上抓。别种乐器,我都不讨厌,曾听古琴弹奏一段《梧桐雨》,琵琶乱弹一段《十面埋伏》,都觉得那确是音乐,唯独胡琴与我无缘。莎士比亚的《威尼斯商人》里曾说起有人一听见苏格兰人的风笛便要小便,那只是个人的怪癖。我对胡琴的反感亦只是一种怪癖吧?

皮黄戏里的青衣花旦之类,在戏院广场里令人毛发倒竖,若是清唱则尤不可当,嘤然一叫,我本能地要抬起我的脚来,生怕是脚底下踩了谁的脖子！近听汉戏，黑头花脸亦唧唧锐叫，令人坐立不安；秦腔尤为激昂，常令听者随之手忙脚乱，不能自已。我可以听音乐，但若声音发自人类的喉咙，我便看不得粗了脖子红了脸的样子。我看着危险！我着急。

真正听京戏的内行人怀里揣着两包茶叶，踱到边厢一坐，听到妙处，摇头摆尾，随声击节，闭着眼睛体味声调的妙处，这心情我能了解，但是他付了多大的代价！他听了多少不愿意听的声音才能换取这一点音乐的陶醉！

到如今，听戏的少，看戏的多。唱戏的亦竟以肺壮气长取胜，而不复重韵味，惟简单节奏尚是多数人所能体会，铿锵的锣鼓，油滑的管弦，都是最简单不过的，所以缺乏艺术教养的人，如一般大腹贾、大人先生、大学教授、大家闺秀、大名士、大豪绅，都趋之若鹜，自以为是在欣赏音乐！

在中西文化的交流中，我们的音乐（戏剧除外）也在蜕变，从《毛毛雨》起以至于现在流行×××之类，都是中国小调与西洋某一级音乐的混合，时而中菜西吃，时而西菜中吃，将来成为怎样的定型，我不知道。我对音乐既不能作丝毫贡献，所以也很坦然地甘心放弃欣赏音乐的权利，除非为了某种机缘必须"共襄盛举"不得不到场备员。

至于像我的朋友所抱怨的那种隔壁歌声，在我则认为是一种不可避免的自然现象，恰如我们住在屠宰场的附近便不能不听见猪叫一样，初听非常凄绝，久后亦就安之。夜深人静，荒凉的路上往往有人高唱"一马离了西凉界……"我原谅他，他怕鬼，用歌声来壮胆，其行可恶，其情可悯。但是在天微明时练习吹喇叭，则是我所不解。"打——答——大——滴——"

一声比一声高，高到声嘶力竭，吹喇叭的人显然是很吃苦，可是把多少人的睡眠给毁了，为什么不在另一个时候练习呢？

在原则上，凡是人为的音乐，都应该宁缺毋滥。因为没有人为的音乐，顶多是落个寂寞。而按其实，人是不会寂寞的。小孩的哭声、笑声、小贩的吆喝声、邻人的打架声、市里的喧阗声，到处"吃饭了么？""吃饭了么？"的原是应酬而现在变成性命交关的问答声——实在寂寞极了，还有村里的鸡犬声！

最令人难忘的还有所谓天籁。秋风起时，树叶飒飒的声音，一阵阵袭来，如潮涌，如急雨，如万马奔腾，如衔枚疾走。风定之后，细听还有枯干的树叶一声声地打在阶上。秋雨落时，初起如蚕食桑叶，窸窸窣窣，继而淅淅沥沥，打在蕉叶上清脆可听。

风声雨声，再加上虫声鸟声，都是自然的音乐，都能使我发生好感，都能驱除我的寂寞，何贵乎听那"我好比……我好比……"之类的歌声？然而此中情趣，不足为外人道也。

包装

佛要金装，人要衣装，货要包装。

我们的国货，在包装方面，常走极端：不是非常的考究精美，便是非常的简陋粗糙。

以文具来说，从前文人日常使用的墨，包装常很出色。除了论斤发售的普通墨之外，稍微好一点的墨或用漆盒，卜颢金字，或用锦匣，内有层层夹盖，下有铺棉绫垫，真像是"革匮十重，缇巾什袭"的样子，其中固然有些是贡品，但有些也只属于平民馈赠的性质。

至于名人字画之类，更是黄绢密裹，置于楠檀的匣柜之中，望之俨然。上选的印泥，所谓十珍印色，也无不有个小小的蓝花白瓷盒，往往再加上一个书函形的小锦盒，十分的乖巧。这些属于文人雅士，难怪包装也自脱俗。从前日常生活所需的货品，不足以语此。

从前包花生米，照例是用报纸；买油条，也照例是用一块纸一裹；甚至买块豆腐，湿漉漉软趴趴的，也是用块报纸一托。废报纸的用处实在太广。

记得在北平户部街月盛斋，我看见一位雍容华贵的中年妇人进去买酱羊肉一大方，新出锅的，滴沥搭拉的，伙计用报纸一包了事，顾客请他多用两张报纸包裹，伙计怫然不悦。顾客说愿付钱买他两张报纸，伙计说："我们不卖报纸。"结果不欢而散。酱羊肉就是再好，在包装方面这样的不负责，恐怕也要令人裹足不前了。

  有一种红豆纸，也许比报纸略胜一筹，虽然是暗暗的血红色，摸上去疙瘩噜苏的。这种红豆纸，包盒子菜，卷作圆锥形，也包炸三角肉火烧。再就是草纸，名副其实的草纸，因为有时候上面还沾着好几朵蒲公英的花絮。这种草纸用处可大了，炒栗子、白糖、杂拌儿、鸡鸭蛋，凡是干果子铺杂货店发售的东西，什九都是用草纸包裹。包东西的草纸，用过之后还有用，比厕筹好得多。除了草纸以外，菜叶子也派用场。刚出笼的包子，现宰的猪牛肉，都是用叶子或是什么芋头叶之类的东西包裹。菱角鸡头米什么的当然用荷叶了。

  满汉细点，若是买上三五斤的大八件小八件之类送人，他们会给你装一个小木匣，薄木片勉强逗榫，上面有个抽拉而不顺溜的盖子，涂上一层红颜色，但是遮不住没有刨光的木头碴，那样子颇像"狗碰头"似的一具薄棺，状既不雅，捧起来沉甸甸。可是少买一点，打一个蒲包，情形就不同了。蒲包实在很巧妙，朴素但是不俗，早已被淘汰，可是我还很怀念它。

  蒲是一种水草。《诗经》"其簌维何，维笋及蒲"，蒲叶用途多端，如蒲衣、蒲轮、蒲团、蒲鞭。蒲包，则是以蒲叶编织成疏疏的圆形网状，晒干压平待用。用时，在蒲网上铺一大张草纸，再敷一长绵纸，把点心摆在上面，然后像信封似的把蒲网连同草纸四角折起，用麻茎一捆，上面盖上一张红门票，既不压分量，样子也好看，连打糖锣儿的小儿玩物里，都有装小炸食的迷你蒲包儿。不知道现在大家为什么不再用蒲包了。

茶叶是我们内销外销的大宗货,可是包裹实在太差劲了。首先,内销的货不需要写上外国文字,外销的货不可以随便乱写洋泾浜的英文。早先的茶叶罐大部分使用的铅铁筒,并不严丝合缝;有时候又过于严丝合缝,若不是"两膀我有千钧力"还很不容易扭旋开。罐上通常印上一段广告,最后一句照例是"请尝试之方知余言不谬也"。

一般而论,如今的茶叶罐的外表比从前好,但亦好不了多少,不论内销外销几乎一律加上英文字样,而且那英文不时地令人啼笑皆非。有人干脆大书 Best Tea 二字,在品尝之后只能说他是大言不惭。至于色彩,则我们最擅长的大红大绿五颜六色一齐堆了上去,管他调和不调和,刺不刺目,先来个热闹再说。有时候无端地画上一个额大如斗的南极老人,再不就是福禄寿三仙、刘海耍金钱。如果肯画上什么花开富贵、三阳开泰,那就算是近于艺术了。

日本人很善于包装,无论食品用品在包装方面常能给人以清新之感,色彩图案往往是极为淡雅。虽然他们的军人穷凶极恶,兽性十足;虽然他们的文官篡改史实,恬不知耻,他们在日常生活用品上所投下的艺术趣味之令人赞赏是无可争辩的。日本并不以产茶名,但是他们的茶叶包装精巧美观。他们做的点心饼干之类并不味美,但是包装考究。他们一切物品的包装纸,都是经过精心设计的。该诅咒的我们诅咒,该赞赏的我们不能不赞赏。

有一位青年才俊海外归来讲学，我问他专攻的是哪一门学问，他说他专门研究的是香蕉的包装——如何使香蕉在运输中不至于腐烂得太快。我问他有何妙法，他说放弃传统的竹篓，改用特制的纸箱。他说得有理，确是一大改进，高明高明。

画展

我参观画展，常常感觉悲哀。大抵一个人不到山穷水尽的时候，不肯把他所能得到的友谊一下子透支净尽，所以也就不会轻易开画展。

门口横挂着一条白布，如果把上面的"画展"二字掩住，任何人都会疑心是追悼会。进得门去"一片缟素"，仔细一看，是一幅幅的画，三三两两的来宾在那里指指点点，叽叽喳喳，有的苦笑，有的撇嘴，有的愁眉苦脸，有的挤眉弄眼，大概总是面带戚容者居多。

屋角里坐着一个蓬首垢面的人，手心上直冒冷汗，这一位大概就是精通六法的画家。好像这不是欣赏艺术的地方，而是仁人君子解囊救命的地方。这一幅像八大，那一幅像石涛，幅幅后面都隐现着一个面黄肌瘦嗷嗷待哺的人影，我觉得惨。

任凭你参观的时候是多么早，总有几十幅已经标上了红签，表示已被人赏鉴而订购了。可能是真的。因为现在世界上是有一种人，他有力量造起亭台楼阁，有力量设备天棚鱼缸石榴树肥狗胖丫头，偏偏白汪汪的墙上缺少几幅画。

这种人很聪明，他的品位是相当高的，他不肯在大厅上挂起福禄寿三星，也不肯挂刘海戏金蟾，因为这是他心里早已有的，一闭眼就看得清清楚楚用不着再挂在面前，他要的是近似四王吴恽甚至元四大家之类的货色。这一类货色是任何画展里都不缺乏的，所以我说那些红签可能是真的，虽然是在开幕以前即已成交。不过也不一定全是真的，第一天三十个红签，如果生意兴隆，有些红签是要赶快取下的，免得耽误了真的顾主，所以第二天就许只剩二十个红签，千万不要以为有十个悬崖勒马的人又退了货。

一幅画如何标价，这虽不见于六法，确是一种艺术。估价要根据成本，此乃不易之论。纸张的质料与尺寸，一也；颜料的种类与分量，二也；裱褙的款式与工料，三也；绘制所用之时间与工力，四也；题识者之身份与官阶，五也——这是全要顾虑到的，至于画的本身之优劣，可不具论。于成本之外应再加多少赢利，这便要看各人心地之薄与脸皮之厚到如何程度了。

但亦有两个学说：一个是高抬物价，一幅枯树牛山，硬标上惊人的高价，观者也许咋舌，但是谁也不愿对于风雅显着外行，他至少也要赞叹两声，认为是神来之笔，如果一时糊涂就许订购而去；一个是廉价多卖，在求人订购的时候比较地易于启齿而不太伤感情。

画展闭幕之后，画家的苦难并未终止。他把画一轴轴地毕恭毕敬地送到顾主府上，而货价的交割是遥遥无期的。他需要踵门乞讨。如果遇到"内有恶犬"的人家，逡巡不敢入，勉强叩门而入，门房的颜色更可怕，先要受盘查，通报之后主人也许正在午睡或是有事不能延见，或是推托改日再来，这时节他不能忘，他要隐忍，要有艺术家的修养。几曾看见过油盐店的伙计讨账敢于发急？

画展结束之后，检视行箧，卖出去的是哪些，剩下的是哪些，大概可得如下之结论：着色者易卖，山水中有人物者易卖，花卉中有翎毛者易卖，工细而繁复者易卖，霸悍粗犷吓人惊俗者易卖，章法奇特而狂态可掬者易卖，有大人先生品题者易卖。

总而言之，有卖相者易于脱手，无卖相者便"只供自怡悦"了。绘画艺术的水准就在这买卖之间无形中被规定了。下次开画展的时候，多点石绿，多泼胭脂，山水里不要忘了画小人儿，"空亭不见人"是不行的，花卉里别忘了画只鸟儿，至少也要是一只螳螂知了，要细皴细点，要回环曲折，要有层峦叠嶂，要有亭台楼阁，用大笔，用枯墨，一幅山水可以画得天地头不留余地，五尺捶宣也可以描上三朵梅花而尽是空白。在画法上是之谓画蠢，在画展里是之谓成功。

有人以为画展之事是附庸风雅，无补时艰。我倒不这样想。写字、刻印，以及辞章考证，哪一样又有补时艰？画展只是一种市场，有无相易，买卖自由，不愧于心，无伤大雅。我怕的是，《蜀山图》里画上一辆卡车，《寒林图》里画上一架飞机。

衣裳

莎士比亚有一句名言:"衣裳常常显示人品。"又有一句:"如果我们沉默不语,我们的衣裳与体态也会泄露我们过去的经历。"

可是我不记得是谁了,他曾说过更彻底的话:我们平常以为英雄豪杰之士,其仪表堂堂确是与众不同,其实,那多半是衣裳装扮起来的,我们在画像中见到的华盛顿和拿破仑,固然是奕奕赫赫,但如果我们在澡堂里遇见二公,赤条条一丝不挂,我们会要有异样的感觉,会感觉得脱光了大家全是一样。这话虽然有点玩世不恭,确有至理。

中国旧式士子出而问世必须具备四个条件:一团和气,两句歪诗,三斤黄酒,四季衣裳;可见衣裳是要紧的。我的一位朋友,人品很高,就是衣裳"普罗"一些,曾随着一伙人在上海最华贵的饭店里开了一个房间,后来走出饭店,便再也不得进去,司阍的巡捕不准他进去,理由是此处不施舍。无论怎样解释也不得要领,结果是巡捕引他从后门进去,穿过厨房,到账房内去理论。这不能怪那巡捕。我们几曾看见过看家的狗咬过衣裳楚楚的客人?

自从我们剪了小辫儿以来,衣裳就没有了体制,绝对自由,中西合璧的服装也不算违警,这时候若再推行"国装",只是于错杂纷歧之中更加重些纷扰罢了。

李鸿章出使外国的时候,袍褂顶戴,完全是清朝官员的服装。我虽无爱于清朝章制,但对于他的不穿西装,确实是很佩服的。可是西装的势力毕竟太大了,到如今理发匠都是穿西装的居多。

我忆起了二十年前我穿西装的一幕。那时候西装还是一件比较新奇的事物,总觉得是有点"机械化",其构成必相当复杂。一班几十人要出洋,于是西装逼人而来。试穿之日,适值严冬,或缺皮带,或无领结,或衬衣未备,或外套未成,但零件虽然不齐,吉期不可延误,所以一阵骚动,胡乱穿起,有的宽衣博带如稻草人,有的细腰窄袖如马戏丑,大体是赤着身体穿一层薄薄的西装裤,冻得涕泗交流,双膝打战,那时的情景足当得起"沐猴而冠"四个字。

当然后来技术渐渐精进,有的把裤脚管烫得笔直,视如第二生命,有的在衣袋里插一块和领结花色相同的手绢,俨然像是一个绅士,猛然一看,国籍都要发生问题。

西装是有一定的标准的。譬如,做裤子的材料要厚,可是我看见过有人在光天化日之下穿夏布西装裤,光线透穿,真是骇人!衣服的颜色要朴素沉重,可是我见过著名自诩讲究穿衣裳的男子们,他们穿的是色彩刺目的宽格大条的材料,颜色惊人的衬衣,如火如荼的领结,那样子只有在外国杂耍场的台上才偶然看得见!大概西装破烂,固然不雅,但若崭新而俗恶则更不可当。所谓洋场恶少,其气味最下。

中国的四季衣裳，恐怕要比西装更麻烦些。固然西装讲究起来也是不得了的，历史上著名的一例，詹姆斯第一的朋友白金翰爵士有衣服一千六百二十五套。普通人有十套八套的就算很好了。

中装比较的花样要多些，虽然终年一两件长袍也能度日。中装有一件好处，舒适。中装像是变形虫，没有一定的形式，随着穿的人身体变。不像西装，肩膀上不用填麻布使你冒充宽肩膀，脖子上不用戴枷系索，裤子里面有的是"生存空间"；而且冷暖平均，不像西装咽喉下面一块只是一层薄衬衣，容易着凉，裤子两边插手袋处却又厚至三层，特别郁热！

中国长袍还有一点妙处，马彬和先生（英国人入我国国籍）曾为文论之。他说这钟形长袍是没有差别的，平等的，一律的遮掩了贫富贤愚。马先生自己就是穿一件蓝长袍，他简直崇拜长袍。据他看，长袍不势利，没有阶级性，可是在中国，长袍同志也自成阶级，虽然四川有些抬轿的也穿长袍。中装固然比较随便，但亦不可太随便，例如脖子底下的纽扣，在西装可以不扣，长袍便非扣不可，否则便不合于"新生活"。再例如虽然在蚊虫甚多的地方，裤脚管亦不可放进袜筒里去，做绍兴师爷状。

男女服装之最大不同处，便是男装之遮盖身体无微不至，仅仅露出一张脸和两只手可以吸取日光紫外线；女装的趋势，则求遮盖愈少愈好。现在所谓旗袍，实际上只是大坎肩，因为两臂已经齐根划出。两腿尽管细直如竹筷，扭曲如松根，也往往一双双地摆在外面。袖不蔽肘，赤足裸腿，从前在某处都曾悬为厉禁，在某一种意义上，我们并不惋惜。

还有一点可以指出，男子的衣服，经若干年的演化，已达到一个固定的阶段，式样色彩大概是千篇一律的了，某一种人一定穿某一种衣服，身体丑也好，美也好，总是要罩上那么一套。女子的衣裳则颇多个人的差异，仍保留大量的装饰的动机，其间大有自由创造的余地。既是创造，便有失败，也有成功。成功者便是把身体的优点表彰出来，把劣点遮盖起来；失败者便是把劣点显示出来，优点根本没有。

我每次从街上走回来，就感觉得我们除了优生学外，还缺乏妇女服装杂志。不要以为妇女服装是琐细小事，法朗士说得好："如果我死后还能在无数出版书籍当中有所选择，你想我将选什么呢？……在这未来的群籍之中我不想选小说，亦不选历史，历史若有兴味亦无非小说。我的朋友，我仅要选一本时装杂志，看我死后一世纪中妇女如何装束。妇女装束之能告诉我未来的人文，胜过于一切哲学家、小说家、预言家及学者。"

衣裳是文化中很灿烂的一部分。所以裸体运动除了在必要的时候之外（如洗澡等），我总不大赞成。

只生欢喜

乞丐

在我住的这一个古老的城里,乞丐这一种光荣的职业似乎也式微了。从前街头巷尾总点缀着一群三分像人七分像鬼的家伙,缩头缩脑地挤在人家房檐底下晒太阳,捉虱子,打瞌睡,啜冷粥,偶尔也有些个能挺起腰板,露出笑容,老远地就打躬请安,满嘴的吉祥话,追着洋车能跑上一里半里,喘得像只风箱。还有些扯着哑嗓穿行街巷大声地哀号,像是担贩的吆喝。这些人现在都到哪里去了?

据说,残羹剩饭的来源现在不甚畅了,大概是剩下来的鸡毛蒜皮和一些汤汤水水的东西都被留着自己度命了,家里的一个大坑还填不满,怎能把余沥去滋润别人!一个人单靠喝西北风是维持不了多久的。追车乞讨么?车子都渐渐现代化,在沥青路上风驰电掣,飞毛腿也追不上。汽车停住,砰的一声,只见一套新衣服走了出来,若是一个乞丐赶上前去,伸出胳臂,手心朝上,他能得到什么?给他一张大票,他找得开么?沿街托钵,呼天抢地也没有用。

人都穷了,心都硬了,耳都聋了。偌大的城市已经养不起这种近于奢侈的职业。不过,乞丐尚未绝种,在靠近城市的大垃圾山上,还有不少同志在那里发掘宝藏，埋头苦干，手脚并用，一片喧阗。他们并不扰乱治安，也不侵犯产权，但是，说老实话，这群乞丐，无益税收，有碍市容，所以难免不像捕捉野犬那样地被提了去。饿死的饿死，老成凋谢，继起无人，于是乞丐一业逐渐衰微。

在乞丐的艺术还很发达的时候，有一个乞讨的妇人给我很深的印象。她的巡回的区域是在我们学校左边。她很知道争取青年，专以学生为对象。她看见一个学生远远地过来，她便在路旁立定，等到走近，便大喊一声"敬礼"，举手、注视、一切如仪。她不喊"爷爷""奶奶"，她喊"校长"，她大概知道新的升官图上的晋升的层次。

随后是她的申诉，其中主要的一点是她的一个老母，年纪是八十。她继续乞讨了五六年，老母还是八十。她很机警，她追随几步之后，若是觉得话不投机，她的申诉便戛然而止，不像某些文章那样啰唆。她若是得到一个铜板，她的申诉也戛然而止，像是先生听到下课铃声一般。这个人如果还活着，我相信她一定能编出更合时代潮流的一套新词。

我说乞丐是一种光荣的职业，并不含有鼓励懒惰的意思。乞丐并不是不劳而获的人，你看他晒得黧黑干瘦，跑得上气不接下气，何曾安逸。而且他取不伤廉，勉强维持他的灵魂与肉体不至涣散而已。

他的乞食的手段不外两种：一种是引人怜，一是讨人厌。他满口"祖宗""奶奶"地乱叫，听者一旦发生错觉，自己的孝子贤孙居然沦落到这地步，恻隐之心就会油然而起。他若是背有瞎眼的老妈在你背后亦步亦趋，或是把畸形的腿露出来给你看，或是带着一窝的孩子环绕着你叫唤，或是在一块硬砖上稽颡在额上撞出一个大包,或是用一根草棍支着那有眼无珠的眼皮,或是像一个"人彘"似的就地擦着,或者申说遭遇,比"舍弟江南死,家兄塞北亡"还要来得凄怆,那么你那磨得邦硬的心肠也许要露出一丝的怜悯。

怜悯不能动人,他还有一套讨厌的办法。他满脸的鼻涕眼泪,你越厌烦,他挨得越近,看看随时都会贴上去的样子,这时你便会情愿出钱打发他走开,像捐款做一桩卫生事业一般。

不管是引人怜或是讨人厌,不过只是略施狡狯,无伤大雅。他不会伤人,他不会犯法;从没有一个人想伤害一个乞丐,他的那一把骨头,不足以当尊臂,从没有一种法律要惩治乞丐,乞丐不肯触犯任何法律所以才成为乞丐。

乞丐对社会无益,至少也是并无大害,顶多是有一点有碍观瞻,如有外人参观,稍稍避一下也就罢了。有人认为乞丐是社会的寄生虫,话并不错,不过在寄生虫这一门里,白胖的多得是,一时怕数不到他吧?

从没有听说过什么人与乞丐为友,因而亦流于乞丐。乞丐永远是被认为现世报的活标本。他的存在饶有教育意义。无论交友多么滥的人,交不到乞丐,乞丐自成为一个阶级,真正的"无产"阶级(除了那只沙锅),乞丐是人群外的一种人。

他的生活之最优越处是自由;鹑衣百结,无拘无束,街头流浪,无签到请假之烦,只求免于冻馁,富贵于我如浮云。所以俗语说:"三年要饭,给知县都不干。"乞丐也有他的穷乐。我曾想象一群乞丐享用一只"花子鸡"的景况,我相信那必是一种极纯洁的快乐。Charles Lamb 对于乞丐有这样的赞颂：

褴褛的衣衫，是贫穷的罪过，却是乞丐的袍褂，他的职业的优美的标志，他的财产，他的礼服，他公然出现于公共场所的服装。他永远不会过时，永远不追在时髦后面。他无须穿着宫廷的丧服。他什么颜色都穿，什么也不怕。他的服装比桂格教派的人经过的变化还少。他是宇宙间唯一可以不拘外表的人。世间的变化与他无干。只有他屹然不动。股票与地产的价格不影响他。农业的或商业的繁荣也与他无涉，最多不过是给他换一批施主。他不必担心有人找他作保。没有人肯过问他的宗教或政治倾向。他是世界上唯一的自由人。

话虽如此，不到山穷水尽谁也不肯做这样的自由人。只有一向做神仙的，如李铁拐和济公之类，游戏人间的时候，才肯短期地化身为一个乞丐。

医生

医生是一种神圣的职业，因为他能解除人的痛苦，着手成春。有一个人，有点老毛病，常常发作，闹得死去活来，只要一听说延医，病就先去了八分，等到医生来到，霍然而愈，试脉搏听心跳完全正常，医生只好愕然而退，延医的人真希望病人的痛苦稍延长些时。

这是未着手就已成春的一例，可是医生一不小心，或是虽已小心而仍然错误，他随时也有机会减短人的寿命。据说庸医的药方可以辟鬼，比钟馗的像还灵，胆小的夜行人举着一张药方就可以通行无阻，因为鬼中有不少生前吃过那样药方的亏的，死后还是望而生畏。医生以济世活人为职志，事实上是掌握着生杀的大权的。

说也奇怪，在舞台上医生大概总是由丑角扮演的。看过《老黄请医》的人总还记得那个医生的脸上是涂着一块粉的。在外国也是一样，在莫里哀或是拉毕施的笔下，医生也是令人啼笑皆非的人物。为什么医生这样的不受人尊敬呢？我常常纳闷。

大概人在健康的时候，总把医药看作不祥之物，就是有点头昏脑热，也并不慌，保国粹者喝午时茶，通洋务者服阿司匹林，然后蒙头大睡，一汗而愈。谁也不愿常和医生交买卖。一旦病势转剧，伏枕哀鸣，深为造物小儿所苦，这时候就不能再忘记医生了。

记得小时候家里延医，大驾一到，家人真是倒屣相迎，请入上座，奉茶献烟，环列伺候，毕恭毕敬，医生高踞上座并不谦让，吸过几十筒水烟，品过几盏茶，谈过了天气，叙过了家常，抱怨过了病家之多，此后才能开始他那一套望闻问切君臣佐使。再倒茶，再装烟，再扯几句淡话（这时节可别忘了偷偷地把"马钱"送交给车夫），然后恭送如仪。我觉得那威风不小。可是奉若神明也只限于这一短短的时期，一俟病人霍然，医生也就被丢在一旁。至于登报鸣谢悬牌挂匾的事，我总怀疑究竟是何方主使，我想事前总有一个协定。

有一个病人住医院，一只脚已经伸进了棺木，在病人看来这是一件至关重要的事，在医生看来这是常见的事，老实说医生心里也是很着急的，他不能露出着急的样子，病人的着急是不能隐藏的，于是许愿说如果病瘥要捐赠医院若干若干，等到病愈出院早把愿心抛到九霄云外，医生追问他时，他说："我真说过这样的话吗？你看，我当时病得多厉害！"

大概病人对医生没有多少好感，不病时以医生为不祥，既病则不能不委曲逢迎他，病好了，就把他一脚踢开。人是这样忘恩负义的一种动物，有几个人能像 Androclus 遇见的那只狮子？所以医生以丑角的姿态在舞台上出现，正好替观众发泄那平时不便表示的积愤。

可是医生那一方面也有许多别扭的地方。他若是登广告，和颜悦色地招徕主顾，立刻有人要挖苦他："你们要找庸医么，打开报纸一看便是。"

所以他被迫采取一种防御姿势，要相当地傲岸。尽管门口鬼多人少，也得做出忙的样子。

请他去看病，他不能去得太早，要等你三催六请，像大旱后之云霓一般而出现。没法子，忙。你若是登门求治，挂号的号码总是第九十几号，虽然不至于拉上自己的太太小姐，坐在候诊室里来壮声势，总得摆出一种排场，令你觉得他忙，忙得不能和你多说一句话。好像是算命先生如果要细批流年须要卦金另议一般。

不过也不能一概而论，医生也有健谈的，病人尽管愁眉苦脸，他能谈笑风生。我还知道一些工于应酬的医生，在行医之前，先实行一套相法，把病人的身份打量一番，对什么样的人说什么样的话。明明是西医，他对一位老太婆也会说一套阴阳五行的伤寒论，对于愿留全尸的人他不坚持打针，对于怕伤元气的人他不用泻药。明明地不知病原所在，他也得撰出一篇相当的脉案的说明，不能说不知道，"你不知道就是你没有本事"，说错了病原总比说不出病原令出诊费的人觉得不冤枉些。

大概发烧即是火，咳嗽就是风寒，有痰就是肺热，腰疼即是肾亏，大致总没有错。摸不清病原也要下药，医生不开方就不是医生，好在符箓一般的药方也不容易被病人辨认出来。因为这种种情形的逼迫，医生不能不有一本生意经。

生意经最精的是兼营药业，诊所附设药房，开了方子立刻配药，几十个瓶子配来配去变化无穷，最大的成本是那盛药水的小瓶，收费言无二价。出诊的医生随身带着百宝箱，灵丹妙药一应俱全，更方便，连药剂师都自兼了。

天下是有不讲理的人，"医生治病不治命"，但是打医生摘匾的事却也常有。所以话要说在前头，芝麻大的病也要说得如火如荼不可轻视，病好了是他的功劳，病死了怪不得人。如果真的疑难大症撞上门来，第一步先得说明来治太晚，第二步要模棱地说如果不生变化可保无虞，第三步是姑投以某某药剂以观后果，第四步是敬谢不敏另请高明，或是更漂亮地给介绍到某某医院，其诀曰："推。"

我并不责难医生。我觉得医生里面固然庸医不少，可是病人里面浑虫也很多。有什么样子的病人就有什么样的医生，天造地设。

代沟

代沟是翻译过来的一个比较新的名词,但这个东西是我们古已有之的。自从人有老少之分,老一代与少一代之间就有一道沟,可能是难以飞渡的深沟天堑,也可能是一步迈过的小浜阴沟,总之是其间有个界限。

沟这边的人看沟那边的人不顺眼,沟那边的人看沟这边的人不像话,也许吹胡子瞪眼,也许拍桌子卷袖子,也许口出恶声,也许真个的闹出命案,看双方的气质和修养而定。

《尚书·无逸》:"相小人,厥父母勤劳稼穑,厥子乃不知稼穑之艰难,乃逸乃谚。既诞,否则侮厥父母曰:'昔之人,无闻知。'"这几句话很生动,大概是我们最古的代沟之说的一个例论。大意是说:请看一般小民,做父母的辛苦耕稼,年轻一代不知生活艰难,只知享受放荡,再不就是张口顶撞父母说:"你们这些落伍的人,根本不懂事!"活画出一条沟的两边的人对峙的心理。

小孩子嘛,总是贪玩。好逸恶劳,人之天性,只有饱尝艰苦的人,才知道以无逸为戒。做父母的人当初也是少不更事的孩子,代代相仍,历史重演。一代留下一沟，像树身上的年轮一般。

虽说一代一沟，腌臜的情形难免，然大体上相安无事。这就是因为有所谓传统者，把人的某一些观念胶着在一套固定的范畴里。"不以规矩不能成方圆"。大家都守规矩，尤其是年轻的一代。"鞋大鞋小，别走了样子！"小的一代自然不免要憋一肚皮委屈，但是，别忙，"多年的媳妇熬成婆，多年的道路走成河"，转眼间黄口小儿变成鲐背耄老，又轮到自己唉声叹气，抱怨一肚皮不合时宜了。

我记得我小的时候，早起要跟着姐姐哥哥排队到上房给祖父母请安，像早朝一样的肃穆而紧张，在大柜前面两张两人凳上并排坐下，腿短不能触地，往往甩腿，这是犯大忌的，虽然我始终不知是犯了什么忌。祖父母的眼睛瞪得圆圆的，手指着我们的前后摆动的小腿说："怎么一点样子都没有！"吓得我们的小腿立刻停摆。我的母亲觉得很没有面子，回到房里着实地数落了我们一番。祖孙之间隔着两条沟，心理上的隔阂如何得免？当时，我心里纳闷，我甩腿，干卿底事。

我十岁的时候，进了陶氏学堂，领到一身体操时穿的白帆布制服，有亮晶的铜纽扣，裤边还镶贴两条红带，现在回想起来有点滑稽，好像是卖仁丹游街宣传的乐队，那时却扬扬自得，满心欢喜地回家，没想到赢得的是一头雾水，"好呀！我还没死，就先穿起孝衣来了！"我触了白色的禁忌。

出殡的时候，灵前是有两排穿白衣的"孝男儿"，口里模仿号丧的哇哇叫。此后每逢体操课后回家，先在门口脱衣，换上长褂，卷起裤筒。稍后，我进了清华，看见有人穿白帆布橡皮底的网球鞋，心羡不已，于是也从天津邮购了一双,但是始终没敢穿了回家。只求平安少生事,莫在代沟之内起风波。

大家庭制度下,公婆儿媳之间的代沟是最鲜明也最凄惨的。儿子自外归来,不能一头扎进闺房,那样做不但公婆瞪眼,所有的人都要竖起眉毛。他一定要先到上房请安,说说笑笑好一大阵,然后公婆(多半是婆)开恩发话,"你回屋里歇歇去吧",儿子奉旨回到闱闱。媳妇不能随后跟进,还要在公婆面前周旋一下,然后公婆再度开恩,"你也去吧",媳妇才能走,慢慢地走,如果媳妇正在院里浣洗衣服,儿子过去帮一下忙,到后院井里用柳罐汲取一两桶水,送过去备用,结果也会招致一顿长辈的唾骂:"你走开,这不是你做的事。"

我记得半个多世纪以前,有一对大家庭中的小夫妻,十分的恩爱,夫暴病死,妻觉得在那样家庭中了无生趣,竟服毒以殉。殡殓后,追悼之日政府颁赠匾额曰:"彤管扬芬",女家致送的白布横批曰:"看我门楣"!我们可以听得见代沟的冤魂哭泣,虽然代沟另一边的人还在逞强。

以上说的是六七十年前的事。代沟中有小风波,但没有大泛滥。张公艺九代同居,靠了一百多个忍字。其实九代之间就有八条沟,沟下有沟,一代压一代,那一百多个忍字还不是一面倒,多半由下面一代承当?古有明训,能忍自安。

五四运动实乃一大变局。新一代的人要造反,不再忍了。有人要"整理国故",管他什么三坟五典八索九丘,都要揪出来重新交付审判,礼教被控吃人,孔家店遭受捣毁的威胁,世世代代留下来的沟,要彻底翻腾一下,这下子可把旧一代的人吓坏了。有人提倡读经，有人竭力卫道，但是，不是远水不救近火，便是只手难挽狂澜，代沟总崩溃，新一代的人如脱缰之马，一直旁出斜逸奔放驰骤到如今。旧一代的人则按照自然法则一批一批地凋谢，填入时代的沟壑。

代沟虽然永久存在，不过其现象可能随时变化。人生的麻烦事，千端万绪，要言之，不外财色两项，关于钱财，年长的一辈多少有一点吝啬的倾向。吝啬并不一定全是缺点。"称财多寡而节用之，富无金藏，贫不假贷，谓之啬。积多不能分人，而厚自养，谓之吝。不能分人，又不能自养，谓之爱。"这是《晏子春秋》的说法。所谓爱，就是守财奴。是有人好像是把孔方兄一个个地穿挂在他的肋骨上，取下一个都是血丝糊拉的。英文俚语，勉强拿出一块钱，叫作"咳出一块钱"，大概也是表示钱是深藏于肺腑，需要用力咳才能跳出来。

年青一代看了这种情形，老大的不以为然，心里想："这真是'昔之人，无闻知'，有钱不用，害得大家受苦，忘记了'一个钱也带不了棺材里去'。"心里有这样的愤懑蕴积，有时候就要发泄。所以，曾经有一个儿子向父亲要五十元零用钱，其父靳而不予，由冷言恶语而拖拖拉拉，儿子比较身手矫健，一把揪住父亲的领带（唉，领带真误事），领带越揪越紧，父亲一口气上不来，一翻白眼，死了。这件案子，按理应剐，基于"心神丧失"的理由，没有剐，在代沟的历史里留下一个悲惨的记录。

人到成年，嘤嘤求偶，这时节不但自己着急，家长更是担心，可是所谓代沟出现了，一方面说这是我的事，你少管，另一方说传宗接代的大事如何能不过问。一个人究竟是姣好还是寝陋，是端庄还是阴鸷，本来难有定评。"看那样子，长头发、牛仔裤、嬉游浪荡、好吃懒做，大概不是善类。""爬山、露营、打球、跳舞，都是青年的娱乐，难道要我们天天匀出工夫来晨昏定省，膝下承欢？"南辕北辙，越说越远。

其实"养儿防老""我养你小，你养我老"的观念，现代的人大部分早已不再坚持。羽毛既丰，各奔前程，上下两代能保持朋友一般的关系，可疏可密，岁时存问，相待以礼，岂不甚妙？谁也无须剑拔弩张，放任自己，而诿过于代沟。沟是死的，人是活的！代沟需要沟通，不能像希腊神话中的亚历山大以利剑砍难解之绳结那样容易的一刀两断，因为人终归是人。

睡

我们每天睡眠八小时，便占去一天的三分之一，一生之中三分之一的时间于"一枕黑甜"之中度过，睡不能不算是人生一件大事。可是人在筋骨疲劳之后，眼皮一垂，枕中自有乾坤，其事乃如食色一般的自然，好像是不需措意。

豪杰之士有"闻午夜荒鸡起舞"者，说起来令人神往，但是五代时之陈希夷，居然隐于睡，据说"小则亘月，大则几年，方一觉"，没有人疑其为有睡病，而且传为美谈。这样的大量睡眠，非常人之所能。我们的传统的看法，大抵是不鼓励人多睡觉。昼寝的人早已被孔老夫子斥为不可造就，使得我们居住在亚热带的人午后小憩（西班牙人所谓Siesta）时内心不免惭愧。

后汉时有一位边孝先，也是为了睡觉受他的弟子们的嘲笑："边孝先，腹便便，懒读书，但欲眠。"佛说在家戒法，特别指出"贪睡眠乐"为"精进波罗密"之一障。大概倒头便睡，等着太阳晒屁股，其事甚易，而掀起被衾，跳出软暖，至少在肉体上做"顶天立地"状，其事较难。

其实睡眠还是需要适量。我看倒是睡眠不足为害较大。"睡眠是自然的第二道菜"，亦即最丰盛的主菜之谓。多少身心的疲惫都在一阵"装死"之中涤除净尽。车祸的发生时常因为驾车的人在打瞌睡。衙门机构一些人员之一张铁青的脸，傲气凌人，也往往是由于睡眠不足，头昏脑涨，一肚皮的怨气无处发泄，如何能在脸上绽出人类所特有的笑容？至于在高位者，他们的睡眠更为重要，一夜失眠，不知要造成多少纰漏。

睡眠是自然的安排，而我们往往不能享受。

以"天知地知我知子知"闻名的杨震，我想他睡觉没有困难，至少不会失眠，因为他光明磊落。心有恐惧，心有挂碍，心有忮求，倒下去只好辗转反侧，人尚未死而已先不能瞑目。庄子所谓"至人无梦"，《楞严经》所谓"梦想消灭，寝寤恒一"，都是说心里本来平安，睡时也自然踏实。

劳苦分子，生活简单，日入而息，日出而作，不容易失眠。听说有许多治疗失眠的偏方，或教人计算数目字，或教人想象中描绘人体轮廓，其用意无非是要人收敛他的颠倒妄想，忘怀一切，但不知有多少实效。愈失眠愈焦急，愈焦急愈失眠，恶性循环，只好瞪着大眼睛，不觉东方之既白。

睡眠不能无床。古人席地而坐卧，我由"榻榻米"体验之，觉得不是滋味。后来北方的土炕砖炕，即较胜一筹。近代之床，实为一大进步。床宜大，不宜小。今之所谓双人床，阔不过四五尺，仅足供单人翻覆，还说什么"被底鸳鸯"？

莎士比亚《第十二夜》提到一张大床，英国 Ware 地方某旅舍有大床，七尺六寸高，十尺九寸阔，雕刻甚工，可睡十二人云。尺寸足够大了，但是睡上一打，其去沙丁鱼也几希，并不令人羡慕。讲到规模，还是要推我们上国的衣冠文物。

我家在北平即藏有一旧床，杭州制，竹篾为绷，宽九尺余，深六尺余，床架高八尺，三面隔扇，下面左右床柜，俨然一间小屋，最可人处是床里横放架板一条，图书、盖碗、桌灯、四干四鲜，均可陈列其上，助我枕上之功。

洋人的弹簧床，睡上去如落在棉花堆里，冬日犹可，夏日燠不可当。而且洋人的那种铺被的方法，将身体放在两层被单之间，把毯子裹在床垫之上，一翻身肩膀透风，一伸腿脚趾戳被，并不舒服。佛家的八戒，其中之一是"不坐高广大床"，和我的理想正好相反，我至今还想念我老家里的那张高广大床。

睡觉的姿态人各不同，亦无长久保持"睡如弓"的姿态之可能与必要。王右军那样的东床袒腹，不失为潇洒。即使佝偻着，如死蚯蚓，匍匐着，如癞蛤蟆，也不干谁的事。北方有些地方的人士，无论严寒酷暑，入睡时必脱得一丝不挂，在被窝之内实行天体运动，亦无伤风化。唯有鼾声雷鸣，最使不得。

宋张端义《贵耳集》载一条奇闻：刘垂范往见羽士寇朝，其徒告以睡。刘坐寝外闻鼻鼾之声，雄美可听，曰："寇先生睡有乐，乃华胥调。"所谓"华胥调"见陈希夷故事，据《仙佛奇踪》，"陈抟居华山，有一客过访，适值其睡，旁有一异人，听其息声，以墨笔记之。客怪而问之，其人曰：'此先生华胥调混沌谱也。'"华胥氏之国不曾游过，华胥调当然亦无从欣赏，若以鼾声而论，我所能辨识出来的谱调顶多是近于"爵士新声"，其中可能真有"雄美可听"者。不过睡还是以不奏乐为宜。

睡也可以是一种逃避现实的手段。在这个世界活得不耐烦而又不肯自行退休的人，大可以掉头而去，高枕而眠，或竟曲肱而枕，眼前一黑，看不惯的事和看不入眼的人都可以暂时撇在一边，像鸵鸟一般，眼不见为净。

明陈继儒《珍珠船》记载着："徐光溥为相，喜论事，大为李旻等所嫉，光溥后不言，每聚议，但假寐而已，时号睡相。"一个做到首相地位的人，开会不说话，一味假寐，真是懂得明哲保身之道，比危行言逊还要更进一步，这种功夫现代似乎尚未失传。

沉默

我有一位沉默寡言的朋友。有一回他来看我,嘴边绽出微笑,我知道那就是相见礼,我肃客入座,他欣然就席。我有意要考验他的定力,看他能沉默多久,于是我也打破我的习惯,我也守口如瓶。二人默对,不交一语,壁上的时钟滴答滴答的声音特别响。

我忍耐不住,打开听吾烟递过去,他便一支接一支地抽了起来,吧嗒吧嗒之声可闻。我献上一杯茶,他便一口一口地翕呷,左右顾盼,意态萧然。等到茶尽三碗,烟罄半听,主人并未欠伸,客人兴起告辞,自始至终没有一句话。

这位朋友,现在已归道山,这一回无言造访,我至今不忘。想不到"闻所闻而来,见所见而去"的那种六朝人的风度,于今之世,尚得见之。

明张鼎思《琅琊代醉篇》有一段记载:"刘器之待制对客多默坐,往往不交一谈,至于终日。客意甚倦,或请去,辄不听,至留之再三。有问之者,曰:'人能终日危坐,而不欠伸欹侧,盖百无一二,甚能之者必贵人也。'以其言试之,人皆验。"

可见对客默坐之事，过去亦不乏其例。不过所谓"主贵"之说，倒颇耐人寻味。所谓贵，一定要有副高不可攀的神情，纵然不拒人千里之外，至少也要令人生莫测高深之感，所以处大居贵之士多半有一种特殊的本领，两眼望天，面部无表情，纵然你问他一句话，他也能听若无闻，不置可否。这样的人，如何能不贵？

因为深沉的外貌，正好掩饰内部的空虚，这样的人最宜于摆在庙堂之上。《孔子家语》明明地写着，孔子"入太祖后稷之庙，庙堂右阶之前有金人焉，三缄其口，而铭其背曰：'古之慎言人也。'"这庙堂右阶的金人，不是为市井细民做榜样的。

謇谔之臣，骨鲠在喉，一吐为快，其实他是根本负有诤谏之责，并不是图一时之快。鸡鸣犬吠，各有所司，若有言官而钳口结舌，宁不有愧于鸡犬？至于一般的仁人君子，没有不愤世忧时的，其中大部分悯默无言，但间或也有"宁鸣而死，不默而生"的人，这样的人可使当世的人为之感喟，为之击节，他不能全名养寿，他只能在将来历史上享受他应得的清誉罢了。

在有"不发言的自由"的时候而甘愿放弃这一项自由，这也是个人的自由。在如今这个时代，沉默是最后的一项自由。

有道之士，对于尘劳烦恼早已不放在心上，自然更能欣赏沉默的境界。这种沉默，不是话到嘴边再咽下去，是根本没话可说，所谓"知者不言，言者不知"。

世尊在灵山会上，拈花示众，众皆寂然，惟迦叶破颜微笑，这会心微笑胜似千言万语。莲池大师说得好："世间酽醯醇醴，藏之弥久而弥美者，皆系封锢牢密不泄气故。古人云，'二十年不开口说话，向后佛也奈何你不得。'旨哉言乎！"二十年不开口说话，也许要把口闷臭，但是语言道断之后，性水澄清，心珠自现，没有饶舌的必要。基督教 Carthusian 教派也是以沉默静居为修行法门，经常彼此不许说话。"此中有真意，欲辩已忘言"。

庄子说："吾安得夫忘言之人，而与之言哉？"现在想找真正懂得沉默的朋友，也不容易了。

窗外

窗子就是一个画框，只是中间加些棂子，从窗子望出去，就可以看见一幅图画。那幅图画是妍是媸，是雅是俗，是闹是静，那就只好随缘。我今寄居海外，栖身于"白屋"楼上一角，临窗设几，作息于是，沉思于是，只有在抬头见窗的时候看到一幅幅的西洋景。现在写出窗外所见，大概是近似北平天桥之大金牙的拉大片吧？

"白屋"是地地道道的一座刷了白颜色油漆的房屋，既没有白茅覆盖，也没有外露本材，说起来好像是韩诗外传里所谓的"穷巷白屋"，其实只是一座方方正正的见棱见角的美国初期形式的建筑物。

我拉开窗帘，首先看见的是一块好大好大的天。天为盖，地为舆，谁没有看见过天？但是，不，以前住在人烟稠密天下第一的都市里，我看见的天仅是小小的一块，像是坐井观天，迎面是楼，左面是楼，右面是楼，后面还是楼，楼上不是水塔，就是天线，再不然就是五色缤纷的晒洗衣裳。井底蛙所见的天只有那么一点点。

"白屋"地势荒僻，眼前没有遮拦，尤其是东边隔街是一个小学操场，绿草如茵，偶然有些孩子在那里蹦蹦跳跳；北边是一大块空地，长满了荒草，前些天还绽出一片星星点点的黄花，这些天都枯黄了，枯草里有几株参天的大树，有枞有枫，都直挺挺地稳稳地矗立着；南边隔街有两家邻居；西边也有一家。

有一天午后，小雨方住，蓦然看见天空一道彩虹，是一百八十度完完整整的清清楚楚的一条彩带，所谓虹饮江皋，大概就是这个样子。虹销雨霁的景致，不知看过多少次，却没看过这样规模壮阔的虹。窗外太空旷了，有时候零雨潇潇，竟不见雨脚，不闻雨声，只见有人撑着伞，坡路上的水流成了渠。

路上的汽车往来如梭，而行人绝少。清晨有两个头发斑白的老者绕着操场跑步，跑得气咻咻的，不跑完几个圈不止，其中有一个还有一条大黑狗做伴。黑狗除了运动健身之外，当然不会轻易放过一根电线杆子而不留下一点记号，更不会不选一块芳草鲜美的地方施上一点肥料。天气晴和的时候常有十八九岁的大姑娘穿着斜纹布蓝工裤，光着脚在路边走，白皙的两只脚光光溜溜的，脚底板踩得脏兮兮，路上万一有个图钉或玻璃碴之类的东西，不知如何是好？

日本的武者小路实笃曾经说起："传有久米仙人者，因逃情，入山苦修成道。一日腾云游经某地，见一浣纱女，足胫甚白，目眩神驰，凡念顿生，飘忽之间已自云头跌下。"（见周梦蝶诗《无题》附记）我不会从窗头跌下，因为我没有目眩神驰。

我只是想：裸足走路也算是年轻一代之反传统反文明的表现之一，以后恐怕还许有人要手脚着地爬着走，或索性倒竖蜻蜓用两只手走路，岂不更为彻底更为前进？至于长发大胡子的男子现在已经到处皆是，甚至我们中国人也有沾染这种习气的（包括一些学生与餐馆侍者），习俗移人，一至于此！

星期四早晨清除垃圾，也算是一景。这地方清除垃圾的工作不由官办，而是民营。各家的垃圾储藏在几个铅铁桶里，上面有盖，到了这一天则自动送到门前待取。垃圾车来，并没有八音琴乐，也没有叱咤吆喝之声，只闻稀里哗啦的铁桶响。

车上一共两个人，一律是彪形黑大汉，一个人搬铁桶往车里掼，另一个司机也不闲着，车一停他也下来帮着搬，而且两个人都用跑步，一点也不从容。垃圾掼进车里，机关开动，立即压绞成为碎渣，要想从垃圾里拣出什么瓶瓶罐罐的分门别类地放在竹篮里挂在车厢上，殆无可能。每家月纳清洁费二元七角钱，包商叫苦，要求各家把铁桶送到路边，节省一些劳力，否则要加价一元。

公共汽车的一个招呼站就在我的窗外。车里没有车掌，当然也就没有晚娘面孔。所有开门，关门，收钱，掣给转站票，全由司机一人兼理。幸亏坐车的人不多，司机还有闲情逸致和乘客说声早安。二十分钟左右过一班车，当然是亏本生意，但是贴本也要维持。每一班车都是疏疏落落的三五个客人，凄凄清清惨惨。

许多乘客是老年人，目视昏花，手脚失灵，耳听聋聩，反应迟缓，公共汽车是他们唯一的交通工具。也有按时上班的年轻人搭乘，大概是怕城里没处停放汽车。有一位工人模样的候车人，经常准时在我窗下出现，从容打开食盒，取出热水瓶，喝一杯咖啡，然后登车而去。

我没有看见过一只过街鼠，更没看见过老鼠肝脑涂地地陈尸街心。狸猫多得很，几乎个个是肥头胖脑的，毛也泽润。猫有猫食，成瓶成罐地在超级食场的货架上摆着。猫刷子，猫衣服，猫项链，猫清洁剂，百货店里都有。我几乎每天看见黑猫白猫在北边荒草地里时而追逐，时而亲昵，时而打滚。最有趣的是松鼠，弓着身子一窜一窜地到处乱跑，一听到车响，仓促地爬上枞枝。窗下放着一盘鸟食、黍米之类，麻雀群来果腹，红襟鸟则望望然去之，它茹荤，它要吃死的蛞蝓活的蚯蚓。

窗外所见的约略如是。王粲登楼，一则曰："虽信美而非吾土兮，曾何足以少留！"再则曰："昔尼父之在陈兮，有归欤之叹音。钟仪幽而楚奏兮，庄舄显而越吟。人情同于怀土兮，岂穷达而异心？"临楮凄怆，吾怀吾土。

搬家

人讥笑我,说我大概是吃了耗子药,否则怎么会五年之内搬了三次家。搬家是辛苦事,除非是真的家徒四壁,任谁都会蓄积一些弃之可惜留之无用的东西,到了搬家的时候才最感觉到累赘。

小时候师长就谆谆告诫不可暴殄天物,常引陶侃竹头木屑的故事为例,所以长大了之后很难改除收藏废物的习惯,日积月累,满坑满谷全是东西。其中一部分还怪不得我,都是朋友们的宠锡嘉贶,有些还真是近似"白象",也不管蜗居逼仄到什么地步,一头接着一头的"白象"接踵而来,常常是在拜领之后就进了储藏室或是束之高阁。到了搬家的时候,陈谷子烂芝麻一齐出仓,还是哪一样都舍不得丢。没办法,照搬。

我认识一个人,他也是有这个爱惜物资的老毛病,当年他到外国读书,订购牛奶每天一瓶,喝完牛奶之后觉得那瓶子实在可爱,洗干净之后通明透剔,舍不得丢进垃圾桶,就放在屋角,久而久之成了一大堆,地板有压坏之虞,无法处理,最后花一笔钱才请人为之清除。

我倒不至于这样的痴,可是毛病也不少。别的不提,单说朋友们的来信,我照例往一只抽屉里一丢,并非皮藏,可是一抽屉一抽屉的塞得结结实实,难道搬家时也带了走？要想审阅一遍去芜存菁，那工程也很浩大，无已，硬着头皮选出少数的存留，剩下的大部分的朵云华笺最好是付之丙丁，然而那要构成空气污染也于心不忍，只好弃之，好在内中并无机密。

我还听说有一位先生，每天看完报纸必定折叠整齐，一天一沓，一月一捆，久之堆积到充栋的地步，一日行经其下，报纸堆突然倒坍，老先生压在底下受伤竟至不治。我每次搬家必定割舍许多平素不肯抛弃的东西，可叹的是旧的才去新的又来。

搬一次家要动员好多人力。我小时在北平有过两次搬家的经验。大敞车、排子车、人力车，外加十个八个"窝脖儿的"，忙活十天半个月才暂告段落。

所谓"窝脖儿的"，也许有人还没听说过，凡是精致的家具，如全堂的紫檀、大理石心的硬木桌椅，以至于玻璃罩的大座钟和穿衣镜等等，都禁不得磕碰，不能用车运送，就是雕花的柜橱之类也不能上车。于是要雇请"窝脖儿的"来任艰巨。顾名思义，他的运输工具主要的就是他的脖颈。他把头低下来，用一块麻包之类的东西垫在他的脖颈上，再加上一块夹板，几百斤重的东西架在他的脖子上，他伸出两手扶着，就健步如飞地上路了。

我曾察看他的脖子，与众不同，有一大块青紫的肉坟起如驼峰，是这一行业的标记。后来有所谓搬场公司，这一行就没落了。可是据我的经验，所谓搬场公司虽然扬言服务周到，打个电话就来，可是事到临头，三五个粗壮大汉七手八脚地像拆除大队似的把东西塞满大卡车，小发财，一声吆喝，风驰电掣而去，这时候我便不由得想起从前的"窝脖儿的"那一行业。

搬一次家，家具缺胳膊短腿是保不齐的，至若碰瘪几个坑、擦掉几块漆，那是题中应有之义，可以算做是一种折旧。如果搬家也可以用货柜制度该有多好，即使有人要在你忙乱之际顺手牵羊，也将无所施其技。

搬一次家如生一场病，好久好久才能苏息过来，又好久好久才能习惯下来。这一切都没有什么可怨的，只要有个地方可以栖迟也就罢了。

我从小到大，居住的地方越搬越小，从前有个三进五进外加几个跨院，如今则以坪计。喜乐先生给我画过一幅《故居图》，是极高明的一幅界画，于俯瞰透视之中绘出平昔宴居之趣，悬在壁上不时地撩起我的故国之思，而那旧式的庭院也是值得怀念的。如今我的家越搬越高，搬到了十几层之上，在这一点上倒是名副其实的乔迁。

俗话说："千金买房，万金买邻。"旨哉言也。孟母三迁，还不是为了邻居不大理想？假使孟母生于今日，卜居一大城市之中，恐怕非一日一迁不可。孟母三迁，首先是因为其舍近墓，后来迁居市旁，其地又为贾人炫卖之所，最后徙居学宫之旁，才决定安居下去。

"昔孟母，择邻处"，主要是为了孩子，怕孩子受环境影响，似尚不曾考虑环境的安宁、卫生等条件，如今择邻而处，真是万难。我如今的住处，左也是学宫，右也是学宫，几曾见有"设俎豆揖让进退之事"？时常是咙聒之声盈耳，再不就是操场上的扩音喇叭疯狂地叫喊。贾人炫卖更是常事，如果楼下没有修理汽车的小肆之夜以继日的敲敲打打就算是万幸了。

我住的地方位于台北盆地之中，四面是山，应该是有"山花如水净，山鸟与云闲"（王荆公诗）的景致，但是不，远山常为雾罩，眼前看到的全是鳞次栉比的鸽子笼。而且千不该万不该我买了一具望远镜，等到天朗气清之日向远山望去,哇!全是累累的坟墓。

我想起洛阳北门外有北邙山,"北邙山头少闲土,尽是洛阳人旧墓"(王建诗),城外多少土馒头,城内多少馒头馅,亘古如斯,倒也不是什么值得特别感慨的事。

不过我住的地方是傍着一条交通孔道,早早晚晚车如流水,轰轰隆隆,其中最令人心惊的莫过于丧车。张籍诗:"洛阳北门北邙道,丧车辚辚入秋草。"我所听到的声音不只是辚辚,于辚辚之外还有锣、鼓、喇叭、唢呐,以及不知名的敲打吹腔的乐器,有不成节奏的节奏和不成腔调的腔调。不过有一回我听出了所奏的是《苏武牧羊》。

这种乐队车常不止一辆,场面大的可能有十辆八辆,南管北管、洋鼓洋号各显其能。这种大出丧、小出丧,若遇黄道吉日,一天可能有几十档子由我楼下经过。有人来贺新居问我,住在这样的地方听这种声音,是不是不大吉利。我说,这有什么不吉利。想起王荆公一首五古《两山间》,其中有这样几句:

我欲抛山去,山仍劝我还。
只应身后冢,亦是眼中山。
且复依山住,归鞍未可攀。

结婚典礼

结婚这件事,只要成年的一男一女两相情愿就成,并不需要而且不可以有第三者的参加。但是由于社会的陋俗(大部分似"野蛮的遗留"),以及爱受洋罪者的参酌西法,遂形成了近年来通行于中上阶层之所谓结婚典礼,又名"文明结婚",犹戏中之有"文明新戏"。

婚姻大事,不可潦草。单凭父母之命媒妁之言就把一对无辜男女捏合起来,这不叫作潦草;只因一时冲动而遂盲目地订下偕老之约,这也不叫潦草;唯有不请亲戚朋友街坊四邻来胡吃乱叫,或不当众提出结婚人来验明正身,则谓之曰潦草,又名不隆重。

假如人生本来像戏,结婚典礼便似"戏中戏",越隆重则越像。这出戏订期开演,先贴海报,风雨无阻,"撒网"敛钱,鼎惠不辞;届时悬灯结彩,到处猩红;在音乐方面则或用乞丐兼任的吹鼓手,或用卖仁丹游街或绸缎店大减价的铜乐队,或钢琴或风琴或口琴;少不了的是与演员打成一片的广大观众,内中包括该回家去养老的,该寻正当娱乐的,该受别种社会教育以及平时就该摄取营养的……

演员的服装,或买或借或赁,常见的是蓝袍马褂及与环境全然不调和的一身西装大礼服,高冠燕尾,还有那短得像一件斗篷而还特烦两位小朋友牵着的那一橛子粉红纱!那出戏的尾声是,主人的腿子累得发麻,客人醉翻三五辈,门外的车夫一片叫嚣。评剧家曰:"很热闹!"

这戏的开始照例是证婚人致辞。证婚人照例是新郎的上司,或新娘家中比较拿出来最像样的贵戚。他的身份等于"跳加官",但他自己不知道,常常误会他是在做主席,或是礼拜堂里的牧师,因此他的职务成为善颂善祷,和那些在门口高叫"正念喜,抬头观,空中来了福禄寿三仙……"的叫花子是异曲而同工!

他若是身通"国学",诗云子曰的一来,那就不得了,在讲易经阴阳乾坤的时候,牵纱的小朋友们就非坐在地上不可,而在人丛后面伸长颈子的那位客人,一定也会把其颈项慢慢缩回去了。我们应该容忍他,让他毕其辞,甚而至于违着良心地报之以稀稀拉拉的掌声。放心,他将得意不了几次!

介绍人要两个,仿佛从前的一男媒一女媒,其实是为站在证婚人身旁时一边一个,较有对称之美。介绍人宜于是面团团一团和气,谁见了他都会被他撮合似的。所以常害胃病的、专吃平价米的都不该入选。许多荣任介绍人的常喜欢当众宣布他们只是名义上的介绍人,新郎新娘早已就……好像是生恐将来打离婚官司时要受连累,所以特先自首似的。

其实是他多虑。所谓介绍,是指介绍结婚,这是婚书上写得明明白白的,并不曾要他介绍新郎新娘认识或恋爱,所以以前的因误会而恋爱和以后的因失望而反目,其责任他原是不负的,从前俗语说,"新娘搀上床,媒人扔过墙"，现在的介绍人则无须等待新娘上床便已解除职务了。

新郎新娘的"台步"是值得注意的，从这里可以看出导演者的手法。新郎应该像是一只木鸡，由两个傧相挟之而至，应该脸上微露苦相，好像做下什么坏事现在败露了要受裁判的样子，这才和身份相称。新娘走出来要像蜗牛，要像日移花影，只见她的位置移动，而不见她行走，头要垂下来，但又不可太垂，要表示出头和颈子还是连着的，扶着两个煞费苦心才寻到的不比自己美的傧相，随着一派乐声，在众目睽睽之下，由大家尽量端详。

礼毕，新娘要准备迎接一阵"天雨粟"，也有羼杂粮的，也有带干果的，像冰雹似的没头没脸地打过来。有在额角上被命中一颗核桃的，登时皮肉隆起如舍利子。如果有人扫拢来，无疑地可以熬一大锅"腊八粥"。还有人抛掷彩色纸条，想把新娘做成一个茧子。

客人对于新娘的种种行为，由评头论足以至大闹新房，其实在刑法上都可以构成诽谤、侮辱、伤害、侵入私宅和有伤风化等罪名的，但是在隆重的结婚典礼里，这些丑态是属于"撑场面"一类，应该容许！

曾有人把结婚比做"蛤蟆跳井"——可以得水，但是永世不得出来。现代人不把婚姻看得如此严重，法律也给现代人预先开了方便的后门或太平梯之类，所以典礼的隆重并不发生任何担保的价值。

没有结过婚的人，把结婚后幻想成为神仙的乐境，因此便以结婚为得意事，甘愿铺张，唯恐人家不知，更恐人家不来，所以往往一面登报"一切从简"，一面却是倾家荡产地"敬治喜筵"，以为诱饵。来观婚礼的客人，除了真有友谊的外，是来签到，出钱看戏，或真是双肩承一喙地前来就食！

我们能否有一种简便的节俭的合理的愉快的结婚仪式呢？这件事需要未婚者来细想一下，已婚者就不必多费心了。

教育你的父母

"养不教，父之过"。现在时代不同了。父母年纪大了，子女也负有教育父母的义务。话说起来好像有一点刺耳，而事实往往确是这样。

"吃到老，学到老"。前半句人人皆优为之，后半句却不易做到。人到七老八十，面如冻梨，痴呆黄耇，步履维艰，还教他学什么？只合含饴弄孙（如果他被准许做这样的事），或只坐在公园木椅上晒太阳。这时候做子女的就要因材施教，教他的父母不可自暴自弃，应该"当一天和尚撞一天钟""人生七十才开始"。西谚有云："没有狗老得不能学新把戏。"岂可人不如狗？并且可以很容易地举出许多榜样，例如：

一、摩西老祖母一百岁时还在画。

二、罗素九十四岁时还在奔走世界和平。

三、萧伯纳九十二岁还在编戏。

四、史怀哲八十九岁还在非洲行医。

五、歌德写完他的《浮士德》时是八十三岁。

旁敲侧击，教他见贤思齐，争上游，不可以自甘老朽，饱食终日。游手好闲，耗吃等死，就是没出息。年轻人没出息，犹有指望，指望他有朝一日悛悔自新。上了年纪的人没出息，还有什么指望？二辈子！

孩子已经长大成人，甚至已经生男育女，在父母眼中他还是孩子。所以老莱子彩衣娱亲，仆地作儿啼，算是孝行。那时候他已经行年七十，他的父母该是九十以上的人了。这种孝行如今不可能发生。如今的孩子，翅膀一硬，就要远走高飞，此后男婚女嫁，小两口子自成一个独立的单位，五世同堂乃成为一种幻想，或竟是梦魇。

现代子女应该早早提醒父母，老境如何打发，宜早为之计，告诉他们如何储蓄以为养老之资，如何锻炼身体以免百病丛生。最重要的是要他们心里有所准备，需要自求多福，颐养天年，与儿女无涉。俗语说："一个人可以养活十个儿子，十个儿子养不活一个爸爸。"那就是因为儿子本身也要养活儿子，自顾不暇，既要承上，又要启下，忙不过来。十个儿子互相推诿，爸爸就没人管了。

代沟之说，有相当的道理。不过这条沟如何沟通，只好潜移默化，子女对父母未便耳提面命。上一代的人有许多怪习惯，例如，父母对于用钱的方式，就常不为子女所了解。年轻人心里常嘀咕，你要那么多钱干什么？一个钱也带不了棺材里去！一个钱看得像斗大，一串串地穿在肋骨上，就是舍不得摘下来。眼瞧着钱财越积越多，而生活水准不见提高。

嘀咕没有用，要事实上逐步提示新的生活模式。看他的一把座椅缺了一只脚，垫着一块砖，勉强凑合，你便不妨给他买一张转椅躺椅之类，看他肯不肯坐。看他的衣服捉襟见肘，污渍斑斑，你便不妨给他买一件松松大大的夹克，看他肯不肯穿。这当然不免要破费几文，然而这是个案研究的教学法，教具是免不了的。终极目的是要父母懂得如何过现代的生活，要让他知道消费未必就是浪费。

勤俭起家的人无不爱惜物资。一颗饭粒都不可剩在碗里，更不可以落在地上。一张纸，一根绳，都不能委弃。以至家家都有一屋子的破铜烂铁。陶侃竹头木屑的故事一直传为美谈，须知陶侃至少有储存那些竹头木屑的地方。如今三房两厅的逼仄的局面，如何容得下那一大堆的东西？所以做子女的在家里要不时地负起清除家里陈年垃圾的责任。要教导父母，莫要心疼，旧的不去，新的不来。

我们一般中国人没有立遗嘱的习惯，尽管死后子女打得头破血出，或是把一张楠木桌锯成两半以便平分，或是缠讼经年丢人现眼，就是不肯早一点安排清楚。其原因在于讳言死。

人活着的时候称死为"不讳"或"不可讳"，那意思就是说能讳时则讳，直到翘了辫子才不再讳。逼父母立遗嘱，这当然使不得。劝父母立遗嘱，也很难启齿。究竟如何使父母早立遗嘱，就要相机行事，乘父母心情开朗的时候，婉转进言，善为说辞，以不伤感情为主。等到父母病革，快到易箦的时候才请他口授遗言，似乎是太晚了一些。

教育的方法多端，言教不如身教。父母设非低能，大抵也会知道模仿。在公共场所，如果年轻人都知道不可喧哗，他们的父母大概也会不大声说话。如果年轻人都知道鱼贯排队，他们的父母也会不再攘臂抢先。如果年轻人不牵着狗在人行道上遗矢，他们的父母也许不好意思到处吐痰。

种种无言之教，影响很大，父母教育儿女，儿女也教育父母。有些事情是需要解释的，例如，中年发福不是好现象，要防止血压高，要注意胆固醇等。

有些父母在行为上犯有错误，甚至恶性重大不堪造就，为人子者也负有教育的责任。子曰："事父母，几谏；见志不从，又敬而不违，劳而不怨。"这就是说，父母有错，要委婉劝告，不可不管；他不听，也不可放弃不管，更不可怨恨。当然，更不可以体罚。看父母那副孱弱的样子，不足以当尊拳。

由一位厨师自杀谈起

两年前的一期《新闻周刊》（一九六六年十月廿四日出版）有一段有趣的记载，译述如下：

从前罗马有一位厨师，名阿皮舍斯，以善制肉羹著名，他开设的烹饪班生意不大如理想，愤而自杀。给法王路易十四供奉御膳的大司务，名瓦台尔，在王家大张筵席的时候第一道菜未能按时端出来，羞愧难当，伏剑而死。法国还有一位著名的烹调大师，名拉吉皮埃，在拿破仑从莫斯科班师的时候，宁可冻死途中也不放弃他的厨师的位置。上星期巴黎又有一位厨师加入了这一凄惨的集团：据说三十八岁的阿兰·齐克，因为他开设的饭店被权威刊物《米舍兰向导》①降级，失望自杀了。

这个饭店便是坐落在雷伯龙大街的 Relais de Porquerolles 饭店，在这一年以前一直是属于两颗星的（烹调极佳，值得一顾）海味食品店，拿手的是鱼羹。罗斯福总统夫人最喜爱这个饭店，其他显赫顾客包括贝尔蒙多与温莎公爵。

---

① 今译作《米其林指南》。

三年前，齐克的父母退休，把店务交给了他和他的弟弟勒米。以后数月，有些顾客感觉到那绝妙的带有番红花香味的鱼羹有些退步。于是去年三月悲剧就发生了。《米舍兰向导》照例把入选的饭店分为两大类，普通饭店与杰出饭店，最近一期不仅把这一家的两颗星取消，而且根本未予著录。那一晚，这饭店里的气氛异常沉闷。"这太令人难堪了，"勒米对向他致慰的顾客们说，"我的父母于一九三五年创设这个饭店。一切都没有改变。我不了解。"

阿兰是父亲退休以后的首席厨师，觉得这两颗星的丧失给他的打击很重。"我觉得有一点像是一位将军被撤销了官阶，"有一次他对一位朋友说，"这是不公道。"情形一天天地严重起来了。阿兰开始砰砰地关厨房门，有了自言自语的习惯。

别的向导书对这家饭店还是备加赞扬（例如颇有影响力的《儒利亚向导》就说这一家的烹调之优美一如往昔），但是不能使这位厨师振作起来。终于，九月二十二日黎明之前，就在饭店楼上的住室里，阿兰举枪自射心窝而死。上星期消息传出，《米舍兰向导》未加评论，但是勒米惨痛地说："我的哥哥自杀，是因为米舍兰撤销了我们的两颗星。"

芸芸众生当中，有一个人自杀，好像没有什么了不起。何况，自杀的是一个法国人，并且是两年前的事情，自杀的人又不过是一位在饭店里掌勺的大司务？不，人命关天，蝼蚁尚且贪生，若没有真正过不去的事情，一个人何至于自寻短见？这一位厨师的死，还是值得我们想一想，谈一谈。

自杀不是一件好事，不宜鼓励赞扬；若说自杀是弱者的行为，我也不敢同意。那毅然决然的自戕行为，很需要一些常人所难有的勇气。齐克先生之所以有那样大的勇气，是因为他以为受了太大的委屈，生不如死。

　　首先我们要了解，《米舍兰向导》是一份权威刊物，两颗星的撤销是否冤枉，我们没有尝过那鱼羹无法论断，但是这刊物平素态度谨严是可以令人置信的。被这刊物一加品题，辄能身价百倍，反之，一加贬抑，便觉脸上无光。商人重利，是理所当然，两颗星的撤销可能影响营业，不过有时候一个人于利害之外还要顾到名誉，甚至于把名誉放在利害之上。

　　齐克的自杀便是重视名誉的结果。现代西方人，包括法国人在内，多少还继承了历史传留下来的"荣誉观念"，凡事一涉及荣誉便要拼命去争，无法争论便往往讲究自决，以为荣誉受损便无颜再留驻于天地之间。厨师的职业，也许有人以为不算怎么高尚，但是实在讲，职业无分高下，厨师为人解决吃的问题，烹饪为艺术为科学，他自然也应该有他的荣誉感。

　　尤其是，任何人都应该有"敬业"的精神，力求上进，在自己岗位上把工作做好，不能受到赞扬便等于是受到耻辱。齐克先生肯自杀，比起世上"笑骂由人笑骂"的那种人，不知高出多少了。比起企图用不正当手段笼络评审人员的那种人，亦不知高出多少了。他没有抗议，他没有辩白，他用毁灭自己的方法湔洗他的耻辱，其人虽微，其事虽小，其性质却依稀近似"无面目见江东父老"那样的悲壮！

　　附带着谈谈烹饪的艺术。"庖丁解牛，进乎技矣"，烹饪而称之为艺术，当然不仅是指一般在案前操动刀俎或是在灶前掌勺的技巧而言。艺术家皆有个性，皆有其独到之处。鱼羹何处无之，若能赢得米舍兰的两颗星，事情就不简单，不是任何人按照其制法便可如法炮制的，必定在选材上有考究，刀法上有考究，然后火力的强弱，时间的久暂，作料的配搭，咸淡的酌量，都能融会贯通，得心应手。

一盆菜肴端上桌，看看，闻闻，尝尝，如果不同凡响，就不能不令人想到厨房里的那位庖丁。看一幅画，于欣赏其布局色彩线条之外，不能不意会到画家的胸襟境界。同样地，品尝一味烹调的杰作，也自会想到庖丁之匠心独运。

我们中国的烹饪亦然。从前一个饭馆只有三两样拿手菜，确实做到无懈可击的地步，而且不虞人仿制，因为如果可以仿制得来，那就不成其为艺术。师傅可以把手艺传给徒弟，但是可传授的是知识，是技术，最高的一点奥妙要靠自己心领神会。一个师傅收不少徒弟，能得衣钵真传的难得一二。一个饭馆享誉一时的名菜，往往二三十年之后便成了"广陵散"，原因是光景未改人事已非。

所以齐克先生令尊大人退休，由他继续经营饭店，可能规模犹在，可能鱼羹的制法未改，主厨一换，那一点点艺术手段的拂拭可能也有了走样的地方，庸俗的顾客尽管不能觉察，怎么逃得掉《米舍兰向导》的评审诸公的品味？这样一说，那两颗星的撤销也许是不冤枉。

老友小记

酒中八仙——记青岛旧游

杜工部早年写过一首《饮中八仙歌》，章法参差错落，气势奇伟绝伦，是一首难得的好诗。他所谓的饮中八仙，是指他记忆所及的八位善饮之士，不包括工部本人在内，而且这八位酒仙并不属于同一辈分，不可能曾在一起聚饮。所以工部此诗只是就八个人的醉趣分别加以简单描述。

我现在所要写的酒中八仙是一九三〇年到一九三四年间我的一些朋友，在青岛大学共事的时候，在一起宴饮作乐，酒酣耳热，一时忘形，乃比附前贤，戏以八仙自况。青岛是一个好地方，背山面海，冬暖夏凉，有整洁宽敞的市容，有东亚最佳的浴场，最宜于家居。唯一的缺憾是缺少文化背景，情调稍嫌枯寂。故每逢周末，辄聚饮于酒楼，得放浪形骸之乐。

我们聚饮的地点，一个是山东馆子顺兴楼，一个是河南馆子厚德福。顺兴楼是本地老馆子，属于烟台一派，手艺不错，最拿手的几样菜如爆双脆、锅烧鸡、余西施舌、酱汁鱼、烩鸡皮、拌鸭掌、黄鱼水饺……都很精美。山东馆子的跑堂一团和气，应对之间不失分际，对待我们常客自然格外周到。厚德福是新开的，只因北平厚德福饭庄老掌柜陈莲堂先生听我说起青岛市面不错,才派了他的长子陈景裕和他的高徒梁西臣到青岛来开分号。

我记得我们出去勘察市面,顺便在顺兴楼午餐,伙计看到我引来两位生客,一身油泥,面带浓厚的生意人的气息,心里就已起疑。梁西臣点菜,不假思索一口气点了四菜一汤,炒辣子鸡(去骨)、炸肫(去里儿)、清炒虾仁……伙计登时感到来了行家,立即请掌柜上楼应酬,恭恭敬敬地问:"请问二位宝号是在哪里?"我们乃以实告。

此后这两家饭馆被公认为是当地巨擘,不分瑜亮。厚德福自有一套拿手,例如清炒或黄焖鳝鱼、瓦块鱼、鱿鱼卷、琵琶燕菜、铁锅蛋、核桃腰、红烧猴头……都是独门手艺,而新学的焖炉烤鸭也是别有风味的。

我们轮流在这两处聚饮,最注意的是酒的品质。每夕以罄一坛为度。两个工人抬三十斤花雕一坛到二、三楼上,当面启封试尝,微酸尚无大碍,最忌的是带有甜意,有时要换两三坛才得中意。酒坛就放在桌前,我们自行舀取,以为那才尽兴。我们喜欢用酒碗,大大的浅浅的,一口一大碗,痛快淋漓。

对于菜肴我们不大挑剔,通常是一桌整席,但是我们也偶尔别出心裁,例如:普通以四个双拼冷盘开始,我有一次做主换成二十四个小盘,把圆桌面摆得满满的,要精致,要美观。

有时候,尤其是在夏天,四拼盘换为一大盘,把大乌参切成细丝放在冰箱里冷藏,上桌时浇上芝麻酱三合油和大量的蒜泥,是一个很受欢迎的冷荤,比拌粉皮高明多了。吃铁锅蛋时,赵太侔建议外加一元钱的美国干酪(cheese),切成碎末打搅在内,果然气味浓郁不同寻常,从此成为定例。酒酣饭饱之后,常是一大碗酸辣鱼汤,此物最能醒酒,好像宋江在浔阳楼上酒醉题反诗时想要喝的就是这一味汤了。

酒从六时喝起，一桌十二人左右，喝到八时，不大能喝酒的约三五位就先起身告辞，剩下的八九位则是兴致正豪，开始宽衣攘臂，猜拳行酒。不作捋战，三十斤酒不易喝光。在大庭广众的公共场所，扯着破锣嗓子"鸡猫子喊叫"实在不雅。别个房间的客人都是这样放肆，入境只好随俗。

这一群酒徒的成员并不固定，四年之中也有变化，最初是闻一多环顾座上共有八人，一时灵感，遂曰："我们是酒中八仙！"这八个人是，杨振声、赵畸、闻一多、陈命凡、黄际遇、刘康甫、方令孺，和区区我。既称为仙，应有仙趣，我们只是沉湎曲乐的凡人，既无仙风道骨，也不会白日飞升，不过大都端起酒杯举重若轻，三斤多酒下肚尚能不及于乱而已。其中大多数如今皆已仙去，大概只有我未随仙去落人间。往日宴游之乐不可不记。

杨振声字金甫，后嫌金字不雅，改为今甫，山东蓬莱人，比我大十岁的样子。五四初期，写过一篇中篇小说《玉君》，清丽脱俗，惜从此搁笔，不再有所著作。他是北大中文系毕业，算是蔡孑民先生的学生。青岛大学筹备期间，以蔡先生为筹备主任，实则今甫独任艰巨。

蔡先生曾在大学图书馆侧一小楼上偕眷住过一阵，为消暑之计。国立青岛大学的门口的竖匾，就是蔡先生的亲笔。胡适之先生看见了这个匾对我们说，他曾问过蔡先生："凭先生这一笔字，瘦骨嶙峋，在那时代殿试大卷讲究黑大圆光，先生如何竟能点了翰林？"蔡先生从容答道："也许那几年正时兴黄山谷的字吧。"

今甫做了青岛大学校长，得到蔡先生写匾，是很得意的一件事。今甫身材修伟，不愧为山东大汉，而言谈举止蕴藉风流，居恒一袭长衫，手携竹杖，意态潇然。鉴赏字画，清谈亹亹。但是一杯在手则意气风发，尤嗜拇战，入席之后往往率先打通关一道，音容并茂，咄咄逼人。赵瓯北有句："骚坛盟敢操牛耳，拇阵轰如战虎牢。"今甫差足以当之。

赵畸，字太侔，也是山东人，长我十二岁，和今甫是同学。平生最大特点是寡言笑。他可以和客相对很久很久一言不发，使人莫测高深。我初次晤见他是在美国波士顿，时一九二四年夏，我们一群中国学生排演《琵琶记》，他应邀从纽约赶来助阵。他未来之前，闻一多先即有函来，说明太侔之为人，犹金人之三缄其口，幸无误会。一见之后，他果然是无多言。

预演之夕，只见他攘臂挽袖，运斤拉锯制作布景，不发一语。莲池大师云："世间酽醯醇醴，藏之弥久而弥美者，皆繇封锢牢密不泄气故。"太侔就是才华内蕴而封锢牢密。人不开口说话，佛亦奈何他不得。他有相当酒量，也能一口一大盅，但是他从不参加拇战。他写得一笔行书，绵密有致。据一多告我，太侔本是一个衷肠激烈的人，年轻的时候曾经参加革命，掷过炸弹，以后竟变得韬光养晦沉默寡言了。我曾以此事相询，他只是笑而不答。

他有妻室儿子，他家住在北平宣外北椿树胡同，他秘不告人，也从不回家，他甚至原籍亦不肯宣布。庄子曰："畸人者，畸于人而侔于天。"疏曰："畸者，不耦之名也，修行无有，而疏外形体，乖异人伦，不耦于俗。"怪不得他名畸字太侔。

闻一多，本名多，以字行，湖北蕲水人，是我清华同学，高我两级。他和我一起来到青岛，先赁居大学斜对面一座楼房的下层，继而搬到汇泉海边一座小屋，后来把妻小送回原籍，住进教职员第八宿舍，两年之内三迁。

他本来习画，在芝加哥作素描一年，在科罗拉多习油画一年，他得到一个结论：中国人在油画方面很难和西人争一日之长短，因为文化背景不同。他放弃了绘画，专心致力于我国古典文学之研究，至于废寝忘食，埋首于故纸堆中。这期间他有一段恋情，因此写了一篇相当长的白话诗，那一段情没有成熟，无可奈何地结束了，而他从此也就不再写诗。

他比较器重的青年，一个是他中文系的学生臧克家，一个是他中文系助教陈梦家。这两位都写新诗，都得到一多的鼓励。一多的生活苦闷，于是也就爱上了酒。他酒量不大，而兴致高。常对人吟叹"名士不必须奇才，但使常得无事，痛饮酒，熟读离骚，便可称名士"。他一日薄醉，冷风一吹，昏倒在尿池旁。

陈命凡，字季超，山东人，任秘书长，精明强干，为今甫左右手。豁起拳来，出手奇快，而且嗓音响亮，往往先声夺人，常自诩为山东老拳。关于拇战，虽小道亦有可观。一九二六年，我在国立东南大学教书，同事中之酒友不少，与罗清生、李辉光往来较多，罗清生最精于猜拳，其术颇为简单，唯运用纯熟则非易事。据告其诀窍在于知己知彼。默察对方惯有之路数，例如一之后常为二、二之后常为三，余类推。同时变化自己之路数，不使对方捉摸。经此指点，我大有领悟。我与季超拇战常为席间高潮，大致旗鼓相当，也许我略逊一筹。

刘本钊，字康甫，山东蓬莱人，任会计主任，小心谨慎，恂恂君子。患严重耳聋，但亦嗜杯中物。因为耳聋关系，不易控制声音大小，拇战之时呼声特高，而对方呼声，他不甚了了，只消示意令饮，他即听命倾杯。一九四九年来台，曾得一晤，彼时耳聋益剧，非笔谈不可。

方令孺是八仙中唯一女性，安徽桐城人，在中文系执教兼任女生管理。她有咏雪才，惜遇人不淑，一直过着独身生活。台湾洪范书店曾搜集她的散文作品编为一集出版，我写了一篇短序。在青岛她居留不太久，好像是两年之后就离去了。后来我们在北碚异地重逢，比较往还多些。

她一向是一袭黑色旗袍，极少的时候薄施脂粉，给人一派冲淡朴素的印象。在青岛的期间，她参加我们轰饮的行列，但是从不纵酒，刚要"朱颜酡些"的时候就停杯了。数十年来我没有她的消息，只是在一九六四年七月七日《联合报》"幕前冷语"里看到这样一段简讯：

方令孺皤然白发，早不执教复旦，在那血气方刚的红色路上漫步，现任浙江作者协会主席，忙于文学艺术的联系工作。

老来多梦，梦里河山是她私人嗜好的最高发展，跑到砚台山中找好砚去了，因此梦中得句，写在第二天的默忆中："诗思满江国，涛声夜色寒，何当沽美酒，共醉砚台山。"

这几句话写得迷离惝恍，不知砚台山寻砚到底是真是幻。不过诗中有"何当沽美酒"之语，大概她还未忘情当年酒仙的往事吧？如今若是健在，应该是八十以上的人了。

黄际遇,字任初,广东澄海人,长我十七八岁,是我们当中年龄最大的一位。他做过韩复榘主豫时的教育厅长,有宦场经验,但仍不脱名士风范。他永远是一件布衣长袍,左胸前缝有细长的两个布袋,正好插进两根铅笔。

他是学数学的,任理学院长,闻一多离去之后兼文学院长。嗜象棋,曾与国内高手过招,有笔记簿一本置案头,每次与人棋后辄详记全盘招数,而且能偶然不用棋盘棋子,凭口说进行棋赛。又治小学,博闻多识。他住在第八宿舍,有潮汕厨师一名,为治炊膳,烹调甚精。

有一次约一多和我前去小酌,有菜二色给我印象甚深:一是白水氽大虾,去皮留尾,氽出来虾肉白似雪,虾尾红如丹;一是清炖牛鞭,则我未愿尝试。任初每日必饮,宴会时拇战兴致最豪,嗓音尖锐而常出怪声,狂态可掬。我们饮后通常是三五辈在任初领导之下去作余兴。

任初在澄海是缙绅大户,门前横匾大书"硕士第"三字,雄视乡里。潮汕巨商颇有几家在青岛设有店铺,经营山东土产运销,皆对任初格外敬礼。我们一行带着不同程度的酒意,浩浩荡荡地于深更半夜去敲店门,惊醒了睡在柜台上的伙计们,赤身裸体地从被窝里钻出来(北方人虽严冬亦赤身睡觉)。

我们一行一溜烟地进入后厅,主人热诚招待,有娈婉小童伺候茶水兼代烧烟。先是以功夫茶飨客,红泥小火炉,炭火煮水沸,浇灌茶具,以小盅奉茶,三巡始罢。然后主人肃客登榻,一灯如豆,有兴趣者可以短笛无腔信口吹,亦可突突突突有板有眼。俄而酒意已消,乃称谢而去。

任初有一次回乡过年,带回潮州蜜柑一篓,我分得六枚,皮薄而松,肉甜而香,生平食柑,其美无过于此者。抗战时任初避地赴桂,胜利还乡,乘舟沿西江而下，一夕在船上如厕，不慎滑落江中，月黑风高，水深流急，遂遭没顶。

　　酒中八仙之事略如上述。一九三二年青岛大学人事上有了变化。为了"九一八"事件全国学生罢课纷纷赴南京请愿要求对日作战，青岛大学的学生当然亦不后人，学校当局阻止无效。事后开除为首的学生若干，遂激起学生驱逐校长的风潮。

　　今甫去职，太侔继任。一多去了清华。决定开除学生的时候，一多慷慨陈词，声称是"挥泪斩马谡"。此后二年，校中虽然平安无事，宴饮之风为之少杀。偶然一聚的时候有新的分子参加，如赵铭新、赵少侯、邓初等。我在青岛的旧友不止此数，多与饮宴无关，故不及。

关于徐志摩的一封信

一九五八年四月我写了一个小册《谈徐志摩》,发表了徐志摩写给我的一封信,原信是写在三张粉红色的虎皮宣的小笺上,写作俱佳,所以我为之制版以存其真。其内容是这样的:

秋郎:

危险甚多须要小心原件俱在送奉查阅非我谰言我复函说淑女枉自多情使君既已有妇相逢不早千古同嗟敬仰"交博"婉措回言这是仰承你电话中的训示不是咱家来煞风景然而郎乎郎乎其如娟何微闻彼姝既已涉想成病乃兄廉得其情乃为周转问询私冀乞灵于月老借回枕上之离魂然而郎乎郎乎其如娟何

志摩造孽

原文没有标点,字迹清楚,文意也很明白。但是读者也有误会的。误会志摩是一个儇薄轻佻的人,引此信为证。由于我发表一封私信,使志摩蒙不白之冤,我不免心中戚戚。事隔五十余年,也许我现在应该把这一件私人的小事澄清一下。

一九三〇年夏，我在上海。有一天志摩打电话来，没头没脑地在电话里向我吼叫："你干的好事，现在惹出祸事来了！"当时我吃了一惊。他说他刚接到黄警顽先生一封信。黄警顽先生是上海商务印书馆办理交际事务的专员，其人一团和气，交游广阔，三教九流无不熟稔，在上海滩上有"交际博士"之称，和朱少屏博士办的寰球中国学生会常常合作，可谓珠联璧合。

我在一九二三年出外求学，道出上海，就和这位交际博士有过数面之雅。志摩信中所谓"交博"即是此君。所谓"原件俱在送奉查阅"即是黄警顽给他的信，此信我未存留，其中大意是说他受友人某君之托，嘱设法代其妹作伐，而其属意之对象是我，他请志摩问我意下如何。志摩得此怪信即匆匆给我电话。

我听了志摩电话，莫名其妙。我说："你在做白日梦，你胡扯些什么？"

他说："我且问你，你有没有一个女生叫×××？"

我说："有。"

他说："那就对了。现在黄警顽先生来信，要给你做媒。并且要我先探听你的口气。"

我告诉他，这简直是胡闹。这个学生在我班上是不错的，我知道她的名字，她的身材面貌我也记得，只是我从来没有和她说过一句话。我在上海几处兼课，来去匆匆，从来没有机会和任何男生女生谈话。

志摩在电话中最后说："好啦，我把黄警顽先生的信送给你看，不是我造谣。你现在告诉我，要我怎样回复黄先生的信？"

我未加思索告诉他说："请你转告对方，在下现有一妻三子。"以外没有多说一句话。

此事就此告一段落，志摩只是受人之托代为问讯，如是而已。志摩信中所谓"涉想成病乃兄廉得其情乃为周转问询私冀乞灵于月老借回枕上之离魂"云云，也许是文人笔下渲染，事实未必如此之严重。不过五十多年前，男女社交尚不够公开，无论男对女或女对男都受有无形的约束，不能任意交往，而师生之间可能界线更严一些。这件事，在如今不可能发生，如今谁还会肯"乞灵于月老"？

志摩一度被人视为月老，不料反招致了不虞之谤，实在冤枉，故为剖析如上。

叶公超二三事

公超在某校任教时,邻居为一美国人家。其家顽童时常翻墙过来骚扰,公超不胜其烦,出面制止。顽童不听,反以恶言相向,于是双方大声诟谇,秽语尽出。其家长闻声出视,公超正在厉声大骂:I'll crown you with a pot of shit!(我要把一桶粪浇在你的头上!)

那位家长慢步走了过来,并无怒容,问道:"你这一句话是从哪里学来的?我有好久没有听见过这样的话了。你使得我想起我的家乡。"

公超是在美国读完中学才进大学的,所以美国孩子们骂人的话他都学会了。他说,学一种语言,一定要把整套的咒骂人的话学会,才算彻底。如今他这一句粪便浇头的脏话使得邻居和他从此成朋友。这件事是公超自己对我说的。

公超在暨南大学教书的时候,因兼图书馆长,而且是独身,所以就住在图书馆楼下一小室,床上桌上椅上全是书。他有爱书癖,北平北京饭店楼下 Vetch 的书店、上海的别发公司,都是他经常照顾的地方。做了图书馆长,更是名正言顺地大量买书。他私人嗜读的是英美的新诗。英美的诗,到了第二次世界大战以后,才有所谓"现代诗"大量出现。诗风偏向于个人独特的心理感受,而力图摆脱传统诗作的范畴,偏向于晦涩。

公超关于诗的看法与徐志摩、闻一多不同。当时和公超谈得来的新诗作家,饶孟侃(子离)是其中之一。公超由图书馆楼下搬出,在真如乡下离暨南不远处租了几间平房,小桥流水,阡陌纵横,非常雅静。子离有时也在那里下榻,和公超为伴。

有一天二人谈起某某英国诗人,公超就取出其人诗集,翻出几首代表作,要子离读,读过之后再讨论。子离倦极,抛卷而眠。公超大怒,顺手捡起一本大书投掷过去。虽未使他头破血出,却使得他大惊。二人因此勃豁。这件事也是公超自己对我说的。

公超萧然一身,校中女侨生某常去公超处请益。其人貌仅中姿,而性情柔顺。公超自承近于大男人沙文主义者,特别喜欢 meek(柔顺)的女子。这位女生有男友某,扬言将不利于公超。公超惧,借得手枪一支以自卫。一日偕子离外出试枪,途中有犬狺狺,乃发一枪而犬毙。犬主索赔,不得已只得补偿之。女生旋亦返国嫁一贵族。

公超属于"富可敌国贫无立锥"的类型。他的叔父叶恭绰先生收藏甚富,包括其外公赵之谦的法书在内。抗战期间这一批收藏存于一家银行仓库,家人某勾结伪组织特务人员图谋染指,时公超在昆明教书,奉乃叔父电召赴港转沪寻谋处置之道,不幸遭敌伪陷害入狱,后来取得和解方得开释。据悉这部分收藏现在海外。而公超离开学校教席亦自此始。

公超自美大使卸任归来后,意态萧索。我请他在师大英语研究所开现代英诗一课，他碍于情面俯允所请。但是他宦游多年，实已志不在此，教一学期而去。自此以后他在政界浮沉，我在学校尸位，道不同遂晤面少，遇于公开集会中一面，匆匆存问数语而已。

忆冰心

初识冰心的人都觉得她不是一个令人容易亲近的人,冷冷的好像要拒人于千里之外。她的《繁星》《春水》发表在《晨报副刊》的时候,风靡一时,我的朋友中如时昭瀛先生便是最为倾倒的一个,他逐日剪报,后来精裱成一长卷,在美国和冰心相遇的时候恭恭敬敬地献给了她。

我在《创造周报》第十二期(一九二三年七月廿九日)写过一篇《〈繁星〉与〈春水〉》,我的批评是很保守的,我觉得那些小诗里理智多于情感,作者不是一个热情奔放的诗人,只是泰戈尔小诗影响下的一个冷隽的说理者。

就在这篇批评发表后不久,于赴美途中在杰克逊总统号的甲板上不期而遇。经许地山先生介绍,寒暄一阵之后,我问她:"您到美国修习什么?"她说:"文学。"她问我:"您修习什么?"我说:"文学批评。"话就谈不下去了。

在海船上摇晃了十几天,许地山、顾一樵、冰心和我都不晕船,我们兴致勃勃地办了一份文学性质的壁报,张贴在客舱入口处,后来我们选了十四篇送给《小说月报》,发表在第十一期(一九二三年十一月十日),

作为一个专辑，就用原来壁报的名称"海啸"。其中有冰心的诗三首：《乡愁》《惆怅》《纸船》。

一九二四年秋我到了哈佛，冰心在威尔斯莱女子学院，同属于波士顿地区，相距约一个多小时火车的路程。遇有假期，我们几个朋友常去访问冰心，邀她泛舟于慰冰湖。冰心也常乘星期日之暇到波士顿来做杏花楼的座上客。我逐渐觉得她不是恃才傲物的人，不过对人有几分矜持，至于她的胸襟之高超，感觉之敏锐，性情之细腻，均非一般人所可企及。

一九二五年三月二十八日波士顿一带的中国学生在"美国剧院"公演《琵琶记》，剧本是顾一樵改写的，由我译成英文。我饰蔡中郎，冰心饰宰相之女，谢文秋女士饰赵五娘。逢场作戏，不免谑浪。后谢文秋与同学朱世明先生订婚，冰心就调侃我说："朱门一入深似海，从此秋郎是路人。""秋郎"二字来历在此。

冰心喜欢海，她父亲是海军中人，她从小曾在烟台随侍过一段期间，所以和浩瀚的海洋结下不解缘，不过在她的作品里嗅不出梅斯菲尔德的"海洋热"。她憧憬的不是骇浪滔天的海水，不是浪迹天涯的海员生涯，而是在海滨沙滩上拾贝壳，在静静的海上看冰轮乍涌。

我于一九三〇年到青岛，一住四年，几乎天天与海为邻，几次三番地写信给她，从没有忘记提到海，告诉她我怎样陪同太太带着孩子到海边捉螃蟹，掘沙土，捡水母，听灯塔呜呜叫，看海船冒烟在天边逝去，我的意思是逗她到青岛来。

她也很想来过一个暑季,她来信说:"我们打算住两个月,而且因为我不能起来的缘故,最好是海涛近接于几席之下。文藻想和你们逛山散步,泅水,我则可以倚枕倾聆你们的言论。……我近来好多了,医生许我坐火车,大概总是有进步。"但是她终于不果来,倒是文藻因赴邹平开会之便到舍下盘桓了三五天。

冰心健康情形一向不好,说话的声音不能大,甚至是有上气无下气的。她一到了美国不久就呕血,那著名的《寄小读者》大部分是在医院床上写的。以后她一直时发时愈,缠绵病榻。有人以为她患肺病,那是不确的。她给赵清阁的信上说:"肺病绝不可能。"给我的信早就说得更明白:"为慎重起见,遵协和医嘱重行检验一次,X光线,取血,闹了一天,据说我的肺倒没毛病,是血管太脆。"她呕血是周期性的,有时事前可以预知,她多么想看青岛的海,但是不能来,只好叹息:"我无有言说,天实为之!"

她的病严重地影响了她的创作生涯,甚至比照管家庭更妨碍她的写作,实在是太可惋惜的事。抗战时她先是在昆明,我写信给她,为了一句戏言,她回信说:"你问我除生病之外,所做何事。像我这样不事生产,当然使知友不满之意,溢于言外。其实我到呈贡之后,只病过一次,日常生活,都在跑山望水,柴米油盐,看孩子中度过……"

在抗战期中做一个尽职的主妇真是谈何容易,冰心以病躯肩此重任,是很难为她了。她后来迁至四川的歌乐山居住,我去看她,她一定要我试一试他们睡的那一张弹簧床。我躺上去一试,真软,像棉花团,文藻告诉我他们从北平出来什么也没带,就带了这一张庞大笨重的床,从北平搬到昆明,从昆明搬到歌乐山,没有这样的床她睡不着觉!

歌乐山在重庆附近算是风景很优美的一个地方。冰心的居处在一个小小的山头上，房子也可以说是洋房，不过墙是土砌的，窗户很小很少，里面黑黝黝的，而且很潮湿。倒是门外有几十棵不大不小的松树，秋声萧瑟，瘦影参差，还值得令人留恋。一般人以为冰心养尊处优，以我所知，她在抗战期间并不宽裕。歌乐山的寓处也是借住的。

抗战胜利后，文藻任职我国驻日军事代表团，这一段时间才是她一生享受最多的，日本的园林之胜是她所最为爱好的，日常的生活起居也由当地政府照料得无微不至。下面是她到东京后两年写给我的一封信：

实秋：

九月廿六信收到。昭涵到东京，待了五天，我托他把那部日本版杜诗带回给你（我买来已有一年了！），到临走时他也忘了，再寻便人罢。你要吴清源和本因坊的棋谱，我已托人收集，当陆续奉寄。清阁在北平（此信给她看看），你们又可以热闹一下。我们这里倒是很热闹，甘地所最恨的鸡尾酒会，这里常有！也累，也最不累，因为你可以完全不用脑筋说话，但这里也常会从万人如海之中飘闪出一两个"惊才绝艳"，因为过往的太多了，各国的全有，淘金似的，会浮上点金沙。除此之外，大多数是职业外交人员，职业军人，浮嚣的新闻记者，言语无味，面目可憎。在东京两年，倒是一种经验，在生命中算是很有趣的一段。文藻照应忙，孩子们照应玩，身体倒都不错，我也好。宗生不常到你处罢？他说高三功课忙得很，明年他想考清华，谁知道明年又怎么样？北平人心如何？看报仿佛不大好。东京下了一场秋雨，冷得美国人都披上皮大衣,今天又放了晴,天空蓝得像北平,真是想家得很!你们吃炒栗子没有?

请嫂夫人安

冰心

十月十二日

一九四九年六月我来到台湾,接到冰心、文藻的信,信中说他们很高兴听到我来台的消息,但是一再叮咛要我立刻办理手续前往日本。风雨飘摇之际,这份友情当然可感,但是我没有去。此后就消息断绝。

附录:
冰心致作者的信之一

实秋:

前得来书,一切满意,为慎重起见,遵医(协和)嘱重行检查一次,X光线,取血,闹了一天,据说我的肺倒没毛病,是血管太脆。现在仍须静养,年底才能渐渐照常,长途火车,绝对禁止,于是又是一次幻象之消灭!

我无有言说,天实为之!我只有感谢你为我们费心,同时也羡慕你能自由地享受海之伟大,这原来不是容易的事!

文藻请安

冰心拜上

六月廿五日

冰心致作者的信之二

实秋：

你的信，是我们许多年来，从朋友方面所未得到的，真挚痛快的好信！看完了予我们以若干的欢喜。志摩死了，利用聪明，在一场不入道不光明的行为之下，仍得到社会一班人的欢迎的人，得到一个归宿了！我仍是这么一句话，上天生一个天才，真是万难，而聪明人自己的糟蹋，看了使我心痛。

志摩的诗，魄力甚好，而情调则处处趋向一个毁灭的结局。看他《自剖》里的散文、《飞》等等，仿佛就是他将死未绝时的情感，诗中尤其看得出，我不是信预兆，是说他十年来心理的酝酿，与无形中心灵的绝望与寂寥，所形成的必然的结果！

人死了什么话都太晚，他生前我对着他没有说过一句好话，最后一句话，他对我说的："我的心肝五脏都坏了，要到你那里圣洁的地方去忏悔！"我没说什么，我和他从来就不是朋友，如今倒怜惜他了，他真辜负了他的一股子劲！

谈到女人，究竟是"女人误他？""他误女人？"也很难说。志摩是蝴蝶，而不是蜜蜂，女人的好处就得不着，女人的坏处就使他牺牲了。

——到这里，我打住不说了！

我近来常常恨我自己，我真应当常写作，假如你喜欢《我劝你》那种的诗，我还能写他一二十首。无端我近来又教了书，天天看不完的卷子，使我头痛心烦。是我自己不好，只因我有种种责任，不得不要有一定的进款来应用，过年我也许不干或少教点，整个地来奔向我的使命和前途。

我们很愿意见见你,朋友们真太疏远了!年假能来么?我们约了努生,也约了昭涵,为国家你们也应当聚聚首了,我若百无一长,至少能为你们煮咖啡!小孩子可爱得很,红红的颊,蜷曲的浓发,力气很大,现在就在我旁边玩,他长得像文藻,脾气像我,也急,却爱笑,一点也不怕生。

请太太安

冰心

十一月廿五日

冰心致作者的信之三

实秋:

山上梨花都开过了,想雅舍门口那一大棵一定也是绿肥白瘦,光阴过得何等得快!你近来如何?听说曾进城一次,歌乐山竟不曾停车,似乎有点对不起朋友。刚给白薇写几个字,忽然想起赵清阁,不知她近体如何?春来是否痊了?请你代走一趟,看看她,我自己近来好得很。文藻大约下月初才能从昆明回来,他生日是二月九号,你能来玩玩否?余不一一,即请大安问业雅好。

冰心

三月廿五日

冰心致赵清阁的信

清阁：

信都收入，将来必有一天我死了都没有人哭。关于我病危的谣言已经有太多次了，在远方的人不要惊慌，多会真死了才是死，而且肺病绝不可能。这种情形，并不算坏。就是有病时（有时）太寂寞一点，而且什么都要自己管，病人自己管自己，总觉得有点那个！

你叫我写文章，尤其是小说，我何尝不想写，就是时间太零碎，而且杂务非常多。也许我回来时在你的桌上会写出一点来。上次给你寄了樱花没有？并不好，就是多，我想就是菜花多了也会好看，樱花意味太哲学了，而且属于悲观一路，我不喜欢。

朋友们关心我的，请都替我辟谣，而且问好。参政会还没有通知，我也不知道是否五月开，他们应当早通知我，好作准备。这边待得相当腻，朋友太少了，风景也没有什么，人为居多，如森林，这都是数十年升平的结果。我们只要太平下来五十年，你看看什么样子，总之我对于日本的印象，第一是女人（太没有背脊骨了），第二是樱花，第三第四也还要有……匆匆请放心。

冰心

四月十七日

冰心致作者的信之四

实秋：

　　文藻到贵阳去了，大约十日后方能回来，他将来函寄回，叫我作复。大札较长，回诵之余，感慰无尽。你问我除生病之外，所做何事，像我这样不事生产，当然使知友不满之意，溢于言外。其实我到呈贡后，只病过一次，日常生活，都在跑山望水，柴米油盐，看孩子中度过。自己也未尝不想写作，总因心神不定，前作《默庐试笔》断续写了三夜，成了六七千字，又放下了。

　　当然并不敢妄自菲薄，如今环境又静美，正是应当振作时候，甚望你常常督促，省得我就此沉落下去。呈贡是极美，只是城太小，山下也住有许多外来的工作人员，谈起来有时很好，有时就很索然，在此居留，大有MainStreet风味，渐渐地会感到孤寂。（当然昆明也没有什么意思，我每次进城，都亟欲回来！）

　　我有时想这不是居处关系，人到中年，都有些萧索。我的一联是"海内风尘诸弟隔，天涯涕泪一身遥"，庶几近之。你是个风流才子，"时势造成的教育专家"，同时又有"高尚娱乐""活鱼填鸭充饥"。所谓之"依人自笑冯驻老，作客谁怜范叔寒"两句（你对我已复述过两次），真是文不对题，该打！该打！只是思家之念，尚值得人同情耳！你跌伤已痊愈否？景超如此仗义疏财，可惜我不能身受其惠。

　　我们这里，毫无高尚娱乐，而且虽有义可仗，也无财可疏，为可叹也！文藻信中又嘱我为一樵写一条横幅，请你代问他，可否代以"直条"？我本来不是写字的人，直条还可闭着眼草下去，写完"一瞑不视"（不是"掷笔而逝"）！横幅则不免手颤了，请即复。山风渐动，阴雨时酸寒透骨，幸而此地阳光尚多，今天不好，总有明天可以盼望。你何时能来玩玩？译述脱稿时请能惠我一读。景超、业雅、一樵请代致意,此信可以传阅。静夜把笔,临颖不尽。

冰心拜启
十一月廿七日

冰心致作者的信之五

实秋:

我弟妇的信和你的同到。她也知道她找事的不易,她也知道大家的帮忙,叫我写信谢谢你!总算我做人没白做,家人也体恤,朋友也帮忙,除了"感激涕零"之外,无话可说!东京生活,不知宗生回去告诉你多少?有时很好玩,有时就寂寞得很。大妹身体痊愈,而且茁壮,她廿号上学,是圣心国际女校。小妹早就上学(九·一)。

我心绪一定,倒想每日写点东西,要不就忘了。文藻忙得很,过去时时处处有回去可能,但是总没有走得成。这边本不是什么长事,至多也只到年底。你能吃能睡,茶饭无缺,这八个字就不容易!老太太、太太和小孩子们都好否?

关于杜诗,我早就给你买了一部日本版的,放在那里,相当大,坐飞机的无人肯带,只好将来自己带了。书贾又给我送来一部中国版的(嘉庆)和一部《全唐诗》,我也买了,现在日本书也贵。我常想念北平的秋天,多么高爽!这里三天台风了,震天撼地,到哪儿都是潮不唧的,讨厌得很。附上昭涵一函,早已回了,但是朋友近况,想你也要知道。

文藻问好

冰心
中秋前一日

后记

绍唐吾兄：

在《传记文学》十三卷六期我写过一篇《忆冰心》，当时我根据几个报刊的报道，以为她已不在人世，情不自已，写了那篇哀悼的文字。

今年春，凌叔华自伦敦来信，告诉我冰心依然健在，惊喜之余，深悔孟浪。顷得友人自香港剪寄今年五月二十四日香港《新晚报》，载有关冰心的报道，标题是《冰心老当益壮酝酿写新书》，我从文字中提炼出几点事实：

（一）冰心今年七十三岁，还是那么健康，刚强，洋溢着豪逸的神采。

（二）冰心后来从未教过书，只是搞些写作。

（三）冰心申请了好几次要到工农群众中去生活，终于去了，一住十多个月。

（四）目前她好像是"待在"中央民族学院里，任务不详。

（五）她说："很希望写一些书"，最后一句话是"老牛破车，也还要走一段路的"。

此文附有照片一帧。人还是很精神的，只是二十多年不见，显着苍老多了。因为我写过《忆冰心》一文，我觉得我有义务作简单的报告，更正我轻信传闻的失误。

弟梁实秋拜启

一九七二年六月十五日西雅图

记张自忠将军

我与张自忠将军仅有一面之雅,但印象甚深,较之许多常常谋面的人更难令我忘怀。读《传记文学》秦绍文先生的大文,勾起我的回忆,仅为文补充以志景仰。

一九四〇年一月我奉命参加国民参政会之华北视察慰劳团,由重庆出发经西安、洛阳、郑州、南阳、宜昌等地,访问了五个战区七个集团军司令部,其中之一便是张自忠将军的防地,他的司令部设在襄樊与当阳之间的一个小镇上,名快活铺。

我们到达快活铺的时候大概是在二月中,天气很冷,还降着漾漾的冰霰。我们旅途劳顿,一下车便被招待到司令部。这司令部是一栋民房,真正的茅茨土屋,一明一暗,外间放着一张长方形木桌,环列木头板凳,像是会议室,别无长物,里间是寝室,内有一架大木板床,床上放着薄薄的一条棉被,床前一张木桌,桌上放着一架电话和两三叠镇尺压着的公文,四壁萧然,简单到令人不能相信其中有人居住的程度。但是整洁干净,一尘不染。

我们访问过多少个司令部,无论是后方的或是临近前线的,没有一个在简单朴素上能比得过这一个。孙蔚如将军在中条山上的司令部,也很简单,但是也还有几把带靠背的椅子,孙仿鲁将军在唐河的司令部也极朴素,但是他也还有设备相当齐全的浴室。至于那些雄霸一方的骄兵悍将就不必提了。

张将军的司令部固然简单,张将军本人却更简单。他有一个高高大大的身躯,不愧为北方之强,微胖,推光头,脸上刮得光净,颜色略带苍白,穿普通的灰布棉军服,没有任何官阶标识。他不健谈,更不善应酬,可是眉宇之间自有一股沉着坚毅之气,不是英才勃发,是温恭蕴藉的那一类型。他见了我们只是闲道家常,对于政治军事一字不提。

他招待我们一餐永不能忘的饭食,四碗菜,一只火锅。四碗菜是以青菜豆腐为主,一只火锅是以豆腐青菜为主。其中也有肉片肉丸之类点缀其间。每人还加一只鸡蛋放在锅子里煮。虽然他直说简慢抱歉的话,我看得出这是他在司令部里最大的排场。

这一顿饭吃得我们满头冒汗,宾主尽欢,自从我们出发视察以来,至此已将近尾声,名为慰劳将士,实则受将士慰劳,到处大嚼,直到了快活铺这才心安理得地享受了一餐在战地里应该享受的伙食。珍馐非我之所不欲,设非其时非其地,则顺着脊骨咽下去,不是滋味。

晚间很早地就被打发去睡觉了。我被引到附近一栋民房,一盏油灯照耀之下看不清楚什么,只见屋角有一大堆稻草,我知道那是我的睡铺。在前方,稻草堆就是最舒适的卧处,我是早有过经验的,既暖和又松软。我把随身带的铺盖打开,放在稻草堆上倒头便睡。

一路辛劳,头一沾枕便呼呼入梦。俄而轰隆轰隆之声盈耳,惊慌中起来凭窗外视，月明星稀，一片死寂，上刺刀的卫兵在门外踱来踱去，态度很是安详，于是我又回到被窝里，但是断断续续的炮声使我无法再睡了。

第二天早晨起来，参谋人员告诉我，这炮声是天天夜里都有的，敌人和我军只隔着一条河，到了黑夜敌人怕我们过河偷袭，所以不时地放炮吓吓我们，表示他们有备，实际上是他们自己壮胆。我军听惯了，根本不理会他们，他们没有胆量开过河来。那么，我们是不是有时也要过河去袭击敌人呢？据说是的，我们经常有部队过河作战，并且有后继部队随时准备出发支援，张将军也常亲自过河督师。这条河，就是襄河。

早晨天仍未晴，冰霰不停，朔风刺骨。司令部前有一广场，是扩大了的打谷场，就在那地方召集了千百名士兵，举行赠旗礼，我们奉上一面锦旗，上面的字样不是"我武维扬"便是"国之干城"之类，我还奉命说了几句话，在露天讲话很难，没讲几句就力竭声嘶了。没有乐队，只有四把喇叭，简单而肃穆。行完礼张将军率领部队肃立道边，送我们登车而去。

回到重庆，大家争来问讯，问我在前方有何见闻。平时足不出户，哪里知道前方的实况？真是一言难尽。军民疾苦，惨不忍言，大家只知道"前方吃紧后方紧吃"，其实亦不尽然，后方亦有不紧吃者，前方亦有紧吃者，大概高级将领之能刻苦自律如张自忠将军者实不可多觏。我尝认为，自奉俭朴的人方能成大事，讷涩寡言笑的人方能立大功。果然五月七日夜张自忠将军率部渡河解救友军，所向皆捷，不幸陷敌重围，于十六日壮烈殉国！大将陨落，举国震悼。

张将军灵榇由重庆运至北碚河干，余适寓北碚，亲见民众感情激动，群集江滨。遗榇厝于北碚附近小镇天生桥之梅花山。山以梅花名,并无梅花,仅一土丘蜿蜒公路之南侧,此为由青木关至北碚必经之在,行旅往还辄相顾指点:"此张自忠将军忠骨长埋之处也。"

  将军之生平与为人,余初不甚了了,唯"七七事变"前后余适在北平,对于二十九军诸将领甚为敬佩与同情,其谋国之忠与作战之勇,视任何侪辈皆无逊色,谓予不信,请看张自忠将军之事迹。

《琵琶记》的演出

一九二四年秋我到了麻州剑桥进哈佛大学研究院，先是和顾一樵先生赁居奥斯丁园五号，半年后我们约同时昭沄徐宗涑几位同学迁入汉考克街一五九号之五，那是一所公寓。这公寓房子相当寒碜，号称有家具设备，除了床铺和几具破烂桌椅之外别无长物，但是租价低廉，几个学生合住不但负担较轻，而且轮流负责炊事，或担任采购，或在灶前掌勺，或专管洗碗洗盘，吵吵闹闹，颇不寂寞。

最妙的是地点适中，往东去是麻省理工学院，往西去是哈佛大学，所以大家都感到满意。在剑桥的中国学生，不是在哈佛，就是在麻省理工。中国学生在外国喜欢麇居在一起，一部分是由于生活习惯的关系，一部分是因为和有优越感的白种人攀交，通常不是容易事，也不是愉快事。中国人走到哪里都有强烈的团体精神，实在是形势使然。

我们的公寓，事实上是剑桥中国学生活动的中心之一。来往过客也常在我们这里下榻，帆布床随时供应。有一天我正在厨房做炸酱面，锅里的酱正扑哧扑哧地冒泡，潘光旦带着另外三个人闯了进来，他一进门就闻到炸酱的香味，死乞白赖地要讨一顿面吃，我慨然应允，我在小碗炸酱里加进四勺盐，吃得大家拧眉皱眼，饭后拼命喝水。

平时大家读书都很忙，课外活动还是有的。剑桥中国学生会那一年主持人是沈宗濂，一九二五年春天不知怎的心血来潮，要演一出英语的中国戏，招待外国师友，筹划的责任落到一樵和我身上。讲到演戏我们是有兴趣的。我和一樵平素省吃俭用，时常舍得用钱去看戏，波士顿的 Copley Theater 是由一个剧团驻院经常演出的，我们是长期的座上客，细心观摩他们的湛深的演技。

我悟得一点诀窍，也就是哈姆雷特奉劝演员的那些意见，演出时要轻松自然，不要过于剑拔弩张，不要张牙舞爪，到了紧要关头方可用出全副力量，把真情灌注进去。我们有一次看了谢立敦的《情敌》，又有一次看了晶奈罗的《谭克雷续弦夫人》，看到表演精彩之处真如醍醐灌顶。我们对于戏剧如此热心，所以学生会筹划演戏之议我们就没有推辞。

一樵真是多才多艺，他学的是电机工程，念念不忘文学。诗词小说戏剧无一不插上一手。他负起编剧责任，选定了《琵琶记》。蔡伯喈的故事，流传已久，各地地方剧常常把它搬上舞台，把蔡伯喈形容成一个典型的不孝不义的人物。

南宋诗人刘后村的"斜阳古道柳家庄，负鼓盲翁正作场。死后是非谁管得，满村听唱蔡中郎"是大家都熟知的一首诗。明初高则诚写《琵琶记》，就是根据这个古老的民间故事编的，不过在高则诚的笔下蔡中郎好像是一个比较可以令人同情的读书人了。

全剧共二十四出，辞藻丰赡。一樵只是撷取其故事骨干，就中郎一生，由高堂称庆到南浦嘱别，由奉旨招婿到再报佳期，由强就鸾凤到书馆悲逢，这三大段正好编成三幕，用语体写出，编成之后由我译成英文。《琵琶记》的原文，非常精彩，号称为南曲之祖，其中唱词尤为典丽，我怎能翻译？但是改成语体，编成话剧，便容易措手了。于是很快地译好，送到哈佛合作社代为复印多份，脚本告成。

波士顿音乐院里一位先生（英籍）帮我们制作布景，看到剧本，问我："这是谁译的？"我佯为不知，他说译文中有些美国人惯用的俗语羼杂在内，例如"Go ahead"一语就不宜由一位文士对一位淑女来讲。我觉得他说得对，就悄悄地改了。

演员问题，大费周章。女主角赵五娘，大家一致认为在波士顿附近的威尔斯莱女子学院的谢文秋女士最适宜于担任。谢小姐是上海人，风度好，活泼，而且口齿伶俐。她的性格未必适于这一角色，但是当时没有其他的选择。她慷慨地答应了。男主角蔡伯喈成了问题，不是找不到人，是跃跃欲试的大有人在。某一男生才高志大，又一位男士风流倜傥，都觉得扮演蔡伯喈胜任愉快。在争来争去的情形之下，一樵和我商量，要我出马。我提出一项要求，那就是先去征询谢小姐的意见，看她要不要这样的一个搭档。她没有异议。

我们的演员表大致是这样：

蔡中郎：梁实秋

赵五娘：谢文秋

丞相之女：谢冰心

牛丞相：顾一樵

丞相夫人：王国秀

邻人：徐宗涑

疯子：沈宗濂

此外还有曾昭抡、高长庚，波士顿大学的两位华侨女生，都记不得担任的是什么角色了。我们是一群乌合之众，谁也没有多少经验，也没有专人导演，就凭一股热心，课余之暇自动地排演起来。

服装布景怎么办？事有凑巧，此前不久纽约的中国同学会很成功地演出了一出古装话剧《杨贵妃》，事实上我们的《琵琶记》也是受了《杨贵妃》的影响。主持《杨贵妃》上演的都是我们的朋友，如余上沅、闻一多、赵太侔等，所以我们就驰函求助。

杨剧服装大部分是缝制之后由闻一多用水彩画不透明颜料画上图案，在灯光照耀之下华丽无比，其中一部分借给我们了。杨贵妃是唐朝人，蔡伯喈是汉朝人，服装式样有无差别，我们也顾不了许多。关于布景，一多有信给一樵：

一樵：

舞台用品……布景也许用不着我亲身来波城。只要把剧本同舞台的尺寸寄来，我便可以画出一套图案，注明用什么材料怎样的制造。反正舞台上不宜用平面的绘画，例如一个窗子最好用木头或厚纸制一个能开能阖的窗子，不当在墙上画一个窗子的模样,因为这样会引起错误的幻觉。总之,我把图案制就了,看他的构造是简单或复杂。如果不能不复杂,一定要我来,我是乐于从命的。再者也请你告诉我你们在布景和服饰上能花多少钱。

一多问好

事实上一多在布景的绘图上尽了力,但是他没有到波士顿来。来的是余上沅和赵太侔。余上沅是熟人,他是我们同船到美国来的,他的身份是教务处职员奉派随船照料我们的,他来到美国进入匹次堡戏院艺术学院,翌年到了纽约。赵太侔则闻其名而尚未谋面,一多特函介绍他给我们,特别强调一点,太侔这个人是真正的 a man of few words——一个不大讲话的人,千万别起误会,以为他心有所愠。果然,太侔一到,不声不响,揎袖攘臂,抓起一把短锯,就锯木头制造门窗。经过他们二位几天努力,灯光布景道具完全就绪。

我们为了慎重起见,上演之前作一次预演,特请波士顿音乐学院专任导演的一位教授前来指点。他很认真负责,遇到他认为不对的地方就大声喊停予以解说。对演员的部位尤其注意,改正我们很多的缺点。演到蔡伯喈和赵五娘团圆的时候,这位导演先生大叫:"走过去,和她亲吻,和她亲吻!"谢文秋站在那里微笑,我无论如何鼓不起这一点勇气,我告诉他我们中国自古以来没有这个规矩,他摇头不已。

预演完毕,他把我拉到一边,正经地劝我说:"你下次演戏最好选一出喜剧,因为据我看你不适于演悲剧。"话是很委婉,意思是很明显的。我心里想,《琵琶记》不就是喜剧么?我又在想,这一次真是逢场作戏,难道还有下次?

上演的那天早晨,麻省理工学院的一位丁绪宝先生红头涨脸地跑来说:"你们今晚要演出《琵琶记》,你们知道你们做的是什么事么?蔡伯喈家有贤妻,而负义糟糠,停妻再娶,是一位道地的多妻主义者。你们把他的故事搬上舞台,岂不要遭外人耻笑,误以为我们中国人都是多妻主义者?此事有关国家名誉,我不能坐视,特来警告,赶快罢手,否则我今晚不能不有适当手段对付你们。"

我们向他解释,我把剧本一份送给他请他过目,并且特别声明我们的剧本是根据高明(则诚)的名著改编的。相传"有王四者,明与之友善,劝之应试,果登第,王即弃其妻而赘于不花太师家,明恶之,因作《琵琶记》以寓讽刺"。这样说来,《琵琶记》是讽刺。而且历史上的蔡中郎是怎样一个人姑不具论,单自高明写的蔡伯喈有怎样的谈吐:

"闲藤野蔓休缠也,俺自有正莞丝,亲瓜葛。"

"纵有花容月貌,怎如我自家骨血?"

"漫说道姻缘事果谐凤卜,细思之,此事岂吾意欲?有人在高堂孤独,可惜新人笑语喧,不知我旧人哭,兀的东床难教我坦腹!"

"几回梦里,忽闻鸡唱,忙惊觉,错呼旧妇,同问寝堂上。待朦胧觉来,依然新人鸳帏凤衾和象床。怎不怨香愁玉无心绪?更思想,被他拦当,教我怎不悲伤?俺这里欢娱夜宿芙蓉帐,他那里寂寞偏嫌更漏长!"

像这样的句子都可以证明高则诚没有把蔡伯喈形容成为负心人。我最后声明,我是国家主义者,我的爱国心绝不后人。丁先生将信将疑,悻悻然去,临走时说:"我们走着瞧!晚上见!"这一整天我们心情很不安。

这一天是三月二十八日,晚间在波士顿美术剧院正式演出。观众大部分是美国人士,包括大学教授及文化界人士,我国的学生及侨胞来捧场的亦不少,黑压压一片,座无虚席,估计在千人左右。先由在波士顿音乐学院读书的王倩鸿女士致开会辞,中国同学会主席沈宗濂致欢迎辞,郭秉义先生演说,奏乐。

都说了些什么,已不复记忆。上演之前还有这么多的繁文缛节,不愧为学生演戏。一声锣响,幕起,一幕,二幕,三幕,进行得很顺利,台上的人没有忘掉戏词,也没有添加戏词,台下的人也没有开闹,也没有往台上抛掷鸡蛋番茄。最后幕落,掌声雷动,几乎把屋顶震塌下来。

千万不要误会,不要以为演出精彩,赢得观众的欣赏,要知道外国人看中国人演戏,不管是谁来演,不管演的是什么,他们大部都只是由于好奇。剧本如何,剧情如何,演技如何,舞台艺术如何,都不是最重要的,最重要的是那红红绿绿的服装,几根朱红色的大圆柱,正冠捋须甩袖迈步等等奇怪的姿态……

《琵琶记》有几个人懂得,包括我们自己在内?剧中原有插曲一阕,有赵五娘抱着琵琶自弹自唱,唱词阙,意思是由演员自己选择。结果是赵五娘用四季相思小调唱"少小离家老大回,乡音未改鬓毛衰。儿童相见不相识,笑问客从何处来"。诗是唐朝的贺知章作的,唱的人赵五娘是东汉时人，这是多么显著的时代错误！事后也没有人讲话。

曲终人散，我们轻松愉快地到杏花楼去宵夜。楼梯咚咚响，跑上了一个人，又是丁绪宝先生，又是红头涨脸的，大家为之一怔。他走到我们面前，勉强地一笑，说："你们演得很好，没有伤害国家的名誉，是我误会了，我道歉！"随后就和我们握手而退。

这一握手，使我觉得十分快慰，丁先生不但热爱国家，而且勇于认错。翌日《基督教箴言报》为文报道此一演出，并且刊出了我的照片，我当然也很快慰，但是快慰之情尚不及丁先生的那一握手。

闻一多事后写信给我，附诗一首：

实秋饰蔡中郎演《琵琶记》戏作柬之
一代风流薄幸哉！钟情何处不优俳？
琵琶要作诛心论，骂死他年蔡伯喈！

肆

白猫王子

猫的故事

猫很乖，喜欢偎傍着人；有时又爱蹭人的腿，闻人的脚。唯有冬尽春来的时候，猫叫春的声音颇不悦耳。呜呜的一声一声地吼，然后突然地哇咬之声大作，稀里哗啦地，铿天地而动神祇。这时候你休想安睡。所以有人不惜昏夜起床持大竹竿而追逐之。

相传有一位和尚做过这样的一首诗："猫叫春来猫叫春，听他愈叫愈精神，老僧亦有猫儿意，不敢人前叫一声。"这位师父富同情心，想来不至于抡大竹竿子去赶猫。

我的家在北平的一个深巷里。有一天，冬夜荒寒，卖水萝卜的，卖硬面饽饽的，都过去了，除了值更的梆子遥远的响声可以说是万籁俱寂。这时候屋瓦上噭的一声猫叫了起来，时而如怨如诉，时而如诟如詈，然后一阵跳踉，蹿到另外一间房上去了，往返跳跃，搅得一家不安。如是者数日。

北平的窗子是糊纸的，窗棂不宽不窄正好容一只猫儿出入，只消他用爪一划即可通往无阻。在春暖时节，有一夜，我在睡梦中好像听到小院书房的窗纸响，第二天发现窗棂上果然撕破了一个洞，显然地是有野猫钻了进去。大概是饿极了,进去捉老鼠。

我把窗纸补好。不料第二天猫又来,仍从原处出入,这就使我有些不耐烦,一之已甚岂可再乎?第三天又发生同样情形,而且把书桌书架都弄得凌乱不堪,书桌上印了无数的梅花印,我按捺不住了。我家的厨师是一个足智多谋的人,除了调和鼎鼐之外还贯通不少的左道旁门,他因为厨房里的肉常常被猫拖拉到灶下,鱼常被猫叼着上了墙头,怀恨于心,于是殚智竭力,发明了一个简单而有效的捕猫方法。

法用铁丝一根,在窗棂上猫经常出入之处钉一个铁钉,铁丝一端系牢在铁钉之上,另一端在铁丝上做一活扣,使铁丝作圆箍形,把圆箍伸缩到适度放在窗棂上,便诸事完备,静待活捉。猫蹿进屋的时候前腿伸入之后身躯势必触到铁丝圆箍,于是正好套在身上,活生生悬在半空,愈挣扎则圆箍愈紧。

厨师看我为猫所苦无计可施,遂自告奋勇为我在书房窗上装置了这么一个机关。我对他起初并无信心,姑妄从之。但是当天夜里居然有了动静。早晨起来一看,一只瘦猫奄奄一息地赫然挂在那里!

厨师对于捉到的猫向来执法如山,不稍宽假,我看了猫的那副可怜相直为它缓颊。结果是从轻发落予以开释,但是厨师坚持不能不稍予膺惩,即在猫身上原来的铁丝系上一只空罐头,开启街门放它一条生路。只见猫一溜烟似的稀里哗啦地拖着罐头绝尘而去,像是新婚夫妇的汽车之离教堂去度蜜月。跑得愈快,罐头响声愈大,猫受惊乃跑得更快,惊动了好几条野狗在后面追赶,黄尘滚滚,一瞬间出了巷口往北而去。

它以后的遭遇如何我不知道,我心想它吃了这个苦头以后绝对不会再光顾我的书房。窗户纸重新糊好,我准备高枕而眠。

当天夜里,听见铁罐响,起初是在后院砖地上哗啷哗啷地响,随后像是有东西提着铁罐猱升跨院的枣树,终乃在我的屋瓦上作响。屋瓦是一垄一垄的,中有小沟,所以铁罐越过瓦垄的声音是咯噔咯噔地清晰可辨。我打了一个冷战,难道那只猫阴魂不散?它拖着铁罐子跑了一天,藏躲在什么地方,终于黄夜又复光临寒舍?我家究竟有什么东西值得使它这样的念念不忘?

哗啷一声,铁罐坠地,显然是铁丝断了。几乎同时,噗的一声,猫顺着我窗前的丁香树也落了地。它低声地呻吟了一声,好像是初释重负后的一声叹息。随后我的书房窗纸又撕破了——历史重演。

这一回我下了决心,我如果再度把它活捉,要用重典,不是系一个铁罐就能了事。

我先到书房里去查看现场,情况有一些异样,大书架接近顶棚最高的一格有几本书撒落在地上。倾耳细听,书架上有呼噜呼噜的声音。怎么猫找到了这个地方来酣睡?我搬了高凳爬上去窥视,吓我一大跳,原来是那只瘦猫拥着四只小猫在喂奶!

四只小猫是黑白花的,咕咕容容地在猫的怀里乱挤,好像眼睛还没有睁开,显然是出生不久。在车船上遇到有妇人生产,照例被视为喜事,母子好像都可以享受好多的优待。我的书房里如今喜事临门,而且一胎四个,原来的一腔怒火消去了不少。天地之大德曰生,这道理本该普及于一切有情。

猫为了它的四只小猫，不顾一切地冒着危险回来喂奶，伟大的母爱实在是无以复加！

　　猫的秘密被我发现，感觉安全受了威胁，一夜的工夫它把四只小猫都叼离书房，不知运到什么地方去了。

黑猫公主

白猫王子今年四岁，胖嘟嘟的，体重在十斤以上，我抱他上下楼两臂觉得很吃力，他吃饱伸直了躯体侧卧在地板上足足两尺开外（尾巴不在内）。没想到四年的工夫他有这样长足的进展。高信疆、柯元馨伉俪来，说他不像是猫，简直是一头小豹子。按照猫的寿命年龄，四岁相当于我们人类弱冠之年，也许不会再长多少了吧。

白猫王子饱食终日，吃饱了洗脸，洗完脸倒头大睡。家里没有老鼠可抓，他无用武之地。凭他的嗅觉，他不放过一只蟑螂，见了蟑螂他就紧迫追踪，又想抓又害怕，等到菁清举起苍蝇拍子打蟑螂时，他又怕殃及池鱼藏到一个角落里去了。

我们晚间外出应酬，先把他的晚餐备好，鲜鱼一钵，清汤一盂，然后给他盖上一床被毯，或是给他搭一个蒙古包似的帐篷。等我们回家的时候，他依然蜷卧原处。他的那床被毯颇适合他的身材。菁清在一个专卖儿童用物的货柜上选购那被毯的时候，精挑细选，不是嫌大就是嫌小，店员不耐地问："几岁了？"菁清说："三岁多。"店员说："不对，不对，三岁这个太小了。"菁清说："是猫。"店员愣住了，她没卖过猫被。陆放翁赠粉鼻诗有句："问渠何似朱门里，日饱鱼餐睡锦茵。"寒舍不比朱门，但是鱼餐锦茵却是具备了。

白猫王子足不出户，但是江湖上已薄有小名。修漏的工人、油漆的工人、送货的工人，看见猫蹲在门口，时常指着他问："是白猫王子吧？"我说是，他就仔细端详一番，夸奖几句，猫并不理会，大摇大摆而去。猫若是人，应该说声谢谢。这只猫没有闲事挂心头，应该算是幸福的，只是没有同类的伴侣，形单影只，怕不免寂寞之感。

菁清有一晚买来一只泰国猫，一身棕色毛，小脸乌黑，跳跳蹦蹦十分活跃，菁清唤她作"小太妹"。白猫王子也许是以为非我族类其心必异，相处似不投机，双方都常呜呜地吼，作蓄势待发状。虽然是两个恰恰好，双份的供养还是使人不胜负荷。我取得菁清同意，决计把"小太妹"举以赠人。陈秀英的女儿乐滢爱猫如命，遂给她带走了。白猫王子一直是孤家寡人一个。

有一天我们居住的大厦门前有两只小猫光临，一白一黑，盘旋不去，瘦骨嶙嶙，蓬首垢面，不知是谁家的遗弃。夜寒风峭，十分可怜。菁清又动了恻隐之心。"我们给抱上来吧？"我说不，家里有两只猫，将要喧宾夺主。菁清一声不响端着白猫王子吃剩的鱼加上一点米饭送到楼下去了。两只猫如饿虎扑食，一霎间风卷残雪，她顾而乐之。于是由一天送鱼一次，而二次，而三次，而且抽暇给两只猫用干粉洁身。我不由自主地也参加了送猫饭的行列。

人住十二层楼上，猫在道边门口，势难长久。其中黑的一只，两只大蓝眼睛，白胡须，两排白牙，特别讨人欢喜。好不容易我们给黑猫找到了可以信赖的归宿。我们认识的廖先生，他和他一家人都爱猫，于是菁清把黑猫装在提笼里交由廖先生携去。事后菁清打了两次电话，知道黑猫情况良好，也就放心了。只剩下一只白猫独自卧在门口。看样子他很忧郁，突然失去伴侣当然寂寞。

事有凑巧，不知从哪里又来了一只小黑猫。这只小黑猫大概出生有六个月，看牙齿就可以知道。除了浑身漆黑之外，四爪雪白，胸前还有一块白斑，据说这种猫名为"踏雪寻梅"，还蛮有名堂的。又有人说，本地有些人认为黑猫不吉利。在外国倒是有此一说，以为黑猫越途，不吉。埃德加·阿兰·坡有一篇恐怖小说，题名就是《黑猫》，这篇小说我没读过，不知黑猫在里面扮的是什么角色。无论如何白猫又有了伴侣，我们楼上楼下一天三次照旧喂两只猫，如是者约两个星期。

有一夜晚，菁清面色凝重地对我说："楼下出事了！"我问何事惊慌，她说据告白猫被汽车轧死了。生死事大，命在须臾，一切有情莫不如此，但是这只白猫刚刚吃饱几天，刚刚洗过一两次，刚刚失去一黑猫又得到一黑猫为伴，却没来由地粉身碎骨死在车轮之下！

我半晌无语，喉头好像有哽结的感觉。缘尽于此，没有说的。菁清又徐徐地说："事已到此，我别无选择，把小猫抱上来了。"好像是若不立刻抱上来，也会被车辗死。在这情形之下，我也不能反对了。

"猫在哪里？"

"在我的浴室里。"

我走进去一看，黑暗的角落里两只黄色的亮晶晶的眼睛在闪亮，再走近看，白须、白下巴颏儿、白爪子，都显露出来了。先喂一钵鱼，给她压压惊。我们决定暂时把她关在一间浴室里，驯服她的野性，择吉再令她和白猫王子见面。菁清问我："给她起个什么名字呢？"我想不出。她说："就叫黑猫公主吧。"

黑猫公主的个性相当泼辣，也相当灵活，头一天夜晚她就钻到藏化妆品的小柜橱里。凡是有柜门的地方她都不放过。我说这样淘气可不行，家里瓶瓶罐罐的东西不少，哪禁得她横冲直撞？菁清就说："你忘了？白猫王子初来我家不也是这样么？"她的意思是，慢慢管教，树大自直。

要使这黑猫长久居留，菁清有进一步的措施，给公主做体格检查。兽医辜泰堂先生业务极忙，难得有空出来门诊，可是他竟然肯来。在他检查之下，证明黑猫公主一切正常，临行时给她打了两针预防霍乱之类的药剂。事情发展到此，黑猫公主的户籍就算暂时确定了。她与白猫王子以后是否能够相处得如鱼得水，且待察看再说。

白猫王子五岁

五年前的一个夜晚，菁清从门外檐下抱进一只小白猫，时蒙雨凄其，春寒尚厉。猫进到屋里，仓皇四顾，我们先飨以一盘牛奶，他舐而食之。我们揩干了他身上的雨水，他便呼呼地倒头大睡。此后他渐渐肥胖起来，菁清又不时把他刷洗得白白净净，戏称之为白猫王子。

他究竟生在哪一天，没人知道，我们姑且以他来我家的那一天定为他的生日（三月三十日），今天他五岁整，普通猫的寿命据说是十五六岁，人的寿命则七十就是古稀之年了，现在大概平均七十。所以猫的一岁在比例上可折合人的五岁。白猫王子五岁相当于人的二十五，正是青春旺盛的时候。

凡是我们所喜欢的对象，我们总会觉得他美。白猫王子并不一定是怎样的美丰姿，可是他眉清目秀，蓝眼睛、红鼻头、须眉修长，而又有一副楚楚可怜的样子。腰臀一部分特别硕大，和头部不成比例，腹部垂腴，走起来摇摇摆摆，有人认为其状不雅，我们不以为嫌。

去年七月二十日报载："二十四日在美国佛罗里达州巴马布尔所举行

的一九八一年'全美迷人小猫竞赛'中,一只名叫邦妮贝尔的小猫得了首奖。可是他虽然顶着后冠,却不见得很高兴。"高兴的不是猫,是猫的主人。我们不会教白猫王子参加任何竞赛,他已经有了王子的封号,还急着需要什么皇冠?他就是我们的邦妮贝尔。

刘克庄有一首《诘猫诗》,有句云:

饭有溪鱼眠有毯,忍教鼠啮案头书?

我们从来没有要求过猫做什么事。他吃的不只是溪鱼,睡的也不只是毛毯,我们的住处没有鼠,他无用武之地,顶多偶然见了蟑螂而惊叫追逐,菁清说这是他对我们的服务。我们吃饭的时候他常蹲在餐桌上,虎视眈眈,但是他不伸爪,顶多走近盘边闻闻。喂他几块鱼虾鸡鸭之类,他浅尝辄止。他从不偷嘴。

他吃饱了,抹抹脸就睡,弯着腰睡,趴着睡,仰着睡,有时候爬到我们床上枕着我们的臂腿睡。他有二十六七磅重,压得人腿脚酸麻。我们外出,先把他安顿好,鱼一钵,水一盂,有时候给他盖一床被,或是搭一个篷。等我们回来,门锁一响,他已窜到门口相迎。这样,他便已给了我们很大的满足。

"花如解语还多事,石不能言最可人。"猫相当的解语,我们喊他一声"猫咪!""胖胖!"他就喵的一声。我耳聋,听不见他那细声细气的一声喵,但是我看见他一张嘴,腹部一起落,知道他是回答我们的招呼。

他不会说话,但是菁清好像略通猫语,她能辨出猫的几种不同的鸣声。

例如：他饿了，他要人给他开门，他要人给他打扫卫生设备，他因寂寞而感到烦躁，都有不同的声音发出来。无论有什么体己话，说给他听，或是被他听见，他能珍藏秘密不泄露出去。不过若是以恶声斥责他，他是有反应的，他不回嘴，他转过身去趴下，做无奈状。

有人不喜欢猫。我的一位朋友远道来访，先打电话来说："听说府上有猫，请先把他藏起来，我怕猫。"真的，有人一见了猫就会昏倒。有人见了老鼠也会昏倒，何况猫？据《民生报》一九八二年四月二十三日一篇文章报道，法国国王亨利三世一见到猫就会昏倒。法国国王查理九世时的大诗人龙沙有这样的诗句：

当今世上
谁也没我那么厌恶猫
我厌恶猫的眼睛、脑袋，还有凝视的模样
一看见猫，我掉头就跑

人之好恶本不相同。我不否认猫有一些短处，诸如倔强、自尊、自私、缺乏忠诚等。不过，猫，和人一样，总不免有一点脾气，一点自私，不必计较了。家里有装潢、有陈设、有家具、有花草，再有一只与虎同科的小动物点缀其间来接受你的爱抚，不是很好么？

菁清对于苦难中小动物的怜悯心是无止境的，同时又觉得白猫王子太孤单，于是去年又抱进来一个小黑猫。这个"黑猫公主"性格不同，活泼善斗、体态轻盈、白须黄眼，像是平剧中的"开口跳"。

两只猫在一起就要斗，追逐无已时。不得已我们把黑猫关在笼子里，或是关在一间屋里，实行黑白隔离政策。可是黑猫隔着笼子还要伸出爪子撩惹白猫，白猫也常从门缝去逗黑猫。相见争如不见，无情还似有情。我想有一天我们会逐渐解除这个隔离政策的。

白猫倏已五岁，我们缘分不浅，同时我亦不免兴起春光易老之感。多少诗人词人唤取春留驻，而春不肯留！我们只好"片时欢乐且相亲"，愿我的猫长久享受他的鱼餐锦被，吃饱了就睡，睡足了就吃。

白猫王子六岁

今年三月三十日是白猫王子六岁生日。要是小孩子,六岁该上学了。有人说猫的年龄,一年相当于人的五年,那么他今年该是三十而立了。

菁清和我,分工合作,把他养得这么大,真不容易。我负责买鱼,不时地从市场背回十斤八斤重的鱼,储在冰柜里;然后是每日煮鱼,要少吃多餐,要每餐温热合度,有时候一汤一鱼,有时候一汤两鱼,鲜鱼之外加罐头鱼;煮鱼之后要除刺,这是遵兽医辜泰堂先生之嘱!小刺若是鲠在猫喉咙里开刀很麻烦。除了鱼之外还要找地方拔些青草给他吃,"人无横财不富,马无夜草不肥",猫儿亦然。菁清负责猫的清洁,包括擦粉洗毛,剪指甲,掏耳朵,最重要的是随时打扫他的粪便,这份工作不轻。六年下来,猫长得肥肥胖胖,大腹便便,走路摇摇晃晃,蹲坐的时候昂然不动,有客见之叹曰:

"简直像是一位董事长!"

猫和人一样,有个性。白猫王子不是属于"招之即来,挥之即去"的那个类型。他好像有他的尊严。有时候我喊他过来,他看我一眼,等我喊过三数声之后才肯慢慢地踱过来,并不一跃而登膝头,而是卧在我身边伸手可抚摩到的地方。如果再加催促,他也有时移动身体更靠近我。大多时他是不理会我的呼唤的。他卧如弓，坐如钟，自得其乐，旁若无人。至少是和人保持距离。

　　他也有时自动来找我，那是他饿了。他似乎知道我耳聋，听不见他的"咪噢"叫，就用他的头在我脚上摩擦。接连摩擦之下，我就要给他开饭。如果我睡着了，他会跳上床来拱我三下。猫有吃相，从不吃得杯盘狼藉，总是顺着一边吃去，每餐必定剩下一小撮，过一阵再来吃干净。每日不止三餐，餐后必定举行那有名的"猫儿洗脸"，洗脸未完毕，他不会走开，可是洗完之后他便要呼呼大睡了。这一睡可能四五小时甚至七八九个小时，并不一定只是"打个盹儿"（catnap）。我看他睡得那么安详舒适的样子，从不忍心惊动他。吃了睡，睡了吃，这生活岂不太单调？可是我想起王阳明答人问道诗："饥来吃饭倦来眠，唯此修行玄又玄。说与世人浑不信，偏向身外觅神仙"，猫儿似乎修行得相当到家了。几个人能像猫似的心无牵挂，吃时吃，睡时睡，而无闲事挂心头？

　　猫对我的需求有限，不过要食有鱼而已。英国十八世纪的约翰孙博士，家里除了供养几位寒士一位盲人之外还有一只他所宠爱的猫，他不时地到街上买牡蛎喂他。看着猫（或其他动物）吃他所爱吃的东西，是一乐也，并不希冀报酬。犬守门，鸡司晨，猫能干什么？捕鼠吗？我家里没有鼠。猫有时跳到我的书桌上，在我的稿纸上趴着睡着了，或是蹲在桌灯下面借着灯泡散发的热气而呼噜呼噜地假寐，这时节我没有误会，我不认为他是有意地来破我寂寥。是他寂寞，要我来陪他，不是看我寂寞而他来陪我。

　　猫儿寿命有限，老人余日无多。"片时欢乐且相亲。"今逢其六岁生日，不可不纪。

一九八四年三月三十日

白猫王子七岁

白猫王子大概是已到中年。人到中年发福,脖梗子后面往往隆起几条肉,形成几道沟,尤其是那些饱食终日的高官巨贾。白猫的脖子上也隐隐然有了两三道肉沟的痕迹。他腹上的长毛脱落了,原以为是季节性的,秋后会复生,谁知道寒来暑往又过了一年,腹上仍是光秃秃的,只有一层茸毛。他的眉头深锁,上面有直竖的皱纹三数条,抹也抹不平,难道是有什么心事不成?

他比从前懒了。从前一根绳子,一个线团,可以逗他狼奔猪突,可以引他鼠步蛇行,可以诱他翻筋斗竖蜻蜓,玩好大半天,直到他疲劳而后止。抛一个乒乓球给他,他会抱着球翻滚,他会和你对打一阵,非球滚到沙发底下去不肯罢休。菁清还喜欢和他玩捕风捉影的游戏,她拿起一个衣架之类的东西,在灯光下摇晃,墙上便显出一个活动的影子,这时候白猫便蹿向墙边,跳起好几尺高,去捕捉那个影子。

如今情况不同了。绳子线团不复引起他的兴趣。乒乓球还是喜欢,但是要他跑几步路去捡球,他就觉得犯不着,必须把球送到他的跟前,他才肯举爪一击,就好像打高尔夫的大人先生们之必须携带球僮或是乘坐小型机车才肯于一切安排妥帖之后挥棒一击。捕风捉影的事他不再屑为。《山海经》："夸父不量力，欲追日影。"白猫未必比夸父聪明，其实是他懒。

哪有猫儿不爱腥的？锅里的鱼刚煮熟，揭开锅盖，鱼香四溢，白猫会从楼上直奔而来，但是他蹲在一旁，并不流涎三尺，也不凑上前来做出迫不及待的样子。他静静地等着我摘刺去骨，一汤一鱼，不冷不热，送到他的嘴边，然后他慢条斯理地进餐。他有吃相，他从盘中近处吃起，徐徐蚕食，他不挑挑拣拣。他吃完鱼，喝汤；喝完汤，洗脸；洗完脸，倒头大睡。他只要吃鱼，沙丁鱼、鲢鱼，天天吃也不腻。有时候胃口不好也流露一些"日食万钱无下箸处"的神情，闻一闻就望望然去之，这时候对付他的方法就是饿他一天。菁清不忍，往往给他开个罐头西红柿汁鲣鱼之类，让他换换口味。

白猫王子不是可以呼之即来，挥之即去的。他高兴的时候偎在人的身边卧着，接受人的抚摩，他不高兴的时候任你千呼万唤他也相应不理。你把他抱过来，他也会纵身而去。菁清说他骄傲。我想至少是倔强。猫的性格，各有不同。有人说猫性狡诈，我没有发现白猫有这样的短处。唐朝武后朝中有一个权臣小人李义府（《唐书》列传第三十二），"貌状温恭，与人语必嬉怡微笑，而褊忌阴贼。既处权要，欲人附己，微忤意者，辄加倾陷。故时人言义府笑中有刀。又以其柔而害物，亦谓之李猫。"李猫这个绰号似乎不洽。白猫王子柔则有之，但丝毫没有害物的意思。他根本不笑，自然不会笑中有刀，他的掌中藏着利爪，那是他自卫的武器。他时常伸出利爪在沙发上抓挠，把沙发抓得稀烂，我们应该在沙发上钉一块皮子什么的，让他抓。

猫原有固定的酣睡静卧的所在，有时候他喜欢居高临下的地方，能爬多高就爬多高；有时候又喜欢窝藏在什么旮旯儿里，令人找都找不到。他喜欢孤独。能不打扰他最好不要打扰他，让他享受那份孤独。有时候他又好像不甘寂寞，我正在伏案爬格，他会飕的一下子蹿上书桌，不偏不倚地趴在我的稿纸上，我只好暂停工作。我随后想到两全的办法，在书桌上给他设备一分铺垫，他居然了解我的用意。从此我可以一面拍抚着他，一面写我的稿。我知道，他不是有意来陪伴我，他是要我陪伴他。有时候我一站起身，走到书架去取书，他立刻就从桌上跳下占据我的座椅，安然睡去。他可以在我椅上睡六七个小时，我由他高卧。

猫最需要的伴侣是猫。黑猫公主的性格很泼辣刁钻，所以一向不是关在楼上寝室便是关在笼子里，黑白隔离。后来渐渐弛禁，两个猫也可以放在一起了，追逐翻滚一阵之后也能并排而卧相安无事。小花进门之后，我们怕他和白猫不能兼容，也隔离了很久，现在这两只猫也能在一起共存，不争座位，不抢饭碗。

三月三十日是白猫王子七岁的生日，菁清给他预备了一份礼物——市场买菜用的车子，打算在天气晴朗惠风和畅的时候把他放在车里推着他在街上走走。这样，他总算是于"食有鱼"之外还"出有车"了。

一只野猫

流浪街头无人豢养的猫,叫作野猫。通常是瘦得皮包骨,一身渍泥,瞪着大眼嗥嗥地叫,见人就跑。英语称之为街猫,以别于家猫,似较为确切,因为野猫是另一种东西,本名 lynx,我们称之为山猫,大概也就是我们酒席上的果子狸。

稀脏邋遢的孩子,在街上鬼混,我们称之为野孩子。其实他和良家子弟属于同一品种,不是蛮荒的野人的孑遗,只是缺乏教养失去了家庭温暖的可怜的孩子。猫也是一样。踯躅街头嗷嗷待哺的猫,我也似乎不该叫它为野猫,只因一时想不起较合适的名称,暂时委屈它一下称之为野猫吧。

一般的野猫,其实是驯顺的,而且很胆怯。在垃圾堆旁的野猫都是贼眉鼠眼的,一面寻食,一面怕狗,更怕那些比狗更凶的人。我们在街上看见几只野猫,怜其孤苦伶仃,顶多付诸一叹,焉能广为庇护使尽得其所?但是如果一只野猫不时地在你大门外出现,时常跟着你走,有时候到了夜晚蹲在你的门前守候着你,等你走近便叫一声"咪噢"而你听起来好像是叫一声"妈"……恐怕你就不能不心动一下,恻隐之心,人皆有之。

菁清最近遇到了这样的一只野猫。白毛,大块的黑斑,耳朵是黑的,尾巴是黑的,背上疏疏落落的有三五大块黑,显着粗豪,但不难看,很脏,但是很胖,也许本是家猫而被遗弃的,也许它善于保养而猎食有道。它跟了菁清几天,她不能恝置不理了,俯下身去摸摸它,哇,毛一缕缕地黏结在一起,刚鬣髯髯,大概是好久不曾梳洗。

"我们把它抱到家里来吧?"菁清说。

我断然说:"不可。"

我们家已经有白猫王子和黑猫公主,一雌一雄,其饮食起居以及医药卫生之所需,已经使我们两个忙得团团转,如果善门大开,寒家之内势将喧宾夺主。菁清听了没说什么,拿一钵鱼一盂水送到门口外,就像是在路边给过往行人"奉茶"的那个样子。

如是者数日,野猫每日准时到达门口领食,更难得的是施主每日准时放置饮食于固定之处待领。有时吆喝一声,它不知从哪里蹿了出来,欣然领受这份嗟来之食。

有好几天不见猫来。心想不妙,必是遭遇了什么意外。果然,它再度出现时,尾巴中间一截血淋淋的毛皮尽脱,露出一段细细的似断未断的骨头。它有气无力地叫。我猜想也许是被哪一家的弹簧门夹住了尾巴。菁清说一定是狗咬的。本来尾巴没有用,老早就该进化淘汰掉的,留着总是要惹麻烦。菁清说:"以后教它上楼到我们房门口来吃吧。"我看着它的血丝糊拉的尾巴,也只好点点头。从此这只猫更上一层楼,到了我们的房门口。不过我有话在先,我在这里画最后一道线,不能再越雷池一步,登堂入室是绝不可以的。菁清说:"这只猫,总得有个名字,就叫它'小花子'吧。"怜其境遇如乞食的小叫花子,同时它又是一身黑白花。

小花子到房门口，身份好像升了一级。尾巴的伤养好了，猫有九条命，些许皮肉之伤算不了什么。菁清给它梳洗了一番，立刻容光焕发。看它直咳嗽，又喂了它几颗保济丸。它好想走进我们的房间，有时候伸一只爪子隔在门缝里，不让我们关门，我心里好惭悚，为什么这样自私，不肯再多给它一点温暖！菁清拿出一条棉絮放在门外，小花子吃饱之后，照例洗洗脸，便蜷着身子在棉絮上面睡了。小花子仅仅免于冻馁而已。它晚间来到门口膳宿，白天就不知道云游何处了。

白猫王子听得门外有同类的呼声，起初是兴奋，观察许久，发出呼噜的吼声，小花子吓得倒退。对于这不速之客，白猫王子好像不表欢迎。一门之隔，幸与不幸，判如霄壤。一个是食鲜眠锦，一个是踵门乞食。世间没有平等可言！

小花

小花子本是野猫，经菁清留养在房门口处，起先是供给一点食物一点水，后来给他一只大纸箱作为他的窝，放在楼梯拐角处，终乃给他买了一只孩子用的鹅绒被袋作为铺垫，而且给他设了一个沙盆逐日换除洒扫。从此小花子就在我们门前定居，不再到处晃荡，活像《鸿鸾禧》里的叫花子，喝完豆汁儿之后甩甩袖子连呼："我是不走的了啊，我是不走的了啊！"

彼此相安，没有多久。

有一天我回家看见菁清抱着小花子在房间里踱来踱去，我惊问："他怎么登堂入室了？"我们本来约定不许他越雷池一步的。

"外面风大，冷，你不是说过猫怕冷吗？"

我是说过，猫是怕冷。结果让他在室内暖和了一阵，仍然送到户外。看着他在寒风里缩成一团偎在纸箱里，我心里也有些不忍。

再过些时，有一天小花子不见了，整天都没回来就食，不知他云游何处去了。一天两天过去，杳无消息。他虽是野猫，我们对他不只有一饭之恩，当然甚是牵挂。每天打开门看看，猫去箱空，辄为黯然。

忽然有一天他回来了。浑身泥污，而且沾有血迹。他的嘴里挂着血淋淋的一块肉似的东西，像是碎裂的牙肉。菁清赶快把他抱起，洗刷一下，在身上有血迹处涂了紫药水，发现他的两颗虎牙没有了，满嘴是血。我们不知他遭遇了什么灾难，落得如此狼狈。菁清取出一个竹笼，把他装了进去，骑车直奔国际猫狗专科病院辜仲良（泰堂）先生处。辜大夫说，他的牙被人敲断了，大量出血，被人塞进几团药棉花，他在身上乱舔所以到处有血迹。于是给他打针防破伤风，注射消炎剂，清洗口腔，取出药棉花，涂药。菁清抱他回来，说："看他这个样子，今天不要教他在门外睡吧。"我还有什么话说。于是小花子进了家门，睡在属于黑猫公主的笼子里。黑猫公主关在楼上寝室里。三猫隔离，各不相扰。这是临时处置，我心想过一两天还是要放小花子到门外去的。

但是没想到第二天菁清又有了新发现，她告我说，在她掰开猫嘴涂药时发觉猫的舌头短了一大截，舌尖不见了。大概是牙被敲断时，被人顺手把舌头也剪断了。菁清要我看，我不敢看。我不知道他犯了什么大过，受此酷刑。我这才明白为什么每次喂他吃鱼总是吃得盘里盘外狼藉不堪，原来他既无门牙又缺半截舌头。世界上是有厌猫的人。据说，拿破仑就厌恶猫，"在某次战役中，有个侍从走过拿破仑的卧房时，突然听到这位法国皇帝在呼救。他打开房门一看，拿破仑的衣服才穿到一半，满头大汗，用剑猛刺绣帷，原来他是在追杀一只小猫。"美国的艾森豪威尔总统也恨猫，"在盖次堡家中的电视机旁，备有一支鸟枪打击乌鸦。此外他还下令，周遭若出现任何猫，格杀勿论。"英文里有一个专门名词，称厌恶猫者为 ailurophobe。我想我们的小花子一定是在外游荡时遇到了一位厌猫者，敲掉门牙剪断舌头还算是便宜了他。

菁清说，这猫太可怜，并且历数他的本质不恶，天性很乖，体态轻盈，毛又细软，但是她就没有明白表示要长期收养他的意思。我也没有明白表示我要改变不许他进门的初衷。事实逐步演变，他已成了我们家庭的一员。菁清奉献刷毛挖耳剪指甲全套服务，还不时的把他抱在怀里亲了又亲。我每星期上市买鱼也由七斤变为十斤。煮鱼摘刺喂食的时候，也由准备两盘改为三盘。

"米已熟了，只欠一筛。"最后菁清画龙点睛似的提出了一个话题。"这猫已不像是一只野猫了，似不可再把他当作街头浪子，也不再是小叫花子，我们把'小花子'的名字里的'子'字取消，就叫他'小花'吧。"

我说"好吧"。从此名正言顺，小花子成了小花。我担心的是以后是否还有二花三花闻风而至。

伍

市井笑谈

废话

常有客过访,我打开门,他第一句话便是:"您没有出门?"我当然没有出门,如果出门,现在如何能为你启门?那岂非是活见鬼?

他说这句话也不是表讶异。人在家中乃寻常事,何惊诧之有?如果他预料我不在家才来造访,则事必有因,发现我竟在家,更应该不露声色,我想他说这句话,只是脱口而出,没有经过大脑,犹如两人见面不免说一句"今天天气……"之类的话,聊胜于两个人都绷着脸一声不吭而已。没有多少意义的话就是废话。

人不能不说话,不过废话可以少说一点。十一世纪时罗马天主教会在法国有一派僧侣,专主苦修冥想,是圣·伯鲁诺所创立,名为Carthusians,盖因地而得名,他的基本修行方法是不说话,一年到头的不说话。每年只有到了将近年终的时候,特准交谈一段时间,结束的时刻一到,尽管一句话尚未说完,大家立刻闭起嘴巴。明年开禁的时候,两人谈话的第一句往往是"我们上次谈到……"。一年说一次话,其间准备的时光不少,废话一定不多。

梁武帝时，达摩大师在嵩山少林寺，终日面壁，九年之久，当然也不会随便开口说话，这种苦修的功夫实在难能可贵。明莲池大师《竹窗随笔》有云："世间酽醯醇醴，藏之弥久而弥美者，皆繇封锢牢密不泄气故。古人云，'二十年不开口说话，向后佛也奈何你不得。'旨哉言乎！"一说话就怕要泄气，可是这一口气憋二十年不泄，真也不易。监狱里的重犯，常被判处独居一室，使无说话机会，是一种惩罚。畜牲没有语言文字，但是也会发出不同的鸣声表示不同的情意。人而不让他说话，到了寂寞难堪的时候真想自言自语，甚至说几句废话也是好的。

可是有说话自由的时候，还是少说废话为宜。"群居终日，言不及义，难矣哉！"那便是废话太多的意思。现代的人好像喜欢开会，一开会就不免有人"致辞"，而致辞者常常是长篇大论，直说得口燥舌干，也不管听者是否恹恹欲睡欠伸连连。《孔子家语》："庙堂右阶之前有金人焉，三缄其口，而铭其背曰：'古之慎言人也。'"能慎言，当然于慎言之外不会多说废话。三缄其口只是象征，若是真的三缄其口，怎么吃饭？

串门子闲聊天，已不是现代社会所允许的事，因为大家都忙，实在无暇闲嗑牙。不过也有在闲聊的场合而还侈谈本行的正经事者，这种人也讨厌。最可怕的是不经预先约定而闯上门来的长舌妇或长舌男，他们可以把人家的私事当作座谈的资料。某人资产若干，月入多少，某人芳龄几何，美容几次，某人帷薄不修，某人似有外遇，说得津津有味，实则有伤口业的废话而已。行文也最忌废话。《朱子语类》里有两段文字：

欧公文，亦多是修改到妙处。顷有人买得他醉翁亭稿。初说滁州四面有山，凡数十字，末后改定，只曰"环滁皆山也"五字而已。如寻常不经思虑，信意所作言语，亦有绝不成文理者，不知如何。

南丰过荆襄，后山携所作以谒之。南丰一见爱之，因留款语。适欲作一文字，事多，因托后山为之，且授以意。后山文思亦涩，穷日之力方成，仅数百言，明日以呈南丰。南丰云："大略也好，只是冗字多，不知可为略删动否？"后山因请改窜。但见南丰就坐，取笔抹数处，每抹处连一两行，便以授后山，凡削去一二百字。后山读之，则其意尤完，因叹服，遂以为法，所以后山文字简洁如此。

前一段说的是欧阳修的《醉翁亭记》。开端第一句"环滁皆山也"，不说废话，开门见山，是从数十字中删汰而来。后一段记的是陈后山为文数百言，由曾巩削去一二百个冗字，而文意更为完整无瑕。凡为文者皆须知道文字须要简练，简言之，就是少说废话。

排队

《民权初步》讲的是一般开会的法则，如果有人撰一续编，应该是讲排队。

如果你起个大早，赶到邮局烧头炷香，柜台前即使只有你一个人，你也休想能从容办事，因为柜台里面的先生小姐忙着开柜子、取邮票文件、调整邮戳，这时候就有顾客陆续进来，说不定一位站在你左边，一位站在你右边，也许是衣冠楚楚的，也许是破衣邋遢的，总之是会把你夹在中间。

夹在中间的人未必有优先权，所以，三个人就挤得很紧，胳膊粗、个子大、脚跟稳的占便宜。夹在中间的人也未必轮到第二名，因为说不定又有人附在你的背上，像长臂猿似的伸出一只胳膊，越过你的头部拿着钱要买邮票。人越聚越多，最后像是橄榄球赛似的挤成一团，你想钻出来也不容易。

三人曰众，古有明训。所以三个人聚在一起就要挤成一堆。排队是洋玩意儿，我们所谓"鱼贯而行"都是在极不得已的情形之下所做的动作。《晋书·范汪传》："玄冬之月，沔汉干涸，皆当鱼贯而行，推排而进。"水不干涸谁肯循序而进，虽然鱼贯，仍不免于推排。

我小时候,在北平有过一段经验,过年父亲常带我逛厂甸,进入海王村,里面有旧书铺、古玩铺、玉器摊,以及临时搭起的几个茶座儿。我父亲如入宝山,图书、古董都是他所爱好的,盘旋许久,乐此不疲,可是人潮汹涌,越聚越多。等到我们兴尽欲返的时候,大门口已经壅塞了。门口只有一个,进也是它,出也是它,而且谁也不理会应靠左边行,于是大门变成瓶颈,人人自由行动,卡成一团。也有不少人故意起哄,哪里人多往哪里挤,因为里面有的是大姑娘、小媳妇。父亲手里抱了好几包书,顾不了我。为了免于被人践踏,我由一位身材高大的警察抱着挤了出来。我从此没再去过厂甸,直到我自己长大有资格抱着我自己的孩子冲出杀进。

中国地方大,按说用不着挤,可是挤也有挤的趣味。逛隆福寺、护国寺,若是冷清清的凄凄惨惨觅觅,那多没有味儿!不过时代变了,人几乎天天到处要像是逛庙赶集。长年挤下去实在受不了,于是排队这洋玩意儿应运而兴。

奇怪的是,这洋玩意儿兴了这么多年,至今还没有蔚成风气。长一辈的人在人多的地方横冲直撞,孩子们当然认为这是生存技能之一。学校不能负起教导的责任,因为教师就有许多是不守秩序的好手。法律无排队之明文规定,警察管不了这么多。大家自由活动,也能活下去。

不要以为不守秩序、不排队是我们民族性,生活习惯是可以改的。抗战胜利后我回到北平,家人告诉我许多敌伪横行霸道的事迹,其中之一是在前门火车站票房前面常有一名日本警察手持竹鞭来回巡视,遇到不排队就抢先买票的人,就一声不响高高举起竹鞭"嗖"的一声着着实实地抽在他的背上。挨了一鞭之后，他一声不响地排在队尾了。前门车站的秩序从此改良许多。

我对此事的感想很复杂。不排队的人是应该挨一鞭子，只是不应该由日本人来执行。拿着鞭子打我们的人，我真想抽他十鞭子！但是，我们自己人就没有人肯对不排队的人下那个毒手！好像是基于同胞爱，开始是劝，继而还是劝，不听劝也就算了，大家不伤和气。谁也不肯扬起鞭子去取缔，觍颜说是"于法无据"。一条街定为单行道、一个路口不准向左转，又何所据？法是人定的，要什么样的生活方式便应该有什么样的法。

洋人排队另有一套，他们是不拘什么地方都要排队。邮局、银行、剧院无论矣，就是到餐厅进膳，也常要排队听候指引——入座。人多了要排队，两三个人也要排队。有一次要吃比萨饼，看门口队伍很长，只好另觅食处。为了看古物展览，我参加过一次二千人左右的长龙，我到场的时候才有千把人，顺着龙头往下走，拐弯抹角，走了半天才找到龙尾，立定脚跟，不久回头一看，龙尾又不知伸展得何处去了。

我仔细观察发现了一个秘密：洋人排队，浪费空间，他们排队占用一里，由我们来排队大概半里就足够。因为他们每个人与另一个人之间通常保持相当距离，没有肌肤之亲，也没有摩肩接踵之事。我们排队就亲热得多，紧迫盯人，唯恐脱节，前面人的胳膊肘会戳你的肋骨，后面人喷出的热气会轻拂你的脖颈。其缘故之一，大概是我们的人丁太旺而场地太窄。

以我们的超级市场而论，实在不够超级，往往近于迷你，遇上八折的日子，付款处的长龙摆到货架里面去，行不得也。洋人的税捐处很会优待主顾，设备充分，偶然有七八个人排队，排得松松的，龙头走到柜台也有五步六步之遥。办起事来无左右受夹之烦，也无后顾催迫之感，从从容容，可以减少纳税人胸中许多戾气。

我们是礼仪之邦，君子无所争，从来没有鼓励人争先恐后之说。很多地方我们都讲究揖让，尤其是几个朋友走出门口的时候，常不免于拉拉扯扯礼让了半天，其实鱼贯而行也就够了。我不太明白为什么到了陌生人聚集在一起的时候，便不肯排队，而一定要奋不顾身。

我小时候只知道上兵操时才排队。曾路过大栅栏同仁堂，柜台占两间门面，顾客经常是里三层外三层挤得水泄不通，多半是仰慕同仁堂丸散膏丹的大名而来办货的乡巴佬。他们不知排队犹可说也。奈何数十年后，工业已经起飞，都市人还不懂得这生活方式中极为重要的一个项目？难道真需要那一条鞭子才行吗？

讲价

韩康采药名山，卖于长安市，三十余年，口不二价。这并不是说三十余年物价没有波动，这是说他三十余年没有讲过一次谎，就凭这一点怪脾气他的大名便入了《后汉书》的逸民列传。这并不证明买卖东西无须讲价是我们古已有之的固有道德，这只是证明自古以来买卖东西就得要价还价，出了一位韩康，便是人瑞，便可以名垂青史了。

韩康不但在历史上留下了佳话，在当时也是颇为著名的。一个女子向他买药，他守价不移，硬是没得少，女子大怒，说："难道你是韩康，一个钱没得少？"韩康本欲避名，现在小女子都知道他的大名，吓得披发入山。卖东西不讲价，自古以来，是多么难得！我们还不要忘记韩康"家世著姓"，本不是商人，如果是个"逐什一之利"的，有机会能得什二什三时岂不更妙？

从前有些店铺讲究货真价实，"言不二价""童叟无欺"的金字招牌偶然还可以很骄傲地悬挂起来，不必大减价雇吹鼓手，主顾自然上门。这种事似乎渐渐少了。童叟根本也不见得好欺侮，而且买卖大半是流动的，无所谓主顾，不讲价还是不过瘾，不七折八扣显着买卖不和气，交易一成买者就又会觉得上当。在尔虞我诈的情形之下，讲价便成为交易的必经阶段，反正是"漫天要价，就地还钱"，看看谁有本事谁讨便宜。

我买东西很少的时候能不比别人的贵。世界上有一种人，喜欢到人家里面调查物价，看看你家里有什么东西都要打听一下是用什么价钱买的，除非你在每一事物上都粘上一个纸签标明价格，否则将不胜其啰唆。

最扫兴的是，我已经把真的价钱瞒起，自欺欺人地只说了一半的价钱来搪塞他，他有时还会把头摇得像个"拨鼓"似的，表示你上了弥天的大当！我承认，有些人是特别地善于讲价，他有政治家的脸皮，外交家的嘴巴，杀人的胆量，钓鱼的耐心，坚如铁石，韧似牛皮，所以他能压倒那待价而沽的商人。我尝虚心请教，大概归纳起来讲价的艺术不外下列诸端：

第一，要不动声色。进得店来，看准了他没有什么你就要什么，使得他显得寒碜，先有几分惭愧。然后无精打采地道出你所真心要买的东西，伙计于气馁之余，自然欢天喜地地捧出他的货色，价钱根本不会太高。如果偶然发现一项心爱的东西，也不可失声大叫，如获异宝，必要行若无事，淡然处之，于打听许多种物价之后，随意问询及之，否则你打草惊蛇，他便奇货可居了。

第二，要无情地批评。甘瓜苦蒂，天下物无全美。你把货物捧在手里，不忙鉴赏，先求其疵缪之所在，不厌其详地批评一番，尽量地道出它的缺点。有些物事，本是无懈可击的，但是"嗜好不能争辩"，你这东西是红的，我偏喜欢白的，你这东西大的，我偏喜欢小的。总之，是要把东西褒贬得一文不值缺点百出，这时候伙计的脸上也许要一块红一块白的不大好看，但是他的心里软了，价钱上自然有了商量的余地，我在委曲迁就的情形之下来买东西，你在价钱上还能不让步么？

第三，要狠心还价。先假设，自从韩康入山之后每个商人都是说谎的。不管价钱多高，拦腰一砍。这需要一点胆量，狠得下心，说得出口，要准备看一副嘴脸。人的脸是最容易变的，用不了加多少钱，那副愁云惨雾的苦脸立刻开雾，露出一缕春风。但这是最紧要的时候，这是耐心的比赛，谁性急谁失败，他一文一文地减，你就一文一文地加。

第四，要有反顾的勇气。交易实在不成，只好掉头而去，也许走不了好远，他会请你回来，如果他不请你回来，你自己要有回来的勇气，不能负气，不能讲究"义不反顾，计不旋踵"。讲价到了这个地步，也就山穷水尽了。

这一套讲价的秘诀，知易行难，所以我始终未能运用。我怕费工夫，我怕伤和气，如果我粗脖子红脸，我身体受伤，如果他粗脖子红脸，我精神上难过，我聊以解嘲的方法是记起郑板桥爱写的那四个大字："难得糊涂"。

《淮南子》明明地记载着："东方有君子之国。"但是我在地图上却找不到。《山海经》里也记载着："君子国衣冠带剑，其人好让不争。"但只有《镜花缘》给君子国透露了一点消息。买物的人说："老兄如此高货，却讨恁般贱价，教小弟买去，如何能安？务求将价加增，方好遵教。若再过谦，那是有意不肯赏光交易了。"卖物的人说："既承照顾，敢不仰体？但适才妄讨大价，已觉厚颜，不意老兄反说货高价贱，岂不更教小弟惭愧？况敝货并非'言无二价'，其中颇有虚头。"

照这样讲来，君子国交易并非言无二价，也还是要讲价的，也并非不争，也还有要费口舌唾液的。什么样的国家，才能买东西不讲价呢？我想与其讲价而为对方争利，不如讲价而为自己争利，比较的合于人类本能。

　　有人传授给我在街头雇车的秘诀：街头孤零零的一辆车，车夫红光满面鼓腹而游的样子，切莫睬他，如果三五成群鸠形鹄面，你一声吆喝便会蜂拥而来，竞相延揽，车价会特别低廉。在这里我们发现人性的一面——残忍。

点名

我在小学读书的时候,先生根本不点名。全班二十几个学生,先生都记得他们的名字。谁缺席,谁迟到,先生举目一看,了如指掌,只需在点名簿上做个记号,节省不少时间。

我十四岁进了清华。清华的学生每个都编列号码(我在中等科是五八一号,高等科是一四七号)。早晨七点二十分吃早点(馒头稀饭咸菜),不准缺席迟到。饭厅座位都贴上号码,有人巡视抄写空位的号码。有贪睡懒觉的,非到最后一分钟不肯起床,匆促间来不及盥洗,便迷迷糊糊蓬头散发地赶到餐厅就座,呆坐片刻,俟点名过后再回去洗脸,早饭是牺牲了。

若是不幸遇到斋务主任陈筱田先生亲自点名,迟到五分钟的人就难逃法网了,因为这位陈先生记忆力过人,他不巡行点名,他隐身门后,他把迟到的人的号码一一录下。凡迟到若干次的便要在周末到"思过室"里去受罚静坐。他非记号码不可,因为姓名笔画太繁,来不及写,好几百人的号码,他居然一一记得,这一份功夫真是惊人。三十多年后我偶然在南京下关遇见他,他不假思索喊出我的号码一四七。

下午是中文讲的课程，学校不予重视，各课分数不列入成绩单，与毕业无关，学生也就不肯认真。但是点名的形式还是有的，记得有一位叶老先生，前清的一位榜眼，想来是颇有学问的，他上国文课，简直不像是上课。

他夹着一个布包袱走上讲台，落座之后打开包袱，取出眼镜戴上，打开点名簿，拿起一支铅笔（他拿铅笔的姿势和拿毛笔的姿势完全一样，挺直地握着笔管），然后慢条斯理地开始点名。出席的学生应声答"到！"，缺席的也有人代他答"到！"，有时候两个人同时替一个缺席的答到。全班哄笑。老先生茫然地问："到底哪一位是……？"全班又哄然大笑。点名的结果是全班无一缺席，事实上是缺席占三分之一左右。大约十分钟过去，老先生用他的浓重的乡音开讲古文，我听了一年，无所得。

胡适之先生在北大上课，普通课堂容不下，要利用大礼堂，可容三五百人，但是经常客满，而且门口窗上都挤满了人。点名是不可能的。事实上其中还有许多"偷听生"，甚至是来自校外的。朱湘就是远从清华赶来偷听的一个。胡先生深知有教无类的道理，来者不拒，点名作甚？"桃李不言，下自成蹊"。

其实点名对于教师也有好处，往往可以借此多认识几个字。我们中国人的名字无奇不有。名从主人，他起什么样的名字自有他的权利。先生若是点名最好先看一遍名簿，其中可能真有不大寻常的字。若是当众读错了字，会造成很尴尬的局面。

例如寻常的"展"，偏偏写成为"㞡"，这是古文的展字，不是人人都认得的。猛然遇见这个字可能不知所措。又如"珡"就是古文的"琴"，由隶变而来，如今少写两笔就令人不免踌躇。诸如此类的情形不少，点名的老师要早防范一下。

  还有些常见的字,在名字里常见,在其他处不常用,例如"茜"字,读倩不读西,报纸上字幕上常有"南茜""露茜"出现,一般人遂跟着错下去。可是教师不许读错,读错了便要遭人耻笑了。也有些字是俗字,在字典里找不着,那就只好请教当地人士了。

洋罪

有些人，大概是觉得生活还不够丰富，于顽固的礼教，愚昧陋俗，野蛮的禁忌之外，还介绍许多外国的风俗习惯，甘心情愿地受那份洋罪。

例如，宴集茶会之类偶然恰是十三人之数，原是稀松平常之事，但往往就有人把事态扩大，认为情形严重，好像人数一到十三，其中必将有谁虽欲"寿终正寝"而不可得的样子。在这种场合，必定有先知先觉者托故逃席，或临时加添一位，打破这个凶数，又好像只要破了十三，其中人人必然"寿终正寝"的样子。

对于十三的恐怖，在某种人中间近已颇为流行。据说，它的来源是外国的。耶稣基督被他的使徒犹大所卖，最后晚餐时便是十三人同席。因此十三成为不吉利的数目。在外国，听说不但宴集之类要避免十三，就是旅馆的号数也常以12A来代替十三。这种近于迷信而且无聊的风俗，移到中国来，则于迷信与无聊之外，还应该加上一个可嗤！

再例如，划火柴给人点纸烟，点到第三人的纸烟时，则必有热心者迫不及待地从旁嘘一口大气，把你的火柴吹熄。一根火柴不准点三支纸烟。

据博闻者说,这风俗也是外国的。

好像这风俗还不怎样古,就在上次大战的时候,夜晚战壕里的士兵抽烟,如果火柴的亮光延续到能点燃三支纸烟那么久,则敌人的枪弹炮弹必定一齐飞来。这风俗虽"与抗战有关",但在敌人枪炮射程以外的地方,若不加解释,则仍容易被人目为近于庸人自扰。

又例如,朋辈对饮,常见有碰杯之举,把酒杯碰得咣一声响,然后同时仰着脖子往下灌,咕噜咕噜地灌下去,点头咂嘴,踌躇满志。为什么要碰那一下子呢?这又是外国规矩。据说相当古的时候,而人心即已不古,于揖让酬应之间,就许在酒杯里下毒药,所以主人为表明心迹起见,不得不与客人喝个"交杯酒",交杯之际,咣的一声是难免的。

到后来,去古日远,而人心反倒古起来了,酒杯里下毒药的事情渐不多见,主客对饮只须做交杯状,听那哨然一响,便可以放心大胆地喝酒了。碰杯之起源,大概如此。在"安全第一"的原则之下,喝交杯酒是未可厚非的。如果碰一下杯,能令我们警惕戒惧,不致忘记了以酒肉相饷的人同时也有投毒的可能,而同时酒杯质料相当坚牢不致磕裂碰碎,那么,碰杯的风俗却也不能说是一定要不得。

大概风俗习惯,总是慢慢养成,所以能在社会通行。如果生吞活剥地把外国的风俗习惯移植到我们的社会里来,则必窒碍难行,其故在不服水土。讲到这里我也有一个具体的而且极端的例子——

四月一日,打开报纸一看,皇皇启事一则如下:"某某某与某某某今得某某某与某某某先生之介绍及双方家长之同意,订于四月一日在某某处行结婚礼,国难期间一切从简,特此敬告诸亲友。"结婚只是男女两人的事,对别人无关,而别人偏偏最感兴趣。启事一出,好事者奔走相告,更好事者议论纷纷,尤好事者拍电致贺。

四月二日报纸上有更皇皇的启事一则如下:"某某某启事,昨为西俗万愚节,友人某某某先生遂假借名义,代登结婚启事一则以资戏弄,此事概属乌有,诚恐淆乱听闻,特此郑重声明。"好事者嗒然若丧,更好事者引为谈助,尤好事者则去翻查百科全书,寻找万愚节之源起。

四月一日为万愚节,西人相绐以为乐;其是否为陋俗,我们管不着,其是否把终身大事也划在相绐的范围以内,我们亦不得知。我只觉得这种风俗习惯,在我们这国度里,似嫌不合国情。我觉得我们几乎是天天在过万愚节。

舞文弄墨之辈,专作欺人之谈,且按下不表,单说市井习见之事,即可见我们平日颇不缺乏相绐之乐。有些店铺高高悬起"言无二价""童叟无欺"的招牌,这就是反映着一般的诳价欺骗的现象。凡是约期取件的商店,如成衣店、洗衣店、照相馆之类,因爽约而使我们徒劳往返的事是很平常的,然对外国人则不然,与外国人约甚少爽约之事。我想这原因大概就是外国人只有在四月一日那一天才肯以相绐为乐,而在我们则一年三百六十五天,随便哪一天都无妨定为万愚节。

万愚节的风俗,在我个人,并不觉得生疏,我不幸从小就进洋习甚深的学校,到四月一日总有人伪造文书诈欺取乐,而受愚者亦不为忤。现在年事稍长,看破骗局甚多,更觉谑浪取笑无伤大雅。

不过一定要仿西人所为,在四月一日这一天把说谎普遍化、合理化,而同时在其余的三百六十多天又并不仿西人所为,仍然随时随地地言而无信互相欺诈,我终觉得大可不必。

外国的风俗习惯永远是有趣的,因为异国情调总是新奇的居多。新奇就有趣。不过若把异国情调生吞活剥地搬到自己家里来,身体力行,则新奇往往变成为桎梏,有趣往往变成为肉麻。基于这种道理,很有些人至今喝茶并不加白糖与牛奶。

谦让

谦让仿佛是一种美德,若想在眼前的实际生活里寻一个具体的例证,却不容易。类似谦让的事情近来似很难得发生一次。就我个人的经验说,在一般宴会里,客人入席之际,我们最容易看见类似谦让的事情。

一群客人挤在客厅里,谁也不肯先坐,谁也不肯坐首座,好像"常常登上座,渐渐入祠堂"的道理是人人所不能忘的。于是你推我让,人声鼎沸。辈分小的,官职低的,垂着手远远地立在屋角,听候调遣。

自以为有占首座或次座资格的人,无不攘臂而前,拉拉扯扯,不肯放过他们表现谦让的美德的机会。有的说:"我们叙齿,你年长!"有的说:"我常来,你是稀客!"有的说:"今天非你上座不可!"事实固然是为让座,但是当时的声浪和唾沫星子却都表示像在争座。主人觍着一张笑脸,偶然插一两句嘴,作鹭鸶笑。

这场纷扰,要直到大家的兴致均已低落,该说的话差不多都已说完,然后急转直下,突然平息,本就该坐上座的人便去就了上座,并无苦恼之相,而往往是显着踌躇满志顾盼自雄的样子。

我每次遇到这样谦让的场合,便首先想起《聊斋》上的一个故事:一伙人在热烈地让座,有一位扯着另一位的袖子,硬往上拉,被拉的人硬往后躲,双方势均力敌,突然间拉着袖子的手一松,被拉的那只胳臂猛然向后一缩,胳臂肘尖正撞在后面站着的一位驼背朋友的两只特别凸出的大门牙上,咔嚓一声,双牙落地!

我每忆起这个乐极生悲的故事,为明哲保身起见,在让座时我总躲得远远的。等风波过后,剩下的位置是我的,首座也可以,坐上去并不头晕,末座亦无妨,我也并不因此少吃一嘴。我不谦让。

考让座之风之所以如此地盛行,其故有二。第一,让来让去,每人总有一个位置,所以一面谦让,一面稳有把握。假如主人宣布,位置只有十二个,客人却十四位,那便没有让座之事了。第二,所让者是个虚荣,本来无关宏旨,凡是半径都是一般长,所以坐在任何位置(假如是圆桌)都可以享受同样的利益。

假如明文规定,凡坐过首席若干次者,在铨叙上特别有利,我想让座的事情也就少了。我从不曾看见,在长途公共汽车车站售票的地方,如果没有木制的长栅栏,而还能够保留一点谦让之风!

因此我发现了一般人处世的一条道理,那便是:可以无须让的时候,则无妨谦让一番,于人无利,于己无损;在该让的时候,则不谦让,以免损己;在应该不让的时候,则必定谦让,于己有利,于人无损。

小时候读到孔融让梨的故事,觉得实在难能可贵,自愧弗如。一只梨的大小，虽然是微不足道，但对于一个四五岁的孩子，其重要或者并不下于一个公务员之心理盘算简、荐、委。有人猜想，孔融那几天也许肚皮不好，怕吃生冷，乐得谦让一番。我不敢这样妄加揣测，不过我们要承认，利之所在，可以使人忘形，谦让不是一件容易的事。孔融让梨的故事，发扬光大起来，确有教育价值，可惜并未发生多少实际的效果：今之孔融，并不多见。

谦让作为一种仪式，并不是坏事，像天主教会选任主教时所举行的仪式就蛮有趣。就职的主教照例地当众谦逊三回，口说"nolo episcopari"，意即"我不要当主教"，然后照例地敦促三回终于勉为其难了。我觉得这样的仪式比宣誓就职之后再打通电话声明固辞不获要好得多。

谦让的仪式行久了之后，也许对于人心有潜移默化之功，使人在争权夺利奋不顾身之际，不知不觉地也举行起谦让的仪式。

可惜我们人类的文明史尚短，潜移默化尚未能奏大效，露出原始人的狰狞面目的时候要比雍雍穆穆地举行谦让仪式的时候多些。我每次从公共汽车售票处杀进杀出，心里就想先王以礼治天下，实在有理。

吃醋

世以妒妇比狮子。(在阁《知新录》)

狮子日食醋一瓶。(《续文献通考》)

忽闻河东狮子吼,挂杖落地心茫然。(东坡《嘲季常诗》)

醋是一种有酸味的液体,以酒发酵酿成者也。是佐味必备之物,吃饺子尤其少不了它,如镇江之醋,如山西老陈醋,均为醋中上品。这篇文章说的却不是这种醋,说的是每一个人蕴之于心、形之于外的心理上的醋。

夫妇居室,大凡非相生即为相克。相生是阴阳得济再好没有;若不幸而相克,则从古以来"二虎相争,必有一伤",当然必有一个克得过,一个克不过。

为什么不相生而相克呢?理由很多,吃醋是很重要的理由之一。常常老爷不跟太太好而跟另一位好,或者是太太不跟老爷好而跟另一位好。这么一来,对方当然嫉妒,可是并非嫉妒对方,而是嫉妒那个另一位。不过另一位很不易与之发生正式冲突,于是一腔酸气便全发在对方的身上,因而相克,即所谓吃醋。

所以吃醋原是双方的,并不仅在太太方面。可是最著名的例子却是太太造成,宋朝的陈季常先生瞒了太太鬼头鬼脑地召妓饮酒,被陈太太知道了跑到隔壁,把板壁一敲,于是陈先生"忽闻河东狮子吼,挂杖落地心茫然","茫然"两字,最得其神,千年之后我们都可想见其可怜的狼狈之状。然而他这是活该,可怜不足惜。最倒霉的就是陈太太落了个"河东狮子"的名字,千秋万世不能解脱。

传说释迦牟尼佛生时,一手指天,一手指地,作狮子吼,云:天上天下,唯吾独尊。狮子是兽中之王,大声一吼,自然群兽慑伏。佛家就说狮子吼而百兽伏,以喻正义伸而群言沮。古人把善妒之妇与释迦牟尼佛相提并论,其重视的程度可以想见。

有一种捕风提影的吃醋,令人莫名其妙,谓之吃飞醋。

剃头的挑子一头热,自己酸气冲天,气得七颠八倒,而对方满没理会,此之谓吃寡醋。

亦有人把这个醋吃得非常温柔,小巧而可爱,以退为进,适可而止,纵横捭阖,不可向迩,结果求福得福,求利得利。这是吃醋吃到了家的。否则弄巧成拙,不但吃了亏,还会被别人说闲话,说是醋坛子、醋坯子、醋瓶子……

又有一种人茅包脾气,性如烈火。醋劲上来,急火攻心;不管三七二十一,拳头嘴巴齐上,手枪刀子全来。于是演出惨绝人寰的大悲剧。这是白热化的醋缸大爆炸,为智者所不取。

这是男女间的吃醋,虽因情形之异而结果不同,可是出发点全是好的。

它的演进是：由爱生疑，由疑生醋。

　　吃醋固不仅男女而然也。既然嫉妒之心，人皆有之，既引小喻大，何时何地不能吃醋？同行相轻，常常是吃醋使然；我不服你，你不服我，这其间的真是非原是不容易分出来的。社会之中，名利争夺，在在都有引起吃醋的可能。

　　醋的力量之大，既如上述，我们绝不能忽视它。不过假如我们真有这样大的醋劲非发泄不可的话，我们何妨转移目标把这一股泼辣的力量用在一种伟大的事业上去呢？

敬老

重九那一天，报纸上嚷嚷说要敬老。我记得前几年敬老还有仪式，许多七老八十的人被邀请到大会堂，于敬聆官长致辞之后，各得大碗面一碗，呼噜呼噜地当众表演吃面。

在某一年，其中有某一位老者，不知是临面欢忻兴奋过度，还是饥火烧肠奋不顾身，竟白眼一翻当场噎死。从此敬老之面因噎废食，改为亲民之官致送礼品。

根据《礼记·曲礼》，"七十曰老"，我们这个市里七十以上的达一万七千多位，所以市长纡尊降贵亲自登门送礼致敬的则限于年在百龄以上之人瑞，所以表示殊荣。

重九很快地过去，报纸忙着嚷嚷别的节日，谁还能天天敬老？一年一度，适可而止。

敬老之事我已淡忘，有一天里干事先生亲自骑着脚踏车送来纸匣装着的饭碗一对，说明这是赠给拙荆的，不错，她今年七十，我还不够资格，我须到明年才能领受饭碗。我接过纸匣。手上并不觉得沉甸甸，知非金碗，当即放心收下。里干事先生掉头而去，我看他脚踏车上后面一大纸箱，里面至少有几十匣饭碗。

这一对饭碗，白白净净，光光溜溜，碗口好像微有起伏不平之状，碗底有英文字样，细辨之则为 Chilong China，显然是准备外销或已外销而又被退回的国货。是国货我就喜欢。碗上有两丛兰花，像郑思肖画的露根兰花——不，不是兰花，是稻谷，所谓嘉禾。碗上朱笔写着"老人节纪念，台北市市长高玉树敬赠"。我把玩了一阵，实在舍不得天天捧着使用，只好放在柜橱里什袭藏之。

饭碗当然是以纯金制者为最有分量，但是瓷质饭碗也就足够成为吉祥的象征。民以食为天，人最怕的就是没有饭吃，尤其是怕老来没有饭吃。饭碗是吃饭的家伙，先有了饭碗然后才可以进一步往里面装饭。

若能把两碗饭装在一只碗里，高高的，凸凸的，吃起来碰鼻头，四川人所谓的"帽儿头"，那是人生最高境界。即或碗内常空，或只能装到几分满，令人吃不饱饿不死，也能给人带来一份职业清高的美誉。多少人栖栖惶惶地找饭碗，多少人蝇营狗苟地谋求饭碗，又有多少人战战兢兢地唯恐打破饭碗！

老年饱经世变，与人无争，只希望平平安安地有碗饭吃，就心满意足，所以在这时节送上饭碗一对，实在等于是善颂善祷，努力加飧饭，适合国情之至。

敬老尊贤四个字是常连用的，其实老未必皆贤，老而不死者比比皆是，贤亦未必皆老，不幸短命死矣的人亦实繁有徒，唯有老而且贤，贤而且老，才真值得受人尊敬。

这种事,大家都宁愿睁一眼闭一眼,不欲苦追求。

百龄人瑞,年年有人拜访,叩问的大率是养生之术,不及其他。可以说是纯敬老。

旧

"我爱一切旧的东西——老朋友，旧时代，旧习惯，古书，陈酿；而且我相信，陶乐赛，你一定也承认我一向是很喜欢一位老妻。"这是高尔斯密的名剧《委曲求全》（*She Stoops to Conquer*）中那位守旧的老头儿哈德卡索先生说的话。

他的夫人陶乐赛听了这句话，心里有点高兴，这风流的老头子还是喜欢她，但是也不是没有一点愠意，因为这一句话的后半段说穿了她的老。

这句话的前半段没有毛病，他个人有此癖好，干别人什么事？而且事实上有很多人颇具同感，也觉得一切东西都是旧的好，除了朋友、时代、习惯、书、酒之外，有数不尽的事物都是越老越古越旧越陈越好。所以有人把这半句名言用花体正楷字母抄了下来，装在玻璃框里，挂在墙上，那意思好像是在向喜欢除旧布新的人挑战。

俗语说，"人不如故，衣不如新"。其实，衣着之类还是旧的舒适。新装上身之后，东也不敢坐，西也不敢靠，战战兢兢。我看见过有人全神贯注在他的新西装裤管上的那一条直线，坐下之后第一桩事便是用手在膝盖处提动几下，生恐膝部把他的笔直的裤管撑得变成了口袋。人生至此，还有什么趣味可说！

看见过爱因斯坦的小照吗？他总是披着那一件敞着领口胸怀的松松大大的破夹克，上面少不了烟灰烧出的小洞，更不会没有一片片的汗斑油渍，但是他在这件破旧衣裳遮盖之下优哉游哉地神游于太虚之表。

《世说新语》记载着："桓车骑不好着新衣，浴后，妇故送新衣与，车骑大怒，催使持去。妇更持还，传语云：'衣不经新，何由而故？'桓公大笑，着之。"桓冲真是好说话，他应该说，"有旧衣可着，何用新为？"也许他是为了保持阃内安宁，所以才一笑置之。

"杀头而便冠"的事情，我还没有见过，但是"削足而适履"的行为，则颇多类似的例证。一般人穿的鞋，其制作设计很少有顾到一只脚是有五个趾头的，穿这样的鞋虽然无须"削"足，但是我敢说五个脚趾绝对缺乏生存空间。有人硬是觉得，新鞋不好穿，敝屣不可弃。

"新屋落成"金圣叹列为"不亦快哉"之一，快哉尽管快哉，随后那"树小墙新"的一段暴发气象却是令人难堪。"欲存老盖千年意，为觅霜根数寸栽"，但是需要等待多久！一栋建筑要等到相当破旧，才能有"树林阴翳，鸣声上下"之趣，才能有"苔痕上阶绿，草色入帘青"之乐。

西洋的庭园，不时地要剪草，要修树，要打扮得新鲜耀眼，我们的园艺的标准显然的有些不同，即使是帝王之家的园囿也要在亭阁楼台画栋雕梁之外安排一个"濠濮间""谐趣园"，表示一点点陈旧古老的萧瑟之气。至于讲学的上庠，要是墙上没有多年蔓生的常春藤，基脚上没有远年积留的苔藓，那还能算是第一流么？

旧的事物之所以可爱，往往是因为它有内容，能唤起人的回忆。例如阳历尽管是我们正式采用的历法，在民间则阴历仍不能废，每年要过两个新年，而且只有在旧年才肯"新桃换旧符"。明知地处亚热带，仍然未能免俗要烟熏火燎地制造常常带有尸味的腊肉。端午的龙舟粽子是不可少的，有几个人想到那"露才扬己怨怼沉江"的屈大夫？还不是旧俗相因虚应故事？中秋赏月，重九登高，永远一年一度地引起人们的不可磨灭的兴味。甚至腊八的那一锅粥，都有人难以忘怀。

至于供个人赏玩的东西，当然是越旧越有意义。一把宜兴砂壶，上面有陈曼生制铭镌句，纵然破旧，气味自然高雅。"樗蒲锦背元人画，金粟笺装宋版书"更是足以使人超然远举，与古人游。我有古钱一枚，"临安府行用，准三百文省"，把玩之余不能不联想到南渡诸公之观赏西湖歌舞。

我有胡桃一对，祖父常常放在手里揉动，嘎咯嘎咯地作响，后来又在我父亲手里揉动，也嘎咯嘎咯地响了几十年，圆滑红润，有如玉髓，真是先人手泽，现在轮到我手里嘎咯嘎咯地响了，好几次险些儿被我的儿孙辈敲碎取出桃仁来吃！每一个破落户都可以拿出几件旧东西来，这是不足为奇的事。国家亦然。多少衰败的古国都有不少的古物，可以令人惊羡，欣赏，感慨，唏嘘！

旧的东西之可留恋的地方固然很多，人生之应该日新又新的地方亦复不少。对于旧日的典章文物我们尽管喜欢赞叹，可是我们不能永远盘桓在美好的记忆境界里，我们还是要回到这个现实的地面上来。

在博物馆里我们面对商周的古金，宋元明的书画瓷器，可是溜酸双腿走出门外便立刻要面对挤死人的公共汽车，丑恶的市招，和各种饮料一律通用的玻璃杯！

  旧的东西大抵可爱，惟旧病不可复发。诸如夜郎自大的脾气，奴隶制度的残余，懒惰自私的恶习，蝇营狗苟的丑态，畸形病态的审美观念，以及罄竹难书的诸般病症，皆以早去为宜，旧病才去，可能新病又来，然而总比旧疴新恙一时并发要好一些。最可怕的是，倡言守旧，其实只是迷恋骸骨；唯新是骛，其实只是撷拾皮毛，那便是新旧之间两俱失之了。

病

鲁迅曾幻想到吐半口血扶两个丫鬟到阶前看秋海棠,以为那是雅事。其实天下雅事尽多,唯有生病不能算雅。没有福分扶丫鬟看秋海棠的人,当然觉得那是可羡的,但是加上"吐半口血"这样一个条件,那可羡的情形也就不怎样可羡,似乎还不如独自一个硬硬朗朗到菜圃看一畦萝卜白菜。

最近看见有人写文章,女人怀孕写作"生理变态",我觉得这人倒有点"心理变态"。病才是生理变态。病人的一张脸就够瞧的,有的黄得像讣闻纸,有的青得像新出土的古铜器,比髑髅多一张皮,比面具多几个眨眼。病是变态,由活人变成死人的一条必经之路。因为病是变态,所以病是丑的。西子捧心蹙颦,人以为美,我想这也是私人癖好,想想海上还有逐臭之夫,这也就不足为奇。

我由于一场病,在医院住了很久。我觉得我们中国人最不适宜于住医院。在不病的时候,每个人在家里都可以做土皇帝,佣仆不消说是用钱雇来的奴隶,妻子只是供膳宿的奴隶,父母是志愿的奴隶,平日养尊处优惯了,一旦他老人家欠安违和,抬进医院,恨不得把整个的家(连厨房在内)

都搬进去！

病人到了医院，就好像是到了自己的别墅似的，忽而买西瓜，忽而冲藕粉，忽而打洗脸水，忽而灌暖水壶。与其说医院家庭化，毋宁说医院旅馆化，最像旅馆的一点，便是人声嘈杂，四号病人快要咽气，这并不妨碍五号病房的客人的高谈阔论；六号病人刚吞下两包安眠药，这也不能阻止七号病房里扯着嗓子喊黄嫂。

医院是生与死的决斗场，呻吟号啕以及欢呼叫嚣之声，当然都是为情之所不能已，圣人弗禁。所苦者是把医院当作养病之所的人。

但是有一次我对于我隔壁房所发的声音，是能加以原谅的。是夜半，是女人声音，先是摇铃随后是喊"小姐"，然后一声铃间一声喊，由原板到流水板，愈来愈促，愈来愈高，我想医院里的人除了住了太平间的之外大概谁都听到了，然而没有人送给她所要用的那件东西。呼声渐变成号声，情急渐变成衷恳，等到那件东西等因奉此地辗转送到时，已经过了时效，不复成为有用的了。

旧式讣闻喜用"寿终正寝"字样，不是没有道理的。在家里养病，除了病不容易治好之外，不会为病以外的事情着急。如果病重不治必须寿终，则寿终正寝是值得提出来傲人的一件事，表示死者死得舒服。

人在大病时，人生观都要改变。我在奄奄一息的时候，就感觉得人生无常，对一切不免要多加一些宽恕，例如对于一个冒领米贴的人，平时绝不稍予假借，但在自己连打几次强心针之后，再看着那个人贸贸然来，也就不禁心软，认为他究竟也还可以算做一个圆颅方趾的人。

鲁迅死前遗言"不饶恕，也不求人饶恕"。那种态度当然也可备一格。不似鲁迅那般伟大的人，便在体力不济时和人类容易妥协。我僵卧了许多天之后，看着每个人都有人性，觉得这世界还是可留恋的。不过我在体温脉搏都快恢复正常时，又故态复萌，眼睛里揉不进沙子了。

弱者才需要同情，同情要在人弱时施给，才能容易使人认识那份同情，一个人病得吃东西都需要喂的时候，如果有人来探视，那一点同情就像甘露滴在干土上一般，立刻被吸收了进去。病人会觉得人类当中彼此还有联系，人对人究竟比兽对人要温和得多。

不过探视病人是一种艺术，和新闻记者的访问不同，和吊丧又不同。我最近一次病，病情相当曲折，叙述起来要半小时，如用欧化语体来说半小时还不够。而来看我的人是如此诚恳，问起我的病状便不能不详为报告，而讲述到三十次以上时，便感觉像一位老教授年年在讲台上开话匣片子那样单调而且惭愧。

我的办法是，对于远路来的人我讲得要稍为扩大一些，而且要强调病的危险，为的是叫他感觉此行不虚，不使过于失望。对于邻近的朋友们则不免一切从简诸希矜宥！有些异常热心的人，如果不给我一点什么帮助，一定不肯走开，即使走开也一定不会愉快，我为使他愉快起见，口虽不渴也要请他倒过一杯水来，自己做"扶起娇无力"状。有些道貌岸然的朋友，看见我就要脱离苦海，不免悟出许多佛门大道理，脸上愈发严重，一言不发，愁眉苦脸，对于这朋友我将来特别要借重，因为我想他于探病之外还适于守尸。

陆

有趣生活

唐人自何处来

我二十二岁清华学校毕业,是年夏,全班数十同学搭杰克逊总统号由沪出发,于九月一日抵达美国西雅图。登陆后,暂息于青年会宿舍,一大部分立即乘火车东行,只有极少数的同学留下另行候车。

预备到科罗拉多泉的有王国华、赵敏恒、陈肇彰、盛斯民和我几个人。赵敏恒和我被派在一间寝室里休息。寝室里有一张大床,但是光溜溜的没有被褥,我们二人就在床上闷坐,离乡背井,心里很是酸楚。时已夜晚,寒气袭人。突然间孙清波冲入室内,大声地说:"我方才到街上走了一趟,我发现满街上全是黄发碧眼的人,没有一个黄脸的中国人了!"

赵敏恒听了之后,哀从中来,哇的一声大哭,趴在床上抽噎。孙清波回头就走。我看了赵敏恒哭的样子,也觉得有一股凄凉之感。二十几岁的人,不算是小孩子,但是初到异乡异地,那份感受是够刺激的。午夜过后,有人喊我们出发去搭火车,在车站看见黑人车侍提着煤油灯摇摇晃晃地喊着:"全都上车啊!全都上车啊!"

车过夏延,那是怀俄明州的都会,四通八达,算是一大站。从此换车南下便直达丹佛和科罗拉多泉了。我们在国内受到过警告,在美国火车上不可到餐车上用膳,因为价钱很贵,动辄数元,最好是沿站购买零食或下车小吃。

在夏延要停留很久,我们就相偕下车,遥见小馆便去推门而入。我们选了一个桌子坐下,侍者送过菜单,我们拣价廉的菜色各自点了一份。在等饭的时候,偷眼看过去,见柜台后面坐着一位老者,黄脸黑发,像是中国人,又像是日本人。他不理我们,我们也不理他。

我们刚吃过了饭,那位老者踱过来了。他从耳朵上取下半截长的一支铅笔,在一张报纸的边上写道:"唐人自何处来?"

果然,他是中国人,而且他也看出我们是中国人。他一定是广东台山来的老华侨。显然他不会说国语,大概是也不肯说英语,所以开始和我们笔谈。

我接过了铅笔,写道:"自中国来。"

他的眼睛瞪大了,而且脸上泛起一丝笑容。他继续写道:"来此何为?"

我写道:"读书。"

这下子,他眼睛瞪得更大了,他收敛起笑容,严肃地向我们跷起了他的大拇指,然后他又踱回到柜台后面他的座位上。

我们到柜台边去付账。他摇摇头、摆摆手,好像是不肯收费,他说了一句话好像是:"统统是唐人呀!"

我们称谢之后刚要出门,他又喂喂地把我们喊住,从柜台下面拿出一把雪茄烟,送我们每人一支。

我回到车上，点燃了那支雪茄。在吞烟吐雾之中，我心里纳闷，这位老者为什么不收餐费？为什么奉送雪茄？大概他在夏延开个小餐馆，很久没看到中国人，很久没看到一群中国青年，更很久没看到来读书的中国青年人。我们的出现点燃了他的同胞之爱。事隔数十年，我不能忘记和我们作简短笔谈的那位唐人。

文艺与道德

在美国的《新闻周刊》上看到这样一段新闻：

"且来享受醇酒妇人，尽情欢笑；明天再喝苏打水，听人讲道。"这是英国诗人拜伦（一七八八年至一八二四年）的句子，据说他不仅这样劝别人，他自己也彻底地接受了他自己的劝告。他和无数的情人缱绻，许多的丑闻使得这位面貌姣好头发卷曲的诗人死后不得在西敏寺内获一席地，几近一百五十年之久。

一位教会长老说过，拜伦的"公然放浪的行为"和他的"不检的诗篇"使他不具有进入西敏寺的资格。但是"英格兰诗会"以为这位伟大的浪漫作家，由于他的诗和"他对于社会公道与自由之经常的关切"，还是应该享有一座纪念物的，西敏寺也终于改变了初衷，在"诗人角"里安放了一块铜牌来纪念拜伦。

那"诗人角"是早已装满了纪念诗人们的碑牌之类，包括诸大诗人如莎士比亚、弥尔顿、骚塞、雪莱、济慈，甚至还有一位外国诗人名为朗费洛的也在内。

这样的一条新闻实在令人感慨万千。拜伦是英国的一位浪漫诗人，在行为与作品上都不平凡，"一觉醒来，名满天下"，他不但震世骇俗，他也愤世嫉俗，"不是英格兰不适于我，便是我不适于英格兰"。于是怫然出国，遨游欧土，卒至客死异乡，享年不过三十有六。

他生不见容于重礼法的英国社会，死不为西敏寺所尊重，这是可以理解的事。一百五十年后，情感被时间冲淡，社会认清了拜伦的全部面貌，西敏寺敞开了它的严封固扃的大门，这一事实不能不使我们想一想，文艺与道德究竟是怎样的一种关系。

有人说，文艺与道德没有关系。

一位厨师，只要善于调和鼎鼐，满足我们的口腹，我们就不必追问他的私生活中有无放荡逾检之处。这一比喻固很巧妙，但并不十分允洽。因为烹调的成品，以其色香味供我们欣赏，性质简单。而文艺作品之内容，则为人生的写照，人性的发挥，我们不仅欣赏其文辞，亦且受其内容的感动，有时为之逸兴遄飞，有时为之回肠荡气。

我们纵然不问作者本人的道德行为，却不能不理会文艺作品本身所含蓄着的道德意味。人生的写照，人性的发挥，永远不能离开道德。文艺与道德不可能没有关系。进一步说，口腹之欲的满足也并非是饮食之道的极致；快我朵颐之外，也还要顾到营养健康。文艺之于读者的感应，其间更要引起道德的影响与陶冶的功能。

所谓道德，其范围至为广阔，既不限于礼教，更有异于说教。吾人行事，何者应为，抉择之间端在一心，那便是道德价值的运用。悲天悯人，民胞物与的精神，也正是道德的高度表现。

以拜伦而论，他的私人行为有许多地方诚然不足为训，但是他的作品却常有鼓舞人心向上的力量，也常有令人心胸开阔的妙处。他赞赏光荣的历史，他同情被压迫的人民，那一份激昂慷慨的精神，百余年之后仍然虎虎有生气，使得西敏寺的住持人不能不心回意转，终于奉献给他那一份积欠已久的敬意。

在伟大作品照耀之下，作者私人生活的玷污终被淡忘，也许不是谅恕，这是不是英国人聪明的地方呢？我们中国人礼教的观念很强，以为一个人私德有亏，便一无是处，我们是不容易把人品和作品分开来的，而且"文人无行"的看法也是很普遍的，好像一个人一旦成为文人，其品行也就不堪闻问，甚至有些文人还有意地不肯敦品，以为不如此不能称其为文人。

文艺的题材是人生，所以文艺永远含有道德的意味；但是文艺的功用是不是以宣扬道德为最重要的一项呢？

在西洋文学批评里，这是一个老问题。罗马的何瑞士采取一种折中的态度，以为文学一面供人欣赏，一面教训，所谓寓教训于欣赏。近代纯文学的观念则是倾向于排斥道德教训于文艺之外。我们中国的传统看法，把文艺看成为有用的东西，多少是从实用的观点出发，并不充分承认其本身价值。

从孔子所说"诗可以兴，可以观，可以群，可以怨，迩之事父，远之事君，多识于鸟兽草木之名"起，以至于周敦颐所谓之"文以载道"，都是把文艺当作教育工具看待，换言之，就是强调文艺之教育的功能，当然也就是强调文艺之道德的意味。

直到晚近，文艺本身价值才逐渐被人认识，但是开明如梁任公先生的《小说与群治之关系》，仍未尽脱传统的功利观念的范围。我国的戏剧文学未能充分发达的原因之一，便是因为社会传统过分重视戏剧之社会教育价值。劝忠说孝，没有人反对；旧日剧院舞台两边柱上都有惩恶奖善性质的对联，可惜的是编剧的人受了束缚，不能自由发展，而观众所能欣赏到的也只剩了歌腔身段。戏剧有社会教育的功能，但戏剧本身的价值却不尽在此。

文艺与道德有密切的关系，但那关系是内在的，不是目的与手段之间的主从关系。我们可以利用戏剧而从事社会教育，例如破除迷信，扫除文盲，以至于促进卫生，保密防谍，都可以透过戏剧的方式把主张传播给大众。但是我们必须注意，这只是借用性质，借用就是借用，不是本来用途。

文艺作品里有情感，有思想，可是里面的思想往往是很难捉摸的，因为那思想与情感交织在一起，而且常是不自觉偶然流露出来的。

文艺作家观察人生，处理他选定的题材，自有他独特的眼光，他不会拘于成见，他也不会唯他人之命是从，他不可能遗世独立，把文艺与道德完全隔离，亦不可能忘却他的严肃的"观察人生，并且观察人生全体"之神圣使命。

幸灾乐祸

有人问"幸灾乐祸"一语,如何英译。英语中好像没有现成的字辞可用,只好累赘一些译其大意。德文里有一个字,schaden-freud,似尚妥切。schaden,是灾祸,freud 是乐,看到别人的灾祸而引以为乐。

"幸灾乐祸"一语出自《左传·僖公十四年》:"背施无亲,幸灾不仁。"及《庄公二十年》:"歌舞不倦,是乐祸也。"原说的是国与国之间的关系,现在人与人之间也常使用这个成语,表示同情心之缺乏,甚至冷酷自私的态度。

其实,幸灾乐祸不一定是某个人品行上的缺点,实在是人性某方面的通性之一。人在内心上很少不幸灾乐祸的。有人明白地表示了出来,有人把它藏在心里,秘而不宣,有人很快地消除这种心理,进而表示出悲天悯人慷慨大方的态度。

最近报上有这样一段新闻:

……违建户大火,烈焰映红了半边天,也映出了两种截然不同的心态。

在火场邻近的屋顶上,挤满了人。左边的消防人员手拿送水带,卖力地想要将火尽速扑灭。一名队员还从屋顶上摔下来,幸而只受轻伤。

右边的一群人却"隔岸观火",有几个还悠闲地蹲坐下来。别人的灾难竟被他们当成热闹好戏。

旁边附刊了照片,可惜模糊了一点,没有显示出那几位"悠闲地蹲坐下来"的先生们的面目。助桀为虐,照例有人看热闹,除非那一火起自或烧到你自己的家宅,那时候那一场热闹就只好留给别人看。

不过我有一点疑问:假使离府上相当远的地方发生火警,不论是违章建筑还是高楼大厦,浓烟直冒,火舌四伸,消防队的救火车纷纷到来施救,居民忙着抢搬家私,现场一片混乱,这时节,你怎么办?当然你不会去趁火打劫,你也不会若无其事地闭门家中坐。

你是否要提着一铅铁桶水前去帮着施救呢?你不会这样做,人家也不准你这样做,这样做只有越帮越忙,而且无济于事。

遇到此等事,只好交给消防队去处理,闲杂人等请站开。站开了看是可以,爬到屋顶上看也可以,如果你不怕摔下来。千万不可站累了蹲下来坐着看,因为蹲坐表示"悠闲",人家有灾难,你怎么可以悠闲看热闹?悠闲地看热闹便至少有隔岸观火之嫌。如果你心里想"这火势怎么这样小",或"这场火怎么这样就扑灭了",那你就是十足的幸灾乐祸了。

我看过几场大火。第一次是在民元,北京兵变火烧东安市场。市场离我家不远,隔一条大街,火势映红了半边天,那时候我还小,童子何知,躬逢巨劫。我当时只觉得恐怖,只觉得那么多好吃好玩的物资付之一炬,太可惜了。

第二次看到大火是在重庆遭遇五四大轰炸，我逃难到海棠溪沙洲上，坐卧在沙滩上仰观重庆闹区火光冲天，还听得一阵阵爆竹响（因为房屋多为竹制），真个的是隔岸观火，心里充满了悲愤。

又一次观火是在北碚的一个夏天，晚饭后照例搬出两张沙发放在门前平台上，啜茗乘凉。忽然看见对面半山腰上有房屋起火，先是一缕炊烟似的慢慢升起，俄而变成黑黑的一股烽燧狼烟，终乃演成焰焰大火。我坐下来，一面品茗，一面隔着一个山谷观火。非观不可，难道闭起眼睛非礼勿视？而且非悠闲不可，难道要顿足太息，或是双手合十，口呼："善哉！善哉！"

有时候听说舟车飞机发生意外，多人殉亡，而自己阴差阳错偏偏临时因故改变行程，没有参加那一班要命的行旅，不免私下庆幸。这不是幸灾乐祸，对于那些在劫难逃的人，纵不恫伤，至少总有一些同情。对于自己的侥幸，当然大为高兴，但是这一团高兴并非建立在别人的痛苦之上。

法国十七世纪的作家拉饶施福谷①（La Rochefoucauld）的《箴言集》里有这样的一句名言："在我们的至交的灾难中，我们会发现一点点并不使我们不高兴的东西。"（"Dans l'adversité de nos meilleurs amis nous trouvons quelque chose, qui ne nous deplaist pas."）这一点点并不使我们不高兴的东西，就是我们才说到的那种侥幸心理吧？

灾难如果发生在我们的敌人头上，我们很难不幸灾乐祸。一九四五年

---

① 十七世纪法国古典作家弗朗索瓦·德·拉罗什富科。

两颗原子弹投落在广岛、长崎，造成很大的伤害，当时饱尝日寇荼毒的我国民众几乎没有不欢欣鼓舞的，认为那是天公地道的膺惩。

想想日军在南京的大屠杀，在珍珠港的偷袭，他们不该付出一点代价么？此之谓自作孽，不可活。也许有人以为我们应该如曾子所说的"哀矜而勿喜"，可是那种修养是很难得的。

房东与房客

狗见了猫,猫见了耗子,全没有好气,总不免怒目相视,龇牙咧嘴,一场格斗了事。上天生物就是这样,生生相克,总得斗。

房东与房客,或房客与房东,其间的关系也是同样的不祥。在房东眼里,房客很少有好东西;在房客眼里,房东根本就没有一个好东西。利害冲突,彼此很难维持人与人之间应有的常态。

房东的哲学往往是这样的:"来看房的那个人,看样子就面生可疑。我的房子能随便租给人?租给他开白面房子怎么办?将来非找个妥保不可。你看他那个神儿!房子的间架矮哩,院子窄哩,地点偏哩,房租贵哩,褒贬得一文不值,好像是谁请他来住似的!你不合适不会不住?我说得清清楚楚,你没有家眷我可不租,他说他有。我问他是干什么的,他死不张嘴,再不就是吞吞吐吐,八成不是好人。可是后来我还是租给他了。他往里一搬,哎呀,怎那么多人口,也不知究竟是几家子?瘪嘴的老太太有好几位,孩子一大串,兔儿爷似的一个比一个高。住了没有几个月,房子糟蹋得不成样了,雪白的墙角上他堆煤,披麻绿油的影壁上画了粉笔的飞机与乌龟,砖缝里的草长了一人多高,沟眼也堵死了,水龙头也歪了,地板上的油漆也磨光了,天花板也熏黑了,玻璃窗也用高丽纸给补了,门环子也掉了……唉,简直是遭劫!房租到期还要拖欠,早一天取固然不成,过几天取也常要碰钉子,'过两天再来吧''下月一起付罢''太太不在家''先付半个月的罢''我们还没有发薪哪,发了薪给你送去'……好,房租取不到,还得白跑道。腿杆儿都跑细了。他不给租钱,还挺横,你去取租的时候,他就叫你蹲在门口儿,'砰'的一声把大门关上了,好像是你欠他的钱!也有到时候把房租送上门来的,这主儿更难缠,说不定他早做了二房东,他怕我去调查。租人家的房子住人的,有几个是有良心的?……"

房客的哲学又是一套:"这房东的房子多得很,'吃瓦片儿的',任事不做,靠房钱吃饭。这房子一点儿也不合局,我要是有钱绝不租这样的房子。我是凑合着住。一进门就是三份儿,一房一茶一打扫。比阎王还凶。没法子,给你。还要打铺保?我人地生疏,哪里找保去?难道我还能把你的房子吃掉不成?你问我家里人口多不多?你管得着么?难道房东还带查户口?'不准转租',我自己还不够住的呢!可是我要把南房腾空转租,你也管不了,反正我不欠你的房租。'不准拖欠',噫,我要是有钱我绝不拖欠。这个月我迟领了几天薪,房东就三天两头儿地找上门来,好像是有几年没付房钱似的,搅得我一家不安。谁没有个手头儿发窘?何苦!房钱错了一天也不行,急如星火,可是那天下雨房漏了,打了八次电话,他也不派人来修,把我的被褥都湿脏了,阴沟堵住了,院里积了一汪子水,也不来修。门环掉了,都是我自己找人修的。他还觍着脸催房钱!无耻!我住了这样久,没糟蹋你一间房子,墙、柱子都好好的,没摘过你一扇门一扇窗子，还要怎样？这样的房客你哪里找去？……"

房东房客如此之不相容，租赁的关系不是很容易决裂的吗？啊不。比离婚还难。房东虽然不好，房子还是要住的；房客虽然不好，房子不能不由他住。主客之间永远是紧张的，谁也不把谁当作君子看。

这还是承平时代的情形。在通货膨胀的时代，双方的无名火都提高了好几十丈，提起了对方的时候恐怕牙都要发痒。

房东的哲学要追加这样一部分："你这几个房钱够干什么的？你以后不必给房钱了，每个月给我几个烧饼好了。一开口就是'老房客'，老房客就该白住房？你也打听打听现在的市价，顶费要几条几条的，房租要一袋一袋的，我的房租不到市价的十分之一，人不可没有良心。你嫌贵，你别处租租试试看。你说年头不好，你没有钱，你可以住小房呀！谁叫你住这么大的一所？没有钱，就该找三间房忍着去，你还要场面？你要是一个钱都没有，就该白住房么？我一家子指着房钱吃饭哪！您也不是我的儿子，我为什么让你白住？……"

房客方面也追加理由如下："我这么多年没欠过租，我们的友谊要紧。房钱不是没有涨过，我自动地还给你涨过一次呢，要说是市价一间一袋的话，那不合法，那是高抬物价，市侩作风，说到哪里也是你没理。人不可不知足。你要涨到多少才叫够？我的薪水也并没有跟着物价涨。才几个月的工夫，又啰嗦着要涨房租，亏你说得出口！你是房东，资产阶级，你不知没房住的苦，何必在穷人身上打算盘？不用废话了，等我的薪水下次调整，也给你加一点儿,多少总得加你一点儿,这个月还是这么多,你爱拿不拿!你不拿,我放在提存处去,不是我欠租……"

闹到这个地步,关系该断绝了罢?啊不,房客赌气搬家,不,这个气赌不得,赌财不赌气。房东撵房客搬家,更不行,撵人搬家是最伤天害理的事,谁也不同情,而且事实上也撵不动,房客像是生了根一般。打官司么?房东心里明白:请律师递状,开庭,试行和解,开庭辩论,宣判,二审,三审,执行,这一套程序不要两年也得一年半,不合算。没法子,怄吧。房东和房客就这样地在怄着。

世界上就没有人懂得一点儿宾主之谊,客客气气,好来好散的么?有。不过那是在"君子国"里。

推销术

一位朋友在美国旅行,坐在火车上昏昏欲睡,蓦然觉得肘边一触,发现在椅子上扶手的地方有一张小纸,纸上有十几颗油炸花生,鲜红的,油汪汪的,撒着盐粒的,油炸花生。这是哪里来的呢?他回头一看,有一位身材高大的人端着一盘油炸花生刚刚走过去,他手里拿着一把银匙,他给每人面前放下一张纸,然后挖一勺花生。

我的朋友是刚刚入境,尚未入俗,觉得好生奇怪,不知这个人是做什么的。是卖花生的么?我既没有要买,他也并未要钱。只见他把花生定量配发以后,就匆匆地到另外一个车厢里去了。

花生是富于诱惑性的,人在无聊的时候谁忍得住不捏一颗花生往口里送?既送进一颗之后,把馋虫逗起来了,谁忍得住不再拿第二颗?什么东西都好抵抗,唯独诱惑最难抵抗。车上的客人都在嚅动着嘴巴嚼花生了,我的朋友也随着大家吃起来了。

十几颗花生是禁不住几嚼的,霎时间,花生吃完了。可是肚子里不答应,嘴里也闹得慌,比当初不吃还难受。正在这难熬的当儿,那个大高个儿又来了,这一回他是提着一个大篮子,里面是一袋一袋的炸花生,两角钱一袋。

旅客几乎没有不买一两袋的。吃过十几颗而不再买的也有，那大个子也只对他微微一笑，走过去了，原来起先配发的十几颗是样品，不取值。好精明的推销术！

我的朋友说，还有比这更霸道的。在家里住得好好的，忽然邮差送来一个小小的包裹，打开一看是肥皂公司寄来的两块肥皂，附着一封信，挺客气，恭维你一大堆，说只有你才配用这样超等的肥皂，这种肥皂如果和脸一接触，那感觉就比和任何别种东西接触都来得更为浑身通泰，临完是祝你一家子康健。

我的朋友愣住了，问太太，问小姐，谁也没有要买他的肥皂。已经寄来了，就搁着罢。过了很久，也没有下文，不知是在哪一天也就拉扯着用了。也说不上好坏，反正可以起白沫子下油泥就是了。可是两块肥皂刚用完，信来了，问你要订购多少块，每块五角。我的朋友置之不理。

过些天第三封信来了，这一回措辞还很客气，可是骨子里有点硬了，他问你为什么缘故不订购他的肥皂，是为了价钱贵么，是为了香气不够么，是为了硬度不合么，是为了颜色不美么……列举了一串理由，要你在那小方格里打个记号。活像是民意测验。我的朋友火了，把测验纸放进应该放进的地方去，骂了一句美国式的国骂。

又过了不久，第四封信来了，措辞还是很谦逊，算是偿付那两块肥皂的价钱，便彼此两清了。人的耐性是有限度的，谁的耐性小谁算是输了。我的朋友赌气寄一元钱去，其怪遂绝。

据说某一医生也同样地收到这样的肥皂两块，也接到了四封啰唆的信。

他的应付的方法是寄一小包药片给他,也恭维他一大堆,说只有您阁下才配吃这样的妙药,也问他要订购多少瓶。也问他为什么不满意,最后也是索价一元,但是不用寄钱了,彼此抵消,两清。

这样的情形,在我们国内不易发生。谁舍得把一勺勺花生或一块块肥皂白白地当样品送出去?即送出之后,谁能再收回成本?我们是最现实的,得到一点点便宜之后,绝不会再吐出来的。

可是我们也有传统的推销术。我们自古以来就讲究"良贾深藏若虚"。这是以退为进,以柔克刚的老法宝。我有一票货,无须大吹大擂,不必雇一队洋吹鼓手游街,亦无须都倒翻出来摆在玻璃窗里开展览会,更不花冤钱登广告,我干脆不推销,死等着顾客自己上门。

买卖做得硬气,门口标明"只此一家,并无分店",连分店都不肯设。多么倔!但是货出了名,自然有人上门,有人几百里跑来买东西。不推销反成为最好的推销术。

这样不推销的推销术,在北平最合适。北平有些店铺,主顾上门,不但不急着兜揽生意,而且于客气之中还寓有生疏之意。例如书店。进得店门,四壁图书虽然塞得满满的,但尽是些普通书籍,你若问他有什么好书,他说没有什么,你说随便看看,他说请看请看,结果是你什么好书也看不见。

但是你若去过几次,做成几回生意,情形就不同了,他会请你到里柜坐,再过些时请到后柜坐,升堂入室之后,箱子里的好书善本陆陆续续地都拿出来了。宋版的,元椠的,琳琅满目,还小声地嘱咐你,不要对外人说。于生意之外,还套着交情。

水果店也有类似的情形。你别看外面红红绿绿地摆着一大堆，有好的也有坏的，顶好的一路却在后面筐里藏着呢！你若不开口要看后面藏着的货色，他绝不给你看。后面筐里，盖着一张张绵纸，揭开一看，全是没有渣儿的上等货。

这种"深藏若虚"的推销术有它的存在的理由。货物并非大量生产，所以无须急于到处推销。如果宋版书一刷就是几万份，也得放在地摊上一折八扣。如果莱阳梨肥城桃大批运到北平，也不能一声不响地藏在后柜。而且社会相当稳定，买东西的人是固定的那么些个人，今年上门明年一定还来，几十年下来不能有什么大的变动。所以，小至酸梅汤、酱羊肉、茯苓饼、灌肠、薄脆、豆腐脑，都有一定的标准店铺，口碑相传，绝无错误。

如今时代不同了，人口在流动，家族在崩析，到处都像是个码头，今年不知明年事，所以商店的推销术也起了急剧的变化。就是在北平，你看，杂货店开张也要有两位小姐剪彩，油盐店也要装置大号的收音机，饭馆也要装霓虹招牌，满街上奇形怪状的广告，不是欢迎参观，就是敬请比较，不是货涌如山，就是拼命削价，唯恐主顾不上门——只欠门口再站两个彪形大汉，见人就往里拉！

演戏记

人生一出戏,世界一舞台,这是我们所熟知的,但是"戏中戏"还不曾扮演过,不无遗憾。有一天,机缘来了,说是要筹什么款,数目很大,义不容辞,于是我和几个朋友便开始筹划。

其实我们都没有舞台经验,平素我们几个人爱管闲事,有的是嗓门大,有的是爱指手画脚吹胡瞪眼的,竟被人误认为有表演天才。我们自己也有此种误会,所以毅然决定演戏。

演戏的目的是为筹款,所以我们最注意的是不要赔钱。因此我们作了几项重要决定:第一是借用不花钱的会场,场主说照章不能不收费,不过可以把照收之费如数地再捐出来,公私两便。第二是请求免税,也照上述公私两便的办法解决了。第三是借幕,借道具,借服装,借景片,借导演,凡能借的全借,说破了嘴跑断了腿,全借到了。第四是同人公议,结账赚钱之后才可以"打牙祭",结账以前只有开水恭候。这样,我们的基本保障算是有了。

选择剧本也很费心思,结果选中了一部翻译的剧本,其优点是五幕只要一个布景，内中一幕稍稍挪动一下就行，省事，再一优点是角色不多，四男三女就行了。是一出悲剧，广告上写的是"恐怖，紧张……"，其实并不，里面还有一点警世的意味，颇近于所谓"社会教育"。

分配角色更困难了，谁也不肯做主角，怕背戏词。一位山西朋友自告奋勇，他小时候上过台，后来一试，一大半声音都是从鼻子里面拐弯抹角而出，像是脑后音，招得大家哄堂。最后这差事落在我的头上。

排演足足有一个月的时间，每天公余大家便集合在小院里，怪声怪气地乱嚷嚷一阵，多半的时间消耗在笑里，有一个人扑哧一声，立刻传染给大家，全都前仰后合了，导演也忍俊不禁，勉强按着嘴，假装正经，小脸憋得通红。

四邻的孩子们是热心的观众，爬上山头，翻过篱笆，来看这一群小疯子。一幕一幕地排，一景一景地抽，戏词部位姿势忘了一样也不行，排到大家头昏涨脑心烦意乱的时候，导演宣布可以上演了。先预演一次。

一辈子没演过戏，演一回戏总得请请客。有些帮忙的机关代表不能不请，有些地头蛇不能不请，有些私人的至亲好友七姑姑八姨也不能不请，全都趁这次预演的机会一总做个人情。我们借的剧场是露天的，不，有个大席棚。戏台是真正砖瓦砌盖的。剧场可容千把人。预演那一晚，请的客滚滚而来，一霎间就坐满了。三声锣响，连拉带扯地把幕打开了。

我是近视眼，去了眼镜只见一片模糊。将近冬天，我借的一身单薄西装，冻出一身鸡皮疙瘩。我一上台，一点儿也不冷，只觉得热，因为我的对手把台词忘了，我接不上去，我的台词也忘了，有几秒钟的工夫两个人干瞪眼。

虽然不久我们删去了几节对话仍旧能应付下去，但是我觉得我的汗攻到头上来，脸上全是油彩，汗不得出，一着急，毛孔眼一张，汗出来了，在光滑的油彩上一条条地往下流。不能揩，一揩变成花脸了。排演时没有大声吼过，到了露天剧场里不由自主地把喉咙提高了，一幕演下来，我的喉咙哑了。导演急忙到后台关照我："你的声音太大了，用不着那样使劲。"第二幕我根本嚷不出声了。更急，更出汗，更渴，更哑，更急。

天无绝人之路，这一场预演把我累得不可开交之际，天空隐隐起了雷声，越来越近，俄而大雨倾盆。观众一个都没走，并不是我们的戏吸引力太大，是因为雨太骤他们来不及走。席棚开始漏水，观众哄然散，有一部分人照直跳上了舞台避雨，戏算是得了救。

我趟着一尺深的水回家，泡了一大碗的"胖大海"，据说可以润喉。我的精神已经总崩溃了，但是明天正式上演，还得精神总动员。

票房是由一位细心而可靠的朋友担任的。他把握着票就如同把握着现钞一样的紧。一包一包的票，一包一包的钱，上面标着姓名标着钱数，一小时结一回账。我们担心的是怕票销不出去，他担心的是怕票预先推销净尽而临时门口没票可卖，所以不敢放胆推票。

第二天正式上演了，门口添了一盏雪亮的水电灯，门口挤满了一圈子的人，可是很少人到窗口买票。时间快到了，我扒开幕缝偷偷一看，疏疏落落几十个人，我们都冷了半截。剧场里来回奔跑的，客少，招待员多。有些客疑心是来得太早，又出去买橘柑去了，又不好强留。顶着急的是那位票房先生。好容易拖了半点钟算是上满了六成座。原来订票的不一定来，真想看戏的大半都在预演时来领教过了。

我的喉咙更哑了,从来没有这样哑过。几幕的布景是一样的,我一着急,把第二幕误会成第三幕了,把对话的对手方吓得张口结舌,蹲在幕后提词的人急得直嚷:"这是第二幕!这是第二幕!"我这才如梦初醒,镇定了一下,勉强找到了台词,一身大汗如水洗的。

第三幕上场,导演亲自在台口叮嘱我说:"这是第三幕了。"我这一回倒是没有弄错,可是精神过于集中在这是第几幕,另外又出了差池。我应该在口袋里带几张钞票,做赏钱用,临时一换裤子,把钞票忘了,伸手掏钱的时候,左一摸没有,右一摸没有,情急而智并未生,心想台下也许看不清,握着拳头伸出去,做给钱状,偏偏第一排有个眼快口快的人大声说:"他的手里是空的!"我好窘。

最窘的还不是这个。这是一出悲剧,我是这悲剧的主角,我表演的时候并没有忘记这一点,我动员了我所有的精神上的力量,设身处地地想我即是这剧里的人物,我激动了真的情感,我觉得我说话的时候,手都抖了,声音都颤了,我料想观众一定也要受感动的。但是,不。

我演到最重要的关头,我觉得紧张得无以复加了,忽然听得第一排上一位小朋友指着我大声地说:"你看!他像贾波林[①]!"紧接着是到处扑哧扑哧的笑声,悲剧的氛围完全消逝了。我注意看,前几排观众大多数都张着口带着笑容地在欣赏这出可笑的悲剧。

我好生惭愧。事后对镜照看,是有一点像贾波林,尤其是化装没借到

[①] 即"卓别林"。

胡子，现做嫌费事，只在上唇用墨笔抹了一下，衬上涂了白灰的脸，加上黑黑的两道眉，深深的眼眶，举止动作又是那样僵硬，不像贾波林像谁？我把这情形报告了导演，他笑了，但是他给了我一个很伤心的劝慰："你演得很好，我劝你下次演戏挑一出喜剧。"

还有一场呢。我又喝了一天"胖大海"。嗓音还是沙愣愣的。这一场上座更少了，离开场不到二十分钟，性急的演员扒着幕缝向外看，回来报告说："我数过了，一、二、三，一共三个人。"等一下又回来报告，还是一、二、三，一共三个人。

我急了，找前台主任，前台主任慌作一团，对着一排排的空椅发怔。旁边有人出主意，邻近的××学校的学生可以约来白看戏。好，就这么办。一声呼啸，不大的工夫，调来了二百多。开戏了。又有人出主意，把大门打开，欢迎来宾，不大的工夫座无隙地。我们打破了一切话剧上座的纪录。

戏演完了，我的喉咙也好了。遇到许多人，谁也不批评戏的好坏，见了面只是道辛苦。辛苦确实是辛苦了，此后我大概也不会再演戏。就是喜剧也不敢演，怕把喜剧又演成悲剧。

事后结账，把原拟的照相一项取消，到"三六九"打了一次牙祭。净余二千一百二十八元，这是筹款的结果。

相声记

我要记的不是听相声,而是我自己说相声。

在抗战期间有一次为了筹什么款开游艺大会,有皮黄,有洋歌,有杂耍。少不了要一段相声。后台老板瞧中了老舍和我,因为我们两个平素就有点儿贫嘴呱舌,谈话就有一点像相声,而且焦德海、草上飞也都瞻仰过。别的玩意儿不会,相声总还可以凑合。

老舍的那一口北平话真是地道,又干脆又圆润又沉重,而且土音土语不折不扣,我的北平话稍差一点儿,真正的北平人以为我还行,外省人而自以为会说官话的人就认为我说得不大纯粹。

老舍的那一张脸,不用开口就够引人发笑,老是绷着脸,如果龇牙一笑,能立刻把笑容敛起,像有开关似的。头顶上乱蓬蓬的一撮毛,没梳过,倒垂在又黑又瘦的脸庞上。衣领大约是太大了一点儿,扣上纽扣还是有点儿松,把那个又尖又高的"颏里嗦(北平土话,谓喉结)"露在外面。背又有点儿驼,迈着八字步。真是个相声的角色。

我比较起来,就只好去(当)那个挨打的。我们以为这事关抗战,义不容辞,于是就把这份差事答应了下来。老舍挺客气,决定头一天他逗我捧,第二天我逗他捧。不管谁逗谁捧，事实上我总是那个挨打的。

本想编一套新词儿，要与抗战有关，那时候有这么一股风气，什么都讲究抗战，在艺坛上而不捎带上一点儿抗战，有被驱逐出境的危险。老舍说："不，这玩意儿可不是容易的，老词儿都是千锤百炼的，所谓雅俗共赏，您要是自己编，不够味儿。咱们还是挑两段旧的，只要说得好，陈旧也无妨。"于是我们选中了《新洪洋洞》《一家六口》。

老舍的词儿背得烂熟，前面的帽子也一点儿不含糊，真像是在天桥长大的。他口授，我笔记。我回家练了好几天，醒来睁开眼就嚷："你是谁的儿子……我是我爸爸的儿子……"家里人听得真腻烦。我也觉得一点儿都不好笑。

练习熟了，我和老舍试着顶演一次。我说爸爸儿子的乱扯，实在不大雅，并且我刚说爸爸二字，他就"啊"一声，也怪别扭的。他说："不，咱们中国群众就爱听这个，相声里面没有人叫爸爸就不是相声。这一节可千万删不得。"对，中国人是觉得当爸爸是便宜事，这就如同做人家的丈夫也是便宜事一样。

我记得抬滑竿的前后二人喜欢一唱一答，如果他们看见迎面走来一位摩登女郎，前面的就喊："远看一朵花。"后面的接声说："叫我的儿子喊他妈！"我们中国人喜欢在口头上讨这种阿Q式的便宜，所谓"夜壶掉了把儿"，就剩了一个嘴了。其实做了爸爸或丈夫，是否就是便宜，这笔账只有天知道。

照规矩说相声得有一把大折扇，到了紧要关头，敲在头上，"啪"的一声，响而不疼，我说："这可以免了。"老舍说："行，虚晃一下好了，别真打。可不能不有那么一手儿，否则刹不住。"

一切准备停当，游艺大会开幕了，我心里直扑通。我先坐在池子里听戏，身旁一位江苏模样的人说了："你说什么叫相声？"旁边另一位高明的人说："相声，就是昆曲。"我心想真糟。

锣鼓歇了，轮到相声登场。我们哥儿俩大摇大摆地踱到台前，深深地向观众鞠了一躬，然后一边一块，面部无表情，直挺挺地一站，两件破纺绸大褂，一人一把大扇子。台下已经笑不可抑。老舍开言道："刚才那个小姑娘的洋歌唱得不错。"我说："不错！"一阵笑。"现在咱们两个小小子儿伺候一段相声"，又是一阵笑。台下的注意力已经被抓住了。后台刚勾上半个脸的张飞也蹭到台上听来了。

老舍预先嘱咐我，说相声讲究"皮儿薄"，一戳就破。什么叫"皮儿薄"？就是说相声的一开口，底下就得立刻哗的一阵笑，一点儿不费事。

这一回老舍可真是"皮儿薄"，他一句话，底下是一阵笑，我连捧的话都没法说了，有时候我们需要等半天笑的浪潮消下去之后才能继续说。台下越笑，老舍的脸越绷，冷冰冰的像是谁欠他二百两银子似的。

最令观众发笑的一点是我们所未曾预料到的。老舍一时兴起，忘了他的诺言，他抽冷子恶狠狠地拿扇子往我头上敲来，我看他来势不善往旁一躲，扇子不偏不倚地正好打中我的眼镜框上，眼镜本来很松，平常就往往出溜到鼻尖上，这一击可不得了，哗啦一声，眼镜掉下来了，我本能地两手一捧，把眼镜接住了。台下鼓掌喝彩大笑,都说这一手儿有功夫。

我们的两场相声,给后方的几百个观众以不少的放肆的大笑,可是我很惭愧,内容与抗战无关。人生难得开口笑。我们使许多愁眉苦脸的人开口笑了。事后我在街上行走,常有人指指点点地说:"看,那就是那个说相声的!"

柒

雅舍谈吃

烧饼油条

烧饼油条是我们中国人标准早餐之一，在北方不分省份、不分阶级、不分老少，大概都欢喜食用。

我生长在北平，小时候的早餐几乎永远是一套烧饼油条——不，叫油炸鬼，不叫油条。有人说，油炸鬼是油炸桧之讹，大家痛恨秦桧，所以名之为油炸桧以泄愤，这种说法恐怕是源自南方，因为北方读音鬼与桧不同，为什么叫油鬼，没人知道。

在比较富裕的大家庭里，只有做父亲的才有资格偶然以馄饨、鸡丝面或羊肉馅包子作早点，只有做祖父母的才有资格常以燕窝汤、莲子羹或哈什玛①之类作早点，像我们这些"民族幼苗"，便只有烧饼油条来果腹了。说来奇怪，我对于烧饼油条从无反感，天天吃也不厌，我清早起来，就有一大簸箩烧饼油鬼在桌上等着我。

现在台湾的烧饼油条，我以前在北平还没见过。我所知道的烧饼，有

---

① 即"萨其玛"。

螺蛳转儿、芝麻酱烧饼、马蹄儿、驴蹄儿几种，油鬼有麻花儿、甜油鬼、炸饼儿几种。螺蛳转儿夹麻花儿是一绝，扳开螺蛳转儿，夹进麻花儿，用手一按，咯吱一声麻花儿碎了，这一声响就很有意思，如今我再也听不到这个声音。

有一天和齐如山先生谈起，他也很感慨，他嫌此地油条不够脆，有一次他请炸油条的人给他特别炸焦，"我加倍给你钱"，那个炸油条的人好像是前一夜没睡好觉（事实上凡是炸油条、烙烧饼的人都是睡眠不足），一翻白眼说："你有钱？我不伺候！"

回锅油条、老油条也不是味道，焦硬有余，酥脆不足。至于烧饼、螺蛳转儿好像久已不见了，因为专门制售螺蛳转儿的粥铺早已绝迹了。所谓粥铺，是专卖甜浆粥的一种小店，甜浆粥是一种稀稀的粗粮米汤，其味特殊。北平城里的人不知道喝豆浆，常是一碗甜浆粥一套螺蛳转儿，但是这也得到粥铺去趁热享用才好吃。

我到十四岁以后才喝到豆浆，我相信我父母一辈子也没有喝过豆浆。我们家里吃烧饼油条，嘴干了就喝大壶的茶，难得有一次喝到甜浆粥。后来我到了上海，才看到细细长长的那种烧饼，以及菱形的烧饼，而且油条长长的也不适于夹在烧饼里。

火腿、鸡蛋、牛油面包作为标准的早点，当然也很好，但我只是在不得已的情形下才接受了这种异俗。我心里怀念的仍是烧饼油条。和我有同嗜的人相当不少，海外羁旅，对于家乡土物率多念念不忘。

有一位华裔美籍的学人，每次到台湾来都要带一二百副烧饼油条回到美国去，存在冰橱里，逐日检取一副放在烤箱或电锅里一烤，便觉得美不可言。谁不知道烧饼油条只是脂肪、淀粉，从营养学来看，不构成一份平衡的食品，但是多年习惯，对此不能忘情。

在纽约曾有人招待我到一家中国餐馆进早点，座无虚席，都是烧饼油条客，那油条一根根的都很结实，韧性很强。但是大家觉得这是家乡味，聊胜于无。做油条的师傅，说不定曾经付过二两黄金才学到如此这般的手艺。

又有一位返国观光的游子，住在台北一家观光旅馆里，晨起第一桩事就是外出寻找烧饼油条，遍寻无着，返回旅舍问服务小姐，服务小姐登时蛾眉一耸说："这是观光区域，怎会有这种东西，你要向偏僻街道、小巷去找。"闹哄了一阵，兴趣已无，乖乖地到附设餐厅里去吃火腿、鸡蛋、面包了事。

有人看我天天吃烧饼油条，就问我："你不嫌脏？"我没想到这个问题。据这位关心的人说，要注意烧饼里有没有老鼠屎，第二天我打开烧饼先检查，哇，一颗不大不小像一颗万应锭似的黑黑的东西赫然在焉。用手一捻，碎了。若是不当心，入口一咬，必定牙碜，也许不当心会咽了下去。

想起来好怕，一颗老鼠屎搅坏一锅粥，这话不假，从此我存了戒心。看看那个豆浆店，小小一间门面，案板油锅都放在行人道上，满地是油渍污泥，一袋袋的面粉堆在一旁像沙包一样，阴沟里老鼠横行。再看看那打烧饼、炸油条的人，头发蓬松，上身只有灰白背心，脚上一双拖鞋，说不定嘴里还叼着一根纸烟。在这种情况之下，要使老鼠屎不混进烧饼里去，着实很难。好在不是一个烧饼里必定轮配到一橛老鼠屎，难得遇见一回，所以戒心维持了一阵也就解严了。

也曾经有过观光级的豆浆店出现,在那里有峨高冠的厨师,有穿制服的侍者,有装潢,有灯饰,筷子有纸包着,豆浆碗下有盘托着,餐巾用过就换,而不是一块毛巾大家用,像邮局糨糊旁边附设的小块毛巾那样的又脏又粘。

如果你带外宾进去吃早点,可以不至于脸红,但是偶尔观光一次是可以的,谁也不能天天去观光,谁也不能常跑远路去图一饱。于是这打肿脸充胖子的局面维持不下去了,烧饼油条依然是在行人道边乌烟瘴气的环境里苟延残喘。而且我感觉到吃烧饼油条的同志也越来越少了。

饺子

"好吃不过饺子,舒服不过倒着。"这是北方乡下的一句俗语。北平城里的人不说这句话,因为北平人过去不说饺子,都说"煮饽饽",这也许是满洲语。我到了十四岁才知道煮饽饽就是饺子。

北方人,不论贵贱,都以饺子为美食。钟鸣鼎食之家有的是人力财力,吃顿饺子不算回事。小康之家吃顿饺子要动员全家老少,和面、擀皮、剁馅、包捏、煮,忙成一团,然而亦趣在其中。

年终吃饺子是天经地义,有人胃口特强,能从初一到十五顿顿吃饺子,乐此不疲。当然连吃两顿就告饶的也不是没有。至于在乡下,吃顿饺子不易,也需要在姑奶奶回娘家时候才能有此豪举。

饺子的成色不同,我吃过最低级的饺子。抗战期间有一年除夕我在陕西宝鸡,餐馆过年全不营业,我踯躅街头,遥见铁路旁边有一草棚,灯火荧然,热气直冒,乃趋就之,竟是一间饺子馆。我叫了二十个韭菜馅饺子,店主还抓了一把带皮的蒜瓣给我,外加一碗热汤。我吃得一头大汗,十分满足。

我也吃过顶精致的一顿饺子。在青岛顺兴楼宴会,最后上了一钵水饺,饺子奇小，长仅寸许，馅却是黄鱼韭黄，汤是清澈而浓的鸡汤，表面上还漂着少许鸡油。大家已经酒足菜饱，禁不住诱惑，还是给吃得精光，连连叫好。

做饺子第一面皮要好。店肆现成的饺子皮，碱太多，煮出来滑溜溜的，咬起来韧性不足。所以一定要自己和面，软硬合度，而且要多醒一阵子。盖上一块湿布，防干裂。擀皮不难，久练即熟，中心稍厚，边缘稍薄。包的时候一定要用手指捏紧。有些店里伙计包饺子，用拳头一握就是一个，快则快矣，煮出来一个个的面疙瘩，一无是处。

饺子馅各随所好。有人爱吃荠菜，有人怕吃茴香。有人要薄皮大馅，最好是一兜儿肉，有人愿意多羼青菜。（有一位太太应邀吃饺子，咬了一口大叫，主人以为她必是吃到了苍蝇蟑螂什么的，她说："怎么，这里面全是菜！"主人大窘。）有人以为猪肉冬瓜馅最好，有人认定羊肉白菜馅为正宗。韭菜馅有人说香，有人说臭，天下之口并不一定同嗜。

冷冻饺子是不得已而为之，还是新鲜的好。据说新发明了一种制造饺子的机器，一贯作业，整治迅速，我尚未见过。我想最好的饺子机器应该是——人。

吃剩下的饺子，冷藏起来，第二天油锅里一炸，炸得焦黄，好吃。

腊肉

腊肉就是经过制炼的腌肉，到了腊尾春头的时候拿出来吃，所以叫作腊肉。普通的暴腌咸肉，或所谓"家乡肉"，不能算是腊肉。

湖南的腊肉最出名，可是到了湖南却不能求之于店肆，真正上好的湖南腊肉要到人家里才能尝到。因为腊肉本是我们农村社会中的家庭产品，可以长久存储，既以自奉，兼可待客，所谓"岁时伏腊"成了很普通的习俗。

真正上好腊肉我只吃过一次。抗战初期，道出长沙，乘便去湘潭访问一位朋友。乘小轮溯江而上，虽然已是初夏，仍感觉到"春水绿波春草绿色"的景致宜人。朋友家在湘潭城内柳丝巷二号，一进门看见院里有一棵高大的梧桐，里面是个天井，四面楼房。

是晚下榻友家，主人以盛撰招待，其中一味就是腊肉腊鱼。我特地到厨房参观，大吃一惊，厨房比客厅宽敞，而且井井有条一尘不染。房梁上挂着好多鸡鸭鱼肉，下面地上堆了树枝干叶之类，犹在冉冉冒烟。原来腊味之制作最重要的一个步骤就是烟熏。微温的烟熏火燎，日久便把肉类熏得焦黑，但是烟熏的特殊味道都熏进去了。烟从烟囱散去，厨内空气清洁。

腊肉刷洗干净之后,整块地蒸。蒸过再切薄片,再炒一次最好,加青蒜炒,青蒜绿叶可以用但不宜太多,宜以白的蒜茎为主,加几条红辣椒也很好。在不得青蒜的时候始可以大葱代替。

那一晚在湘潭朋友家中吃腊肉,宾主尽欢,喝干了一瓶"温州酒汗",那是比汾酒稍淡近似贵州茅台的白酒。此后在各处的餐馆吃炒腊肉,都不能和这一次的相比。而腊鱼之美乃在腊肉之上。一饮一啄,莫非前定。

饮酒

酒实在很妙。几杯落肚之后就会觉得飘飘然、醺醺然。平素道貌岸然的人,也会绽出笑脸;一向沉默寡言的人,也会议笑风生。再灌下几杯之后,所有的苦闷烦恼全都忘了,酒酣耳热,只觉得意气飞扬,不可一世,若不及时知止,可就难免玉山颓欹,剔吐纵横,甚至撒疯骂座,以及种种的酒失酒过全部地呈现出来。

莎士比亚的《暴风雨》里的卡力班,那个象征原始人的怪物,初尝酒味,觉得妙不可言,以为把酒给他喝的那个人是自天而降,以为酒是甘露琼浆,不是人间所有物。美洲印第安人初与白人接触,就是被酒所倾倒,往往不惜举土地界人以换一些酒浆。印第安人的衰灭,至少一部分是由于他们的荒腆于酒。

我们中国人饮酒,历史久远。发明酒者,一说是仪狄,又说是杜康。仪狄夏朝人,杜康周朝人,相距很远,总之是无可稽考。也许制酿的原料不同、方法不同,所以仪狄的酒未必就是杜康的酒。《尚书》有《酒诰》之篇,谆谆以酒为戒,一再地说"祀兹酒"(停止这样的喝酒),"无彝酒"(勿常饮酒），想见古人饮酒早已相习成风，而且到了"大乱丧德"的地步。

三代以上的事多不可考，不过从汉起就有酒榷之说，以后各代因之，都是课税以裕国帑，并没有寓禁于征的意思。酒很难禁绝，美国一九二〇年起实施酒禁，雷厉风行，依然到处都有酒喝。

当时笔者道出纽约，有一天友人邀我食于某中国餐馆，入门直趋后室，索五加皮，开怀畅饮。忽警察闯入，友人止予勿惊。这位警察徐徐就座，解手枪，铿然置于桌上，索五加皮独酌，不久即伏案酣睡。一九三三年酒禁废，直如一场儿戏。民之所好，非政令所能强制。

在我们中国，汉萧何造律："三人以上无故群饮，罚金四两。"此律不曾彻底实行。事实上，酒楼妓馆处处笙歌，无时不飞觞醉月。文人雅士水边修禊，山上登高，一向离不开酒。名士风流，以为持螯把酒，便足了一生，甚至于酗饮无度，扬言"死便埋我"，好像大量饮酒不是什么不很体面的事，真所谓"酗于酒德"。

对于酒，我有过多年的体验。第一次醉是在六岁的时候，侍先君饭于致美斋（北平煤市街路西）楼上雅座，窗外有一棵不知名的大叶树，随时簌簌作响。连喝几盅之后，微有醉意，先君禁我再喝，我一声不响站立在椅子上舀了一匙高汤，泼在他的一件两截衫上。随后我就倒在旁边的小木炕上呼呼大睡，回家之后才醒。

我的父母都喜欢酒，所以我一直都有喝酒的机会。"酒有别肠，不必长大"，语见《十国春秋》，意思是说酒量的大小与身体的大小不必成正比例，壮健者未必能饮，瘦小者也许能鲸吸。我小时候就是瘦弱如一根绿豆芽。

酒量是可以慢慢磨炼出来的，不过有其极限。我的酒量不大，我也没有亲见过一般人所艳称的那种所谓海量。

古代传说"文王饮酒千盅，孔子百觚"，王充《论衡·语增》篇就大加驳斥，他说："文王之身如防风之君，孔子之体如长狄之人，乃能堪之。"且"文王孔子率礼之人也"，何至于醉酗乱身？就我孤陋的见闻所及，无论是"青州从事"或"平原督邮"，大抵白酒一斤或黄酒三五斤即足以令任何人头昏目眩粘牙倒齿。唯酒无量，以不及于乱为度，看各人自制力如何耳。不为酒困，便是高手。

酒不能解忧，只是令人在由兴奋到麻醉的过程中暂时忘怀一切。即刘伶所谓"无思无虑，其乐陶陶"。可是酒醒之后，所谓"忧心如酲"，那份病酒的滋味很不好受，所付代价也不算小。

我在青岛居住的时候，那地方背山面海，风景如绘，在很多人心目中是最理想的卜居之所，唯一缺憾是很少文化背景，没有古迹耐人寻味，也没有适当的娱乐。看山观海，久了也会腻烦，于是呼朋聚饮，三日一小饮，五日一大宴，划拳行令，三十斤花雕一坛，一夕而罄。七名酒徒加上一位女史，正好八仙之数，乃自命为"酒中八仙"。

有时且结伙远征，近则济南，远则南京、北京，不自谦抑，狂言"酒压胶济一带，拳打南北二京"，高自期许，俨然豪气干云的样子。当时作践了身体，这笔账日后要算。

一日，胡适之先生过青岛小憩，在宴席上看到八仙过海的盛况大吃一惊，急忙取出他太太给他的一个金戒指，上面镌有"戒"字，戴在手上，表示免战。

过后不久,胡先生就写信给我说:"看你们喝酒的样子,就知道青岛不宜久居,还是到北京来吧!"我就到北京去了。现在回想当年酗酒,哪里算得是勇,直是狂。

酒能削弱人的自制力,所以有人酒后狂笑不止,也有人痛哭不已,更有人口吐洋语滔滔不绝,也许会把平素不敢告人之事吐露一二,甚至把别人的隐私而当众抖露出来。

最令人难堪的是强人饮酒,或单挑,或围剿,或投下井之石,千方万计要把别人灌醉,有人诉诸武力,捏着人家的鼻子灌酒!这也许是人类长久压抑下的一部分兽性之发泄,企图获取胜利的满足,比拿起石棒给人迎头一击要文明一些而已。

那咄咄逼人的声嘶力竭的划拳,在赢拳的时候,那一声拖长了的绝叫,也是表示内心的一种满足。在别处得不到满足,就让他们在聚饮的时候如愿以偿吧!只是这种闹饮,以在有隔音设备的房间里举行为宜,免得侵扰他人。

《菜根谭》所谓"花看半开,酒饮微醺"的趣味,才是最令人低回的境界。

腌猪肉

英国爱塞克斯有一小城顿冒，任何一对夫妻来到这个地方，如果肯跪在当地教堂门口的两块石头上，发誓说结婚后整整十二个月之内从未吵过一次架，从未起过后悔不该结婚之心，那么他们便可获得一大块腌熏猪肋肉。

这风俗据说起源甚古，是一一一一年一位贵妇名纠噶（Juga）者所创设，后来于一二四四年又由一位好事者洛伯特·德·菲兹瓦特（Robert de Fitzwalter）所恢复。据说一二四四年至一七七二年，五百多年间只有八个人领到了这项腌猪肉奖。这风俗一直到十九世纪末年还没有废除，据说后来实行的地点搬到了伊尔福德（Ilford）。文学作品里提到这腌猪肉的，最著者为乔叟《坎特伯来故事集》①巴斯妇人的故事序，有这样的两行：

The bacon was nought fet for him, I trowe,
That some men feche in Essex at Dunmon.
有些人在爱塞克斯的顿冒领取猪肉，我知道他无法领到。

---

① 今译作《坎特伯雷故事集》。

五百多年才有八个人领到腌猪肉,可以说明一年之内闺房里没有勃谿的记录实在是很难能可贵,同时也说明了人心实在甚古,没有人为了贪吃腌猪肉而去作伪誓。不过我相信,夫妻伴合过着如胶似漆的生活的人,所在多有,他们未必有机会到顿冒去,去了也未必肯到教堂门口下跪发誓,而且归去时行囊里如何放得下一大块肥腻腻的腌猪肉?

我知道有一对夫妻,洞房花烛夜,倒是一夜无话,可是第二天一清早起来准备外出,新娘着意打扮,穿上一套新装,左顾右盼,笑问夫婿款式入时无,新郎瞥了一眼,答说:"难看死了!"新娘蓦然一惊,一言未发,转身入内换了一套出来。新郎回顾一下长叹一声:"这个样子如何可以出去见人?"新娘黯然而退,这一回半晌没有出来。

新郎等得不耐烦,进去探视,新娘端端正正地整整齐齐地悬梁自尽了,据说费了好大事才使她苏醒过来。后来,小两口子一直别别扭扭,琴瑟失调。好的开始便是成功的一半。刚结婚就几乎出了命案,以后还有多少室家之乐,便不难于想象中得知了。

我还知道一对夫妻,他们结婚证书很是别致,古宋体字精印精裱,其中没有"诗咏关雎,雅歌麟趾,瑞叶五世其昌,祥开二南之化……"那一套陈词滥调,代之的是若干条款,详列甲乙二方之相互的权利义务,比王褒的《僮约》更要具体,后面还附有追加的临时条款若干则,说明任何一方如果未能履行义务,对方可以采取如何如何的报复措施,而另一方不得异议。

一看就知道，这小两口子是崇法务实的一对。果不其然，蜜月未满，有一晚炉火熊熊满室生春，两个人为了争吃一串核桃仁的冰糖葫芦，而发生冲突，由口角而动手而扭成一团。一个负气出走，一个独守空房。这事如何了断，可惜婚约百密一疏，法无明文。最后不得不经官，结果是协议离婚。

不要以为夫妻反目，一定会闹到不可收拾。我知道有一对欢喜冤家，经常的鸡吵鹅斗，有一回好像是事态严重了，女方使出了三十六计中的上计，逼得男方无法招架。事隔三日，女方邀集了几位稔识的朋友，诉说她的委屈，一副遇人不淑的样子，涕泗滂沱，痛不欲生，央求朋友们慈悲为怀，从中调处，谋求协议离婚。

按说，遇到这种情形，第三者是插手不得的，最好是扯几句淡话劝合不劝离，因为男女之间任何一方如果控诉对方失德，你只可以耐心静听，不可以表示同意，当然亦不可以表示不同意。大抵配偶的一方若是不成器，只准配偶加以诟詈，而不容许别人置喙。

这几位朋友之间有一位少不更事，居然同情之心油然而生，毅然以安排离异之事为己任。他以为长痛不如短痛，离婚是最好的结束，好像是痈疽之类最好是引刀一割。男方表示一切可以商量，唯需与女方当面一谈。这要求不算无理，于是安排他们两个见面。

第二天这位热心的朋友再去访问他们，则一个也找不到，他们两位双双地携手看电影去了。人心叵测有如此者，其实是这位朋友入世未深。

豆腐干风波

踏上美国本土的时候,海关人员就递过一张印刷品,标题是《致光临美国的诸位来宾》,开端是由美国总统写给各国旅客的一封公开信,内容如下:

各国来宾:

凡踏上美国国土的人,无须自居为客,因为美国本是由许多国家、肤色与信仰的人们所组成的一个国家。我们崇信个人自由,所以我们共享来自许多国土无数人民的目标与理想。

美国欢迎诸位自海外光临,认为这是指向国际了解与世界和平之一重要步骤。诸位即将发现,吾人将热烈地向诸位展示本国种种,但亦同样热烈地谋求关于贵国的认识。无疑的,诸位对于美国必已稔知不少事物,大部分必已访问过本国。本国人民甚愿贵国有更多的人光临。我们均愿竭尽全力使诸位之访问愉快而且值得怀念。

美国总统

这一篇官样文章措辞立意均属平庸，没有骈四俪六，掷地不会作金石声，但是出语自然，词能达意，而且由一国元首出面，和你"忘形到尔汝"地交谈起来，这情形就不寻常了。这至少在形式上是一种礼貌的表现，礼多人不怪，可以稍稍抵消一些海关人员经常难免引起的不愉快。

我在今年四月廿一日在美国西部的西雅图办理入境手续，并没有什么大不愉快，除了检查太细耗时太多以外。当年奥斯卡·王尔德初抵纽约，海关人员问他："有什么应该上税的东西要申报么？"王尔德答道："除了我的天才之外没有什么可申报的。"这是王尔德的作风，任何人都会一笑置之的。

美国海关的规定，我早就略知一二，所以我一不带黄金，二不带白面（海洛因），三不带肉松牛肉干。海关人员检查我的东西，我无所恐惧。检视护照的时候，一位高高大大的美国佬在我手提包里翻出一盒官燕，他眉毛竖起，愣住了。

"这是什么东西？"他问。

我据实告诉他："这是'鸟窝'，燕子的窝，可以吃的。"

他好像是忽然想起来了：东部瀛洲是有一种古怪的人，喜欢吃鸟窝，煨为燕窝汤，还认为有清痰开胃之功。显然地他以前没有看见过这个东西。他立刻高举燕窝，呼朋引类大声喊叫："喂，你们来看，这家伙带了一盒燕窝！"登时有三五人围拢了来，其中有一个年轻小伙子伸长了橡皮脖子，斜着脑袋问我："你爱吃燕窝汤么？"我为省事起见，点点头。

其实我才不爱吃这劳什子，看见这东西我就回忆起六十多年前我祖母每天早晨吃那一盅冰糖燕窝的情形。燕窝是晚上就用水泡着,翌日黎明老张妈戴上花镜弓着背用一副镊子细吹细打地摘取燕窝上粘附着的茸毛,然后放在一只小薄铫儿里加冰糖文火细炖。

燕子啖鱼吐沫累积成窝固然辛劳,由人冒险攀缘摘取以至煮成一盏燕窝汤也不是简单的事,而且其淡而无味和石花菜也相差不多,何苦来哉!

美国海关检查入境行李本来是例行公事,近年来人心不古,美国也壁垒森严了。在行李检查室旅客大摆长龙,我看着在我前面的人翻箱倒箧之后的那副尴尬相,我也有一点心寒。我的行囊里有一大包豆腐干,这是我带给士耀、文蔷的礼物。

住在国外的人没有不想吃家乡食品的,从海外归来的人往往以饱啖烧饼油条为最大的满足。所以我这一包豆腐干正是惠而不费的最受欢迎的珍品。但是只知道吃热狗、牛肉饼的美国人怎能知道这是什么东西呢?黑不溜秋的,软勒咕唧的,放在鼻头一嗅,又香喷喷的。

"嗨,你这是什么东西?"海关人员发问了。

我据实告诉他:"这是豆腐,脱去水分而成豆腐干。"

"豆腐?"他惊疑地说,摇摇头,他心里大概是说:"你不用骗我,我知道豆腐是什么样子,这不是。"他终于忍耐不住表示了疑问:"这大概是肉做的罢?"如果这是肉做的,就要在被没收之列。所以我就坚决地否认。

我无法详细地对他说明,豆腐是我们汉朝淮南王刘安所创始的,距今已有两千多年,豆腐加工而成为豆腐干,其历史也不会很短。我空口无凭,无法使他相信豆腐干与肉类风马牛不相及。最后他说:"你等一等,我请农业部专员来鉴定一下。"这一下,我比较放心,因为我知道近年来美国的知识分子已开始注意到豆腐的营养价值及其烹调方法。果然,那位专员来了,听我陈述一番之后,摸了摸,闻了闻,皱皱眉头,又想了想,一言未发地放我过关。

海关人员臊不搭地饶上这么一句:"你们中国人就是喜欢带些稀奇古怪的药品和食物!"

他的话不错,我确是带了不少药品和食物,不过是否稀奇古怪,却很难说。食物种类繁多,各民族有其独特的风俗习惯,少见则多怪。常有外国人说,我们中国人吃蛇、吃狗、吃蚱蜢、吃蚕蛹、吃鱼翅、吃鸟窝……好像是无所不吃,又好像有一些近于野蛮,这就是所谓少见多怪。

最近有一位美国人 James Trager 写了一本大书 *The Food Book*,讲述自伊甸园起以至今日各地食物的风俗习惯,当然也讲到中国,他说中国人吃猿猴的嘴唇、燕子的尾巴、鸟舌汤、炸狼肉。海外奇谈说得这样离谱,我只好自惭孤陋寡闻了。

美国海关人员的态度实在值得称道。他们检查得细致,但是始终和颜悦色,嘴角上不时地出现笑容,说话的声音以使我听见为度,而且不断地和我道几句家常,说几句笑话,最后还加一句客套:"祝你旅途愉快!"我在检查室耗费了一个多小时,要生气也没法生气,倒是来接我的家人们隔着玻璃窗在外面等候,有点急得像热锅上的蚂蚁。

我和季淑走出检查室，士耀、文蔷带着君达、君迈给我们献上两个花束。这两个孩子为了到机场接我们，在学校请了一天假，级任老师知道了他们的请假缘由之后，特从她自己家园中摘取一大把鲜红的郁金香，交给他们作为花束的一部分。谁说美国人缺少人情味？

"啤酒"啤酒

两年前有一天我的女儿文蔷拿来三罐啤酒,分别注入三个酒杯,她不告诉我各个的牌名,要我品尝一下,何者为最优。我端起酒杯,先放在鼻下一嗅,轻轻浅尝一口,在舌端品味,然后含一大口在嘴里停留一下再咕噜一声下咽。好像我真懂品酒似的。三杯品尝过后,迟疑了一阵,下判断说:"这一杯比较最香最美。"她笑着记下我所投的一票。

然后她另换三个杯子,也各注入不同商标的啤酒,要我的外孙邱君达来品尝。他已成年,可以喝酒。他喝了之后,皱皱眉头,说:"我认为这一杯最好。"她又记下了他所投的一票。

她再换三杯,斟满了酒,要我的即将成年的外孙君迈参加评判。他一杯一大口,耸肩摊手,说:"差不太多,比较这一杯较佳。"她又记下他的一票。

她说:"现在我要宣布品评的结果了。我选的三种不同的啤酒,第一种是瑞尼尔啤酒,是有名的老牌子……"我证实她的话说:"不错,是老牌子,我在六十九年前就喝过瑞尼尔啤酒,那时候美国正在禁酒,但是啤酒不禁,所以我很喝过些瓶。那时候啤酒尚无罐装,只有大小两种玻璃瓶装。我喝惯了站人牌、太阳牌啤酒,初喝瑞尼尔牌觉得味淡而香,留有很好印象。透明的玻璃瓶,标签上印着西雅图附近山巅积雪的瑞尼尔山。"

她接着说:"第二种是奥仑比克啤酒。"我立即忆起十年前参观过的西雅图南边的奥仑比克啤酒厂,厂房规模不小,参观者络绎不绝,分批由专人讲解招待,展示啤酒酿造过程,最后飨客啤酒一大杯。此后我常喝奥仑比克啤酒。酒罐上有一句标语:It's the water(是由于水好),这句话很传神。

她最后介绍第三种,没有牌名,本地人称之为"啤酒"啤酒("Beer" beer)。

这就怪了。什么叫作"啤酒"啤酒?

我们一致投票的结果认为最好的啤酒正是这个没有牌名的啤酒,正式的名称是 generic beer(无牌名的啤酒)。罐头上糊一张白纸,没有任何色彩图样和宣传文字,只有一个粗笔大字 Beer。看起来真不起眼,没有尝试过的人不敢轻易选用,本地人无以名之,名之为"啤酒"啤酒。

这个试验是有意义的,证明货的好坏不一定依赖牌名或厂家的名义,更不在于装潢,较可靠的方法是由消费者自己实际直接辨别。某一牌名或厂家的出品,能在市场建立信用,受人欢迎,当然有其理由,绝非幸致。但是老牌子的出品未必全能长久保持原来的品质,新牌子的出品亦未必全是后来居上,因此消费者要提高警觉。

货物的包装是一门学问。包装要结实，又要轻巧，要有图案，又要不讨厌，要有色彩，又要不庸俗。要有第一流的好手投入包装设计的工作里，要肯不惜工本地在包装上精益求精。佛要金装，人要衣装，货品要包装。

广告是推销术的一大重要项目。要使用各种技巧，抓住人的注意，引起人的好奇，诱发人的欲望，而时常以利用人的弱点为最厉害的手段，并且以连续不断的方式在大众面前出现，使人于不知不觉之中接受暗示，以达到销售的目的，广告的费用是成本的一部分。

无牌名货品在观念上是一项革新，亦可说是一种反动。为要达到物美价廉的目的，不要装潢，不做广告，赤裸裸地以本来面目在货架上与人相见。以"啤酒"啤酒来说，其价格仅约为其他名牌啤酒之一半，而其品质之高为众所公认。

无牌名货物之出现首先是在法国，时为一九七六年。有一系列的连锁超级市场名加瑞福（Carrefour）者，推出几种无牌名的商品，立即从法国推展到美国的芝加哥，先是珍宝食物商品（Jewel Grocers）采用，随即蔓延到全美各超级市场。

以塔科玛为根据地的西海岸食品商店（West Coast Grocers），是推销无牌名商品的一大重镇。西雅图东北区则以阿伯孙超级市场为主要推销处，在全部食物销售量中约占百分之二，但是前势看好。

有些超级市场让出整行的货架陈列无牌物品，如花生酱、纸巾、啤酒之类。也有些超级市场拒售无牌商品，如Safeway及Thriftway是，他们推出本厂特产的商品，以与无牌商品抗衡。也有人指责无牌商品的品质欠佳，例如阿伯孙市场出售之无牌香草冰激凌，有人说气泡多而奶油少。

但是一般而论，责难的情形很少，至少"啤酒"啤酒的声誉日隆。出产这种啤酒的是华盛顿州温哥华的大众酿造公司（General Brewing CO.），于一九七九年十一月开始上市，现已成为市场上的热门货品，在西部有六州发售，由于生产能力的限度，已无法再行扩展业务。

并不是人人都喜爱物美价廉的东西。也有人要于物美之外还要价昂，因为价昂可以满足另外一种欲望，显得自己是高人一等，属于富裕的阶级，所以"啤酒"啤酒尽管是物美价廉，仍有人不惜加以摒斥，私下里喝未尝不可，公开用以待客好像是有伤体面了。

我爱"啤酒"啤酒，不仅是因为物美价廉，实乃借此表示我对于一般夸张不实的广告之厌恶。我们为什么要受某些骗人的广告的愚弄？为什么要负担不必要的广告费用、装潢费用？

我的大女儿文茜远道来探亲，文蔷知道乃姊嗜饮，问我预备什么酒好，我不假思索，脱口而出地说："'啤酒'啤酒。"

圆桌与筷子

我听人说起一个笑话,一个中国人向外国人夸说中国的伟大,圆餐桌的直径可以大到几乎一丈开外。外国人说:"那么你们的筷子有多长呢?""六七尺长。""那样长的筷子,如何能夹起菜来送到自己嘴里呢?""我们最重礼让,是用筷子夹菜给坐在对面的人吃。"

大圆桌我是看见过的,不是加盖上去的圆桌面,是订制的大型圆餐桌,周遭至少可以坐二十四个人,宽宽绰绰的一点也不挤,绝无"菜碗常需头上过,酒壶频向耳边洒"的现象。桌面上有个大转盘,转盘有自动旋转的装置,主人按钮就会不疾不徐地转。转盘上每菜两大盘,客人不需等待旋转一周即可伸手取食。

这样大的圆桌有一个缺点,除了左右邻座之外,彼此相隔甚远,不便攀谈,但是这缺点也许正是优点,不必没话找话,大可埋头猛吃,做食不语状。

我们的传统餐桌本是方的,所谓八仙桌,往日喜庆宴都是用方桌,通常一席六个座位,有时下手添个长凳打横,只有在特殊情形下才加上一个圆桌面。炕上餐桌也是方的。方桌折角打开变成圆桌(英语所谓"信封桌"),

好像是比较晚近的事了。

许多人团聚在一起吃饭，尤其是讲究吃的东西要烫嘴热，当然以圆桌为宜，把食物放在桌中央，由中央到圆周的半径是一样长，各人伸箸取食，有如辐辏于毂。

因为圆桌可能嫌大，现在几乎凡是圆桌必有转盘，可恼的是直眉瞪眼的餐厅侍者多半是把菜盘往转盘中央一丢，并不放在转盘的边缘上，然后掉头而去，转盘等于虚设。

西方也不是没有圆桌。亚瑟王的圆桌骑士是赫赫有名的，那圆桌据说当初可以容一百五十名骑士就座，真不懂那样大的圆桌能放在什么地方，也许是里三层外三层围绕着吧？

近代外交坛坫之上常有所谓圆桌会议，也许是微带椭圆之形，其用意在于宾主座位不分上下。这都不能和我们中国的圆桌相提并论，我们的圆桌是普遍应用的，家庭聚餐时，祖孙三代团团坐，有说有笑，融融泄泄；友朋宴饮时，敬酒、划拳、打通关都方便。吃火锅，更非圆桌不可。

筷子是我们的一大发明。原始人吃东西用手抓，比不会用手抓的禽兽已经进步很多，而两根筷子则等于是手指的伸展，比猿猴使用树枝拨东西又进一步。筷子运用起来可以灵活无比，能夹、能戳、能撮、能挑、能扒、能掰、能剥，凡是手指能做的动作，筷子都能。

没人知道筷子是何时何人发明的。如果《史记》所载不虚，"纣为象箸而箕子唏"，纣王使用象牙筷子而箕子忍气吞声地叹气，象牙筷子的历史可说是很久远了。箸原是筴，竹子做的筷子；又作梜，木头做的筷子。

象牙筷子并没有什么好，怕烫，容易变色。假象牙筷子颜色不对，没有纹理，更容易变色，而且在吃香酥鸭的时候，拉扯用力稍猛就会咔嚓一声断为两截。倒是竹筷子最好，湘妃竹固然好，普通竹也不错，髹油漆固然好，本色尤佳。

做祖父母的往往喜欢使用银箸，通常是短短细细的，怕分量过重，这只为了表示其地位之尊崇。金箸我尚未见过，恐怕未必中用。箸之长短不等，湖南的筷子特长，盘子也特大，但是没有长到烤肉的筷子那样。

西方人学习用筷子那副笨相可笑，可是我们幼时开始用筷子的时候，又何尝不是像狗熊耍扁担？稍长，我们使筷子的伎俩都精了——都太精了。相传少林绝技之一是举箸能夹住迎面飞来的弹丸，据说是先从用筷子捕捉苍蝇练成的一种功夫。

一般人当然没有这种本领，可是在餐桌之上我们也常有机会看到某些人使用筷子的一些招数。一盘菜上桌，有人挥动筷子如舞长矛，如野火烧天横扫全境，有人胆大心细彻底翻腾如拨草寻蛇，更有人在汤菜碗里拣起一块肉，掂掂之后又放下了，再拣一块再掂掂再放下，最后才选得比较中意的一块，夹起来送进血盆大口之后，还要把筷子横在嘴里吮一下，于是有人在心里嘀咕：这样做岂不是把你的口水都污染了食物，岂不是让大家都于无意中吃了你的口水？

其实口水未必脏。我们自己吃东西都是伴着口水吃下去的，不吃东西的时候也常咽口水的。不过那是自己的口水，不嫌脏。别人的口水也未必脏。

我不相信谁在热恋中没有大口大口咽过难分彼此的一些口水。怕的是口水中带有病菌，传染给别人和被人传染给自己都不大好。毛病不是出在筷子，是出在我们的吃的方式上。

六十多年前，我的学校里来了一位教英语的老师，我只记得他姓钟，外号人称"钟善人"，他在学校及附近乡村里狂热地提倡两件事，一是植树，一是进餐时每人用两副筷子，一副用于取食，一副用于夹食入口。植树容易，一年只有一度，两副筷子则窒碍难行。谁有那样的耐心，每餐两副筷子此起彼落地交换使用？

如今许多人家，以及若干餐馆，筷子仍是人各一双，但是菜盘汤碗各附一个公用的大匙，这个办法比较简便，解决了互吃口水的问题。东洋御料理老早就使用木质短小的筷子，用毕即丢弃。人家能，为什么我们不能？我愿象牙筷子、乌木筷子以及种种珍奇贵重的筷子都保存起来，将来作为古董赏玩。

图书在版编目（CIP）数据

世间风物好/梁实秋著. —— 北京：中国友谊出版公司, 2019.4

　　ISBN 978-7-5057-4578-0

　　Ⅰ.①世… Ⅱ.①梁… Ⅲ.①散文集-中国-现代 Ⅳ.①I266

中国版本图书馆CIP数据核字（2018）第288527号

书名	世间风物好
作者	梁实秋
出版	中国友谊出版公司
发行	北京时代华语国际传媒股份有限公司
经销	新华书店
印刷	山东临沂新华印刷物流集团有限责任公司
规格	690×980 毫米　16 开 16 印张　170 千字
版次	2019 年 4 月第 1 版
印次	2019 年 4 月第 1 次印刷
书号	ISBN 978-7-5057-4578-0
定价	49.80 元
地址	北京市朝阳区西坝河南里 17 号楼
邮编	100028
电话	（010）64678009

孙犁读本

孙犁书信选

孙晓玲 李屏锦 ◎ 主编

河北出版传媒集团
花山文艺出版社

图书在版编目（CIP）数据

孙犁书信选 / 孙犁著；孙晓玲，李屏锦主编. —石家庄：花山文艺出版社，2015.12（2020.6重印）
（"孙犁读本"）
ISBN 978-7-5511-2585-7

Ⅰ.①孙… Ⅱ.①孙… ②孙… ③李… Ⅲ.①孙犁（1913～2002）—书信集 Ⅳ.①K825.6

中国版本图书馆CIP数据核字（2015）第276532号

丛 书 名：孙犁读本
主　　编：孙晓玲　李屏锦
书　　名：**孙犁书信选**
著　　者：孙　犁
编 选 者：李屏锦
策划统筹：张采鑫　赵锁学
责任编辑：梁东方　贺　进
责任校对：李　伟
封面设计：景　轩
美术编辑：胡彤亮
出版发行：花山文艺出版社（邮政编码：050061）
（河北省石家庄市友谊北大街330号）
销售热线：0311-88643221/29/31/32/26
传　　真：0311-88643225
印　　刷：三河市华东印刷有限公司
经　　销：新华书店
开　　本：700×1000　1/16
印　　张：17.5
字　　数：200千字
版　　次：2017年4月第1版
　　　　　2020年6月第2次印刷
书　　号：ISBN 978-7-5511-2585-7
定　　价：35.00元

（版权所有　翻印必究·印装有误　负责调换）

1979年,孙犁在天津市多伦道寓所写信

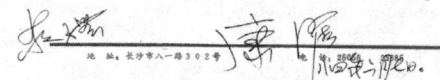

1984年6月7日，康濯致孙犁的信

1964年11月14日，孙犁（右）与徐光耀在河北保定抱阳山

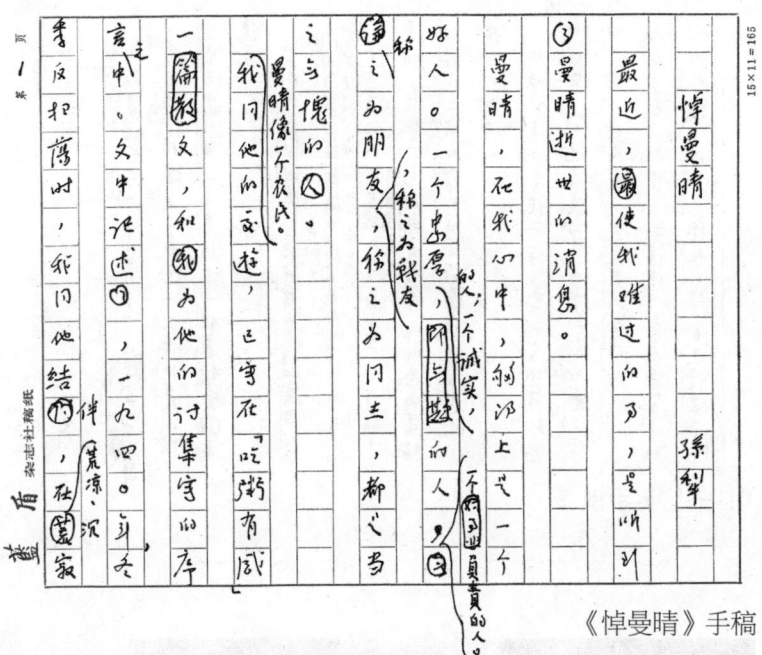

《悼曼晴》手稿

与韩映山（右）、李克明合影

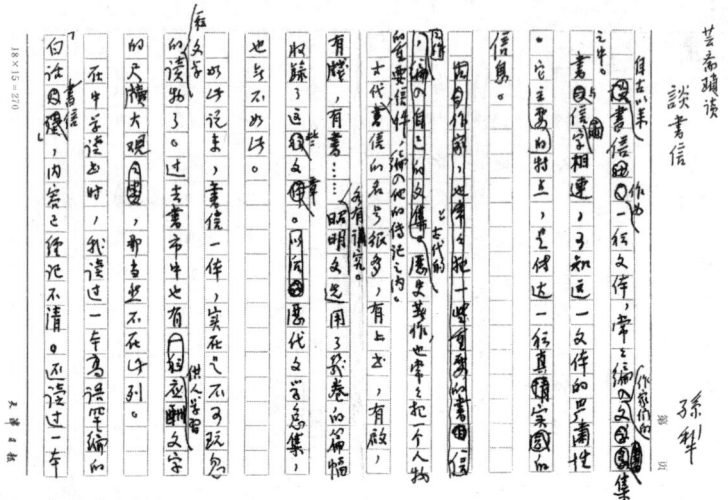

《谈书信》手稿

20世纪80年代末，孙犁在天津市多伦道寓所练习书法

编者的话

《孙犁读本》是孙犁作品的普及本。

孙犁是我国革命文学的一面旗帜,是风格独具的文学大师。在我国现当代文学史上,只有一个孙犁!

孙犁对中国革命文学的贡献,他崇高的文品人品,深深地影响了一代又一代人,被广大作家和读者所敬爱。

孙犁的抗战小说写得最好最多,《荷花淀》誉满天下。

孙犁的《风云初记》和《铁木前传》被誉为共和国中长篇小说的经典之作。

孙犁一生不随波逐流,坚持讲真话,愈到晚年,思想愈臻成熟,行文尤其老辣,他的《耕堂文录十种》不同凡响,其思想之深邃与节操之坚贞,最终成就为作家良心的光辉形象。

孙犁饱览群书,博古通今,知识渊博,是学者型作家。他的文章、题跋、书衣文录等,给予读者智慧和力量;他广泛阅读新人新作,扶植他们健康地走上文坛,有口皆碑。

《孙犁读本》面向大众,首次将孙犁的作品分门别类地作了归纳,包括《孙犁抗日作品选》《孙犁诗歌剧本选》《孙犁评论选》《孙犁书信选》《孙犁作品·少年读本》《孙犁作品·老年读本》

《孙犁晚作选》《孙犁论读书》《孙犁论孙犁》《孙犁名言录》，共十种。

《孙犁读本》涵盖了除中长篇小说以外孙犁的全部作品，各自独立，又共为一体，言简意赅，富有新意，免除读者翻检之劳。各册编者不约而同地看中了某些篇目，不可避免地会有少量的重复；倘若完全排除重复，必有遗珠之憾。仁者见仁，智者见智。在两难之中，我们力求协调，不使偏失。

尚祈读者、方家不吝赐教！

本书编选过程中，阎纲先生热情指点，在此深表谢意。

编者谨识

2016年3月10日

序：读懂父亲

□ 孙晓玲

有人说他是迎风也不招展的一面旗帜，有人说他是越打磨越亮的一面古镜，有人说他是文苑那轮皎洁的明月，有人说他是淀水荷花的精魂……不管别人怎样评价他、赞美他，他就是他——生活中我们最慈爱的父亲。

努力读懂父亲的路我走了很长，而且就算我永久地闭上眼睛，也不可能完全读懂，因为父亲是一本极为厚重极具内涵的人生大书，"大道低回，独鹤与飞"。但我愿一点一点地翻阅，用心细细地品读、了解、感悟这本书。

小时候懵懵懂懂，父亲带我参观他的写作小屋时，告诉我，他就在这里写作。那是天津市多伦道216号大院后院一排平房中的一间。过去是《大公报》创始人之一吴鼎昌用人住的地方。这间小屋只有一张写字桌、一把椅子、一张单人床。说到写作，他似乎有种兴奋，他告诉我："我吃的是草，挤的是奶。"我茫然、困惑不解，是嫌母亲做的饭不够好吗？他为什么这样说呢？后来我才知道他背的是鲁迅先生说过的一句话，那是他的心志。

在一个城市与父亲共同生活52年的岁月里，我对他的了解逐渐加深。尤其搬到蛇形楼之后我已经退休，常去看望他，父亲身体好时三言五语也给我说过他对文学创作上的一些独特见解，对我的求教也有一两点针对性的指导。父亲去世后，我历经十余年寒窗苦，在2011年与2013年写完《布衣：我的父亲孙犁》与《逝不去的彩云》两本怀思父亲的书。之后，我对父亲的作品渐渐熟悉了起来，是父亲的作品伴着我度过了远离慈父的岁月，是父亲的作品给了我莫大的安慰，给了我奋进的力量，给了我如见亲人的温暖，给了我更多写作上的点拨与规诫。我不仅是父亲的女儿，还是他的读者、学生；他不仅是我慈爱的父亲，还是对我谆谆教诲引导我写作的良师、近在咫尺的国文教员、文学启蒙人。无论过去现在，我为有这样一个父亲感到深深地自豪。不论做人为文，他永远是我学习的楷模。尤其当我发苍苍、视茫茫，年近古稀之际，能亲身体会到文学创作带给我的慰藉与快乐之时，我的心中充满感恩之情。现在我的女儿也拿起手中笔写了很多关于姥爷的回忆，在天津《中老年时报》上开辟了专栏。我们都是仰望大树的小草，根深叶茂的参天大树，一枝一叶都令我们景仰无限，叹为观止。

  在父亲孙犁七十多年文字生涯里，他用心血凝聚了300多万字的心灵之作。这笔丰厚的文学遗产，是中外优秀文化遗产的继承与发展，尤其是对鲁迅文化遗产的继承与发展，留给了后人，留给了民族，留给了中国现当代文库。

  父亲而立之年在延安窑洞写出成名之作《荷花淀》，以高超的艺术手法，传递了民族精神、爱国热情；不惑之年父亲满怀激情在天津市和平区多伦道原155号《天津日报》编辑部写出抗战题材长篇小说《风云初记》，成为烽火中的抗战文学红色经典、爱国主义优秀教材。在和平区多伦道216号侧院《天津日报》宿舍披星戴月写出中篇小说《铁木前传》，被称为共和国中篇小说经典扛鼎之作；花甲之年至耄耋之年，他在天津市多伦道大院与南开区蛇形楼内呕心沥血又写出了十本散文集，四百多篇文章。这十本小书，浸透着父亲"沉迷雕虫技，至老意迟迟"十三年废寝忘食的投入，焕发着老树着新花的光彩，闪烁着真知灼见的光辉。20世纪80年代初，八卷本《孙犁文集》面世。这八本文集，民族魂魄铸雄文，浸透着父亲半个多世纪以来文学历程的心血才智，字字似珠玑，篇篇有情义，创造了一个历经关山考验，白纸黑字可不作一处更改的奇迹。

父亲一生虚心向生活学习、向人民学习，他把生活留给了历史，历史也留住了他的文学生命。他是一位一生向人民奉献精品的作家。

为了弘扬伟大的爱国主义精神，为了弘扬中华民族优秀传统文化，为使优秀文艺作品成为人民群众的知心朋友，我于2015年——中国人民抗日战争暨世界反法西斯战争胜利70周年这一具有重大历史意义之年，抱着"缅怀先生莫如读他的作品"这一理念，怀十三年追思之痛，仰高山之大美、叹芸斋之丰赡、赞耕堂之奉献，与父亲友人花山文艺出版社原副总编辑、资深编审李屏锦先生共同主编了这套丛书。他与我父亲生前交往甚洽，这次编书不遗余力地给了我极大帮助。此"孙犁读本"系列包括：《孙犁抗日作品选》《孙犁诗歌剧本选》《孙犁评论选》《孙犁书信选》《孙犁作品·少年读本》《孙犁作品·老年读本》《孙犁晚作选》《孙犁论读书》《孙犁论孙犁》《孙犁名言录》，共十种。

在花山文艺出版社领导张采鑫、赵锁学等同志的鼎力支持下，在杨振喜、刘传芳、郑新芳、梁东方等孙犁研究专家、学者、编辑的齐心努力、不辞辛劳工作中，这套饱含对孙犁先生思念与景仰，崭新、素雅、简朴、易读、面向广大读者的丛书终于面世。

怀文学梦　一生追寻

父亲自小聪慧好学，奶奶常夸他"三岁看大，七岁知老，从小爱念书"。还是在本村上小学时，教书先生就对我爷爷说："你这个孩子，将来会有更大的出息。"上高小后父亲便爱上了新文学作品，除了课堂受教，他经常利用课外时间阅读报纸图书，他的同学们都知道，操场上少见他的身影，图书馆是他最爱待的地方。

"不积跬步无以至千里，不积小流无以成江海。"在文学理想追求上，父亲一生不仅极为执着，极为勤奋，而且也与梦悠悠相关、绵绵缠绕。从他少年时的"求学梦""莲池梦"，青年时的"文学梦""青春梦"，壮年军伍时的"游子梦""报国梦"，晚年时的"耕堂梦""芸斋梦""桑梓梦""还乡梦"，他有追梦的"无与伦比之向往"，有梦想破灭的失意与痛苦，也有美梦成真的快乐欢欣。

自青少年时期受到《红楼梦》《聊斋志异》《牡丹亭》及唐诗宋词这些与梦有关的古典文学影响，父亲对博大精深的中华民族"梦"文化也有兴趣。在父亲晚年创作中，《书的梦》《画的梦》《戏的梦》《戏的续梦》《青春余梦》《芸斋梦余》，皆以"梦"字为题，而《亡人逸事》《老家》《包袱皮儿》《一九七六年》《幻灭》《关于〈山地回忆〉的回忆》等一些充满亲情、乡情、军民鱼水情和切身感受的作品，也不乏梦的情愫。他默默地如春蚕展吐，不断地编织已逝的旧梦，在静静的编织中，又不时补进现实沉潜的感受。

"梦的系列"是父亲晚年创作中的一个重要组成部分，是他十年梦魇之后，孤独反思、寂寞为文所留下的不可忽视的一道独特的文学景观，与"白洋淀系列"相比，尽管两者风格截然不同，前者荷浮幽香、清新隽永，后者老辣逼人、意蕴丰厚，但都紧紧触摸着时代的脉搏，都是他心路历程的凝结。

文如荷美　品似莲清

文品、人品的高度统一，造就了父亲作品历久弥新的生命力。

父亲一生爱国家、爱民族，七七事变后，抛妻舍子告别双亲，带着一支笔投身抗日洪流，走上革命的路，写作的路。战乱奔波，行军跋涉，被大水冲走过，被炸弹爆炸惊吓过，上前线采访险遭不测过，在蒿儿梁病倒过……山边、地头、农舍，他创作了大量优秀的抗日作品，为这场保家卫国的伟大战争做出了热血男儿安邦御辱的无私奉献。及至晚年，日本帝国主义的铁蹄声犹在耳畔，敌人肆虐后的战士、群众、孤儿寡母哭啼声犹在耳畔，不忘国耻、警钟长鸣。生活中他布衣素食，不求享受，甘于清贫，不慕奢华；在平凡的生活中我行我素地保持着他对文学理想神圣的追求。

1966年惊心动魄的"文革"开始后与父亲共同经历了多次被抄家、被逼迁，共同经历了人妖颠倒、文士横死、文苑凋零的严酷与惨烈，父亲的文学梦被无情摧毁。我深知这一"史无前例的文化运动"对他造成的心灵伤害。

父亲在逆境中不向权贵折腰，不跟风、不整人。我亲眼看见，父亲向造反派交代的材料上只有一行开头，无半句下文；我亲耳听他沉痛地呐喊："这是要把国家搞成什么？"别看父亲体质瘦弱，可他是非分明、疾恶如仇，铜枝铁干无媚骨，不管形势多么复杂、多么混乱，他头脑清醒不盲从，更不做违背良心良知的事情，有传统知识分子的风骨。

"四人帮"祸国殃民的邪恶凶残，令这个正直的作家深恶痛绝。任风云变幻、黑云压城，他铁骨铮铮，宁折不弯。十年动乱、头戴荆冠,他不跟形势修改自己的抗战作品,一字不动,宁可沉默,不昧天良;任污蔑辱骂,不求助于位高有势的权威、新贵以求"解放"。他浊清分明,耻于跟那些帮派文字登在同一版面。

书衣残帛记心语,旧牛皮纸封皮上一段段语句,犹如日记,倾吐出他内心多少积郁忧愤。

父亲极其尊崇热爱鲁迅先生,诗人田间在艰苦的条件下曾赠他"横眉冷对千夫指,俯首甘为孺子牛"两寸宽窄纸对联,与他相互激励。

我记得与父亲谈话,涉及先生的照片集、作品,只要提到鲁迅先生,父亲神情声音便立时充满了仰慕与崇敬,双眼闪现出钦敬的光芒。

鲁迅先生伟大的人格,对民族强烈的责任心,疾恶如仇、爱憎分明的战斗精神,对文学事业至死不渝的耕耘努力,是父亲一生的楷模。父亲晚年依然忧国忧民,关心国家精神文明建设,捍卫民族文化与自尊。他认为"文化大革命"首先破坏的是文化,文化的含义很广,它包括中国的历史和传统,道德和伦理,法律规范和标准,"文化大革命"破坏污染了人的灵魂,流毒深远,一时难以复原。"文革"以后,国民的文化素质,呈急剧下滑状态。为了捍卫民族语言的纯洁性,回击随意践踏中华民族语言的一股邪流;为了抵制那些说起来很时髦,听起来以为很潇洒,实际上对青少年成长极为不利,甚至诱导犯罪的口号;为了揭露某些作品媚俗、色情、暴力等精神污染给社会带来的种种危害;为了用美好高尚的文学作品为青年一代提供优秀的精神食粮,托起祖国明天的希望,这位年高体弱的抗战老战士,仿佛又听到祖国民族的召唤,以凌厉的战斗姿态,披坚执锐,跃马扬鞭,驰骋疆场,一往无前。

书生模样,战士情怀,君子本色。晚年父亲抨击文坛不正之风,无私无畏，哪怕孤军作战，腹背受敌决不退缩，决不投降！正如诗坛泰斗臧克家先生称赞孙犁那样：批判文坛不正之风，少有顾忌，直抒胸臆，"具有卓然而立的精神"。

无论小说、散文、诗歌、剧本，孙犁先生的作品都能给人以美的享受，如同没有被污染过的纯正的粮食一样，别样甘甜、香醇。

父亲的散文，是他一生默默耕耘的悠长的犁歌。从小小少年在育德中学刊物上发表习作开始，到耄耋之年仍挥毫不辍，一时一事一景一情，无不记下自己的足迹、时代的弦歌。耕堂散文清雅质朴，意境深邃，个性突出，文字练达，富含哲理，真情毕现，是他人生历程鲜活的记录。

"感情的真挚与文字朴实无华是写好散文的要素。"这是父亲在《论散文》中强调指出的。他自己也遵循了这一要旨，正因如此，他的许多名篇名段至今仍被他的读者津津乐道、默默涵泳，具有春草夏荷般的生命力。

不论是他的"病期琐谈"还是"芸斋梦余"，不论是"往事漫忆"抑或"乡里旧闻"，他纯熟的白描手法、寓意深远的抒情、含蓄多弦外之音的表达、简洁朴实的语言素为研究者所称道。

读父亲的散文，尤其是晚年之作，常常让我流下感动的泪水，就是因为感动于《亡人逸事》，父亲不弃糟糠、对妻子至深情感，2003年5月我写出了《摇曳秋风遗念长》一文。其实有些篇章，父亲新写出来后自己也一遍遍诵读、背读，自己也不禁流出对文学神圣力量感动的泪水。历经战乱流离、天灾人祸、荣辱沉浮、病痛折磨，写作是对他的慰藉、同情和补偿，无可替代。他常常在寂寞、痛苦、空虚的时刻进行创作，他常常在节假日别人欢喜游乐时进行创作，他常常在深夜月光下、在别人休息酣睡时进行创作，全身心投入使他忘记了病痛。

"子夜荧荧，灯昏欲蕊；萧斋瑟瑟，案冷凝冰。集腋为裘，妄续《幽冥》之录；浮白载笔，仅成孤愤之书。"父亲晚年以古人顽强创作心志，远离红尘闹市在孤独寂寞中著书，在他书房的书柜上有台灯，在他睡觉的床头有台灯，月光不知为他伏案窗前投下多少光亮。

坎坷际遇，沧桑容颜；苦辣酸甜，乡情浓酽；战友情深，依依难忘；怀思清幽，情凝笔端。"创作贵有襟怀，有之虽绳床瓦灶，也无妨文思泉涌；无之，虽金殿皇宫，也无济于事的。"父亲在《远道集》"宾馆文学"文中这样慨叹。他的《荷花淀》写于延安窑洞，马兰草纸、自制墨水、油灯摇曳、木板搭床、砂锅瓦罐、伙房打饭，他自得其乐。在他晚年，箪食瓢饮、老屋陋巷亦铸华章。

时间是最严厉也是最公正的评判者。

父亲一生没有大红大紫，许多作品还经常受到指责和批判。《铁木前传》更让他背负骂名，九死一生，家破人亡。"十年荒于疾病，十年废于遭逢。"只要能拿起手中笔，他就会写作，倾吐心声。历经岁月的洗礼，大浪淘沙，如今他的作品被更多的研究者所称道，为更多的读者所欣赏，曾被他自己定位"我的作品寿命是五十年"的期限已经大大超过，安息于天国的他应感欣慰。

白洋游子　故园情深

由于父亲写过《荷花淀——白洋淀纪事之一》《芦花荡——白洋淀纪事之二》《白洋淀边一次小斗争》《采蒲台的苇》《一别十年同口镇》《白洋淀之曲》（诗歌）《莲花淀》（剧本）等多种文学形式的有关白洋淀的作品，有不少读者误认为他是白洋淀人、衡水人。其实父亲的老家是河北省安平县东辽城村，距离白洋淀还有一段路程。对故乡，12岁就外出求学的父亲一往情深，故乡的乳汁、故乡的恩泽在他身上和作品里都打下了深深的烙印，

"梦里每迷还乡路，愈知晚途念桑梓。"愈到晚年他思乡愈切。父亲家乡临近滹沱河，经常旱涝不收。虽不富庶，但生养之地民风淳朴。在父亲的晚年文字中，《度春荒》《童年漫忆》《蚕桑之事》《听说书》《第一个借给我〈红楼梦〉的人》《贴春联》《父亲的记忆》《母亲的记忆》《老家》《鸡叫》……皆饱含深情。童年与小伙伴们的野地追逐，乡风民俗，老屋炊烟，亲情挚爱，哪一样不让白洋淀游子怦然心动，魂牵梦萦？安平，古称博陵郡，历史悠久，是革命老区，因"众官民安居乐业且地势平坦"而得名。这个吉祥的县名，小时候常听父母念叨。如今的安平县，发生了巨大变化，已成为闻名中外的"丝网之乡"。

如果现在走进河北省安平县父亲的故乡，无处不在的"孙犁故里"安平精神与孙犁精神融为一体，您一定会被这里强烈的爱国爱乡氛围所震撼。"孙犁纪念馆"由前文化部长、著名作家王蒙先生亲题，"纪念孙犁书画苑"由著名作家贾平凹先生亲题。沈鹏、欧阳中石、霍春阳、从维熙、徐光耀、梁晓声等国内180多位著名书画家、作家捐赠作品展出。重新修盖的"孙犁故居"四字匾额由诺贝尔文学奖得主莫言先生亲书。故居内设八块孙犁作品碑林，展示其文学业绩。在安平烈士陵园则有父亲亲手撰书的"英风永续"四个大字，他亲自撰写的《三烈士事略》英烈事迹也垂教后来，诵颂百代。文韵荷香，铁肩担道义，妙手著文章。故乡人民以他为骄傲，这位一生心系故土的作家，家乡人民永远怀念他。

父亲生前极为关心学生教育问题，关心青少年成长环境。他关心家乡子弟读书学习的事迹至今在河北省安平县广为传颂。

父亲一生不喜仕途，远离官场，晚年更是足不出户，囿于耕堂之地，不爱出头露面开会应酬。在天津，对那拿着一沓子钞票找上门来的求他题写饭店匾额的老板拒之门外，一字不供。可他

1983年为天津市少年儿童基金会捐款2000元（那时候写一本散文集稿费是600元～700元，需写一年）。后又将家乡祖产大小五间房屋，片瓦不留，全部捐给乡里办学并捐资；先后为安平中学、安平县"大子文乡中学""孙遥城小学"题写校牌、题字。一方面是对故乡难以割舍的感情，一方面是对家乡莘莘学子的爱护与期望。"祖宗的烙印我是从安平土地上产生出来和走出来的。"父亲如是说。

  1953年，父亲曾回乡为安平中学学生传艺授课，讲《如何写作》之课题，当时有30名由学校精挑细选出来的学生听课。回津后，父亲又给学校寄去包括鲁迅、冰心在内的多种经典名著，还有自己的作品。他特别关心县里的文化教育事业，希望县领导千方百计地以教育的繁荣和发展来保证乡亲们尽快地富裕起来，日子一天比一天好。

  如今，孙犁先生手持书本4.6米高的汉白玉立像矗立在安平中学孙犁广场，长青植物映衬着松柏后凋的品格，黄色的菊花寓意着"人淡如菊"的布衣精神；底座"孙犁"二字由中国作家协会主席铁凝亲题。

  水秀地灵华北明珠白洋淀地区曾是冀中抗日根据地，虽然不是父亲的生身之地，但它是父亲重要的第二故乡。正是由于有在白洋淀边一段教书难忘的宝贵的生活经历，才能使父亲在文学生涯里形成了重要的白洋淀系列。1958年由康耀伯伯帮助病中父亲编辑的《白洋淀纪事》由中国青年出版社出版，初收54篇孙犁小说散文，此后多次再版。1981年2月，父亲在为友人姜德明同志所藏精装本《白洋淀纪事》题字时这样写道："君为细心人，此集虽系创作，从中可看到：一九四〇年到一九四八年间，我的经历，我的工作，我的身影，我的心情。实是一本自传的书。"

晚作十种　激浊扬清

"衰病犹怀天下事，老荒未废纸间声。"晚年父亲的《晚华集》《秀露集》《澹定集》《尺泽集》《远道集》《老荒集》《陋巷集》《无为集》《如云集》《曲终集》十种作品集一一问世。他不忘文学的崇高使命与作家的神圣职责，发扬并丰富了我国革命文学的现实主义传统，以深邃之思想，创新之文体，鲜明之艺术风格及炉火纯青之文字，为商品经济下的当代中国读者构筑了一座守望自我与真善美的精神家园。1995年5月30日，父亲在耕堂亲自抄录了作家曾镇南先生写给他的一本嵌十本小书名的五言诗，并送给了我。

父亲录后写道："余衰病之年，曾君镇南屡作关怀之辞，近又作五言一首嵌拙作十书于内，诗有魏晋风神，声音清越，喜而录之。"

那天上午，父亲抄录完此诗受到鼓舞，心情喜悦，连年劳苦不觉一扫，顺手将此书幅递给了我，今愈知其宝贵胜金。父乃谦谦君子，没有张扬发表造势之意，唯有默默留作纪念之心。经自己练笔多年感悟，方知父亲连续奋战十三个春秋，孜孜矻矻、不眠不休、日夜兼程、焚膏继晷之万般辛劳。

淡泊名利　德谦行逊

回眸历史，70年前，1945年5月15日（当时报纸上刊登的是"中华民国三十四年"），在延安《解放日报》当天报纸第四版右上角登出一篇五千字左右的小说，题目是《荷花淀——白洋淀纪事之一》，版式竖排。开篇那段著名的"月亮升起来，院子里凉爽得很，干净得很，白天破好的苇眉子潮润润的，正好编苇。苇眉子又滑又细，在她怀里跳跃着……"伴着诗一样的语句，一个质朴、宁静、勤劳、柔美的冀中青春妇女形象一下子跃入人们的眼帘……一个富有传奇人生色彩、将生命附丽于文学的作者瞬间迸发出耀眼的光华。那简洁明快的语言，那巧妙的构思，那充满浓郁的生活气息的对话，那新鲜的创作手法，尤其出自年轻的妻子们口中的埋怨与谑语，更是出神入化，令人称绝。这篇小说不仅是一首令人心神陶醉的抒情乐曲，而且称得上是一支振奋人心鼓舞斗志的战歌。

不同凡响的稿件犹如一块石头投入平静的湖水，激起不小的浪花，当副刊编辑方纪拿到这篇稿件时高兴得差点儿就跳了起来，报社整个编辑部都为之轰动。发表后，更是好评如潮。随着美誉传陕北，人们知道了作者的名字，这是接受上级命令奉调从冀中步行千里奔赴抗日中心的一名原华北抗日联大的教员，他现在是延安鲁艺的研究生，第六期的学员，他的名字叫"孙犁"。这位从冀中走来的年轻作者，从此蜚声文坛。"清新庾开府，俊逸鲍参军"，兼有现实主义与浪漫主义美学风格的《荷花淀》迅速被重庆《新华日报》和解放区的各报相继转载，新华书店和香港书店又分别收集了他的其他作品出版了《荷花淀》小说散文集。此后以《荷花淀》命名的版本不断问世，至今印刷不衰。

凡读过此文的读者，总有这样深切的感受，爱国的情怀充溢着身心；浓密的芦苇是军民筑起的长城；挺出水面的荷箭，是射向日本侵略者的武器；小船上几个年轻妇女，正警觉着四周动静；潜伏在硕大荷叶下的八路军战士正准备开展一场针对鬼子的生死歼灭战。

至今，《荷花淀》巨幅彩色壁画陈列在中国现代文学馆大厅显著位置，彰显着这篇文学经典与作者在中国当代文学史上的地位。《荷花淀》不是从血与火、你死我活的残酷战争场面，而是从人性美人情美的另一个角度解读人民战争。它不仅以它独有的艺术魅力吸引着几代读者阅读、欣赏，更是列入了全国语文统编教材和大学文科现代文学必读书目；也曾多次列入中学语文课本，而今正向青少年阅读领域迈进。

据我所知，1945年在延安，毛主席读了刊登在《解放日报》上的短篇小说《荷花淀》之后，用铅笔在报纸边白上写下"这是一个有风格的作家"给予赞赏。

我十几岁时有幸与父亲就《荷花淀》的写作问题进行过面对面的交流，那简短的对话成为我向父亲求教写作知识最珍贵的记忆。他那从容的回答，喜悦的神情，受了赞扬有些腼腆的样子，深深地印在女儿心里。我总的感觉是他在西北风沙很大的黄土坡上写了淀水荷花，所以延安的人们喜欢看；他在"那里的作家都不怎么写"的情况下（刚整风完）标新立异，所以受稀罕；当时他写作条件不好，可是写得很顺，得心应手，一气呵成。父亲的原话是："在窑洞里，就那么写出来了，连草稿也没打。"对名著的诞生，他说得轻如风淡如水，没有标榜，没有炫耀，没有拔高，没有自得。

20世纪40年代，父亲的《丈夫》和《区村和连队的文学写作课本》获晋冀边区文联鲁迅文艺奖；20世纪80年代父亲荣获全国老编辑荣誉奖，1986年11月获全国新闻工作者协会荣誉证书；1989年4月《孙犁散文选》荣获全国优秀散文（集）、杂文（集）荣誉奖；1983年至1988年，《远道集》《谈作家的素质》《耕堂序跋》连续三次获天津市鲁迅文艺奖；1986年至1990年，《谈照相》《一个朋友》《近作之写》等三次获《羊城晚报·花地》佳作奖。1995年8月15日，中共天津市委宣传部在纪念抗战胜利和反法西斯战争胜利50周年之际，为表彰他自抗日战争以来为革命文艺工作做出的贡献,颁发给他"抗战文艺老战士"荣誉证书。这些荣誉父亲生前从没跟我提起过,是我整理他的遗物时收集的。

大约1996年、1997年前后,有一次父亲跟我说:"我不同意'南有谁谁,北有谁谁'的说法。人家是人家,我是我。"据我所知,"南有某某,北有某某"在戏剧界、美术界早有这种提法,如"南有麒麟童,北有马连良""南有张大千,北有溥心畬"等等。凡能有这种提法的,都是名气非常大、艺术造诣极深的人物。"南有巴金,北有孙犁"这一盛誉谁不景仰?而父亲坚决不接受这种提法。他觉得巴金先生那么大成就,自己比不了。如同他坚决不同意说他是"荷花淀派"创始人的说法一样,对别人求之不得送上门的顶级荣誉他拒不接受。1962年,49岁的父亲便写过《自嘲》这首诗:"小技雕虫似笛鸣,惭愧大锣大鼓声。影响沉没噪音里,滴澈人生缝罅中。"他敢于把自己一生中的不足、缺点都写进文章,谦谨好学、不浮不躁、实事求是伴随了他的一生。他把自己看作一滴水,只有融入江河,流向大海才不会枯竭。

桃李不言　下自成蹊

2011年11月5日,由中国报纸副刊学会与天津日报社联合主办的"2011孙犁报纸副刊编辑奖"在天津静海县颁奖。这也是天津文艺界、新闻界的一份荣光。父亲虽然离开了我们,但他甘为他人做嫁衣、甘为人梯、做铺路石的无私奉献精神将激励副刊工作者奋发向前,创造辉煌。

进城后,父亲是《天津日报》的创始人之一,在长期从事文艺副刊编辑工作中,倾注心血培育新苗,他以《天津日报·文艺周刊》为园地,与同仁共同培养了很多文学幼苗成长为参天大树,已成文坛佳话。但他从不以文坛伯乐自居，更不当状元的老师。看到年轻人从自己这个低栏跳过，他由衷地感到高兴。他以书信为载体，与多位青年作家、编辑保持联系，对他（她）们进行写作上的鼓励，被誉为"我国报刊史上一代编辑典范"。

父亲愿化作"尺泽"，润泽过往善良的鸟兽，他的这种精神，就是奉献精神，园丁精神。2013年，著名作家从维熙先生在为拙作《逝不去的彩云》一书所作序中写道："从文学的视角去寻根，我也是孙犁这棵文学巨树的一片树叶。孙犁作品不仅诱发我在青年时代拿起笔来，而且在我历经冰霜雨雪之后，是继续激励我笔耕至今的一面旗帜。不只我一个人受其影响，而踏上了文学笔耕之路，仔细盘点一下，真是可以编成一个文学方阵了——这是老一代作家中罕见的生命奇迹。"

一生爱书　不离不弃

父亲深厚的文化积淀与广博的学养来源于中外优秀典籍之馈赠。与父亲在一个城市共同生活这么多年，感受最深的是他对书的感情。

他对书一往情深，从年轻时脖颈上套着装有鲁迅先生作品的布包行军打仗、跋山涉水，与身上背的干粮、墨水瓶一样行止与俱，有空就读，到老年坐拥书城，满室书香，每本心爱之书不是有书衣便是有书套，舒舒服服待在书柜里，他为之掸尘、补缺，他为书衣写字题跋，视若"红颜知己"，不离不弃，白头偕老。他与书是一生结缘、心心相印。

他嗜书如命、喜欢读书仿佛是与生俱来的。我母亲说他对书"轻拿轻放，拿拿放放""最待见书"。他自己跟我说，报社爱打扑克的人有句口头禅：孙犁搬家——净书（输）。

好的书籍对于父亲不是消遣、不是娱乐，他自己曾写过：书给他以憧憬，给他以营养，给他以力量，给他以启示，使他奋发，使他前面有希望，使他思想升华……他视好的书籍为指路明灯、精神的栖息地。

在艺术探索的道路上，父亲就像摆在他书柜上的那匹驮着绿色水囊的唐三彩骆驼一样，不畏艰难，跋涉大漠，仰天长啸，奋勇直前。父亲晚年独居静室，"素处以默，妙机其微，饮之太和"，广泛吸收着中华典籍丰美优良的传统文化精华，自由翱翔于文字时空，沉浸于清纯、悠远的创作境界。

父亲是令人钦敬有真才实学的学者型作家，德、才、学、识兼备，集小说家、散文家、理论家、批评家、诗人于一身，有多方面的艺术才能。他的文艺理论、文艺批评见解精湛，读其文论"可兼得学问、见识、文采三者之美"。一些精辟、精彩之句，常为文学爱好者背诵摘抄、引用学习，成为文学入门必读之章。他的大量有关读书的文章深入浅出、观古知今，文字清峻古朴，有浓郁的文人气质，有其独特的艺术欣赏趣味。

他的诗歌有散文之美，以记事为主，发哲人之思，是他"处世的情怀之作"。父亲从小便与诗词相伴，读诗、写诗求知萤火边。早年流浪北平，他获得的第一笔稿费五角钱也是因诗而得。他的诗中我最喜欢《自嘲》《悼念小川》及《大星陨落》《生辰自述》中的四言诗。其古体诗《悼内子》是写给我母亲的，令我今生难忘永怀于心。"雕虫蒙记忆，烹鲤问沉绵"，他的书信近年被广泛搜集，通信人众多，友人、作家、文学评论家、编辑、文学爱好者、同学、青年学生、家乡校长、县领导等等，内容极为丰富，其中有多封涉及文学创作方面的交流探讨，尤为可贵。

他的"芸斋小说"，是个人切身经历的情感体验。还有不少的杂文、随笔，以犀利的笔法，剖析国民品性，针砭假恶丑，呼唤真善美的回归。

　　彩云即使随风流散，也会化作春雨润物细无声；飘落的黄叶，即使归入泥土，也会化作春泥护花红……

　　2015年5月23日是父亲生辰之日，如果他还活着，是102岁。他属牛，笔名芸夫，他一生就像一位田间戴笠的老农执犁扶耧，不怕风吹日晒，不惧冰雹霜雨，默默耕耘，春种秋收。"文章能取信于当世，方能传世于后代。"我相信他用毕生心血汗水凝结不欺人、不自欺的心灵文字，充满"真诚善意，名识远见，良知良能，天籁之音"的道德文章，会继续散发出人品与文品完美结合之双重魅力，润泽滋养更多读者的心灵，为书香社会增添正能量，引导更多的文学爱好者走进文学曲径通幽、姹紫嫣红的艺术园林。

2015年4月28日

目　录

一九四六年 ··· 1
　　致康濯、肖白（一封） ································ 1
　　致康濯（五封） ······································· 2
　　致田间（一封） ······································ 11
一九四八年 ·· 12
　　致康濯（二封） ······································ 12
一九四九年 ·· 15
　　致康濯、秦兆阳（一封） ···························· 15
　　致康濯（八封） ······································ 16
一九五〇年 ·· 22
　　致康濯（十二封） ···································· 22
　　致田间（一封） ······································ 33
一九五一年 ·· 34
　　致康濯（一封） ······································ 34
一九五二年 ·· 36
　　致康濯（一封） ······································ 36

一九五三年···37
　　致田间（二封）···37
一九五四年···39
　　致康濯（二封）···39
　　致田间（一封）···41
一九六二年···42
　　致冉淮舟（七封）···42
一九六三年···53
　　致冉淮舟（六封）···53
　　致陈炜（一封）···57
一九六四年···60
　　致冉淮舟（四封）···60
一九七二年···65
　　致陈乔（一封）···65
　　致韩映山（二封）···66
一九七三年···68
　　致曹彦军（二封）···68
　　致韩映山（一封）···70
一九七五年···71
　　致韩映山（一封）···71
　　致陈乔（一封）···72
一九七六年···73
　　致韩映山（二封）···73
一九七七年···75
　　致韩映山（一封）···75
　　致郭志刚（一封）···76

一九七八年 ······ 78
    致阎纲（一封）······ 78
    致韩映山（二封）······ 80

一九七九年 ······ 82
    致李蒙英（一封）······ 82
    致韩映山（二封）······ 83
    致从维熙（一封）······ 85
    致李克明（一封）······ 86
    致傅瑛（一封）······ 87
    致阎纲（一封）······ 88
    致铁凝（二封）······ 91
    致柳溪（一封）······ 93

一九八〇年 ······ 98
    致韩映山（二封）······ 98
    致铁凝（三封）······ 100
    致冉淮舟（一封）······ 103
    致刘心武（一封）······ 104
    致丁玲（一封）······ 105

一九八一年 ······ 110
    致铁凝（一封）······ 110
    致姜德明（二封）······ 112
    致鲍昌（一封）······ 113
    致贾平凹（一封）······ 114
    致冉淮舟（三封）······ 116
    致韩映山（二封）······ 118

一九八二年 ······ 121
- 致冯健男（一封）······ 121
- 致韩映山（一封）······ 122
- 致ＸＸ同志（一封）······ 123
- 致繁峙县地方志编委会（一封）······ 130
- 致贾平凹（一封）······ 135

一九八三年 ······ 137
- 致贾平凹（一封）······ 137

一九八四年 ······ 139
- 致丁玲（一封）······ 139
- 致苏予（一封）······ 140
- 致李準（一封）······ 143
- 致姜德明（一封）······ 144
- 致李贯通（一封）······ 145

一九八五年 ······ 147
- 致贾平凹（一封）······ 147
- 致某刊编辑（一封）······ 150
- 致吕剑（一封）······ 152
- 致谌容（一封）······ 153
- 致杨栋（二封）······ 156
- 致韩映山（一封）······ 158
- 致房树民（一封）······ 158
- 致葛文（一封）······ 159

一九八六年 ······ 161
- 致某函授中心（一封）······ 161
- 致何流（一封）······ 161

  致姜德明（一封） ……………………………… 162

一九八七年 …………………………………………… 164
  致姜德明（三封） ……………………………… 164
  致卫建民（一封） ……………………………… 166

一九八八年 …………………………………………… 167
  致姜德明（一封） ……………………………… 167
  致一位中学生（一封） ………………………… 168
  致李华敏（一封） ……………………………… 168
  致卫建民（一封） ……………………………… 169
  致刘梦岚（一封） ……………………………… 169
  致郭志刚（一封） ……………………………… 170

一九八九年 …………………………………………… 171
  致邢海潮（三封） ……………………………… 171
  致韩映山（二封） ……………………………… 173
  致邹明（一封） ………………………………… 174

一九九〇年 …………………………………………… 175
  致邢海潮（四封） ……………………………… 175
  致韩映山（二封） ……………………………… 177
  致曾镇南（二封） ……………………………… 179

一九九一年 …………………………………………… 181
  致韩映山（一封） ……………………………… 181
  致鲁承宗（二封） ……………………………… 182
  致姜德明（一封） ……………………………… 183
  致耿见忠（一封） ……………………………… 183

一九九二年 …………………………………………… 185
  致徐光耀（三封） ……………………………… 185

致卫建民（二封）……187
致邢海潮（三封）……188
致鲁承宗（一封）……190
致韩映山（一封）……191
致李屏锦（一封）……191
致铁凝（一封）……192
致吴云（一封）……193

一九九三年……194
致铁凝（一封）……194
致李安哥（一封）……194
致卫建民（二封）……195
致韩映山（三封）……197
致徐光耀（六封）……200
致姜德明（一封）……206
致邢海潮（四封）……207
致刘绍棠（一封）……210
致段华（一封）……211
致鲁承宗（一封）……211

一九九四年……212
致葛文（一封）……212
致徐光耀（六封）……213
致卫建民（二封）……217
致郭志刚（一封）……219
致韩映山（七封）……220
致段华（八封）……224
致梁斌（一封）……230

致肖复兴（五封）……………………………………… 231

　　致万振环（一封）……………………………………… 235

　　致周翼南（一封）……………………………………… 236

一九九五年……………………………………………………… 237

　　韩映山（一封）………………………………………… 237

　　致李安哥（一封）……………………………………… 238

　　致徐光耀（四封）……………………………………… 238

　　致段华（二封）………………………………………… 241

　　致邢海潮（一封）……………………………………… 242

编后记……………………………………………………… 244

一九四六年

致康濯、肖白(一封)

康濯、肖白同志：

你们的远道来信我收到了。孤处一村，见到老朋友的笔迹，知道朋友们的消息，甚高兴，慰藉之情，可想而知。

我一直在蠡县刘村住了三个月，几乎成了这村庄的一个公民，人熟地熟，有些不愿意离开。因为梁斌同志的照顾，我的写作环境很好，自己过起近于一个富农生活的日子，近于一个村长的工作，近于一个理想的写作生活。但春天到了，冰消雁来，白洋淀诱惑力更大，且许多同志鼓励《白洋淀纪事》，本月中旬，我就往沙河坐小船到白洋淀去了。

我写了几篇东西，整理出来的有《钟》(一万多字)、《碑》(六七千字)。本来我想赶紧寄给你们，先睹为快。但是这里有个副刊《平原》，也很缺稿，恐怕要先在这里印一下。呜呼，冀中这个地方，竟还要我们这些空洞文章，以应读物的饥荒，可惭愧也矣。

这里许多干部对文艺非常爱好，他们几年间出生入死，体验丰富，但都以为自己不会写而使文艺田地荒废，事实上只有他们才能写好的，有希望的是他们，肖白说是我，错到天边去了。

但也刺激了我，正在努力深入生活，和努力写作，我也不应该叫你们太失望的。

这里很可以印些东西，肖白如有可能，能往《解放日报》《新华日报》《晋察冀日报》，代我搜集到《丈夫》《村落战》《爹娘留下琴和箫》《白洋淀边一次小斗争》（新华）《游击区一星期》（新华），就好了。我想弄个小集印印，这里文艺读物太缺乏。

过去我对保存作品太不注意，也是抽烟纸缺，都抽了烟了，后悔无及。

我祝你们身体、工作好。

并问候诸同志。

孙　犁

三月三十日

致康濯（五封）

一

康濯同志：

前曾由蠡县赴张受训同志带去一信，略报我的生活和工作情形，想已收到。今接四月五日来信，我正以父丧家居，敬再把这一时期的生活和工作告诉一下，以慰远念。

我到冀中后，即到蠡县一村庄下乡工作，名义上为帮助县里工作，但以梁斌同志在此，诸多关照，写作时间很多，但以既然要接近群众，则整个时间很少，且一深入村庄，则感到以前所知，直皮毛也不如，既往所谓长篇设计，实以不符现实体格，故所成都为短篇，原村庄纪事及白洋淀则未能续写。当然疏懒多事，创作气魄的短小，也不无原因。即短篇所就，亦不进色，前已寄呈一篇，可知概况。

蠡县三月期满，按原来计划，即去白洋淀，路过军区，正值冀中八年抗战写作委员会成立，蒙王林同志援引，将忝为一员，羁留河间，白洋春水这一年，是观光不成了。委员会工作刚刚开始，即以父病，遄返故里，侍奉不及一旬，父亲去世，家中生活，顿失轨道，于万分烦躁中，把葬事及未来生活略为安顿了一下。

现三七已过，即拟返军区看稿子去了。

近三月来，张家口时有人来，先是彦涵，继之舒非，彦在白洋淀，舒在七分区。最近邓康又以老板面貌到达胜芳（接到他一封信），邓兄以贸易起家，以文学为修业，艺人商隐，可比卓文，不但生活可爱，其方向实可为文艺工作者前途所参考，近梁斌身兼蠡县书店老板，也具体而微的是这么回事。

但来信所提《北方文化》登载我那两篇散文，颇引起不安。《战士》内容还略可记忆，《芦苇》不知说的什么，如为一打鱼老头故事，则我已在延安改写，发表在《新华日报》，无论其拙劣空洞，就此一点，已可为人所指责，为自己所惭羞了。这样的事，已经不是一次，我曾失笑于自己的"旧调翻新声"的办法，《芦花荡》篇实有相同于《爹娘留下琴和箫》，近写成一篇《"藏"》，实与《第一个洞》相类似，转来转去，我问自己，想不出个新故事来吗？如来得及，可抽出来。

以上实无怪罪你的意思。

虽系你的关心，也可从此证明张家口创作的荒凉，《北方文化》一二期我也看过，印象如你所比拟。兄之大作也看过了，手法上的遒劲凸峻，我要学习，因为文章不在手头，以后再谈详细观感。

王庆文之出现，增加冀中文艺运动无限信心，王氏作品，大小近数十万言，此人现在张家口邮政局，王林已经想法叫他回来整理他的创作。

但在张家口，有成就者闻系俞林同志。我在《晋察冀日报》上，读了他一篇《旅伴》，庆慕之至。写得自然和谐洋溢着冀中味道，听说他写了一个长篇，你看过吗？

　　冀中八年写作运动，可涌现大量新人才。此运动内容分三方面：1. 冀中简史；2. 创作丛刊；3. 类似"冀中一日"。规模很大，人们的信心也坚，总之会比冀中一日再好些，王林、路一、秦兆阳、李湘洲、胡丹沸均参加编辑工作。

敬礼

孙　犁

五月二十日

二

康濯兄：

　　接到你六、十二、十八的信，是我到八中去上课的炎热的道上，为了读信清静，我绕道城外走。红日炎炎，而我兄给我的信给我的感觉更如火热，盖小资之故。我觉得我自己已懒得做又懊悔没做的事，你都给我做了。而且事实比我做得好。《北方文化》以及副刊上的《芦苇》等我都看见了，因为你的一些修改，我把它剪存下来，我以为这样才有保存的价值。说实在的，溺爱自己的文章，是我的癖性，最近我在这边发表了几个杂感，因为他们胡乱给我动了几个字，非常不舒服，但是对你的改笔，我觉得比自己动手好。

　　但是，如果弄成这么一种习惯，写的稿子胡乱寄给你，像《藏洞》一样，不知你麻烦不？

　　主要的是我从你的信里，感触到了一种愉快的热心工作的影响！我甚至觉得，你不断地替别人做了工作，自己倒很高兴满足了。

　　你知道，从家里发生了这个变故，我伤感更甚，身体近来也不好，但是我常想到你们，我常想什么叫为别人工作（连家庭负担在内），小资产阶级没办法，我给它悬上了一个"为他"的目标，这样就会工作得起劲。

因此，倘以八年来任何时期工作相比，我现在的工作之多，力量的集中，方面之广——都达到了最高峰。父丧回来，我接手了副刊《平原》，创刊了《平原杂志》，身兼八年写作运动委员，另外仿外面"文人"习气，在八中教着这么一班国文。

我觉得努力多做些工作，比闲得没事伤感好多了。

这就是我最近的生活。但并不是放弃了写作，秋天，我有两个月到三个月的写作时间，我酝酿着一个浪漫的白洋淀故事。

至于我的刊物，可不能和你们的相比，《时代青年》我看见了，它很好，你们人手多，写文章的人也多，外来材料也多些。但在冀中写综合文章的人很少，我一个人又要下蛋，又要孵鸡，创刊号出版了，有点像"文摘"。回头寄你一期，帮帮忙吧。

所苦恼者，咱在冀中也成了"名流"，有生人来，要去陪着，开什么会，要去参加，有什么事，要签名。我是疏忽惯了的，常自觉闹出了欠妥之处，烦扰得很。

但另一方面，我好像发现了自己的政论才能，不断在报纸上、杂志评论栏上写个评论文章，洋洋得意（寄你几个看看），但欢喜的时候并不长，不久一个同志就指出，我的政论是一弓调调三联句，句句紧。这很打击了我的兴头。

为什么到八中去上课，好像上次信上谈过，其实还有调剂生活的意味，跑跑路，接近接近冀中的新一代男女少年，比只是坐编辑室好。

好像还有一个问题没交待清楚，为什么一下担任了这么些个工作，不写东西了吗？这些工作，自然是工作需要，也出于自愿，我是把写作时间集中到一个时段里去了。为了生活的方便。

我眼下不想回张家口，冀中对我合适。家里也要照顾。明天，我就得去看看他们，在这样热的天，要走一百四十里。

常给我来信吧，你那得意的作品也给我寄来吧。

克辛兄《一天》，新到，读过后，写信去。

敬礼

孙 犁

七月四日下午

三

康濯兄：

这两天我在旧存的《解放日报》上剪读了你的《灾难的明天》和陈辛的批评。这篇稿子寄到延安时，我正束装待发，没来得及看。

我以为陈辛的批评是不错的。

我觉得小说的好处表现在作者对生活的深入调查研究，用心地观察体会，因此它不与主题思想两张皮。我觉得一个南方人，对这里的人民生活和情绪体会到这样非常不容易。

从这篇小说唤起了我山地生活的印象，不瞒老兄说，我因为老是有个冀中作目标，我忽略了在那里生活时对人民生活的关心，现在我差不多忘记了那里的山水树木。读过后，我觉得那里的人民是这样的简单可爱，例如老太婆，虽是常常耍个心眼，但是她也叫我同情，心眼也简单可爱呀！现在我才进一步想到人民斗争成绩的丰富和辉煌。在这样的地方，人民生活在极困苦的条件下，创造了这样美的动人的故事。

我和别人谈过，你老兄是谨严的小说作风，从这一篇我学习了不少东西，正好医治我这乱弹现象。我写就发展不了这么多情节过场，及至后来，你竟是低回往复地唱起歌来了。

另外，我觉得这篇凡是有关心理的描写都很好，好在它不是告诉人说：这是人物的心理呀！而是那么自然而深刻地与行动结合着，甚至引得我反复读，奇怪你为什么能弄得这么没有痕迹。例如婆媳在纺线上的纠缠便是。

我自然也同意陈辛说的那故事进行有些滞碍。例如中间那一段"就从退租说吧……",我觉得就有碍人前进阅读的不妥地方。

关于老太婆年轻生活的插写一段,就好些。这自然也许是我爱好的偏见。

关于用语,邓康说有些南腔北调,我只觉得在语言上还不完全精练,你不爱雕词琢句,也是你的好处,不过像:

"老把式到底可强哩!"

就不如说成:

"还是老把式!"

我想编一套农村生活小说丛刊,供给农村阅读,我想这篇算一册,我写篇"怎样读和怎样写"附在后面。

后面谈谈我的现状,现状没有分别,八中走了,少了兼课,轻闲一些,写了一篇《冰床上的叮咛》,寄上。身体如常,工作顺利,一切勿念。

沙可夫同志来信,备极关心,甚至要我去张家口,我想是传说我的生活困难,有些过于夸大的缘故,事实上,没有什么。我已经给他去信,我要在这里留一个时期,再说。

昨天读到了,《晋察冀日报》副刊上一位白桦同志对《碑》的批评。我觉得他提出的意见是对的,但有些过于严重,老兄知道,咱就怕严重,例如什么"读者不禁要问:这是真实的吗?"我不是读者,我是作者,但是我可以说是真实的,因为事情就发生在离我家五里路的地方。

批评者或许对冀中当时环境不甚了了。文章内交代的明白,战士是黉夜到村里,秘密过河行动,别的村人并不知道,他们迫进河流,已抵绝路,因此起初只有一家人那么沉重。

及至小姑娘给一些人说明,他们"感到绝望的悲哀"也不能说是"太寂寞了",有什么寂寞的,那不是看戏,一群战士迫于绝路,又不能救助，低下头来，感到悲哀，并不是小资情绪。要怎样描写？拍手叫好？还是大声号哭？

并且，他们观战也不是"冷静的""没有同情""没有敌忾"，没有这个，没有那个。

文章写得明白，起初是长期对战争的渴望，他们来观战，这在平原上是常有的事。及至大雾消沉，看出形势不利于我们，他们才悲哀绝望。

我那一段描写，是太冷静了吗？怎样写才算热烈？

他还谈到老太太的"转变"，我那老太太并没有什么转变。什么她的转变不是基于对敌人的仇恨，批评者如何知道？难道一定要写一段转变的基本动机吗？

而那基本的东西是写过了的。

这个批评我觉得不够实事求是。

以上不过是说着玩玩，助兴而已，我不打算来个什么反批评。有时间多写一段创作也好。

冀中没什么新鲜事可告。听说不久成立文联，自然没有什么新鲜。河间有个大戏院，每天唱旧戏，观众拥挤，《平原》增刊上来了一次佯攻，他们很不高兴。

崔嵬要成立科班。王林改小说和准备结婚。秦兆阳也在八年编委会。

敬礼

孙　犁

七月三十一日

四

康濯兄：

前去一信，并寄稿《冰床上》一篇，不知收到没有？近来路上雨水大，好久接不到张家口的信和书报了。我担心那稿子也会弄湿。

　　昨见电报，郭沫若先生称许你的《我的两家房东》，电报上漏了你的名字，他们来问我，我说这可问对了，那是康濯。你赶快寄给我看看吧。

　　周扬同志选的作品，净是哪些人，哪些作品？诗和报告的选集也印了吗？小说选能买到吗？

　　我现在还在河间，土地改革时，可能下去。

　　专此

敬礼

孙　犁
八月二十八日

　　牢寒同志寄来一册《少年鲁迅读本》，我觉得过去的东西，现在印出来看看也不错。因此，我想起了以前写的那本《鲁迅的故事》，请你代我登报征求一下，如能找到，如能重印，请你代我删节一下，删去那些不带劲的部分，保留那些有"创作"意味的部分吧。

又及　同夜

五

康濯同志：

　　前天发一信，随后即收到你的信。

　　创作选集此间尚未见到，以后可见到。《长城》见到了，很富丽充实。《李有才板话》，我有一原本，《小二黑结婚》及其他一种未见到，以后可见到。据所读《李有才板话》印象，确是一条道路，我特别感觉好的，是作者对人物环境从经济上的严格划分，以具现其行动感情。而我常常是混合了阶级感情来赋予人物，太不应该。

至于在《李有才板话》里，运用旧小说，很有成绩，然前部人物不分，后部材料粗糙，也是在所难免。我以为中国旧小说的传统，以《宋人平话八种》为正宗，以"水浒""红楼"为典范，再点缀以民间曲调，地方戏的情趣——今天的新小说形式，确是应该从这些地方研究起。

《钟》一篇不发表最好。但我又把它改了一次，小尼姑换成了一个流离失所寄居庙宇的妇女，徒弟改为女儿。此外删了一些伤感，剔除了一些"怨女征夫"的味道。我还想寄给你看看。

对于创作上的苦恼，大家相同。所不同者，你所苦恼的是形式，而我所苦恼的是感情。我看了周扬同志的序言，想有所转变。

前寄去一篇《冰床上的叮咛》不知收到没有？

丁克辛同志一篇《春夜》，我看过了，我也觉得不好。我觉得我们发表作品，以后还是慎重些才好。影响是要注意的。

你的杂文我看过。觉得还好。

关于对象问题，我曾想过，你如能到冀中来，想法介绍一个。但也不易。冀中妇女，干部太少，农村过剩。而农村妇女的习惯是要本地人，有产业，年龄不大。因此外乡人就很困难了。想冀晋也差不多是这种情形。如此，我考虑还是奔都市好一些，只要年岁小些，性格好些，相貌有可取之点就行了，选择要慎重，但无需太机械。

做文艺工作的，严格说起来，写小说的人，很难找到好老婆，太认真是他的致命伤。

八中走了，我教书的事情没有了，不很忙了。

秋安

克辛、崇庆同志望代问候。

孙　犁

九月一日记者节

致田间（一封）

田间兄：

七月二十五日信收到了，前此惠寄的发动群众例说也收到了，这对我是很好的教材，我总觉得自己距离群众是太远了。

我编的《平原杂志》一、二期，各寄上一册，并八年编委会编的《写作手册》一本，以后如有新书当寄给你。

《平原杂志》实在不成样子，创刊之时，我想和你编的《新群众》遥遥相望，当时也不是没有想到办刊物的种种难处，主要是写稿的人少，而要求又纷杂，在这方面，我经验很少，但想到过去我们几次办刊物的结果，信心一直不高。但冀中实在缺乏读物，努力做下去而已。

关于我的写作，原定秋天抽三个月时间下乡，先写工作日记，后再创作，但杂志只我一个人，能否如愿，不能断定。如能下去，我想到白洋淀。这只是因为以前写了那么一个头，想再写一点。前几天又寄一篇东西给康濯，如能发表，望你看看。

一时没有定什么庞大计划的可能。

葛文的作品，我当找来看看。不过既有孩子，还是以照顾小孩为主，有时间就写一点，没有也就罢了。

我的身体还好，勿念。乡艺丛书，手头如有，望寄我一份。
敬礼

孙 犁

八月十六日

一九四八年

致康濯（二封）

一

康濯同志：

你离石门之次月，我们也匆匆回来，根据上级的意见和我们的要求，我将到深县做实际工作，详细情形，到那里再告。

我们的刊物，不知出了没有？很希望能早日看到，我还是希望报纸副刊能多登一些文学创作，藉以繁荣市面。

临来时曾语艾青同志，请他把你寄他的我的两篇稿子，仍旧交你。这并非想发表，请你把我的几篇原稿，并你以前代为搜存的一些我的印出稿，用妥当办法，寄给冀中导报社转我，我把它保存起来，作为自己过去一段惭愧的纪念吧！

印出稿中，特别是《丈夫》和《爹娘留下琴和箫》两篇，万万请你给我找到。

我留在曼晴那里一篇《光荣》，无论他发表与否，望兄能过目一下，给我提些意见，我一直认为老兄是我的作品的最后鉴定人。

我到深县，不是做副宣传部长，就是做副教育科长，虽系副职，照顾"创作",但我倒是想学做一些文章以外的实际工作,藉以锻炼自己一些能力。改变一下感情,脱离一个时期文墨生涯,对我日渐衰弱的身体,也有好处。其打算就不过如此。

深望能见到你的创作和议论。我还有一篇东西没有写好,但自从石门回来,把写作情绪中断,又不知什么时候完成了。

另外,我今年春天寄周扬同志一篇《园》,但他说没有收见,我已各处打探此稿下落,如他能找到,交到你那里,你看看,不行,也就寄我好了。

专此

敬问:

嫂夫人同小孩子好。

孙 犁
九月七日

欧阳山、陈企霞、杨思仲诸同志大安不另。

二

康濯兄:

得接来信,甚慰。

我已到深县半月有奇,任宣传副部长,但在形式上仍系客串性质,因我的吃穿,还是冀中文联供给。这主要是冀中干部调动频繁,如此,可以有些把持似的。

在这里工作很好,同志们多系工农干部,对我也还谅解,我分的职责是国民教育、社会教育,包括乡艺运动,今冬明春,在深县范围,我们要发动和检阅一下沉寂良久的乡村艺术。

关于那几篇稿子,老兄所提意见很对。昨天同这里同志们谈起写东西,夜晚睡下,想到一九四七年只《园》一篇而已,今年三篇小东西,即留给曼晴的《光荣》《采蒲台》和已发表的《种谷的人》。

蹉跎一再，回首茫然。

　　老兄对我所提希望，应该能够如此。一切毛病，总是自己不长进的结果，其中主要的还是工作太少了。好像忘了自己眼下就并非"而立"，却即进入"不惑"之年似的。但这些还不是主要问题，主要问题在于，我总要在这一生里写那么薄薄的一本小说出来才好。这是我的努力方针。

　　秦兆阳同志去了，想已安置好了。望代我问候他。冀中的情形仍旧。

　　专此

敬礼

弟　孙犁
十月六日夜

一九四九年

致康濯、秦兆阳（一封）

康濯、兆阳二兄：

同时接到你们两人的信。

《小鸭》及康兄大作《好风光》均收到。《好风光》我看过以后，即交这里知识书店出版的《生活文艺》，拟第一期用。我觉得虽是断片，仍是小说，功夫自到火候，内中有很多好东西。

兆阳兄默默写好东西，然后告我，更觉愉快。这里的丛书，原是没问题的，但近闻要先审查，审查是应该的，但恐时间就不知道拖到哪年哪月，不出的可能比出的可能恐怕多些。该丛书系书店编的，近日情况颇有搁浅之态。

但我甚愿一看，秦兄如有底稿，望抄我一份，我当向书店介绍，争取是必要的。望排除一切写成它，写好作品，就是根本。

香港版"房东"我早就注意，天津《北方文丛》早已卖完，我那本系公安为接收过去被禁书中，揩油所得，当即寄呈。并且，我已找到冯乃超文章，一并寄去。《荷花淀》系孤本，望兄代我保存。

近来，我正在写一篇《互助组》，拟单独成篇，写它三节，第一节一篇五千字，已交《进步日报》，如能挣得稿费，刺激生产，

第二节想不成问题。

　　红杨树诗，如不能用，望再寄我给《进步日报》，我总觉得是应该发表的。

　　现在的情形是：只要写文章出来，一切就可心平气和，埋头文墨，应是我们的阵地。

　　匆匆
敬礼

孙　犁
四月十九日深夜

致康濯（八封）

一

康濯兄：

　　前去一信，想已收到，《荷花淀》不知收到否？内附评"两房东"一文，不知一同收到否？

　　湘洲来，托他带上"两房东"一册，我想这里有的卖，北平一定也有的卖了，你如有了，就送给湘洲吧。

　　周而复同志到北平，想已见到。我没得见到他，听说他前托胡绳同志给我带了一些钱来。我前已给胡绳信，请他把钱交你，他如已交你，则请你交给劳荣同志，给我带回来。

　　劳荣同志事变前即写、译诗，是世界语传播者，现同我们编副刊。以前我寄给你他的译诗，你如不用的话，请交给他。希望你同他谈谈。

　　我最近写的《互助组》，不知你看了没有？

敬礼

孙　犁
五月十九日

二

康濯兄：

　　两信均收到，一切当然我同意，并很高兴。只是存稿《蒿儿梁》，我记得你已给周而复（原稿），以后，就不要再管它。

　　另外，所指《投宿》，没意思，以后也就不用它。《走出以后》我看也不要它了吧。老兄，弟虽有时斤斤，但对自己的作品是不姑息的。

　　近来，身体不好，好像发疟子，但还没发起来的样子。编辑工作不忙。《互助组》第三篇，我是要遵嘱把它完成的，而且要展开地再来它一万五千字的样子。是的，关于双眉，我是要给她一个好结果的。

犁
七月十九日

三

康濯兄：

　　我于昨日从冀中归来，家中老母健康，我很高兴。我把稿费给了她们一部分量了些小米，她对自己的儿子居然还能养家，更是喜出望外。

　　离津前，我给你写的信，并由厂民转给你的《互助组》续稿，不知收到看过否？有什么意见，望能告我。你近来又写了什么作品，长篇是否寄来？并望示知。

　　专此
敬礼

孙　犁
九月十七日晚

四

濯兄：

早发一信。晚得来示，知悉。

你的长篇请即要回，拿来天津出版，我们以它作为第一册出书，因老兄的名字虽不及赵、孔，然号召之力，仍不小也。我与方、劳等谈过，他们均甚欢迎，你能亲身送来，天津小游更好，如能携眷前来则更佳。

敬礼

孙 犁

九月二十四日晚

五

康濯兄：

前去信，想已收到。关于这里的丛书的情况，补报如下：

书店是读者书店，是个小书店。我们的名目是十月文学社，这原是方纪、劳荣两同志主持，定拉我参加，现在又加上鲁藜等人。

那天开了一个会，由书店参加，我们提出了以你的长篇"打炮"，并说明了号召性。但因书店很小，资本不大，听到十五万字，有些胆小（兹附上他们来信）。

这些出版上的事，真是如你所说扯淡的时候多。

我个人意见，《人民日报》连载更好，如不能，我们另想办法，找一家较大的、正在办起来的丛书付印。这些新安锅灶的事，真不容易。

正写信，接到九日、二十八日信，均悉。

《互助组》，书店来信要改一个名，我复信，改为《村歌》，你看怎样？我们要改棒子面了（薪金），每天开会，满脑筋"斤"，实在于写文章的清高情绪,大有妨碍。

犁
九月二十九日

六

康濯兄:

前去一信,不知收到否?你的家庭问题,是否有办法解决,身体是否恢复?

"黑石坡"我准备统一地再看,因为每天看一段,回头写文章总还是要再看的。我愿这部作品能得到更广泛的赞誉。

萧也牧寄给我一篇《关于〈腊梅花〉及其他》,我觉得写得还好,想给他压缩一下发表。他主要是发扬你的创作特点的。

我眼下没有写东西,但我起了一个念头——想写一部关于抗日战争的小长篇。另外修改过的《钟》,我是要先寄给你看过再决定发表的。另外《村歌》你有没有?要不要?如果要就直接向"天下"去拿几本,叫他们扣我的账就行。这书印得不好,好多错字,以后我们印书,非得自己校大样不可。另外得建议书店请北方校对先生,免得以南方见识把人家的字改错,如"种"麦子,排成"耘"麦子,"提"着一根青秫秸,改为"捉"着一根青秫秸,真真叫人无话可说。上海印书也发生这个问题。书有错字,我最不耐,因为我们不同那些天才,那些文坛打擂家,那些以行政地位要压倒别人的作家。我们对于一字一句是兢兢业业的啊!

上次写信,谈了些章回体的问题,不知你有什么意见没有,其实问题不在章回不章回上。

我愿意知道你又写了些什么?

敬礼

孙 犁
二十五日(十月)

七

濯兄：

你的信并书收到了。杨循同志处已转送，弟并附信："老兄广交天下文士，热衷成人……"云云。关于新生稿费，如我经济情况不好，当暂借用，勿念。你走那天，适内人来到，但我认为你在八点走了，致未留你瞻仰瞻仰，实深遗憾。现已安排好住在文化大楼下处，弟仍居斗室之中，以贯彻静养之初志。

昨日寄上《吴召儿》剪报，虽弟扬言为一九四九年杰作，实在并不佳，因结束太仓促之故，未能充分发挥其杰作性。望兄于有兴致之时，代为编为一集，望以严肃的科学的态度编审之。《老胡的事》最好能寄我删改一下。《钟》你可从"文劳"上剪下。《吴召儿》中倭瓜之"倭"字都误写为"矮"。亦望代校正。

电影剧本如能通过当然好，亦可解决一部分经济问题也。但此中事，不能确定太早。

望常赐信，勿以既已面谈而中断函雁也。

敬礼

孙　犁

二十七日夜（十一月）

八

康濯兄：

不知电影剧本突击成功没有？上海文汇、解放及大公均有对张飞虎的介绍，不知看到否？天津新生又送来我兄稿费，因我近来亦很有收入，已电杨循兄函汇给你，想他一定写信给你了。日后我用钱，再向你告借好的。

我的电影没得通过，凌风虽以沉痛心情告我，但在我这是意料中的事，前此并未存过多希望。但其中好像涉及"儿女英雄传"，但我想，好在那一本书里，也有《荷花淀》。然而，我不同意周扬同志的批语，以为我写的只是印象，而且是想象的印象有"许多"。老实讲，关于白洋淀人民的现实生活，凭别人怎样不是想象的吧，我以为它不能超过《荷花淀》的了，这点我是自信的。

当然也有些懊恼之情，就是不知因为什么我留给别人一个"想象"的"印象"。这是和那一年客里空有关的，然而今天证明客里空的不是我。且《荷花淀》在冀中人民及干部方面，任何时期也并没有遭到非难。我准备把其中一段改写为小说，以便保存民歌三支也。另外，我最近整理了一本小散文集名为《农村速写》，全系在冀中所写报告及通讯，但还太少，因此，我希望我兄于忙过这一时期之后，把你那里《天灯》《相片》《投宿》《家属》（原稿在平山时寄你的一篇小文，没有就算了）寄我，以便编为一集，拼命出版。

摘出这几篇小文，并不影响你那里要编的小说集，因我又写了一篇《山地回忆》，等发表后，可以抵补。

此外，如果有暇，把《老胡的事》一同寄我修改一下。

此外，能告诉老兄的，我正在编一本诗集。

敬礼

孙　犁

十二月二十三日

一九五〇年

致康濯（十二封）

一

濯兄：

　　昨日寄上一稿，不知收到否，请看看是否可以给《人民文学》，如不合宜，则希不必。第八页或第九页有一句，"按新精神定成分，她还是贫农"，请代改为"她还是中农"。我觉得这样更合乎一般情况些，请你斟酌定夺。

　　"黑石坡"不必寄剪报来，我这样看就可以，望早日单行问世。昨日从石家庄来一人谈及此书在地方工作干部之间的反映，看他们的意思，则以为写得过于细致，然缺少激动（即所谓故事），因此读起来，兴头不如"英雄传"。我想这是可能的，趣味和作品好坏的关系，有如革命对群众的关系。我想在我看完，写得比较详尽一些。

　　十月文丛编者劳荣同志热诚地希望你能为他写一篇稿子来。

　　这封信，是昨晚开始，本想多谈，今天上班了，事情很乱，就这样吧。

敬礼

孙　犁

三十日（一月）

二

濯兄：

昨或前天，发一短信，顷又接到二月八日信，因被鼓励，有不能止于情者，趁今晚清闲，就再扯扯。

第一，我觉得以《堡垒》及"演义"来说，并非"覆辙"，其中特别是"演义"，以我看过的一部分来说，在生活及人物的精细刻画上，绝非"章回之体"平常所能达到，在这一方面，你的功力是很显明的，且是得到发挥的。人，一时可为这一倾向吹得偏倚，一时又可为另一倾向吹得偏倚，最近，你检讨章回之害是可以的，有好处的，这是因为它又是一次发展了，然而也不能抹杀自己的成绩。

中国真正的旧小说，很有值得学习之点，正如诗词、戏曲一样，然而后来的流俗作品，则必须排除。小说，如以《京本通俗小说》为短篇之规范，以"水浒"为人物传的规范，以《儒林外史》为人情世态之规范，以《西游记》为情趣变幻之规范，以《红楼梦》为人物语言之规范，则我们可综而得到很多东西。如益之以《史记》之列传写法，唐诗之风情气韵，对我们绝对有益。我很爱好中国旧遗产，但在中国缺少浪漫主义，如再学习普希金及高尔基之热力，屠格涅夫之文字才华，我以为可称大观矣。

以上当然有点腐朽之味，然而，它可以说明我对文艺学习的一种看法，并和你讨论。

我所反对的，是你写什么献古钱之类。我读了前面的开场白，就觉得用这种形式，会把你的内容弄得蹩脚。好像我知道你并不精通这种玩意，而即使精通，一写这个，就流于公式，不仅措词，而且达意上也受影响。过去我也写过这些东西，并且觉得，如果只在精通这一形式来说，可能比你内行一些，而那些作品，我是全忘记了的。

总的意见是：在你的特长方针下，吸收一切可以补助其发展光大的东西。但不被形式损弱你的特长。什么是你的特长？我以为是在人物和生活的刻画的精深博大方面。不知以为然否？

关于你对我这几篇东西的意见，我自赞同，但你不说，我自己是不能分辨的。例如《小胜儿》一篇，我并不喜爱她，原因就是印出以后读它一遍，它缺少我所习惯喜好的那种热情和我所谓的感动。《秋千》一篇我以为有些热力了，并觉得是我近来有些收获的作品，因此郑重寄呈《人民文学》，但厂民和你觉得它又不如其他篇。这种情况你是了解的。

《石猴》《秋千》《女保管》(《新中国妇女》)是《平分杂记》的一连串，如《人民文学》用时，如他们愿意加此副题，望便时转告厂民同志一声。

近来，以偶然相遇，被选为天津青联委员，因此时有讲演之类。我们不善此道，且在一千多人场合讲三小时，真是力竭声嘶。昨讲一场，卧床一昼夜，尚未能恢复，身体之坏，实在只有用庄子方法才可解脱。故决定能推出者一概谢绝，安生写文章比什么也强。近开始一篇《三姑娘的婚事》，预告可有风光和人物的，三两天可以写好。

十月文丛本期登《采蒲台》一篇，系改作加名歌，印出后，你看看，可凑足六万之数了。六万之数，数目虽不大，确也推动了我一个时期。可笑。

新年将近，昨日协同老妻幼子大扫除一番，并为张贴年画数帧于粉墙，购买糖瓜及粉条，博得欢慰不少，愿你同嫂夫人及孩子们新年春节多所愉快收获。

北京新年将更有趣多了。

敬礼

陈肇作品，如北京无出路可寄我。

孙　犁
九日夜半（二月）

三

康濯兄：

寄来《活影子》及"下乡的故事"收到，当即把"小竹"看完，并为我的老妻读了一半，看时觉得材料很充实，但写来有些慌促，读时觉得有些地方还不能朗朗上口，这类性质的故事，如能从容写长些，就会更好。两篇比较，《活影子》更紧张些。

"演义"已读了小半，随感所及，故事既以事件为主，人物就还显得匆忙了一些，还可以展开的。我们写东西，不要怕细，而常常显得慌忙。其中人物，多我所爱，大三兄弟之情，拴成天真之正义，小洋鬼之情景，均极认真生动，惜觉其上下场太紧张了些，未能尽情领略。我意，长篇以人物发展为情节，较为情节支配人物为得宜。近读屠格涅夫，得此领会，不知然否？

田间兄携眷来津，适值我突患腹痛，未得畅谈与从游，他在文协谈了谈近来写诗意见，我亦得旁听。关于此道，我在头脑里，还没明确主见，我只以为如散文然，应多方面学习，特别应该从民间学习，诗尤其必须从山野产生，才能移种花圃，谁得其先，谁为健者。李白之诗专长在此。

不知你新年过得怎样，又有什么收获。年前我写成那篇《正月》（三姑娘的婚事），自以为系本年孙犁杰作，其超乎《吴召儿》，自不待言，全场以诗的节奏充沛其间，人物风光，两相有。玛金捷足先登，攫此宝物，不知能通过否？如能登出，望兄看看。

休假五六天,心绪很散,正在收揽,期有所成就,主要是写出我对"演义"的意见。

敬礼

孙犁

二十三日(二月)

陈肇稿收到。

此间读者书店,真诚愿出版"演义",不知兄意如何?望告。

四

濯兄:

信收到,昨日即把《正月》寄上。

过年以后,我简直是啥事没干,而自元旦肚痛以来,时时觉得疲乏,创作意欲总刺激不起来。并且有时竟觉得写这样小文章究竟有什么意思?是否到乡下去?等等,总之是精神不好之故。

《区村连队文学写作课本》今以《文艺学习》为名在上海印出,删改很多,加一新序,书到后当奉寄一册,转送他人。

邓康近调工作,改任哈尔滨中苏友协工作,你有时间可以写信给他。

你到西山玩过没有,春天,我想到颐和园去玩玩,听说那里的管园人是我一个同学,曾在冀中当过团长的。

你到东总,具体工作怎样,望告知。

那个丛书,由什么书店印刷,包括些什么作品,亦望告知。

天津近来,烟气,以拆除炉子之故稍为敛歇,然此地空气,实不宜于身体坏的人居住。有人提倡绿化天津,但在我的住处来说,可能的口号只是:烟化编辑部。

至于献古钱,我还没全面看过,就乱讲起来,我打算看过,再和你讨论。

敬礼

孙 犁

九日（三月）

五

灌兄：

　　来信收到，你的情形，你不来信，我也想到的，来信所谈，恐还没有我想到的具体。我也没法代你找到理论解说，忍耐忍耐，硬着头皮写东西吧。

　　关于方纪小说，我的意见亦如是，他自己也承认这一点。关于这一批评开始，在天津发生的影响，据我了解，大家写东西和编东西，都要慎重一些了，是有好处的。

　　关于我近来，从过年后，不知道为什么安不下心来，现正努力纳入正规，想写一篇童话，题目是《上延安》。还没有开始，准备写三万字，插图，像小人书似的。

　　昨天接到杨思仲一封信，说是要看过我全部作品后想写文章，并且提出了一些问题，我已答复了。他想看看《杀楼》及《吴召儿》等没上集子的文章，我说存你那里，如你见到他，可借他看看，在不妨碍你编集子及不会遗失的情况下。你编集子，望你审慎选择一下，你觉得没意思的就可以抛出来，我绝不反对。有些字句情节不妥的，也可以下笔勾销，也不用和我商量。

　　关于我的作品，我简直是喜怒无常，昨天读了《"藏"》一遍，也觉得不错，又一想，也没有意思，总之创作上的情绪，近来又不正常了，我想这是不努力工作所致，写起来就好了。《新中国妇女》那篇稿子退回来了，我看了你改动的地方，这样一改，故事人物集中了好多。但这篇文章里面还有些问题，所以我保存下来，不打算发表它了。

所要那种书,当找来寄上。你是否有一本《鲁迅、鲁迅的故事》?如果有,望寄给我,因为《少年鲁迅读本》要再版,我想把这一书里较有意思的拉出来放进去,其余的就不再提它了。那本《农村速写》上海退回来,嫌薄,我已托人插图,交这里书店印出。"黑石坡"到底交哪里出版?此地读者书店问我好几次了,望明确示知。

孙　犁
二十一日下午(三月)

六

濯兄:

前寄短信想收到。不知近日写作什么,长篇什么时候出版,交哪里出版,望一并见告。

我近日上班,写作一童话,开头后即中断,这不一定是忙,而实系懒之故。也牧拉稿,盛情难却,昨日为草一短论,题为《解放区作品里的现实主义》,是他要这样的题目。写成后,弄得我也不知是文不对题还是题不对文,总之是寄给他了。因此想起我兄是否有时间为我们的副刊写些杂文。我们现在正努力找写杂文的路子,但总找不出新的杂文应该怎样写法,至希我兄示范示范如何,并望代为邀请他人。《文艺周刊》近亦缺稿,亦望支援。兆阳小说已收到,望转告勿念。

"黑石坡"介绍,弟一时想不起新鲜论点下笔,但总是要详细写一下,好像才能放得下。我剪了份报,订成一本,中间缺少两节,昨日由《新生晚报》补全。

寄杨思仲同志一纸书评,他要参考的,顺便时交他即可。

《鲁迅、鲁迅的故事》,记得兄前称存一本,如有,望速寄我,我想择其有用者编入《少年鲁迅读本》。

嫂夫人仍在工人报社否？

敬礼

孙　犁

三月二十八日

七

康濯兄：

前去一信，不知收到否？方纪近暂管中苏友好事，我得每天上班，事虽不多，但颇烦累，护士节拟写一故事，迄未得成。

不知近日有作否？"黑石坡"出版日期确定否？我那集子杨思仲看完否？研究院筹备就绪，以及我兄在其中任何种位置，均望见告。

弟近日颇有怀乡之思，以为长此以往，将不能写东西。熬一个编辑，亦非所愿，去当教员，也不见得有时间，而无生活则为大苦。

不能创作，改作研究评论乎？也觉得无材料无心得，所得无益于大众。近日思想情况大致如此，汇报如上。

我那个集子，望兄慎重挑选一下，不行的就留下来吧，多一篇不见得比少一篇好些。

敬礼

孙　犁

五月十六日

八

濯兄：

信收到，意见已转知王林，他说改的不少。此书弟尚未看完。

学院事，兄如能取得一机动位置，并能从事创作，较之文协，亦未为不安静一些，希留意一下。

弟近日心又稍定，编校一年短文，成《文学短论》一册。另写成《山地回忆》之二一篇，改好《女保管》一篇，均各五千余字。昨日此间中西女中校庆纪念，邀弟讲演，遂把前者原稿携去，在大庭广众之下效说书人姿态，演义一遍，颇得女孩子们掌声不少，亦云奇矣！

但这两篇东西，是否近期发表，颇为踌躇。弟意兄处短篇集如能赐名《采蒲台》为妙，因其可与"荷花""芦花"对称也。兄如以为《正月》最好，弟当服从。

弟并有意把《山地回忆》作一集，内收《吴召儿》《老胡的事》《山地回忆》一及二（各另标名），但如分开，则不够六万之谱，故虽有如此想法，只能待诸未来耳。

兄之长篇弟当勉力为一书评，且日前研究心思大胜之时，并有写《康濯论》之动机，接兄来信，不以弟研究为是，此心稍杀，然仍跃跃然欲一为之。

敬礼

弟 犁
五月二十六日

近日颇思编一诗集，已各处去信收罗旧作。

九

康濯兄：

来信收到，关于那句话的问题，实在没有什么紧要之处，我忘记那句话是怎么说的了。但总之，我并不习惯批评，这是事实，以后经过学习锻炼，慢慢会习惯起来。我看，不必再和周解释什么，当然顺便和他谈谈，没那么严重，也可以。

《村歌》的事，我兄所提意见，我是要注意的。但《村歌》不怕他拿到哪去，并没什么了不得的问题，不代销也可以，不出版也可以。有时我想，干脆把《互助组》还拿出来，编到短篇集子里边去哩。

关于咱们这个建设丛书，怎么出得这么慢？才看到一本（柯诗）

的广告。对于我的小说集，三联如果因为《村歌》兴趣不高，那也不要勉强他，总之，希我兄看情况处理。

下乡事，在沉闷中，别人也不把这个事看得多重要，我也不愿意着急。昨天王林同志和我谈起下乡也有很多困难，我虽不怕吃苦，但有些具体问题，也要准备准备。反正，《甜瓜》一稿，务希代表我修改修改，或提出意见，我改。不必发表。

专此

敬礼

弟 犁

六月二十三日

十

康濯兄：

前信想已收到，那篇《甜瓜》不知你看了没有，我等候你的意见。我的"变动"已经决定了，周扬同志给市委写了一封信，大意谓可不叫我长期做机关工作。报社也在调整机构，副刊部改"组"，于是决定我下厂（市委同报社不愿我下乡），兼编《文艺周刊》。我考虑了一下，同意了这个决定，下星期就到此间中纺去，过一个时期再转重工业，并拟到唐山。我的工作法是写短东西，有收获就写，并不准备写长篇，就是写我那《农村速写》一类的东西。这一阶段过去，再从事关于农村历史题材的较长作品。

我想这一决定，在我——你之间应该是重要新闻，所以放在了头条地位，马上通知你。你有什么意见？

我的通讯处不变。

敬礼

弟 犁

二十九日（六月）

十 一

康濯兄：

　　前信收到，对《甜瓜》所提意见很对，今后弟当注意，已稍修改发表。这篇东西，并不起色。

　　弟之下厂事，目前只是半日工，上午仍在报社学习，写作，及处理《文艺周刊》编务（近《文艺周刊》增至十二栏目约登五万字），下午下厂，写通讯杂文。这是过渡办法，为弟所选择者也。弟之小长篇，颇费思索，恐力所不逮，又要截长补短，近拟分部写，第一部拟题为《风云初记》。

　　兄之近况，及收成若何，颇希得知。《采蒲台》何日能出书，亦望估计一下见告。近日把《芦花荡》《嘱咐》校对了一下，不知如何评价。思仲文章又放弃不写了，真是无可奈何之事。

敬礼

弟　孙犁
十五日夜（七月）

十 二

濯兄：

　　一、寄小说稿可要回交我们，《文艺周刊》近稿荒。

　　二、王炜信已收到，如见面望转告他，如他有时间，我欢迎他来天津玩玩。

　　三、邓建桥在哈尔滨中苏友协。

　　四、《文艺周刊》希兄拉稿。万分紧急。

　　五、我近来本想忙里偷闲写些东西，然长篇只开了一个头。下周一定坚持振作地写下去。

　　六、我近来的工作（？）情形是每天去工厂跑跑，回来就客里空一篇速写,已速六次,不想再速,集中力量写创作了。正如在我那伟大的速写之一篇所写:"必须工作的出色……生活在这个大城市里,曾经有各种不同的生活和感情引诱过她,然而她选择并执行了这一种……"

七、三联书的问题弟没什么意见了。

八、演讲一事,只听掌声,此外费力不讨好。弟近来颇为此事所苦,特别是女孩子们很热情来邀,更不好意思驳回。明天又要去中西女中参加她们的返校节,得早些睡觉,不写了。

敬礼

孙 犁
八月四日夜

另,下学期弟到此间师范学院担任一点点功课,十七个人一班的创作实习。为什么又揽这个?是因为弟有时也苦于接触的人太少之故……

致田间(一封)

田间兄:

我拟编印一诗集,不知你是否存有:

1.《晋察冀诗选》(西战团编)上有我写的《梨花湾的故事》,如有此书,望借我一抄,或知他人有存此书,也希见告。

2.《鼓》上面登有一篇我写的《大小麦粒》故事诗,不知你存有此刊否?有此诗否?何处能找到这个刊物,以便查抄?

望分神见告。

专此

敬礼

弟 犁
二十三日(×月)

一九五一年

致康濯（一封）

康濯兄：

信收到，"前信"遗失，甚为可惜。

上次信关于七一稿件事，仍希兄主持催促一下，甚为稿缺，《文艺周刊》近来颇不起色。

《风云初记》二集，弟已决定暂时停一下，此举亦并不无些好处，可以慎重和好好地组织酝酿一下。所以如此，以弟近日实无创作情绪，散漫发展下去，失去中心，反不好收拾。且近日的要求，亦以配合当前任务为重。就坡下驴，休整一时，也是应该的。因此停了。

但我想，如果身体能支持得了，我是不会辜负你对我的殷切关望的。老实说吧，如果无你历次对我的鼓舞，第一本恐怕也写不成了。好在写了一本，且也无甚大过失之处，想兄亦不会因此失望的。

续稿或于今冬完成一部。在此期间，弟当做一些编辑工作，和多接触一些人。

萧也牧处稿，希兄考虑收回。我想把"天下"的《嘱咐》收回，合并为一小说集出版。然这些事不要过烦你病中的身体，心闲时代为筹划一下就行了。

敬礼

         孙　犁
        六月二十三日夜

一九五二年

致康濯(一封)

康濯兄:

前去一信,不见回报,甚以为念。不知兄近日做些什么,小说改好了没有?

《风云初记》二集已补充,气力不佳,这本只有二十九节,连同插图寄上,望兄于暇时赐览,看有无资格仍列入丛书出版。

从报上,知道丁玲同志已回,我很希望她能看看这二集,并且给我提出批评。

田间兄寄赠的诗集,严辰兄寄赠的诗集,全收到了。望顺便代转谢忱。

今后我恐怕是要当一个时期的记者。三集何日再写,一时难定了。

专此

敬礼

弟 犁

四月二十九日下午五时有半

一九五三年

致田间（二封）

一

田间兄：

　　弟五月间由安国返津，在乡间曾寄上一小书，想已收到。《风云初记》二集，想你那里一定有，手下又无书，不寄了。

　　我在报社，因无多少工作，所写又系历史小说，时间长了，有些沉闷。我想转移一下。但我又不愿专门当作家（因近感才力不足）。你看像我这样的情形，应该采取一种什么工作方式为宜？

　　俟康濯回京，你们可以代我思考思考。并望不要和其他方面谈及。

　　近来又写了什么东西？那篇朝鲜小说怎样了？

　　葛文和小孩们好！

敬礼

孙　犁
八月六日

二

田间兄：

八月三十日函悉。我约于九月九日到京参加文代大会，如得允许，我并想住在你那里，以我近来身体不大好，招待所人多不得休息也。届时，可从容谈谈转移工作之事。

《板门店纪事》，写得很好，印得亦很好。但每章标上《第×个故事》，我以为不必要，因反显累赘，如去掉，则更单纯近于诗矣。

康濯兄之《第一步》，已看过，叹为杰作之一，较之前两篇为尤佳，并望转告他，此篇之特点为鲜明与紧凑也。

敬礼

孙 犁

九月一日

一九五四年

致康濯（二封）

一

康濯兄雅鉴：

昨奉九日手书，询小说《第一次知心话》事，此作收到后，当即于该期《文艺周刊》发出，恐近日我兄已有所闻。九日未知，想系兄孤处京郊宝玉带焙茗出走之地，消息不灵，人迹罕到之处之故欤？以兄红作家之名，稿到不旋踵而登敝报，可谓迅办矣。而兄寄出不过旬日，即来函催索，实令人有感于兄迫不及待的情状矣。

信迟复之故，实以前弟曾小病三星期，后即参加会议十余日，昨日方得暇。然已日久笔墨荒废，《风云初记》只成了二十五节，完成当待下月，故兄提议晚些赴南，弟亦同意。

《采蒲台》新书已出，今日收到稿费。弟每见此书出版，即想到兄对弟之好处，故于兄完成著作稍有闲暇时，仍望就已停版各书，再选择一册，使成不朽之双璧为幸。

兄之批判文章，甚望早日拜读，因尚揣摩不出是何内容也。

前命代询录音机，此等小事，而弟迟迟未报，实虽与王等同在天津，而平日很少见面，今闻王已调北京，你见到他当面问问吧。

犁　上

四月十四日

梁斌在京修改小说，彼对此事（写作）尚不通达各种情况，兄可于便中谈助之。

又及

二

康濯兄：

函敬悉。关于小说，我以为写得很充实，但在形式上用一人说的办法似较时间太长，然既系爱人之间，惟恐话短（我有一次因半点钟之内一句话也没说，一个女同志就不喜欢了），长一点似亦无妨大体。不过这种形式究是外国的，一般读者一时尚不能习惯——这就是我的意见。别人的意见，报社同人谓此篇比前次一篇好，故而此次稿费已批准为"甲等"矣。

至于弟职权之内的，在发表时只去掉一句，另有一些字，系根据标准字汇改过——自然是编辑同志们的工作。他们的工作，据我看来，就是这些：改简称为全通称，"照顾政策"，过总编和秘书组（专门批错）的关，因为只是应付，所以在文字上并不能进步，这实在是当编辑的一种苦处。

至于弟之近状，前次信已略提到，最近要集中精力写完"风云三"，完后或到京一游，临决定前，再函告兄，准备行营可也。

天津入春以来，只是刮风，近郊十里，当似荒漠，无可观览。近日买了些书本，然亦不好，故亦不费钱。长女响应祖国号召，已去石门工作，彼在石家庄棉纺一厂。此后天津少了一个牵累，对于我今后行动，颇有帮助。

　　论文已读过。

敬礼

犁
四月二十二日

致田间（一封）

田间同志：

　　函奉悉。

　　要求去农村事，报社仍未决，我是下定决心的。其所以不愿长此下去，一因都市生活确比农村多了不少麻烦，但心绪虽常烦，却无文学感应可以创作。虽然有些时间，但每天碰上两桩"人事"，就无法执笔。另外，近来我身体不好。

　　我兄关注，及到京共同研讨，自有很多好处，情绪也会单纯起来，但缺少生活，恐京津仍无二致。另外，我的身体，很需要换换田野空气。

　　看情况如何再报。

　　专此

敬礼

孙　犁
六月十六日

一九六二年

致冉淮舟（七封）

一

淮舟同志：

小集，我改了一个名字为《津门小集》，但仍觉不妥。如为《天津小集》则似更俗，请你给想一想，好吗？

后记原拟写得很长，今附去所开头，即可想象其规模，然忽然觉得废话太多，非病中之急务，乃中止，并移录其中平妥部分于稿本之后，已定稿矣。望你看看。稿本，我略看一遍，昨日百花出版社来人，表示愿看一看。现在，我先送给你，请你再做些发稿前的技术工作，然后即由你交给该社编辑部，俟清样出，我再仔细看，你看好吗？

你来信附上，备你校字，后可连同后记废稿一并交还我保存。

此外，有些琐事奉劳：

一、《新港》所登"风云"断片《故乡》，不知是否你笔误，如与《离别》不是一篇，希剪存。

二、《人民文学》上登断片，请剪存。凡较长文章，你不必亲自抄，可送交你们的抄稿同志。

三、凡《天津日报》所登断片，我都有剪报。《一篇关于妇女问题的报告》，我有剪报，此文不好。

四、如出版社有意出版"小集"，你们对装潢，可先设计。

利用余纸，我再抄录我近作打油诗两首奉上。

自　嘲

一

平生事迹如荒坡

敢望崇山与长河

虽有小虫与丛莽

漫步重游亦坎坷

二

小技雕虫似笛鸣

惭愧大锣大鼓声

影响沉没噪音里

滴澈人生缝罅中

敬礼

孙　犁

二月九日

又奉上旧作一首：

曾在青岛因病居

黄昏晨起寂寞时

长椅沉思对兽苑

小鹿奔跃喜多姿

紫薇不记青春梦

素菊摧折观赏迟

如今只留栏栅在

天南地北难相知

　　录所作韵文以呈淮舟同志　孙　犁

后　记

去年冬季,有几位青年同志来看我的病,谈到了写作问题,这很使我黯然。

过了一会儿,我说:

有一位演员,最近谈到,因为身体的条件,停止了舞台生活,很感痛苦,这种心情,我是能体会的。其实,不只艺术,别的职业也一样,一旦被迫停止,总是很难过的。人,总是不甘寂寞的啊!

这在科学上说,是一种惰性,也是一种习性。我初得病的时候,意识到不能写作了,非常苦恼;乃至养了一个时期的病,这种庸人自扰,才减轻了些,有时对文坛上的事颇感淡漠,就是说几乎要忘记写作这件事了。

但从疗养地一旦回到了家里,又接触上了这些东西,就死灰复燃,甚至有点跃跃欲试的心情。这很像一个有某种嗜好的人,苦忌了多年,才得断绝,一旦遇见它,又前功尽弃,再陷入红尘一样。有一个时期,在睡里梦里也常常作起文章来,虽然只是加重失眠,并没得编成《梦获集》,有什么成果;但也说明习性这个东西的难以根除了。

这样,就在风雪天不能出门游散的时候,打开了封存多年的稿件,想有所作为。但是,要想写《铁木前传》,需要重新下乡;要想整理《风云三集》需要很强的脑力,这两条路都走不通。而且,即使只是这样对着稿本呆了两天,也还加重了病症。只好喟然一声,重新把稿件束之高阁。

结论是:人不能与病争。这个结论当然是消极了一些。

事实上,我的兴致,还不是一下就散掉了的。总想打开一条路,重新走到艺术的园林里,做短时间的散步也好……

　　写些短文吧,于是濡墨铺纸,坐了一会儿,原来像停息了的马达一样的脑筋,好像有些开动的意思了。这次遇到的阻障,是属于客观方面的。我的左邻有四个小孩子正在地板上跑步,跑步停止是踢毽子,毽子踢完是打乒乓球……好吧,等他们的运动节目表演完毕再写吧。外面天气好,孩子们终于出去了,然而还有一位保姆留在屋里。她的特点是当主人在家的时候,她是很沉默的,而当主人睡眠的时候,她走到远离她家住室八丈远的后院,说起话来,还是轻轻地,甚至用手把嘴掩起来。可惜的是,主人是双职工,在家的时候很少,这样,即便屋里没有人,她也是大声喊叫,喊叫得四邻八舍不得安宁。她的调门特别高,秉自天赋,音量特别广大,像乐器声中之有高噪音,这原是无可非难的,问题是她竟终日滔滔,无稍停息。我不得不抱起笔砚,迁移到外间,而外间里,我的老婆正在给鸡们剁菜,我叫她停止,她说有实际需要。我很了解,在她那心目之中,我写一段乱弹琴的文章,远不及母鸡抱一大蛋之有实际功利,而对我的身体来说,一个鸡蛋也实在不能等闲视之。

　　于是,烦躁起来,短文也写不成了。写作这件事,竟这样困难重重,而作者的神经,竟脆弱到这种程度了吗?这叫神经健全的批评家看来,岂不又是笑谈?

　　我终于平静下来了,甚至感到左邻的保姆,外间的内人,她们的言动,未必不是对我有益。她们阻止我写作,使我得以休息神经,岂非好事?……

　　我对青年同志们谈了以上这些话,他们没有什么反应,只是勉强地助兴地笑了笑。我想这是难怪的,同病才能相怜,一个健康的人,即使是专科的大夫,也很难体会一个病人的心情。

　　后来不知怎么谈到了编辑这些短文的事,在《新港》编辑部工作的冉淮舟同志,竟牺牲了春节的游息,跑到天津日报社把它们一一抄录了来。

　　这部抄写得整整齐齐的稿子,送到了我的桌子上,附着一封长长的热情的信。信里说,他建议,要写一个后记,谈谈深入生活,积累材料的经验……

我好像听到了那天真的声音,也看见了那天真的面孔。我感激得无话可说。在这样一本单薄的集子后面,在这些短小的文章里面,还有什么"深入"和"积累"的经验可谈吗?

但我也深深体会到,他提出这个建议,完全是认真的,而且是热情地盼望着的,我就又在一个风雪天,破除一切障碍,放开收音机,用高调的河北梆子抵制着左邻右舍,甚至四面八方的嘈杂的声音,来写这篇后记了。

二

淮舟同志:

我现在北京。临行,收到你的信,未及复,歉甚。

兹将要点简答如下:

一、"短论"不好找,你到图书馆查对一下吧。然后即可编好目录,将目录寄我一看,即可交百花,如能印,我想就叫《文学短论》三编。

二、"风云"中的"的""地",如把"的"改为"地",将改不胜改,把"地"改为"的"吧,此为目前权宜之计,将来再说。

三、新写短文,已交《河北文学》。

到京后,环境较静,今日已把"风云"三集之结尾写好,尚觉满意。如此,则此集已大致就绪矣。你的功劳居上。

倒排次序大致为:三十节——结尾,系一诗一大段抒情尾声;二十九节,春儿送公粮;二十八节,变吉哥同张教官下雁北;二十七节,变吉哥;二十六节,河源;二十五节,山路。前面的稿子,我在家已排好次序(放在家里写字台小柜里)。

《新港》可陆续发表《山路》以下各节。

昨日作家出版社来人,谈及此书,我说,如果他们愿意同以前之"风云"合本合起来出,我愿意交给他们。如他们要我修改一、二集,则拟先交百花单出《风云初记》第三集。当然,《新港》要发表事,也对他们谈了。看情况吧。

我们在短短期间,把三本小书弄出个头绪,想起来也算不错了。

专此

祝好

孙 犁
二月二十四日晚

三

淮舟同志:

收到来信,非常感谢。

兹将一些问题条述如下:

一、"风云"三集尾稿,我将不日带回去,再详谈。

二、"短论"三编合出,甚佳。但就其中问题看来,似非短期所能竣事,盖理论文章远不如创作之省事,势非详细斟酌不可。详情,俟我归去再研究。但你既已提出之问题,我拟在你的信稿,作一些记号备忘。你的信稿,仍希保存交我。

三、事变前我在北平,发表文章极少,并无保留价值,此事,万不可费力查考,因实在很少而且很坏也。

四、在晋察冀所写之小册子,题为《论通讯员及通讯写作诸问题》,封面虽印"集体讨论",但实际一次也没讨论,完全是我一人的作品,系铅印小册,约四万字,但恐已不易找寻,试试吧。

此外,我在晋察冀曾铅印一书名《鲁迅、鲁迅的故事》(并非《少年鲁迅读本》),此书我保存一本,但并无多大创作意义,日后如你好奇,我可赠你。

另外,我想找一本在冀中油印之《区村和连队文学写作课本》,因后来之《文学入门》以及《文艺学习》各版,系我删后付印,而当时不知是什么情绪竟删去三分之一,现在想来,实觉可惜。你便中可和百花商量一下,问问他们能不能从保存《冀中一日》的那位同志那里,探寻一下有没有这本书。但此亦非急务,慢慢办理即可。

在冀中我编过一本革命诗集,名《海燕之歌》铅印出版。《前线报》有一篇讲演词《战时的文学》。另油印小册《抗战与戏剧》。

安平抗日烈士碑刻有我所作古文一篇,如你有兴趣,可托人抄来。

在冀中及山地所发表之理论、杂感等文,系刊在《红星》,记得有《现实主义文学论》及另外一篇;《冀中导报》,记得有《鲁迅论》及评《王秀鸾》之文;《平原》杂志,每期有编后记及我写的鼓词、梆子戏等(以上冀中)。《晋察冀日报》副刊《鼓》,油印文艺刊物《山》,以及什么《边区文化》(?)、《晋察冀艺术》(?),但亦无重要之作,也实无从访索了。油印《语言艺术》及另一本什么——系我所写两小册子。

总之,这些事,碰上就注意一下,否则是不值得去专为它费力的。以下复你信中之事:

一、《站在祖国的光荣岗位上》即从"短论"抽出,移植"小集"。

二、《在苏联文学艺术的园林里》可编入"短论",其中如只论及一些作家,并无看来肉麻之辞,可不改。

三、关于目次,一律编年排列,初编无年月,可即照排于前。不必去查考。

四、以下在你信稿上注明改法……

《红楼梦》一文,加书名号,以求统一。

祝好

孙　犁

三月四日晚

另纸录在北京所作诗：

一九六二年二月二十八日晨承光殿看玉佛

一

眉用金描唇渥丹，
面像慈悲体庄严，
右臂袒露丰无骨，
匠人造意已登天。

二

玉洁冰清此第一，
千年曾不染微尘，
眸凝眉低唇欲启，
发愿涤净儿女心。

三

玉桥车马万丈尘，
水声松涛两失闻，
团城应不似闺阁，
高空明月未眠人。

四

淮舟同志：

来信收到，所议改正文字处，均妥。

《风云初记》一、二集，我不急看，不要借。

《津门小集》稿酬为三百元，先付了我一百五十元。我已通知出版社，再付时，将所余一百五十元直接付你，这是你负责编辑此书分有应得之报酬，千万不要客气，可以买些书看。

杂文排出，我希望能早些天送给我，以便从容修改。

专此

敬礼

孙　犁

五月六日

忆沙可夫与忆邵子南如同时发,总题为《回忆二则》,小标题:一、《忆沙可夫同志》;二、《忆邵子南同志》。

五

淮舟同志:

我想把旧作四篇,联为一组,加一前言,各附后记,找一地方发表之。你考虑一下,如可以,就请你代我投投稿吧。什么地方都行。

其中《琴和箫》一篇,我以为并无伤感之弊,其中激情,较后为胜。

附上一作者来信。请你给他复一信,请他把稿直接寄给《新港》。

"土豹"想系我笔名,然大鼓词不必再找。

用什么话写通讯一文,语既粗俗,立论亦甚矛盾,废弃之可也。此文想是我在什么地方的讲话,惭愧之至。

先附上前言。

专此

敬礼

孙　犁

八月一日夜

旧篇杂缀前言

今年夏季,淮舟同志有农村之行,采访之暇,于肃宁等县档案馆抄得我旧作数篇,披览之下,似有所感。此乃路旁之遗粒,沉沙之折戟,颇有惭于丰硕,赖案卷以存留。虽系残余,可备磨洗。衰病以来,笔业疏荒,每见旧作,时珍敝帚。盖由文字,寻绎征途,不只印证既往，且希有助将来。略加修订，缀为一组，各作小记，附于篇末。淮舟下乡，溽暑汀途，奔波劳顿，旁务及此，盛情可感也。

一九六二年八月上旬大暑
孙犁校读并记

六

淮舟同志：

　　我明天到颐和园去住，住多久也很难断定，现在那里只住着徐迟及其女儿。

　　河北办事处所住房子很阴暗，且来往人太多，所以才作了这个决定。到那里，我想好好休息一下，把睡眠恢复到去年的程度。

　　想你近来很好。今天去田间家把十月《新港》翻了一下，"风云"此数节校得很好。

　　你有时间把《津门小集》代我签字送以下诸同志：

　　北京：郭小川、侯金镜、冯牧、黄秋耘、贺敬之、李季，可均由北京中国作家协会收转。此外人民文学出版社小说组谢思洁送一本。

　　所余书你可全部拿去由你送人。如不够用，可向书店再购买若干本，我回去付款。

　　如书已送到我家，你可以去拿一下，并告诉家中，我已到颐和园云松巢住，我身体很好，叫他们不要惦念。

　　"风云"校样收到否？来信时提及。

　　出版社言：此书要从容出版，保证质量。我同意他们的说法，看来要明年春季出书了。

　　匆匆

敬礼

孙　犁
十月二十日晚

七

淮舟同志：

在办事处所发信，想已收到。我二十日早上到颐和园，居于云松巢东院之邵窝殿。室内遗存清朝字画，似曾是皇帝游处，现在则粉柱剥落，蛛丝满梁，夜间鼠子鸣于墙内，奔于棚顶。我一人独居此"殿"，颇有恐怖之感，每晚严紧门户，闭关自守。但此地风光很好，坐在桌前，真称得起是窗明几净，从窗内可眺望昆明湖面，后面即为佛香阁，白天游人不断，踢踏有声，中午不能入睡。

在静的方面比办事处好多了，因为屋里光线好了，有时也想看看书，写写字。在办事处白天看书都要开灯。

前几天同侯金镜夫妇、李季同志，畅游香山，饱观红叶。李季在香山饭店请客，饱醉而归。但所谓红叶者，也只可远观。

你近来又写了什么东西？发表在哪里？

《津门小集》再补赠：

张志民——北京景山西陟山门九号

王文迎——北京中国作家协会组联科

我在这里看《林则徐日记》《校注嵇康集》，两本书都很好。

来信寄——北京颐和园云松巢作协休养所我收即可。

夜晚独坐无事，就又给你写了这么一封杂乱的信。

敬礼

并问候万、赵诸同志。

孙 犁
十月二十一日晚

一九六三年

致冉淮舟（六封）

一

淮舟同志：

抄稿昨晚收到，当即再删改一次，已寄出。

文章以气为主，当写时不能无锋芒，最好于心平气静时，多做几次修改，这样则义正而词有含蓄，最为妥当，亦"经验"也。

你开会多，晚上需休息。稿子可找人抄，你校一下即可。

敬礼

孙 犁

五月十四日晨

二

关于契诃夫

淮舟同志：

前去一信，想已收到。我来这里后，精神较好，饭量大增。李季同志回去了，这里文联运动开始。

这期《文艺报》登了那篇评《风云初记》的文章。已告知《文艺报》直接寄此。

我这几天看《给契诃夫的信》一书，这真是一本最好的作家的传记，从其中我了解契诃夫的为人，有如下几个方面：

一、他写文章，那些幽默，是用出人不意的方法写出的。在前面，他正正经经地谈着，甚至是严肃沉痛地谈着，忽然出来一句，使人不禁发笑。他的幽默不像我们那些幽默，我们的幽默是，故作声态，读者没笑，作者先笑，读者是否笑，还在未可知之数。

二、他对出版社、剧院，出版或上演他的作品，是很厚道的，不斤斤计较金钱，只要把书印好，把剧演好就好，甚至只要好，金钱上吃大亏，他也高兴。

三、书里有一张他和托尔斯泰的合影，照得真好，两个作家的性格活现纸上。

四、他身体不好，颇为达观，在写给妹妹的信中，有一段，甚像中国的《庄子》。

五、——写至此，金镜同志雨中来访，打断了。

《红楼梦》文章，《人民文学》今天电话：他们不用，已"支援"《文艺报》。我说，文章写得不好，不用就退还，不必转让。两次投稿《人民文学》都被否定，看来，我实在是写不好了。

但吃饭还是很多，今晚吃炒面，四两迅速而下。

祝

好

孙 犁

五月二十日晚

三

淮舟同志：

二十二日信及转件收到。文稿尚未收到，估计明天可到，因印刷总要慢一些。

此处今日又降雨，天气骤凉，好在我带了厚衣。近日天气变化多，希注意身体。

今日读完《给契诃夫的信》。作家晚年，多病，因与剧院发生联系，此一时期创作多为剧作。

其与克尼碧尔突然结婚，对其身体似不为利。其结婚决定，显然是在一种兴奋状态下，故引起其家属不安。然此系表面现象，当时俄国处于革命前夜，契诃夫思想是极为复杂激动的。

此书看完，我正看王夫之《楚辞通释》。

文稿来了，就校文稿。

我身体很好，食量一直很好，就是寂寞一些，这是无关紧要的。

专此

敬礼　并致候

编辑部诸同志

孙　犁
五月二十三日晚

四

淮舟同志：

我想再赠送你一点书，兹送上一百元，请你自己选购。微薄得很，务希哂纳。千万不要送回，以免我惦念。

专此

敬礼

孙　犁
七月八日

五

淮舟同志：

收到你从北京发的信。

冒大雨换书，我心中颇为不安，希望不要感冒才好。从此，我们也可以得一条经验，对于"物"，不要要求太高，得将就还是将就一些。

关于你下乡，但愿你多参加群众活动，多思考，多写散文纪事，内容要有人物及故事。同时注意身体，此时天气太热，以不拉痢疾为要。

今天我已将诗集编好交百花。"十二唱"及鼓词编进——又抽出来。只留七首，以后编书要"纯"，近来我有姑息旧作之表现，非古人"责己以严"之道也。

关于《文艺学习》的编审，我将尽量听取并按照出版社的意见行之。此书可慢慢出。

昨日此地亦大雨，并曾念道你在北京赶上了。今日仍甚热。

希常来信。

敬礼

并致候阖府均吉

孙　犁

七月二十三日晚

六

淮舟同志：

接到你十九日信并宁莉同志照片，非常高兴。又知你写了不少文章，不知发表在何处，再来信望告知。

我近日身体较好，希勿念。

外文出版社来信，《风云初记》已列入他们的选题，我给他们写了一个简短的序言。天津电台现正广播此小说，我每天收听，为的是借此机会再审查一次小说内容，现正播第二集。

我现在继续读《纲鉴易知录》，这个书名，在过去，我是从来也没有放在眼目里，读起来却是一部很好的历史书。主要是编入了很多名人的言行，有很多好文章的节录。但在目前，你并不需要读这类书。一共八本，我快要读完了。

敬礼

孙　犁
九月二十五日晚

致陈炜（一封）

关于《荷花淀》被删节复读者信

陈炜同志：

接到你的来信。

这几年，我病了。有些读者来信，不能及时、详细地答复，常常感到一种歉疚。

但我不能不回答你的来信。

这并非单单因为你的父母是我在晋察冀工作时的伙伴，更不是因为你在信的前半部那样客气地称赞了我的作品的优点。我坦率地说，我的作品并没有写到如你们所说的那些好处。这很可能是由于你的偏爱。文学作品应该写得叫读者满意，这是作者分内的职责。即使有些长处，也没有什么可以沾沾自喜的理由。

有一个时期，我曾经接到过一些读者那样的来信：他们的赞美或是指责，好像都是道听途说，并没有仔细地阅读我的书。他们是人云亦云的。他们是听到风声便随着来了雨声的。

但从你的来信里，我知道你是细心地阅读了我的作品，并且有自己的见解。作为现在的一个高中学生，这并不是很容易就能做到的。

我指的是你的来信的后半部。我衷心地说，你提出的这些意见，都是非常切实，非常正确的。自从《风云初记》发表以来，还很少听到这样具体、这样切实可行的意见。你知道，有些读者，都是从"原则"提出问题，他们对一篇作品，不是捧到天上，就是摔到地下。有时简直使作者目瞪口呆而且措手不及，没法据以修改自己的作品。

假如我以后能够修改这部作品，你这些意见，我一定是要郑重参考的。

其中一点，高庆山是高四海之误。这次重印，这一部分我没得亲自校对，以前怎样错下来的，也不能详查了。这是一个很重要的错处。

至于课本上的《荷花淀》和原作有很大不同，我想这是课本的编辑人有意删掉的。他们删去"假如敌人追上了，就跳到水里去死吧！"可能是认为这两句话有些"泄气"，"不够英勇"。他们删去"那棵菱角就又安安稳稳浮在水面上生长去了。"可能是以为这样的描写"没有意义"，也许认为这样的句子莫名其妙，也许以为有些"小资产"。总之，是有他们的一定的看法的。他们删掉："哗哗，哗哗，哗哗哗！"最后的一个"哗"字，可能是认为：既然前面都是两个"哗"，为什么后面是三个？一定是多余，是衍文，他们就用红笔把它划掉了。有些编辑同志常常是这样的。他们有"整齐"观念。他们从来不衡量文情：最后的一个"哗"字是多么重要，在当时，是多么必不可少的一"哗"呀！至于他们为什么删掉："编成多少席？……"我就怎样想，也想不出他们的理由。这一句有什么妨碍？可能是，他们认为织出多少席，难道还没有统计数字吗？认为不妥，删去了。

有些编辑是这样的。有时他们想得太简单，有时又想得太复杂。有时他们提出的问题不合常情，有时又超出常情之外。

所以,当你问道:哪一个本子可信的时候,我只好说,这课本是不大可信的,还是《村歌》的原文可信。

　　当然,这也不是什么大问题。课本的编辑,只是删掉了几句话,比起从选集里特别把它抽掉的人,还是喜爱这篇文章的。不是你提起,我并不知道有这些删节。

　　我的身体,比起前二年是好了一些,但是还不能多写和多想。

　　专此

敬礼

孙　犁
七月二日

一九六四年

致冉淮舟（四封）

一

关于习字

淮舟同志：

当即找出字帖三种：

一、皇甫碑——欧阳询书，楷书墨拓本，碑在西安。原系王林同志送我，今转赠你习楷书。我另有一本。

我很喜欢欧字，方正削利，很有风骨。此碑与九成宫为欧帖之姊妹篇。

二、曹全碑——汉隶，可以欣赏，暂不必临。此碑所据原碑甚好，而编辑部之出版说明殊可笑。加以这样的说明是什么意思，以为读者都是白痴吗？都是废话。

中国书法，由隶而楷，楷书以不失隶法者为上，欧字是也。

三、文徵明小楷离骚经——供你习小楷之用。此系大家名作，规模宏深，后面补写，相差万里。

我平日买书，多系平常贱值之本，藉以浏览，长些常识，非如一些名人之搜采古物，冒充书法家也。承你问索，而无佳本奉送，甚抱歉也。

　　专此
敬礼

孙　犁
一月十一日下午

二

淮舟同志：

　　接到你的来信。

　　我的小说没有续写，原因是我有时还是不好，再一放，恐怕就完了。

　　听牧歌同志说你们在一块学习，熟人很多，我想是很好的。

　　我有两部旧书，需要加皮，明日托劳荣同志带至编辑部，以便有人去京带去。你也给我注意一下，有同志去北京，托他带去，并告诉他东安市场古旧书门市部及隆福寺修绠堂均可交货。

　　皇甫碑推为欧书首作，一些书法家并谓初学者应首临之帖，因此送你一临。折叠起来临，也很方便。此碑年久，此本虽系原碑，恐已经重开过，但规模风韵仍存。

　　欧字实好，不比较则不知，如与唐碑其他作家相比，我最喜爱他的字。他的碑除此以外，尚有九成宫、虞恭公、化度寺之类。据称，欧字上溯兰亭，雄视有唐一代，并为此后楷书典基。——这都是我现趸现卖的话。

　　托天津书店买的书，可以告诉不要找了。

　　祝
好

孙　犁
一月二十二日

附上书目二纸，请写信给上海文艺出版社那位同志，请他便时到书店给我们找找，你看可以吗？

又及

书　名	版　本
掌故丛编（第四、五、六辑）	故宫博物院铅印
闲渔闲闲录	加业堂刊本
在园杂志	申报馆印本
柳南随笔	申报馆印本
庸闲斋笔记	申报馆印本
权斋老人笔记	加业堂刊本
茶余谈荟	申报馆印本
南亭四话	大车书局印本

请闲中访求，要干净整齐者，如有污损可不买，非急用。

帖　名	版　本
乙瑛碑	文明书局影印本
史晨碑	商务印本或文明印本
西岳华山庙碑	有正印本
曹全碑	古物同欣社或商务印本
朝侯小子残碑	艺苑印本
礼器碑	艺苑、文明、有正本均可
魏郑文公碑	有正、艺苑本均可
六朝墓志菁英	罗振玉印本
魏刁遵墓志	艺苑、有正、董康本均可
魏张黑女墓志	艺苑及有正影印
孔子庙堂碑	文明或有正本

云麾李思训碑　　　　　　有正印本

麓山寺碑　　　　　　　　有正印本

请闲中访求，要干净整齐者，如有污损可不买，非急用。

三

淮舟同志：

来信收到。你在那里，还是多工作，多接近群众为最重要，可以先不考虑写作问题（家史除外），等回来静下来再写吧。

我的下乡问题，已决定去杨柳青。我已和报社负责同志谈了，他们正在办手续。他们也许叫我住疗养院，又说现在还冷，过几天再去。我近来在家也很烦闷，原想到北京去的，现在等着去杨柳青，北京也恐去不成了。

上海庄久达同志代买字帖十四种共二十册，已寄来。字帖还好。有一部分是艺苑存页，现在新装订的，但纸皮欠好。罗振玉的《六朝墓志菁英》八成新，印得好极了，李碑一种及华山碑、庙堂碑较污旧，但经我修理后尚可观。已将书款寄还他，并致谢意。他信中问到你，我已告他。

《津门小集》再版事，他们还没有告诉我。

映山前些日子来过信，近来没信，你可以去信给他。他在柳林干部疗养院110室。

你在上海出的书有消息吗？

希注意身体。

专此

敬礼

孙　犁

三月十八日

四

淮舟同志：

收到你的来信，甚慰。

我此次出门共十一天，在保定参观南大园、前辛庄两公社。去满城，过一亩泉，并游抱阳山。去安平，在老家待一天，路过安国，本拟去长仕、于村，以犹豫未果。在保定，该地文联同志招待，甚好。

我身体还好，此次回来也没有写东西。近读浩然长篇《艳阳天》（新出单行本），我觉得很好，有人物、有情节、有艺术、有政策。该同志在《红旗》工作，得有机会全面领会政策，并在农村工作一时期，似颇为努力。他的短篇我读得很少，得读此作，惊叹不已，也许是我自己少见而多怪吧。

回来后，尚未见到映山，听赵彤说，刊物结束后，他可能在附近工厂走走。他的身体还不很好，似应多养一个时期。

祝

好

孙　犁
十二月三日晚

一九七二年

致陈乔（一封）

陈乔同志：

好多年没见面，也没通信，时常想念。听大刘说你已从干校回来。望告知近况。

我仍在《天津日报》工作，春节前患脑血管硬化，现仍休息，但要帮助市里弄一个京剧剧本。

我生活方面变动较大，原老伴于七〇年四月间逝世。她长期患糖尿病，最后发展为尿毒症。

孩子们都已工作，男孩结婚生了一个小女孩，最小的女孩也快结婚了。

望有时间写一信来。

　祝

全家安好

孙　犁
三月二十日

致韩映山（二封）

一

映山同志：

　　接到来信，看样子你在新环境，心情很好，颇以为慰。

　　我近来一切如常，参加学习。剧本，白洋淀所拟提纲，已否定。现林、赵再拟，尚未见稿。最近我仍在京剧团参加此事，恐需至年终。

　　莲池地方很好，中学时，常到那里，很想在那里谋一图书馆员的职位，不得。自清咸、同以后，保定为重镇，总督所在。亦附文人。吴汝纶曾主莲池书院，并印了一些书籍。

　　你在那里安心写些东西为好。天津已凉爽，何时来津，仍希到舍下一叙为盼。你家中有什么事，可来信。

敬礼

孙　犁

八月六日

二

映山同志：

　　收到你的来信，致达生信当即转交。

　　知你在那里安下家来，甚以为慰。保定这地方还是很好的，住在莲池，应该认为是佳遇佳境。徐光耀同志和你在一起吗？望代我问候他。

　　我一切如常，每天到报社上班看稿，稿子很多，弄得很累，但好的稿件实在少有。我看河北乡下来稿，很有生气。但有的作者，发表一两篇文章后，即忙于交际，亦甚可虑，然此亦常规，过去也是这样。

应该打破一切消极障碍，勇敢地深入生活，以你的素养，我想不久就会文思泉涌。

剧本事又弄了一个提纲，但并不好，近亦无事。

明年春季，我们或可能去看你们。

祝

全家安好

孙　犁
国庆节

一九七三年

致曹彦军（二封）

一

彦军同志：

　　收到你写来的信，非常高兴。自分别后，时常想念你，你热情地帮助过我们。

　　去年从白洋淀归来，即陷入迁居的忙乱中，后来工作忙，再后来是发病。本来是应该写信向你们致谢的，也就耽误下来，这一点务请你原谅。

　　我在寨南的房东，叫胡大兰的待我很好，原答应到天津，就写信，也因以上原因，至此未写，你如到该村，一定代我致歉，并说明没及时写信的原因。

　　此外，寨南的老魏同志及其他干部同志，郭里口的干部同志，特别是我们的房东（两户人家）都请代我们问候。

　　县里以及公社熟人，都请问好。

　　你近来写了什么稿子，能否寄给我看看。我希望你认真读些古典文学作品，特别是鲁迅的作品。多练习写散文（通讯报道也是散文），要多写，不断地写，才能写好。

　　学习写作，要"取法乎上"，不能只看报纸杂志上的文章，要读些好书，要做笔记，要大开眼界。你在农村，生活是有的，就是看书的机会少，在这方面，要大开眼界，然后才有能力，才有办法。没有不多读书，就能写好文章的人，有人那样说，只能是吹牛唬人而已。不多练也是写不好的，没有天生的天才。

　　我的病是脑血管硬化，现在好些了，但顾名思义，你就知道这种病对写作是很不利的，我没写什么东西。

　　有机会一定再去白洋淀，但去了又写不出东西，岂不惭愧吗？

　　问
好

孙　犁
三月七日

二

彦军同志：

　　收到两封信，迟迟未复，原因是我这里乱些，希谅。

　　前托你代向各处房东问候，不知已经问候了没有。其中：王家寨大兰家、老魏；郭里口小凤家（一院三户），望顺便一定去代为致意。还有小凤家对门那个院里一家（给我做饭的）。

　　我也写了一个京剧剧本，抄出七场，但熟人看了都默不作声，一定是写坏了。不管怎样我要把它弄完，写不好是能力问题，勉强不得。

　　你近来又写了什么东西？看了什么书籍？望来信时告知。

　　我出门很难，一时恐怕去不成。

　　祝
好

孙　犁
六月二十一日上午

致韩映山（一封）

映山同志：

收到来信，给克明的信，前天已转交他，交得晚了一些，因他好久没来我这里。

我一切如常，仍在休息，剧本已抄出七场，但熟人看了都摇头，看来是没有希望了。不管怎样，把它弄完，这是能力问题，勉强不得。

××登在刊物上的小说看了，提了一些笼统意见：文字好，风景描写多，主要矛盾缺乏时代典型性，与主角性格结合得不很好。行文松散，每章没有一个中心结构。

这些要求，我自己就做不到，不知他怎样看法。

我就是时常头痛，服芦丁、维C等药。

　　祝

好

　　　　　　　　　　　　　　　　　　孙　犁
　　　　　　　　　　　　　　　　　六月二十一日上午

一九七五年

致韩映山（一封）

映山同志：

　　有两封信没有复你，你是能原谅我的。你每次来信，我都看到一颗诚实的心。

　　我有很多缺点，你知道一些，有些不知道，其中最重要的是寡识和寡断。由于这种性格，我想等事情有个最后结果再告诉你，现在总算有了个结果：终于离开了。

　　这件事，只能作为我个人的痛苦而严重的经验教训结束。

　　我身体还可以，希你勿念，也不想到别处去。今后的生活，仍是动荡不安的，只好得过且过。

　　祝
全家安好

孙　犁
六月二十四日

致陈乔（一封）

陈乔同志：

收到来信，你有机会各处跑跑，特别是有关文物、考古，我是很为钦慕的，见闻一定很多，收获一定很大吧！

我仍在家中休息，不久前不慎伤手较重，现尚未平复。平复后，想出去走走，大概是到蓟县。

新近有一个同口的学生来我这里，叫陈季衡，他今年四十八岁，上学时十岁，你大概不熟悉。一见面，很觉难得，他四六年参军，现在天津"支左"。

图章方便时再捎，这不是急于要用的东西。

天津今年雨特大，今天中午大雨瓢倾，我院里，成为泽国，家家屋漏，我屋有一处雨漏如注，亦壮观也。

什么时候晋京，一定去看望你们。

祝好

孙犁

八月八日晚

一九七六年

致韩映山（二封）

一

映山：

因受风雨侵袭，有些感冒，昨天夜里偷偷回到屋里来睡了，所以现在能坐在写字桌前，给你写信。

雨还没有停止，黎明起床，第一件事是把一切能承接漏雨的盆、桶、花盆，共十数件，摆在各屋的地方。雨水滴在里面，其声响，就像老和尚敲的磬一样，形成一种无可奈何的伴奏。

这样的地震，我想人生遇到一次已经了不起，不会再遇。然而，很长时间，传说还有"更大的"，所以从众露宿将近一个月了。

我和全家，幸皆平安，你不要惦念。二十七日下午，从老家来了两位客人，谈话很多，夜里我一直睡不好。三点钟爬起来看表，就震起来了，上下颠。因为去年演习过，我跑到外间写字桌下面躲了一会儿，等不震了，才穿好衣服，戴上草帽出去，外面正下雨。

我的门口和台阶上堆满了掉下来的砖石。假如我不躲着，而是往外跑，一定就写不成这封信了。

我的帐篷搭在院内小山上，虽说只有一席之地，而且寄人檐下，但很严密。其形式也很像咱家乡的窝棚。睡在这里面，我不看天空的星月，也梦不见任何的情景。

　　你一定不信，近几个月来，我的精神和身体都很好。见过我的人，都可以给你证实。一地震，因为吃、睡不好，心情不安，瘦了好多。我想可以恢复的。

　　祝
全家安好

孙　犁
八月二十一日

二

映山同志：

　　由淮舟带来的信收到了。你说要到北京去，所以当时没有回信。

　　现在新年已近，想你回来了吧。金近同志，我是熟识的。

　　天津在经历一次大震后，人们争着盖临建，就我住的院子而言，挤塞得已无走路之地。我没有人力物力，也不愿操心，就一直在屋里睡，床上也打了一点掩护，不过是自欺欺人而已。

　　我身体很好，希勿念。新出的《鲁迅书信集》，你买了吗？我觉得这种书是应该读的。

　　克明被车轧，住在医院里，实在倒霉。

　　祝
好

孙　犁
十二月二十四日

一九七七年

致韩映山（一封）

映山同志：

读过了你的发言稿，我以为是很好的。我在写给"人文"的文章里，大概也是表达这个意思。我以为这十多年，中国是没有什么文艺产生过。帮派文艺，活像三十年代的民族主义文学，只会装腔作势，是没有艺术良心的。

我的房昨天下午，顶棚塌下一块，夜间大雨，我通宵未眠，总结这两年修房经验为：

不漏不修，不修不漏，越漏越修，越修越漏。

每日来四五人修房，招待烟茶、糖果、西瓜，上房一小时，陪坐二小时，上下午都如此，实是苦事。所以，房顶漏雨如瀑布一般，我也觉得没有什么。今天院中积水大腿深，像乡下发了大水，所有临建都泡了。匆匆

祝好

孙　犁

八月三日

你代我问候光耀，张朴以及他的爱人，我好久没给他们写信，也因为"乏善可述"。

致郭志刚（一封）

志刚同志：

八月六日惠函敬悉。当晚，拜读了你写的文章。我以为是写得很好的。这当然不是因为你对《白洋淀纪事》这本书，加了好评。

我是觉得，你写评论文章的方法好，即实事求是的方法。这些年，我们在好多领域，丢了这四个字，损失太大了，当然，这是因为"四人帮"蓄意这样做的。

没有实事求是的精神，还有什么辩证法、唯物论？还有什么政治标准、艺术标准？只剩下一根棍子。

你的讲义不是那样做的。与他们相反，你是介绍了作者的历史。这一点很重要。如果不知道、不研究作者的历史，即他所经历的时代，所处的环境，而去谈他的创作，或评价他的创作，那只能是一知半解。

评论一本书，至少应该知道作者的时代、生活和他的气质。这几方面，构成他创作的基点。

所以，你的讲义的第一部分，说我以生活见长，是奖励之辞。同时，还着重说明《白洋淀纪事》所反映的时代，时代的生活环境、精神面貌，这种做法我是很赞同的。

有些评论者不是这样。他不从作者所处的具体时代、具体环境，及由此而来的文学作品，作艺术分析。他有一个一成不变的标准，在不同时代、不同环境的作者的身上丈量。这样做对他说很方便，下结论也简单容易，但想知道一点艺术的说明，可就难了。

其次，我们有同乡之谊，这无疑大大增加了你评论这本书的方便。是的，地方色彩，地方语言，如果评论者与作者山南海北相隔，也是不能细致地领会作者的艺术特点的。

　　我感觉到：你的艺术感觉、生活感觉都是很敏锐，很正确的。因此，你的一些判断，都是合乎实际，合乎情理，又属辞留有余地，不那么盛气凌人。所以，我在阅读你的文章时，很觉轻松安逸，收益也就大了。

　　过去，很多作者都成了惊弓之鸟，一见到评论自己作品的文章，不禁先怦怦心跳起来。棍子主义者还向他要求艺术杰出之作，这可能吗？

　　评论者对作品，应该有定见。过去，有这种现象：他先批评一篇作品如何不好，作者并没有按照他的意见修改；又过了一个时期，形势一变，他又说这篇作品如何好，作者也不因此感到鼓励。这样观点常起变化的评论者，我以为不怎样伟大。

　　文学作品，语言当然很重要。你对语言的分析，我很佩服。评论者如果对语言没有修养，只是空谈思想政治，他的评论，只能作一般的批判稿看，不能作为文学评论看。评论者对语言，不知什么是美的，什么是恶的，还能评论文学？

　　你对语言是有知识，有修养，有训练的。又因为我们是同乡，就更能评判我的语言方面的得失。

　　好吧。以上不像复信，像在写评论，这是因为上午《文艺报》编辑部的同志来了，谈了一上午关于评论的事，我的脑子冷静不下来。

　　总之：实事求是，从具体作品出发，作具体的艺术分析，你这种方法，我以为是好的。先有概念，然后找一部作品来加以"论证"，那种方法是不足为训的。

　　祝
教安

孙　犁
八月十二日下午

一九七八年

致阎纲（一封）

阎纲同志：

九月四日函敬悉。

你这样客气，询问我对于你所作的评论文章的意见，那些文章，我还没有机会全部拜读，现仅就读书问题，谈一些我个人的领会，供你参考。

我在高中时，因读社会科学书籍，也涉及文艺理论书籍，后来，对这门学科就发生了兴趣，一直持续了若干年。但我所学习写作的文章，都是很零碎的，谈不上什么评论。

我最初读了鲁迅翻译的几本书，即现在收入《鲁迅译文集》第六集中的那四本书。我以为蒲和卢的著作是很有价值的。我不太了解你的读书情况，恐怕早已经读过了吧。

那时，我还读了柯根教授的《伟大的十年间文学》，借以帮助阅读十月革命以后的文学作品。我以为他的文章是写得很明快的，读起来很有兴趣。此外，我读了沈起予翻译的《欧洲文学发展史》和陈望道辑译的《苏俄文学理论》。这都是很早以前的事了，书名可能记得有误。

鲁迅译的厨川白村的两部书,即《出了象牙之塔》和《苦闷的象征》。我以为现在读读还是有好处的,日本人的文章写得轻松活泼,有些道理,也并非全是错误的。

作家的文论,在某一个方面,有时是比较切实可信的,契诃夫的一些见解,是很深刻的。高尔基、鲁迅的评论文章,直到目前,也很难说有人能够超越。

我读俄国十九世纪那三位天才的批评家的文章,比较靠后。

中国古典文论,我以为唐宋以前的较好,《诗经》的序和《文选》的序,都是阐明文章大义,而唐宋以后的文论,则日趋于支离。成本的书,自以《文心雕龙》为最好,它全面地深刻地说明了文章的构成和规律,作家的气质和特点。这是一部哲学性的文艺理论,除非和尚的长年潜修,是不能写出来的。《诗品》和陆机的《文赋》,也很好。

古代作家的文论,我以为柳宗元的最好,全包括在他写给友人的书信中,他的文论切实。韩愈则有些夸张,苏东坡则有些勉强。

读书,确是要有所选择,生当现代,的确没有过多的精力和时间去泛泛涉猎。鲁迅反对读选集,这要看情况而定。像我们,也只能选择一些大作家的作品和选集来读读。每个时代,读其重要作家,每个作家读其重要作品。像断代总集,如《唐文粹》《宋文鉴》之类,浏览一下即可。

评论家多读作品,较之多读评论,尤为重要。

金圣叹是很有才气的,他的评论是自成一家的,当时影响很大。中国的评选工作,还没有人作一总结,我以为金评《西厢记》,有时是思路很广的。王国维的著作,也应该学习,他的评论是很有根基的。

浅谈如上。你是不弃下愚,使我深受感动。但是,我的学业,是不足一谈的。青年时期,确实读了一些书,也很刻苦。但十几年战争,读书就很困难,加以进城后,十年荒于疾病,十年废于遭逢。近年环境好了,即急起直追,成就恐怕也不会大了。每念及此,不胜惶惭。

别的问题以后再谈。错误之处,希指正。

孙 犁
九月七日下午三时

致韩映山(二封)

一

映山同志:

正想给你写信,就收到了你十月一日的信。你以前的来信,也都见到的。

我还是浮肿,又闹牙疼,又不愿到医院,真是没办法。这一程子,精神也不老好的,也说不上为什么。

《××》第二期,你见到了吗?那么一篇小文,好多错字,把所有的"亦"字,都排成了"也"字,变成不文不白。我也想不通是怎么弄错的。见到清样,马上给××寄回叫他改,也没改,也不来信。不过,他们对我的文章,还是重视的,你看版面摆得多好!

前些日子,我已把《书衣文录》的"续录"和"三录"寄出去了。我想,你大概不喜欢这种文字。

马上给你写书名。我的字实在不行。

　　祝

全家安好

孙 犁
十月三日上午

二

映山同志：

在报社上班，看到你给我的信。

上月，我到蓟县去住了二十多天，其中半月时间在盘山陵园。山居野处，从容寻幽探胜，是多少年没享受过的清闲写意之趣了。

那里还有一些老游击队员，都是六十多岁的人了，身体都不很好。他们曾是一山之王，现在看到我还能爬上十几里的山，都说却不如我了，深为感叹！

那里人都很热情，也是多年没遇到的了。我也接触了一些业余作者，其中一个叫陈玉英的女同志，你看过她写的东西吗？

至于我的生活，却一如既往。前天去检查身体，好像又有了冠心病。这只好听之任之。我现在对于病都很麻痹。但时常头疼，胸部也时常不适，因此才去医院的。

  祝
全家安好

孙　犁
十一月二十日晚

一九七九年

致李蒙英（一封）

蒙英同志：

二月二十七日惠函敬悉。

你的热情的奖掖，使我非常感动。近两年来，我因为不能进行其他体裁的创作，写了这些散文，自己并不满意，也深怕不能为现在的读者和编者所理解。它们所表现的是我们这一代人的心情，而我们这一代人，老实说已经寥寥无几。

但是，我从来不能用言不由衷的形式写作，所以只能写成这样，以便抒发一下自己的胸臆。你如此深刻地去理解它，所以使我感动。

我不要求很快出书，只是希望能把校对工作做好，使它在出书后，没有过多文字上的差错。近年来，我对编辑和校对工作，非常不放心，这可能是我的过虑。读了你的信，我知道你在各方面的修养都是很好的。以上所说，确是我的过虑了。有时间，希望到舍下来玩。

你们那里有位刘燕及同志吗？我曾收到她（？）一封热情的信，因不知她确实通讯处，致延迟未复。如你们能见面，望代我问候她。

《黄鹂》一篇散文，你们那里有稿子吗？它要在三月份的《运河》

上登出（通县办的）。

　　祝

好

孙　犁
二月二十八日

致韩映山（二封）

一

映山同志：

　　收到你三月五日的信。

　　我那个谈话，讲的是一般道理。你的创作，不能说是学我，是有你自己的生活、见解和文字风格的。今年，我时常对人们说：映山很努力，写了那么多东西。

　　理论是理论，不要对任何理论太认真，那样会限制自己，写东西，只能问耕耘得深不深，细不细，不要先考虑收获如何如何。为艺术而艺术，当然不对，但老是考虑"收获"，就造成一种苦恼，这是很不必要，也不应该的。创作是一个人生活经历、见解、文字修养的反映。只能先考虑这些问题，至于别人说什么，听听也好，不要太认真去想它。

　　我觉得，你的生活和气质，有些和我相似。有些是优点，有些是缺点，要克服那些不利于创作发展的个人弱点。我觉得，我被时代所迫，参加了几年战争生活，这一点，可能有些受益。

　　我也经常想到你的创作，我有三点建议：

　　一、多读点古书；

　　二、再多读点世界名著；

　　三、出去走走，旅行，到山西、山东一些近省走走。

这样可以开拓胸襟,打开创作局面,不知你以为然否?

暖和些,我想到保定、易县、定县、安国一带走走。金梅说和我一起去。

祝

好

附上我写的字一条,送给大星。

犁
三月七日

二

映山同志:

五月三日信收到,前信也收到。

我近来很忙,心情也不太好。那篇序只写了一半,修改一次。下面还没写。

我考虑,不要发表那个剧本好不好?因为影响不会好的。不发剧本,这篇完成后,改个题目,作为散文,我一定寄给你。

我现在进退两难。我给报社打了报告,要离开,不便食言。而文联工作,实在难办,我又不想去了。现在正硬着头皮干。这是我又一次轻举妄动。

你可以打消来天津的想法,安心在那里工作、创作。

匆匆

祝

好

孙 犁
五月五日

《文学短论》如书到,一定给你留一本。

又及

致从维熙（一封）

关于《大墙下的红玉兰》的通信

维熙同志：

你以前来信，叫我注意你在《收获》上发表的作品，我是记着的。我收到刊物也比较早，翻了一下，你的小说是写监狱生活的，而老干部的遭遇又不幸，我就惘然地又把书本合上了。书放在准备阅读的书中间，告诉家人不要拿走，但一直没顾得看。

昨天上午收到你挂号寄来的刊物，我知道这是对我无声的督促，不能再拖了，从下午开始阅读，晚上读到十一点。我平日是八点半就上床睡觉的，不敢再多看。留下两节，今天早上读完。

我读书很慢，但是逐字逐句认真去读。文字排印上还有些技术问题，不一一指出了。二十页"看透这层窗户纸，葛翎血如潮涌……"葛翎二字应是路威之误。

你的小说能一下子就把我吸引住。它的生活的真实背景，情节的紧凑衔接，人物的矛盾冲突，都证明你近来在小说艺术探索方面的努力和成就，是非同一般，非同小可的。我一直兴奋地高兴地读下去，欲罢不能，中间有些朋友来访，我拿着书本对他们说："从维熙这些年进步很快，小说写得真好！"

你反映的是一个时代的、生活方面的真实面貌。对那两个运动员的描写，使我深深感动，并认为他们的生活遭遇、思想感情，是典型化了的，是美的灵魂，是美的形象。

但是，你的终篇，却是一个悲剧。我看到最后，心情很沉重。我不反对写悲剧结局，其实，这篇作品完全可以跳出这个悲剧结局。也许这个写法，更符合当时的现实和要求。我想，就是当时，也完全可以叫善与美的力量，当场击败那邪恶的力量的。

战胜他们，并不减低小说的感染力，而可以使读者掩卷后，情绪更昂扬。

我不是对你进行说教。也不反对任何真实地反映我们时代悲剧的作品。这只是因为老年人容易感伤，在现实生活中见到的，或亲身体验的不幸，已经很不少，不愿再在文学艺术上去重读它。这一点，我想是不能为你所理解的吧？

我当继续读你的新作品。

专此　祝

全家安好

孙　犁

四月二十七日下午

致李克明（一封）

克明同志：

五月二十二日函奉悉。

关于我，近来已经有几处地方在写，老实说，我是很惭愧的，自己实在不堪一写。

关于我的生活、写作，近来我写的文章中，已谈了很多。你们如果写，参考那些文章，就可以了。谈也谈不出什么新鲜东西来了。

我近来比较忙，身体也不很好。你们来，我是很欢迎的，恐怕谈不出什么。至于录音机之类，更希不用携带，因为我一见那个，就更谈不自然了。

我们是老朋友，你可理解我的心情，我不愿参与这些活动，并请向盛英同志解释，请她鉴谅。

附回盛英同志的信件。

祝

好

犁

五月二十三日

致傅瑛（一封）

傅瑛同志：

刚才收见你的热情来信，很是感动。

你准备写关于我的文章，我是很高兴的，并预祝你能写得满意。我能帮助你的，是提请你在写作时，应该注意这些事项。

这两年，写这方面文章的已经不少，多是人云亦云，能提出自己新的研究成果的，并不多见。这一方面，是我本身本来浅薄，没有什么可以研究的；另外，有些作者，对我的作品、生活经历、艺术爱好、性格气质，知道得太少，多是道听途说之言。我想，你写时，如果能把以上几方面，结合你读我的作品的心得，写些别人没有谈过的、生动活泼、新颖、有多方面根据的论点出来，一定是很有意义的事，这对我的帮助，也会是很大的。

写论文应从作品研究出发，把作品读熟，并有自己的看法，能与作品起到共鸣，那文章就一定能写好。我希望你作些札记，然后用论点把它们连贯起来。

《文艺报》六月份和七月份，将刊登我一篇文章，题目是：《生活和文学的路》，共一万五千字，包含我的生活历程，文学见解，以及文艺与政治、现实主义、人道主义等等。这对我来说，已经是"长篇创作"了。我投入了很大的力量。为什么想写这样一篇文章呢？这也是文人的一种积习。我觉得，我已经是风烛残年，我想给自己做个总结。这是可信的。其他的人所谈，多传闻之辞，不足为凭的。

刊出后，你能读一读这篇文章吗？它将会对你的写作，有一些帮助的。我想你读起来，会是有兴趣的。

你如果暑假有回津探亲的计划，我很欢迎你到寒舍谈谈。我有病，很少出门，所以是很好找的。如果你只是为了见见我，天气这样热，路途又这样远，专程一趟，那实在是不敢当的。我不善于谈话，见面恐使你失望，写信最好。

见到你的信，马上写了这些话，没有条理，如所答非所问，望再来信。

专复。祝

学安

孙　犁

五月二十八日下午一时

致阎纲（一封）

关于《铁木前传》的通信

阎纲同志：

昨天收到《鸭绿江》评论组转来的你写给我的关于《铁木前传》的信。说是等我的复信写好了，一同在刊物上发表。

这当然是叫我做文章。但是，我首先问候你的病体，祝你早日康复！

近两三年来，在我写的短小文章里，谈到我自己的地方太多了。我自己已觉得可笑，这样急迫地表现自我，是一种行将就木的征象吧！

其实，作家表现自己，这是不足为奇的，贤者也不免的。真诚的作者，并不讳言这一点。而作品之能具有一些生命力，恐怕还离不开这一点。

你以为小说里就没有作家自己吗？那是古今中外，都无例外，有。

《铁木前传》里，也有我自己，以下详谈。这几年我谈了自己的不少作品，但就是没有谈这本书，在写给一个地方的自传里，我几乎把这本书遗漏了。因为，这本书对我说来，似乎是不祥之物，其详情，请你参看拙著《耕堂书衣文录》此书条下。

初看到你的来信，我还是无意及此。但是我很为你的热心和盛情所感动。今天早晨起来，才有了一些想法。

这本书，从表面看，是我一九五三年下乡的产物。其实不然，它是我有关童年的回忆，也是我当时思想感情的体现。

我下乡的地方，村庄叫作长仕。这个村庄属安国县，距离我的家乡有五十里路。这个村庄有一座有名的庙宇，在旧社会香火很盛。在我童年时，我的母亲，还有其他信佛的妇女，每逢这个庙会，头一天晚上，煮好一包鸡蛋，徒步走到那里，在寺院听一整夜佛号，她们也跟着念。

但我一直没有到过这个村庄。这次我选择了这个村庄，其实不只没有了庙会，寺院也拆除了，尼姑们早已相继还俗；其中最漂亮最年轻的一个，成了村支部书记的媳妇。

在这个村庄，我住了半年之久，写了几篇散文，那你是可以在《白洋淀纪事》中找到的。

其中有两篇，和《铁木前传》有关。但是，我应该声明，小说里所写的，绝不是真人真事，所以无论褒贬，都希望那里的老乡们，不要认真见怪。

创作是作家体验过的生活的综合再现。即使一个短篇，也很难说就是写的一时一地。这里面也不会有个人的恩怨的，它是通过创作，表现了对作为社会现象的人与事的爱憎。

读者可以看到，《铁木前传》所写的，绝不局限在这个村庄。许多人物，许多场景，是在我的家乡那里。在这个村庄，我也没有遇到木匠和铁匠，当我来到这个村庄之前，我还在安国城北的一个村庄住过一个时期，在那里，我住在一位木匠家里。

我的写作习惯，写作之前，常常是只有一个朦胧的念头。这个念头，可能是人物，也可能是故事，有时也可能是思想。写短篇是如此，写长篇也是如此。事先是没有什么计划和安排的。

《铁木前传》的写作也是如此。它的起因，好像是由于一种思想。这种思想，是我进城以后产生的，过去是从来没有的。这就是：进城以后，人和人的关系，因为地位，或因为别的，发生了在艰难环境中意想不到的变化。我很为这种变化所苦恼。

确实是这样，因为这种思想，使我想到了朋友，因为朋友，使我想到了铁匠和木匠，因为二匠使我回忆了童年，这就是《铁木前传》的开始。

阎纲同志：在我这里，确实没有"情节结构的特点，以及这种形式独特奥妙之处"。你把这本小书估价太高。

需要申述的是，所谓朦胧的念头，就是创作的萌芽状态，它必须一步步成长、成熟，也像黎明，它必然逐步走到天亮。

小说进一步明确了主题，它要接触并着重表现的，是当前的合作化运动。

一种思想，特别是经过亲身体验，有内心感受的思想，可以引起创作的冲动。但是必须有丰富的现实生活，作为它的血肉。

如果这种思想只是抽象的概念，没有足够的生活基础，只能放弃这个思想。为了表达这种思想，我选择了我最熟悉的生活，选择了最了解的人物，并赋予全部感情。如此，在故事发展中，它具备了真实的场景和真诚的激情。

我国文学艺术的现实主义传统，是非常丰富，非常值得学习、值得珍贵的。这个传统的特点之一，就是真诚，就是文格与人格的统一和相互提高。

投机取巧，虚伪造作，是现实主义之大敌。不幸的是，这样的作品，常常能以其哗众取宠之卑态，轰动一时。但文学艺术的规律无情，其结果，当然是昙花一现。

我们目前应该特别强调真正的现实主义，至于技法云云，是其次的。批评家们应该着重分析作品的现实意义及其力量，教给初学者为文之法的同时，教给他们为文之道。

所答恐非所问。

祝

好

孙　犁

十月一日

致铁凝（二封）

一

铁凝同志：

昨天下午收到你的稿件，因当时忙于别的事情，今天上午才开始拜读，下午二时全部看完了。

你的文章是写得很好的，我看过以后，非常高兴。

其中，如果比较，自然是《丧事》一篇最见功夫。你对生活，是很认真的，在浓重之中，能作淡远之想，这在小说创作上，是非常重要的。不能胶滞于生活。你的思路很好，有方向而能作曲折。

创作的命脉，在于真实。这指的是生活的真实，和作者思想意态的真实。这是现实主义的起码之点。

现在和过去，在创作上都有假的现实主义。这，你听来或者有点奇怪。那些作品，自己标榜是现实的，有些评论家，也许之以现实主义。他们以为这种作品，反映了当前时代之急务，以功利主义代替现实主义。这就是我所说的假现实主义。这种作品所反映的现实情况,是经不起推敲的,作者的思想意态,是虚伪的。

作品是反映时代的,但不能投时代之机。凡是投机的作品,都不能存在长久。

《夜路》一篇,只是写出一个女孩子的性格,对于她的生活环境,写得少了一些。

《排戏》一篇,好像是一篇散文,但我很喜爱它的单纯情调。

有些话,上次见面时谈过了。专此
祝好

稿件另寄。

孙　犁
十月九日下午四时

二

铁凝同志:

上午收到你二十一日来信和刊物,吃罢午饭,读完你的童话,休息了一会儿,就起来给你回信。我近来不知犯了什么毛病,别人叫我做的事,我是非赶紧做完,心里是安定不下来的。

上一封信,我也收到了。

我很喜欢你写的童话,这并不一定因为你"刚从儿童脱胎出来"。我认为儿童文学也同其他文学一样,是越有人生经历越能写得好。当然也不一定,有的人头发白了,还是写不好童话。有的人年纪轻轻,却写得很好。像你就是的。

这篇文章,我简直挑不出什么毛病,虽然我读的时候,是想吹毛求疵,指出一些缺点的。它很完整,感情一直激荡,能与读者交融,结尾也很好。

如果一定要说一点缺欠,就是那一句"要不她刚调来一说盖新粮囤，人们是那么积极"。"要不"二字，可以删掉。口语可以如此，但形成文字，这样就不合文法了。

但是，你的整篇语言，都是很好的，无懈可击的。

还回到前面：怎样才能把童话写好？去年夏天，我从《儿童文学》读了安徒生的《丑小鸭》，几天都受它感动，以为这才是艺术。它写的只是一只小鸭，但几乎包括了宇宙间的真理，充满人生的七情六欲，多弦外之音，能旁敲侧击。尽了艺术家的能事，成为不朽的杰作。何以至此呢？不外真诚善意，明识远见，良知良能，天籁之音！

这一切都是一个艺术家应该具备的。童话如此，一切艺术无不如此。这是艺术唯一无二的灵魂，也是跻于艺术宫殿的不二法门。

你年纪很小。我每逢想到这些，我的眼睛都要潮湿。我并不愿同你们多谈此中的甘苦。

上次你抄来的信，我放了很久，前些日子寄给了《山东文艺》，他们很高兴，来信并称赞了你，现在附上，请你看完，就不必寄回来了。此信有些地方似触一些人之忌，如果引起什么麻烦，和你无关的。刊物你还要吗？望来信。

祝
好

孙　犁
十二月二十三日

致柳溪（一封）

关于纪昀的通信

柳溪同志：

收到你十月十五日从盘山写来的信。因为我又闹病，迟复了几天，甚歉！

虽然我们相识几十年了，我还不知你是纪昀（晓岚）的后裔，实在不敬得很。我是很佩服他的，这倒不是因为在我们北方，有许多关于他的民间传说。

你的太高祖的官阶，并不止于"编修"，他历任过侍读学士、内阁学士、兵部右侍郎、左都御史，一直到礼部尚书。

他编纂的书，不叫《四库备要》，叫《四库全书》，他是四库全书馆的总纂官，就是现在的"主编"或"总编"。他的主要工作，是为这些书撰写"提要"。

《四库全书总目提要》并不是近年来才得到好评。这是一部非常伟大的学术著作。我曾有一部商务出版的万有文库本，那样小的字，还有四十多本，是一部内容浩瀚的大书。它一直享有盛誉，随着年代的推移，它的价值，将越来越高，百代以后，它一定会成为中国文化的经典著作。

令太高祖为四库书所作的"提要"，在有清一代，已经被誉为："大而经史子集，以及医卜辞曲之类，其评论抉奥阐幽，词明理正，识力在王仲宝阮孝绪之上，可谓通儒矣！"

我以为更难得的是，像这样的学术著作，使人读起来，并不感觉枯燥，并且时常有他那独特的幽默犀利的文笔出现，使人于得到明确的知识之外，还能得到文学艺术的享受。

鲁迅对他的评价是很高的，见于《中国小说史略》。我并不记得鲁迅骂过他"汉奸"。

当然，乾隆皇帝修《四库全书》有其政治上的目的，经过这一次纂修，中国文化遭到了一次浩劫。但事物总是要一分为二的，这一反动措施，也带来一些正面好处。除去它辑存了一些已佚的古籍（如从《永乐大典》辑录的一些书），最大的成就，就是纪氏所撰述的《四库全书总目提要》和《简明目录》。

此外，你来信说："我常想，如果我这位太高祖，当年不是乾隆的编修，而像蒲松龄那样一生贫困、治学、读书、著书，当比留存下来的《阅微草堂笔记》会好些。不知你同意我的看法否？"

我不同意你的看法。第一，作家和作品，不能作等同比较。第二，贫困并不是决定作品质量的因素。虽然，中国有一句"穷而后工"的说法。但这个穷字并非专指贫困。第三，《阅微草堂笔记》的成就，并不能说就比《聊斋志异》低下。

《阅微草堂笔记》是一部成就很高的笔记小说，它的写法及其作用，都不同于《聊斋志异》。直到目前，它仍然在中国文学史上，占有其他同类作品不能超越的位置。它与《聊斋志异》是异曲同工的两大绝调。

这是一部非常写实的书，纪昀用他亲身见闻的一些生活琐事，说明社会生活中的因果问题。它并不是唯心宿命的，它的道理是从现实生活中演绎出来的。因果报应，并不完全是迷信的，因果就是自然规律。

至于文字之简洁锋利，说理之透彻周密，是只有纪昀的文笔，才能达到的。我常常想，清代枯燥的考据之学，影响所及，使文学失去了许多生机。但是这种一针见血、无懈可击的刀笔文风，却是清朝文学的一大特色。

评价历史人物，一定要考虑到他的历史处境。令太高祖的处境，是并不太理想的。姑不论在异族统治之下，就是这位乾隆皇帝，虽然表面上有改父风，但仍然是很不好对付的。特别是在他手下做文字工作。这位皇帝当面骂纪昀为腐儒，就是说，他把文人还是作为"倡优畜之"的。另一次因为受别人牵连，他把纪昀充军乌鲁木齐，这是大家都知道的。

问题在于，在这位皇帝面前，纪昀以怎样的态度做官呢？事隔久远，我的历史知识很差，不能凭空臆测，但据一些记载，纪昀是采取了"投其所好"的办法。

什么叫"投其所好"呢？比如纪昀看准了乾隆皇帝的性格特点

是好"高人一等"，是最高的"自是"人物。他在精心校对《四库全书》的时候，就故意留一两处漏校的地方，这些漏校，都放在容易发现之处。把书缮写清楚之后，上呈御览。

皇帝很容易就发现了这种错处，于是得意洋洋地下一道谕旨：对总纂官加以申斥，并且罚俸！

就这样，纪昀在担任总纂官的年月里，被申斥罚俸很多次。

像这样的自屈自卑，以增强统治者的自尊自是感，已经超出了中国古代美誉归于尊者的教训，叫我们现在看来，是有些莫名其妙的。其实，这是封建社会做官的一种妙诀，很多人就是因为这样，才能为皇帝容纳、喜欢，一直升官的。

这当然不能概括纪昀的全部，只能说是他的一种逸闻，我提到这一点，并不是存心对他不恭敬。

比他早一些，康熙朝有一位高士奇，这也是一位有名的文士。他在扈从皇帝到你目前所在的盘山一带，行围射猎的时候，皇帝的马惊了，皇帝掉了下来，身上沾了一些泥土，很不高兴。高士奇得知后，自己故意滚到泥洼里，带着浑身泥水跑到皇帝跟前，诉说自己的不幸遭遇，使皇帝变恼怒为高兴。他这种做法，比起纪昀，就更等而下之了。如果我们只看他的文集，能想象出他的这种作为吗？有些影射小说的爱好者，说高士奇是《红楼梦》里薛宝钗的模特儿。你想，薛姑娘无论如何不好，能做出这种勾当吗？

另有一件关于纪昀的逸事是：纪昀死去老伴，有悼亡之戚。皇帝问他心中如何，他给皇帝背诵了《兰亭集序》中"夫人之相与"一段，引逗得皇帝大笑。这种文字游戏，不只有玷名篇，也略见君臣之间日常相处的风格面貌。

这只是说明，纪昀当时的处境，并不像一般人所羡慕的那样得意，是有很多难言之苦的。

他是真正的才子，他的毕生才力都灌注到了前面提到的那部大书里。他所留下的《纪文达公遗集》，实在没有什么内容，都是应酬之作，纤细轻浮，故流传不广。但他弄的那些楹联之类的小玩意，却很有意思，是别人不能及的。所以说，受时代限制，他的才力并没有得到充分的发挥，这是非常可惜的。

　　至于他为官的政绩，只能说是平平，无可称述，这也是时代环境使然。

　　基于对他的尊重，我写了对他的一些极其肤浅的印象。我想你应该根据家乘材料，对他作一些系统研究，写成文章。我这封信，算是对你的鼓动吧！

　　专此

敬礼

孙　犁
十月二十四日

一九八〇年

致韩映山（二封）

一

映山同志：

前来信收到。

我近日为《散文》月刊续写读书记，已成七则，在二、三期发表。另为从维熙写一序言，将在七日的《文艺周刊》登出。

关于文艺理论问题，最好认真读些书，先读马克思：《政治经济学批判序言》。如欲深造，可再读《鲁迅译文集》第六卷中那四本书。这样心里有底，并可以知道，现在的理论之争，其实在几十年前已经争论过多少次了，老是弄不清楚，是因为有些理论家不断在那里摇摆之故。

祝

好

犁

二月三日

二

映山同志：

十二月十六日来信收到。我近来所写的文章，你不知道的，计有：

《读作品记》（二）（谈刘心武作品）将在《新港》一九八一年一月号发表；

《读作品记》（三）（谈林斤澜作品）将在近期文艺周刊发表；

《燕雀篇》（诗）已寄曼晴同志，如你能见到他，问问他收到没有？我无底稿。

《耕堂杂录》后记，已寄李屏锦同志。

为《旅行家》写一短文。

你在《文艺增刊》上的、在《海河潮》上的短论文，我都看过，写得很好。

今日文坛，有些现象，甚难言矣。至如色情，又其末焉者也。理论家以此等现象为解放思想之征，于是一些青年乃引张资平为艺术人师，向之膜拜。未上推至张竞生，亦国家民族之大幸矣。其实，这些东西，古已有之，三十年代，有一粉色作家，名章衣萍，其名著为《情书一束》，有警句为：

无聊的春天啊，

连女人的屁股也不愿意摸了。

然当时均斥责之，未见封之为解放思想也。

贩卖旧货，以为新奇，实今日文坛之特点。今天一个突破，明天又一个突破，突破来，突破去，还是那些老调重弹。今天一个里程碑，明天一个划时代，后天一个文起八代之衰呀，大后天又一个英雄时代的典型呀，到头来，叫喊者自己，也忘了他究竟喊叫的是什么货色了。

又成帮结伙，自己壮胆。这是因为这些作品及其作者甚为虚弱之故。

××同志是有所感的,但她说得很委婉。这些人,是不好碰的。我写文章,也不愿正面去谈,只能顺便表表态而已。

入冬以来,我身体不太好,明年想少写一些。《散文》及《新港》的稿子,都想停止。

曾秀苍送我这种纸,今天给你写信,试用之,还是很不习惯。

祝

学安

犁

十二月十八日晚

致铁凝(三封)

一

铁凝同志:

你有半年读书时间,是很好的事。

关于读书,有些人已经谈得很多了,我实在没有什么新意。仅就最近想到的,提出两点,供你参考:

一、这半年集中精力,多读外国小说。中国短篇小说,当然有很好的,但生当现代,不能闭关自守,文学没有国界,天地越广越好。外国小说,我读得也很少,但总觉得古典的胜于现代的。不是说现代的都不如古代,但古典的是经过时间选择淘汰过,留下的当然是精品。我读书,不分中外,总觉得越古——越靠前的越有味道,就像老酒老醋一样。

二、所谓读进去,读不进去,是要看你对那个作家有无兴趣,与你的气质是否相投。多大的作家,也不能说都能投合每个人的口味。例如莫泊桑、屠格涅夫,我知道他们的短篇小说好,特别是莫泊桑,他的短篇小说,那真是最规格的。但是,我明知道好,也读了一些,但不如像读普希金、高尔基的短篇,那样合乎自己的气质。我不知道你们那里有什么书,只是举例说明之。今天想到的就是这些。你读着脾气相投的,无妨就多读它一些,无论是长篇或短篇。屠格涅夫的短篇,我不太喜欢,可是,我就爱读他的长篇。他那几部长篇,我劝你一定逐一读过,一定会使你入迷的。另外,读书读到自己特别喜爱的地方,就把它抄录下来。抄一次,比读十次都有效。

  你后来抄的信,此地工人们办的《海河潮》发表了,并附了你的来信。我也曾想到,连续发表书信,不太好,当时无稿子,就给了他们。今后还是少这样做才好。

  代我问候张朴同志、张庆田同志好。望你注意身体。

  祝

学安

孙 犁
三月十六日晚

二

铁凝同志:

  收见你二十七日的信。你写的散文《盼》和小说《灶火的故事》我都看过了,原想写篇短文,后以病终止。我们编辑部在发你那篇小说时,配一篇评论介绍,听说要用克明写的一篇。你的小说是这期的头条创作。

  《盼》写得很好,你看写试穿新雨衣的那段,多么真切、生动、准确!后面一段稍失自然,然亦无关大体也。

  小说开头用的语言,可以看出你的立意是要创新,但也是有伤自然,读着也绕口了。文字还是以流利自然为主。

  写柿子,为什么写那么多?我猜想这是你经过修改,留下的痕迹。

农村的政策,时在变化,政策是最不好写的。后面写得好。这种老人我在农村是见过很多的,你写得很真实。

我的病,是严重晕眩,已查过,心脏及血压正常,尚需查脑血流及骨质增生两项,因天热,我尚未去查。现已不大晕,但时有不稳定之感,写作已完全停止,下期《散文》,亦将无稿。无可奈何也。

专复 敬祝

夏安

孙 犁
八月二十九日

三

铁凝同志:

来信收到了。现在寄上我买重的一本《孽海花》,这无需谢。这本书所写不是"艺人",是赛金花。这是曾孟朴所著,就是我在《文艺报》上说的开真美善书店的那位,是清末的一名举人,很有文才,他在书中影射了很多当时的名人,鲁迅在《中国小说史略》中,曾列有对照表(即真人与书中人),也没有听说有谁家向作者提出抗议,或是起诉。他吸取了一些西洋手法,是很有名的一部小说。你从书中,可以知道一些清朝末年的典章、制度、人物。

我对这部书很有缘分,第一次是在河间集市上,从推车卖烂纸的人手中,买了一部,是原版本,《小说林》出版的,封面是一片海洋,中间有一枝红花。书前还有赛金花的时装小照。战争年代丢失了。进城以后又买了一部,版本同上。送给了一位要出国当参赞的同事张君。提起这位张君,我们之间还发生过一次不愉快。原因是张君那时正在与一位女同志恋爱,这位女同志,绰号"香云纱",即是她那时穿着一件黑色的香云纱旗袍。她原有爱人,八路军一进城,她迅速地转向了革命。有一天,我到张君房中,他俩正在阅读

《安娜·卡列尼娜》这本书。这本书,我只读过周扬同志译的上卷,下卷没读过,冲口问道:"这本书的下册如何?"这样一句话竟引起了张君的极大不快,他愤然地说:"中国译本分上下,原文就是、就是一部书!"弄得我莫名其妙。后来我左思右想,他发怒之因,几经日月,我才明白:张君当时以沃伦斯基自居,而其恋人,在下部却遭遇不幸。我自悔失言,这叫作言者无心,听者有意。因此,当他出国放洋之日,送他一部《孽海花》。因为他已经与那位女性结婚,借以助其比翼而飞的幸福。这次,张君没有发怒。但出国后不久,那位女士又与一官职更高者交接上,以致离婚。我深深后悔险些又因与书的内容吻合,而惹张君烦恼。可能他并没有看这本书。

"文革"前,国家再版了这本书,我又买了一部,运动中丢了。去年托人又买,竟先后买了两部。以上所写对你来说,都是废话。以后有人向你要我的信,你就可以把这一封交他发表,算是一篇《耕堂读书记》吧!

庆田所谈,也有些道理,不要怪他。我觉得你写的灶火那个人物很真实。我很喜爱你的这个人物,但结尾的光明,似乎缺乏真实感。

明年春暖,我很想到保定、石家庄看望一些朋友。

祝

好

孙 犁

十一月三十日晚

致冉淮舟(一封)

淮舟同志:

八月三日惠函敬悉。前来信也都收见,因你在旅行,恐不能及时收到，故迟迟未复，尚希见谅。

我于上月十五日突然发生严重晕眩，并跌倒。近日正按医生嘱咐，逐项检查，以明病因。但近来已不晕，心脏查过亦正常，恐无大碍，仍希勿念也。

关于"访问记"，我实无新材料可谈，加以近日身体情况，请你转告刘绳同志；如果需要写我，就把你在《莲池》上那一篇编入，我看就最好，就不必再访我谈了。

《书衣文录》已发完，尚未找出版处。它的内容，并无时间关联，因此也不必再按时间整理。我已初步排好。过段时间，再说。

祝

安好

犁

八月五日上午

致刘心武（一封）

心武同志：

十月二十日惠函奉悉。刊物亦收到。《江城》我也有，当时见到你的文章，曾函托绍棠同志，代致感谢之意，想已转达。

你的作品，除《班主任》外，还看过一些（去年《上海文学》登有一篇以业余作者访问你为题材的小说，我也看过，恕我忘记了题目）。我以为都是写得很好的。但先有概念，然后组织文章的说法，我不太赞同。等我看过《十月》及《新港》所登的，再和你讨论。我以为，风格是每人各异的，所谓艺术性，也不是划一的。每人有每人的起点，只能沿着起点前进，不必改变自己的基本东西。另约稿太多，也可适当推辞一些，我觉得你们的负荷太重，也于艺术不利。以上只是臆测之词，比较详细的意见，等我看过那两篇作品，再写信给你。我读书很慢,但读得比较认真,时间如果拖得长了,请你谅解。

我身体不好,今年又加上时常晕眩,已经不能从事认真的创作,所写杂文,有时兴之所至,也没有什么分寸,好在一些同志能够宽宏对待,还没有出什么大娄子。不过,以后就是写这种文章,也要慎重了。

你怎么不到天津来玩玩?

专此 祝

撰安

孙 犁
十月二十七日

致丁玲(一封)

丁玲同志:

刚刚邹明同志带来了您的信,我读了以后,热泪盈眶。这些日子,我和我的同事们,焦急地等待您的信,邹明同志几乎每天到我这里问:

"你看丁玲同志的信,不会出问题吧?"

我总是满有信心地安慰他:

"不会的。丁玲同志既然答应了我们,一定会给我们寄来的。不过她已经那么大年纪,约稿的又那么多,过两天一定会给我们寄来的。丁玲同志是重感情的,绝不会使我们失望的。"

信,今天果然收到了。我们小小的编辑部,可以说是举国若狂,奔走相告。您的信又写得这样富有感情,有很好的见解。您的想法,我是完全赞同的,我们这些年龄相仿的人,都会响应您的号召的。

我自信,您是很关心我们这一代作家的,也很了解我们的。不只了解我们的一些优长之处，主要是了解我们的缺短之处。我们这一代人，现在虽然也渐渐老了，但在三十年代，我们还是年轻人的时候，都受过您在文学方面的强烈的影响。我那时崇拜您到了狂热的程度，我曾通过报纸杂志，注视你的生活和遭遇，作品的出版，还保存了杂志上登载的您的照片、手迹。在照片中，印象最深的，是登在《现代》上的，您去纱厂工作前，对镜梳妆，打扮成一个青年女工模样的那一张，明眸皓腕，庄严肃穆，至今清晰如在目前。这些材料，可惜都在抗日战争和土地改革时期丢失了。

我有很多缺点，不够勤奋，在文学事业上成就很小。又因为多年患病，使我在写作大部书的方面，遇到不少的困难。我还有容易消沉的毛病，这也是您很了解的，并时常规戒我。但是，这些年来，我的遭际虽然也够得上是残酷的了，可我并没有完全灰心丧志。文学事业不断鼓励我，使我做了力所能及的工作。最近两年，我每年可以写一本散文集，今年将要出版的，名叫《秀露集》，出版后一定寄呈，请您指教。

成绩虽然小，但在说实话、做实事方面，我觉得是可以问心无愧，也不辜负您对我们的教导的。对于创作，我是坚信生活是主宰，作家的品质决定作品的风格的。在我写的一些短小评论中，都贯彻着我这些信念。

丁玲同志，我近来很忙，又时常晕眩，今天收到您的信又非常激动，请容许我先写这么一封信，以后再详细谈吧！

祝您

健康长寿　祝

陈明同志身体健康

孙　犁
十一月二日
上午十二时天津

附：丁玲给孙犁的信

孙犁同志：

　　前两年吧，我就看到过你谈创作的文章，感到很大的安慰。记得是一九五七年春天，你正住在医院，我介绍过一个专门从事心理学研究的医生去看过你，以后就不再听到你的消息。再后，我长年乡居，与文坛隔绝，更无从打听你的情况，偶尔想到也无非以为……既然你现在又写文章了，可以想象大约还得去吧。

　　你是一个不大说话的人，不喜欢在人面前饶舌的人，你很早就给我这样一个印象。在我们仅有的几次见面中，我们没有交谈过很多，我实在想不起来，你谈过什么，和我谈过什么。但你的文章我是喜欢的。含蓄、精练、自然、流畅。人物、生活，如同一幅幅优美的风景画带着淡淡的颜色摆在读者面前。我没有读全你所有的著作，但从你的这篇、那篇文章中，我好像对你很熟。而且总以为你对我也会有同样的看法和关心。去年以来，你来过两封短信吧，我应该复你了，却常为些杂事羁绊着，我还不能做到完全脱离"尘世"，专事创作。现在写封信复你，不是应酬，也不是投稿，而是向一个老朋友（我总以为你是我们的一个老朋友）谈谈心。想到什么就说什么吧。

　　知道你现在有一个小小的职业，编一个副刊，很好。花时间不多，可以在一小块园地里勤勤恳恳地耕耘，登几篇好文章，发现几棵好苗苗加以培养。年纪大了，身体也不强，在小范围以内老老实实、扎扎实实做点事还是有意义的。我们都不是神通广大的人，做一件两件事还可以，做就要做好，于心（共产党员的起码要求）无愧，于人有益就行了。不学庙堂里的千手佛，手多、手长，什么都要抓，什么也抓不好。客观存在是不以个人的欲望为转移的。我祝愿你们的小园地是一块丰收的园地。

　　我们都是搞创作的。我们喜欢读好作品。现今，作品很多，新人辈出。也有一些作品，启发人思索，有些作品切中时弊，得到读者欢迎。我对这些作品也很欣赏，只是我还感到有些不足。我从这些作品想到这一批作者,他们的确像初升的太阳,含苞的鲜花,是我们文艺的希望。我从他们又联想到另外的一批作家,这些同志,现在将要进入老年了。他们大都生长在战争年代,在火热的斗争中成熟,曾经与人民一道滚过几身泥土,吞过几次烈火浓烟,是熟悉人民、热爱人民、忠于人民的人。他们为了斗争、为了工作,他们学过使枪,学过使锄,也学过使笔。他们曾经写过许多感人的篇章,为革命的胜利,作出了贡献。他们饱经近二十年的动荡(特别是那十年动乱)和四年来的拨乱反正,现在是不是正在深思熟虑,积蓄力量,磨刀擦枪,再上战场,要为党,为人民,为社会主义磨炼出一部辉煌的史诗来呢?我写过一篇《我读〈东方〉》,就是为了激励这些老兵而响起的锣鼓。但是,有人说:"工农兵不吃香了,写打仗不受读者欢迎。"好吧,让历史去证明吧,一百年以后,有人想要了解抗美援朝,他们还得去读《东方》。我并不是希望大家只写过去,我认为写现在,写动乱,写伤痕,写特权,写腐化,写黑暗,可是也要写新生的,写希望,写光明。不管你怎样写,总要从生活出发,写的深,写的热,写的细,写的豪迈。不管怎样令人愤怒、发指,但终究是要给人以力量,给人以爱,给人以前途,令人深思,促人奋起!要让全世界都看到,中国人民,中华民族是不可侮的,是了不起的。我现在就等着读这样一本书,我相信一定会产生的。你,你有这个意思吗?你的熟人、老朋友有这个意思吗?能不能告诉我一点好消息?可能已经有这样的作品在酝酿,或者已经写出来了,或者将要问世了。我告诉你心里话,没有这样的作品读,真是不过瘾。我们没有这样的作品,不管怎样叫喊繁荣,总感到空虚,至少有点空虚。我们实在需要真正反映这个伟大时代、伟大人民的巨著。孙犁同志!我是不喜欢悲观的。我常常注视着你,注视着许多老朋友,注视着曾经崛起过的老一代而又仍在壮年的战士啊!

　　自然,我们也喜欢读批评文章,现在好像少一些。理论文章长篇大论的倒不少。只是我有那么一点感觉:我以为原来也还有一点知识,就是马克思主义的文艺观、世界观吧,我靠这点知识支配我做人、处世、讲话、写文章，好像还能对付过去，几十年了，惹过祸，也没有什么大错；自然我还要继续学习，但有时一读某些理论宏文时，反倒有点糊涂了。我不理解为什么这些文章总要从"盘古开天地"写起，总要先来个扫盲，什么现实主义，新现实主义，浪漫现实主义，批判的现实主义……使人感到完全是空对空。我希望你们的园地不要赶这样的浪头，凑热闹，而是扎扎实实用马列主义观点分析几篇当代和过去的作品，给作家以启发，给读者以享受就好了。要认真研究作品，把作品放在一定的历史环境来看，把作品、作家拿来与同时代的作品、作家相比较，要确有真知灼见，不要东抄西摘，人云亦云。骂人的时候，大家是一副嘴脸；说好的时候，又同是一个腔调。怕这怕那是写不出好文章来的，看风使舵更不是好品质。孙犁同志！批评文章是很重要的。你那小小的园地，装不下大块文章，却能栽种奇花异草，像当年鲁迅先生的那样锋利的美隽的文章，我想仍是应该继承的。自然还可以发展。我们也可以献上一些颂词，有德可歌，还是可以歌的。

信就写到这里了，希望你回信！

丁 玲

一九八〇年十月三十日

一九八一年

致铁凝(一封)

关于我的琐谈
—— 给铁凝的信

铁凝同志:

二月十九日信,今天下午收到。说实话,我在年轻时,是很热情的。一九三九年,我在晋察冀通讯社工作,每天给通讯员写信,可达数十封。加里宁说,热情随着年龄,却是逐年衰退的。现在老了,很不愿写信。我的孩子们来信,我很少回信,她们当然可以原谅我。但有些朋友,就不然了。来了两封信,并无要紧事,我没有及时答复,就多心起来,认为是"从来没有的"事。他不想一想,一个七十岁多病的人,每天要生火,要煮饭,要接待宾朋,要看书写东西,哪能每封来信都及时回复呢!人老了,确实没有那么多的精力了。

我对友人,都一视同仁,从不厚此薄彼,更不会因为这一个去得罪那一个。

你看过《西游记》,一路之上,两位高徒互讲谗言,唐僧俯耳听之,还时常判断错误。我是凡人,办法是一概不听,而且非常不愿意听这些谈论别人是非的话。我愿意听些愉快的事，愉快的话。或论文章，或谈学术，都是能使人心胸开阔，精神愉快的。

有些关于我的文章，起了副作用。道听途说，东摘西凑，都说成是我的现实，我的原话。其实有些事，是我几十年前才能做的。这样就引来很多信件、稿件、书籍，叫我看。我又看不了多少，就得罪人。对写那些访问记的人，也没有办法。想写个声明，又觉得没有必要。

例如有些访问记，都说我的住处，高墙大院，西式平房，屋里墙上是名人字画，书橱里琳琅满目，好像我的居室是奇花异草，百鸟声喧的仙境。其实大院之内，经过动乱和地震，已经是断壁颓垣，满地垃圾，一片污秽。屋里门窗破败，到处通风，冬季室温只能高到九度，而低时只有两度。墙壁黝暗，顶有蛛网。也堆煤球，也放白菜。也有蚊蝇，也有老鼠。来访的人，能看不到？但他们都不写这些，却尽量美化我的环境。最近因为有人透出我的住址，有一个青年就来信说，可能到我家来做"食客"。你想，我自己都想出家化缘，他真的要来了，将如何办理？

另有一个青年，来采访我的业余生活。观察半日，实在找不到有趣的东西，他回去写了一篇印象记，寄给我看，其中警句为：

"我从这位老人那里，看到的只是孤独枯寂，使我感到，人到老年，实在没有什么乐趣。因此我想，活到六十岁，最好是死去！"

并叫我提意见，我把最后两句，给他删掉了。

我还要活下去呀！因为我想：我从事此业，已五十年。中间经过战争、动乱、疾病，能够安静下来，写点东西，还是国家拨乱反正以后，最近几年的事。现在我不愁衣食，儿女成人，家无烦扰，领导照顾，使安心写点文章，这种机会，是很难得的，我应该珍视它。虽然时间是很有限了。我宁可闭门谢客，面壁南窗，展吐余丝，织补过往。毁誉荣枯，是不在意中的了。

最近《文汇报》发了我的一封信，不知见到否？

我身体不好，心情有时也很坏。最近写了几篇小说，你如能见到，望批评之。

你写的那篇散文《我有过一只小蟹》，谢大光已经给我介绍过，登出来，我一定看。就说你近年的作品吧，我本想找个心境安静的时候，统统看一遍，而一直拖着，我想你就不会怪罪我，我却时常感到不安。此外，别人的作品，压在我这里的还有很多，我都为之不安，但客观情况又如此，我希望能得到谅解。而有些人，平日称师道友，表示关怀，稍有不周，便下责言，我所以时有心灰意冷之念也。当然这是不应该的。

总之，我近来常感到名不副实的苦处，以及由之招来的灾难。

春天，你如能来津，我很欢迎！我很愿意见到你！

祝

好

孙　犁
二月二十一日晚灯下

致姜德明（二封）

一

德明同志：

三月十一日函敬悉。

那篇题跋，原系寄你存念。不便发表，因又系文言文，恐引起议论。

巴金同志的建议，当然我是非常赞同的。

专此，祝

好

犁
三月十二日

二

德明同志：

　　前惠示及大著《书叶集》，均拜收。这样从性格与气质上，细心地研究鲁迅的作品，现在还是很少见的。研究一个伟大的人物，如果只从众所周知的几点大的方面去作人云亦云的研究，日子久了，也就没意思了。鲁迅是作家，尤其应该从修养、性格方面作实事求是的研究。鲁迅生前，曾对要给他记录言行的人说，"缺点也要记"，就说明他的伟大。

　　关于萧红的稿，则希望再容一段时间，我重读她的作品后再试写。

　　前寄上《秀露集》一册，想已达览，今日又寄上《耕堂杂录》一册。此小书只印四千册，我亦不想多送人，只送一些旧人及有同好者。

　　小文，今天已读到，蒙放在这样的位置上，十分惭愧。

　　祝

夏安

孙　犁

七月五日

致鲍昌（一封）

鲍昌同志：

　　这几天，看了一部分《庚子风云》，看了一章写宫廷生活的，看了一章写农民生活的。我以为写得都很好，有很多精彩的叙述与描写。比较起来，写农民的部分，给我留下的印象更深，写比赛插秧一节，写得有声有色，非常火炽。这是很不容易的，确有独到之处，写宫廷的部分，水平也不低。但是，我有一个成见，以为历史小说，是很难写好的。第一是时代变迁，人物形象很难掌握，以今天现实概括古代生活,究竟不是办法,处处根据材料,则又不易生动。重点放在写上层,则困难更多,易流于皮毛。当然义和团年代较近,除去大量文字材料,尚有口碑可寻。即使如此,也非易事。历史小说,我以为只有《三国演义》,得天独厚,因为裴松之的注,很多人物,不只有形象,而且有语言。另外三国形势,也易结构。加以戏曲成果,话本演进,都能助罗贯中一臂之力。《隋唐演义》已经粗糙不堪,然尚能留下些人物性格。《五代史平话》,则简直不成章法,读之令人有不如读历史之感。此外,成功之作,就更不多见了。

你的小说,如果重点放在写农民上,则是上策。上层可少写,下层可多写,结构求其严谨,注意剪裁。不求其大,只求其精。人物力求合乎历史实际。这是大、小托尔斯泰的路子,想早已在考虑之中,并实施之矣。但这是我的估计之词,无权多说,仅供参考。

本应多读一些再谈,又恐怕你惦念,先此奉闻。其余部分,当从容拜读,亦希鉴谅。

总之,我读过的印象是很好的。文字语言,也很考究,非泛泛之作,影响一定会不小的。

匆此,祝

好

孙 犁

三月十六日下午

致贾平凹(一封)

平凹同志:

今天上午收到你十二日热情来信,甚为感谢。

我很早就注意到你的勤奋的,有成效的劳作,但我因为身体不行,读你的作品很少,一直在心中愧疚。"五一"节在《文艺周刊》,

看到你短小的散文，马上读了，当天写了一篇随感：《读〈一棵小桃树〉》，寄给了《人民日报》副刊版，直到今天还没有信息，我已经托人去问了。如果他们不用，我再投寄他处，你总是可以看到的。

　　文章很短，主要是向你表示了我个人衷心的敬慕之意。也谈到了当前散文作品的流弊，大致和你谈的相似，这样写，有时就犯忌讳，所以我估量他们也可能不给登。近年来我的稿子，常常遇到这种情况，不足怪也。

　　你的散文的写法，读书的路子，我以为都很好，要写中国式的散文，要读国外的名家之作。泰戈尔的散文，我喜爱极了。

　　中国当代有些名家的散文，我觉得有一个大缺点，就是架子大，文学作品一拿架子，就先失败了一半，这是我的看法。我称你的散文是不拿架子的散文。

　　读书杂一些，是好办法。中国哲学书（包括先秦诸子）对文学写作有很大好处，言近而旨远，就使作品的风格提高。所谓哲理，其实都是古人说过的，不过还可以和现实生活结合起来，加以运用发挥。《红楼梦》即是如此成功的。

　　在创作方面，要稳扎稳打，脚步放稳。这样前进的人，是一定成功的。

　　等我再读一些你的作品，再谈吧。

　　祝你

安好

孙　犁
五月十五日下午三时

致冉淮舟（三封）

一

淮舟同志：

五月十三日信，昨日收到。均悉。

关于文集事。

一、即按你定的步骤进行。

二、说明，可定为"编目说明"。

三、关于辨证（或称考证、考索）事项：

A. 每篇目下，用括弧小字，除注明写作年月外，可考者，注明最初发表在何处。

B. 关于写作年月的辨证。说明其弄错的原因。例如白洋淀纪事之一、之二的颠倒，就是因为逆年月编辑，排列倒了。

C. 文字增删的辨证。例如《一别十年同口镇》的结尾有三变。最初之文，你此次来津，可到湘洲处复制或抄录。其二次，为康濯同志等改过。其三次，被我删去，因此无尾。再如《新安游记》，原有开头，后以南北、东西大街问题，我把开头删掉，此次亦可在湘洲处抄录。结合当时受批判，就可作一大段文章。

D. 关于版本源流、沿革、优短的辨证。

E. 关于佚缺之目，说明佚失的原因、过程，并表示征集之忱。

总之，此种文字，需要简明、具体，要有材料，有考据，能说服人，并读着有兴味为上。

另，半月前寄《人民日报》文艺部副刊版一文艺随笔，题《读〈一棵小桃树〉》，因系原稿，请便中问问小武，收到否？如不能用，请寄还或交你。（姜德明约稿，他现不在北京。）

祝

好

孙　犁
五月十五日上午

二

淮舟同志：

六月六日信奉悉。稿子已校过，直寄纪久。是"刻忮"，不是"刻薄"或"刻情"。

出版社又增加一同志，名张雪杉，你也认识的，这样就有专人负责文集的事了。材料已复制出五种（《鲁迅、鲁迅的故事》等成册材料），昨日又交出单篇文章共二十件，去复制。都是你抄来或复制来的。

《莲池》给登，已经是很大照顾，不要催得太紧，以免他们为难。我们做事，不要"尽人之欢"，要留有余地。

我的身体，每到夏季，就差一些，因天热，环境乱，休息不好所致。

我写的《书……》中，顾传菁之上，加张雪杉名字。

祝

全家安好

犁
六月七日晚

三

淮舟同志：

保定来信收到。你最好把《同口旧事》再抄一次，寄纪久发稿。把旧稿换回来。

最近有人发现，中国青年出版社一九七八年版《白洋淀纪事》，文字有很多删节改作之处。（请你用旧版本对照一下《"藏"》）

此事关系重大,我已通知克明及徐靖等:此本已不可据。删改文字,编辑(中青)从来未和我谈过。请你在编目说明中,把此点注明。

祝

好

犁

七月六日

致韩映山(二封)

一

映山同志:

昨日寄去一信,附相片一张。今日杜建捎来大星惠刻印章二枚,都很好。玉石质坚,刻起来很费力,但使人喜爱。今晚无事,我把玩了很久。年纪大了,一切都无兴趣,惟独喜欢这些小玩意。实在没办法。请转致我对他的谢意。篆刻事,与文艺同,要有名师,也要兼采众长,要有变化,不能拘泥。要师古人,也要通古今之变,不能墨守成规。但初学一定要严格地研究古体,不能任意为之。

昨天读了你的来信,引林黛玉的一段话,以君子之心度小人之腹,我是很有感触的。但昨天的信上没谈。朋友之道,今日甚难言矣,也只能以忠厚之心待人,至于别人如何待己,就只能看得开一些。我之为人,你是知道的,一向怕得罪人。但有时也得罪人。在报社几十年,也不管事,总以为对人小心谨慎。有一次去报社洗澡,有一人在传达室值班,我不认识他。我问他今天有热水没有,他说没有。随着他就问道:

"听说你们作家,写了东西,在报上登有钱,出了书又有钱,编成戏又有钱,改成电影又有钱,是吗?"

我不知他是何意,只是感觉他很羡慕这一行,就随口说:"是的,你也写吧！"

就这么一句话。"文化大革命"，此人起来造反，并是头头，是批斗会的组织者，而且跟着我到了干校，当专政队长。对我那句话怀恨在心，以为是挖苦了他，其用心之毒，手段之辣，几乎使我丧生。而他借此突击入了党，离开报社，到别的工厂去开汽车了。

清朝人戴震说，他一生力求无憾于人，然终不能远耻辱，就是这个道理。中国有句俗话："宁可得罪君子，不要得罪小人。"听起来很平常，是经验之谈，况今日小人之众乎，况你并不以为是得罪他乎？

我近来写了三篇小说，是写我在"文化大革命"中遭遇的。本来是不想写这些东西了，但有时想，我如不写，别人是不会知道这些细节。为后世计，我还是写一点吧！

所以，现在，是不能责朋友以道义的。我不愿出门，也不愿来客人，是我看得太清楚了。

手里弄些石头，打个图章，心情平静得多了。

你能理解我的话吗？能从我这里吸取一些血的教训吗？

有个陈继严，请转告他，来信收到了，情况我知道，希望他努力写作。

祝

好

孙　犁
十二月四日晚

二

映山同志：

先后来信均收见。甚为感谢。

我今年时常患些意外的病，前些天患痔疮，起居不安者又一旬。

后又在夜间患牙痛，呻吟不已，乃至天亮，左颊肿胀如小瓢，不便饮食者又一旬。杂事又多，前数日为团市委刊物写一新年祝辞之类的文章；又为刘绍棠作一序，均千余字，然甚感吃力，身心交瘁，现在想休息一下了。

此外，为《散文》第二期，写《耕堂读书记》共五章。近期《鸭绿江》载有《关于〈铁木前传〉的通讯》，不知你能找到看看吗？

文坛事，尤令人烦恼。前不久，我曾大动肝火。细想，甚不必要。然现在竟有人大胆妄为，不只把报刊编辑视为有眼无珠，把评论家看作无知低能，且把九亿人民视若文盲，公然抄窃，得跻高位。此真是未曾有过之今古奇观，海外奇谈。如此次再有人为之打掩护，则中国文艺，实可不谈矣！

文艺一事，能力有高有低，成就有大有小，但当本分从事，自有佳果。近年不正之风，直接影响文坛，而有人反因此得意忘形，恬不知耻，故我忍不住，当场斥之。

祝

好

孙　犁
十二月二十一日

一九八二年

致冯健男（一封）

再 论 流 派
——给冯健男的信

冯健男同志：

大作《荷派作品集》序文，今天下午收到，当即开封拜读。序文于历史背景叙述，言简意赅，具笔削之工，于作品选择，取精用宏，得剪裁之当。第一部分，尤其精彩。第二部分，举例虽稍多，然并不泛泛，且涉及序文体例，亦不可少。第三部分，总揽全程，加以申述，识见醇正，掩卷仍有余味。兄之评论文章，弟向所钦仰，此作印象尤佳。

关于流派之说，弟去岁曾有专题论及。荷派云云，社会虽有此议论，弟实愧不敢当。自顾不暇，何言领带？回顾则成就甚微，瞻前则补救无力。名不副实，必增罪行。每念及此，未尝不惭怍交加，徒叹奈何也。

鲁迅所言，文学团体非豆荚之说，乃至理名言。即使为豆荚，能总体一时，豆熟则荚裂，命运亦各不同。本身充实，得天独厚者，坠入土壤，则生发无穷，另生新荚。其不得水土者，或至腐朽湮灭。

况于箧内之时，即志趣不同，有所变异，甚或萁豆相煎者乎。

　　此因流派一词，即含有不固定及易变化之义。有为之士，所关心者，为本身之利益及创作之前程，非必关心流派之发展与前途也。于己有利时，则同派而同流，于己无益时，则异派而自流矣。

　　故流派之说，虽为近人所乐于称道，然甚难言矣。固执者视而有之，达观者疏而略之。必拘泥之，而定形命名，甚无谓也。

　　弟亦俗人，未敢多违众议。故于兄之编选劳作，虽疑信参半，然于兄之文章及好心，仍感激而击节称善也。

　　即请

大安

孙　犁
一月十二日

致韩映山（一封）

映山同志：

　　来信收到了。过去你问过读古文的事，我在这方面也不行，只是在中学时读了一些讲义，还读了一部《韩非子》。后来自学了一些，特别是前些年，老是买古书，顺便读得就多了些。但是与大学文科那样科班出身的人，是不能相比的。

　　你学习古文，先从选本读就可以。例如《古文观止》《唐诗三百首》《宋词选》《西厢记》《聊斋志异》《阅微草堂笔记》《唐宋传奇》。不要小看这些书，要认真读熟了，收获就不小。读古文主要是靠背诵，多读几遍也可以，但不能像看小说那样去读。

　　我近来也没写什么，心气不高，投稿有时也遇到一些不愉快的事，例如××月刊上登的，最后一节，给删去好多。另外，那本来是我写给一个人的，这样一登，就好像是他记录的了。寄出一首诗，退回来了，这倒不要紧，提的意见是：立意不错，但缺乏诗意，像小说。我看他们并没有看懂这首诗。他们所谓的诗意，就是流行的那些表面玩意，我看倒是够不上诗的。此诗我已寄给曼晴，不知他以为可用否。

还有一些刊物用六号字，我看着很吃力，这样的刊物，我也就不愿投稿了。

今天外边刮大风，和你扯一些无聊的话，请不要见笑。

附上写的字一幅，近来，求写字的人多了，我也很奇怪。上海也来求，并说我的字好，这真是见鬼了。不过，我也有求必应，自赔纸张，字幅不大，盖上三颗大印，都是大星给刻的。"耕堂居"，意义有些重复，因为堂就是居了。大星对这些不大讲究，我觉得也没关系。他如有时间，还可以给我刻一颗，三个字："澹定室"或"幻华室"，不忙，他高兴时刻就可以了。

祝

好

犁
三月十九日灯下

致ＸＸ同志（一封）

关于编辑工作的通信

ＸＸ同志：

承问关于编辑的事，拖延已久，现溽暑稍退，敬答如下：

我编过的刊物有：一九三九年晋察冀通讯社编印的《文艺通讯》；一九四一年晋察冀边区文联编印的《山》。以上二种刊物，都系油印。一九四二年《晋察冀日报》的副刊，以及此前由晋察冀边区文协编的《鼓》，也附刊于该报。一九四六年在冀中区编《平原》杂志，共六期。一九四九年起，编《天津日报》文艺周刊，时间较长。

这些刊物，无赫赫之名，有的已成历史陈迹，如我不说，恐怕你连名字也不知道，但对我来说，究竟也是一种工作，也积累了一定经验。

我编辑的刊物虽小，但工作起来，还是很认真负责的。如果说得具体一点，我没有给人家丢失过一篇稿件，即便是很短的稿件。按说，当编辑，怎么能给人家把稿子弄丢呢？现在却是司空见惯的事，特别是初学者的稿子，随便乱丢乱放，桌上桌下，沙发暖气片上，都可以堆放。这样，丢的机会就很多了。

很长时间，我编刊物，是孤家一人。所谓编辑部，不过是一条土炕，一张炕桌。如果转移，我把稿子装入书包，背起就走，人在稿存，丢的机会也可能少一些。

丢失稿件，主要是编辑不负责，或者是对稿件先存一种轻视之心。

我一生，被人家给弄丢过两次稿件，我一直念念不忘，这可能是自己狭窄。一九四六年在河间，我写了一篇剧评，当面交给《冀中导报》副刊的编辑，他要回家午睡，把稿子装在口袋里。也不知他在路上买东西，还是干什么，总之把稿子失落在街上了。我知道后，心里很着急，赶紧在报上登了一个寻物启事。好在河间是个县城，人也不杂，第二天就有人把稿子送到报社来了。一九八〇年，上海一家杂志社的主编来信约稿，当时手下没有现成的，我抄了三封信稿寄给他，他可能对此不感兴味，把稿子给弄丢了。过了半年，去信询问，不理；又过了半年，托人去问，说"准备用"。又过了半年，见到了该杂志的一位编辑，才吐露了实情。

我得到的经验是：小稿件不要向大刊物投，他那里瞧不起这种货色；摸不清脾气的编辑，不要轻易给他寄稿；看见编辑把我交给他的稿件，随手装进衣服口袋时，要特别嘱咐他一句：装好，路上骑车不要掉了！特别是女编辑，她们的衣服口袋都很浅。她们一般都提着一个手提包,最好请她把稿子装在手提包里。但如果她的手提包里已装满点心、酱肉之类,稿件又有被油污的危险。权衡轻重,这就顾不得了。

有各式各样的刊物,有各式各样的编辑。有追求色情的编辑,有追求利润的编辑,有拉帮结伙的编辑。这些人,各有各的志趣,常常做出一些令人难以理解的事情来。投稿前,必须先摸清他们的脾胃。

我的习惯,凡是到我手下的稿件,拆封时,注意不要伤及稿件,特别不要伤及作者的署名和通讯处。要保持稿件的清洁,不要给人家污染。我的稿子,有时退回来,稿子里夹杂着头发、烟丝、点心渣,我心里是很不愉快的。至于滴落茶水,火烧小洞,铅笔、墨水的乱涂乱抹,就更使人厌恶了。推己及人,我阅读稿件,先是擦净几案,然后正襟危坐。不用的稿子,有什么意见,写在小纸条上,不在稿件上乱画。

我不愿稿件积压在手下,那样就像心里压着什么东西。我总是很快地处理。进城以后,我当了《天津日报》的"二副"——副刊科的副科长,职责是二审。看初稿的同志,坐在我的对面,他看过一篇稿子,觉得可用,就推到我面前。我马上看过,觉得不好,又给他推了过去。这种简单的工作方式,很使那位同志不快。我发觉了,就先放一下,第二天再还给他。

我看稿子,主要是看稿件质量,不分远近亲疏,年老年幼,有名无名,或男或女。稿件好的,立即刊登,连续刊登,不记旧恶,不避嫌疑。当然,如果是自己孩子写的作品,最好不要在自己主编的刊物上发表。

刊物的编辑,如果得人,人越少越好办事。过去,鲁迅、茅盾、巴金、叶圣陶办刊物,人手都很少。现在一个刊物的机构,层次太多。事情反倒难办,也难以办好了。我年轻时投稿,得到的都是刊物主编的亲笔复信,他们是直接看初稿的,从中发现人才。

我不大删改来稿，也不大给作者出主意修改稿件，更不喜欢替人家大段大段做文章。只是删改一些明显的错字和极不妥当的句子。然后衔接妥帖。我也不喜欢别人大砍大削我的文章，不能用，说明理由给我退回来，我会更加高兴些。有一次，我给北京一家大报的副刊，寄去一篇散文，他们为了适应版面，削足适履地删去很多，文义都不衔接了。读者来信质疑，他们不假思索地把信转来，叫我答复。我当即顶了回去，请他们自己答复。

现在有些人，知识很少，但一坐在编辑位置上，便好像掌握了什么大权，并借此权图谋私利，这在过去，是很少见的现象。

我当编辑时，给来稿者写了很多信件，据有的人说，我是有信必复，而且信都写得很有感情，很长。有些信件，经过动乱，保存下来的很少。我自己听了，也感慨系之。

进城以后不久，我就是《天津日报》的一名编委，三十二年来，中间经过六任总编，我可以说是六朝元老，但因为自己缺乏才干，工作不努力，直到目前，依然故我，还是一名编委，没有一点升迁。现在年龄已到，例应退休，即将以此薄官致仕。其他处所的虚衔，也希望早日得到免除。

就是这个小小的官职，也还有可疑之处。前不久，全国进行人口普查，我被叫去登记。工作人员询问我的职务，我如实申报。她写上以后，问：

"什么叫编委？"

我答：

"就是编辑委员会的委员。"

她又问：

"做哪些具体工作？"

我想了想说：

"审稿。"

她又填在另一栏里了。

但她还是有些不安，拿出一个小册子对我说：

"我们的工作手册上，没有编委这个词儿。新闻工作人员的职称里，只有编辑。"

我说：

"那你就填作编辑吧。"

她很高兴地用橡皮擦去了原来写好的字。

在回来的路上，我怅怅然。看来，能登上仕版官籍的，将与我终老此生的，就只是一个编辑了。

在我一生从事的三种工作（编辑、教员、写作）里，编辑这一生涯，确实持续的也最长，那么就心安理得地接受承认吧。

以上说的，都是过去的事。有些近于自我吹嘘，意在介绍一点正面经验。很多事，我现在是做不来了。

种瓜得瓜，种豆得豆，这是自然现象。人生现象，则不尽然。时间如流水一般过去了。过去，我当编辑，给我投稿的人，现在有很多已经是一些大刊物的编委或主编了。其中有些人，还和我保持着旧谊，我的稿子给他投了去，总是很热情负责的。例如在北京某大报主编文艺副刊的某君，最近我给他寄去一篇散文，他特地给我贴了两份清样来，把我写错的三个字都改正了，使我非常感动。

但在旧友之中，也发生过不愉快的事。去年，我试写了一组小说，先寄给北京一位作家，请他给我看看，在当前形势下，是否宜于发表，因为他身处京师，消息灵通。他来信表示，要删掉一些字句，并建议我把三篇小说，合为一篇，加强故事性。我去信说：删改可以，但把三篇合为一篇，我有困难。请他把稿子转交另一位朋友，看后给我寄回来。

正当此时，上海一家刊物听说我写了小说，电报索稿，我就把家里的三篇原稿，加上新写的两篇，寄去了。北京的友人，忽然来信，说他参加编辑的刊物要用此稿。我当即复信给他，说不能这样办了，因为稿子已经给了上海。但他们纠缠不已，声称要垄断我的稿子。以上内容的信件，我先后给他们写了五封，另外托人打了两次长途电话，一次电报，均无效。我不知他们要闹成什么样子，只好致函上海刊物停发。最后，北京那家刊物竟派了两个同志，携带草草排成的小样，要我过目。我当即拒绝这种屈打成招的做法，并背对背地，对我那位友人，大发一通牢骚。

我心里想，当初你们给我投稿，我对你们的稿件，是什么态度？对你们是如何尊重？现在，你们对待我的稿件，对待我，又是如何的不严肃，近于胡闹？其实，这都是不必要的，后悔不已。

近年，我的工作，投稿多于编辑。在所接触的编辑中，广州一家报纸的副刊，给我的印象最深刻。稿件寄去，发表后，立即寄我一份报纸，并附一信。每稿如此，校对尤其负责。我是愿意给这样的编辑寄稿的。按说，这些本来都是编辑工作的例行末节，但在今天遇到这种待遇，就如同见到了汉官威仪，叫人感激涕零了。

亲爱的同志，回忆我的编辑生涯，也是不堪回首的。过于悲惨的事，就不必去提它了。就说十年动乱后期吧，我在报社，仍作见习编辑使用，后来要落实政策了，当时的革委会主任示意，要我当"文艺组"的顾问，我一笑置之。过了一个时期，主任召见我，说：

"这次不是文艺组的顾问，是报社的顾问。"

我说：

"加钱吗？"

他严肃地说：

"不能加钱。"

"午饭加菜吗？"

他笑了笑说：

"也不加菜。"

"我不干。"我出来了。

但"市里"给我"落实"了政策,叫我当了《天津文艺》的编委,这个编委,就更不如人了。一次主编及两位副主编召我去开会,我奉命唯谨地去了,坐在一个角落里。会开完了,正想站起来走,三位主编合计了一下,说:

"编委里面,某某同志写稿很积极,惟有孙某,一篇也还没有写过,难道要一鸣惊人吗?"

说完,三个主编盯着我,我瞠目以对,然后一语不发,走了出来。

后来,揪出了"四人帮",那位主编下台了。我给这家刊物写了一篇散文,那两位仍在管事,先是要我把散文分作两篇,他们挑一篇;然后又叫我把不是同一年代发生的事,综合成一件事。我愤怒了,又喊叫一通,把稿子收了回来。

总之,对待作者,对待稿子,缺乏热情,不负责任,胡乱指挥的编辑,要他编出像样的刊物来,是不可能的。

在过去很长的年月里,我把编辑这一工作,视作神圣的职责,全力以赴。久而久之,才知道这种工作,虽也被社会看作名流之业,但实际做起来,做出些成绩来,是很不容易的。有人把它看作敲门之砖,有人把它看作高升之阶。你是个老实人,也很可能被人当作脚踏的砖石,炫耀的陪衬。比如被达官显宦、作家名流拉去,一同照个相,做个配角。对于这些,你都要看得开些,甚至躲开一些。不与好利之徒争利,不与好名之徒争名。不要因为别人说你的工作伟大,就自我膨胀;不要因为别人说你的工作渺小,就妄自菲薄。踏踏实实,存诚立信,做好本职工作。流光易逝,砖石永存,上天总不会辜负你的。虽然这是近于占卜的话。

现在,刊物不是太少,而是太多了,而且方兴未艾,有增无减。在艺术宫殿值班的神,不是绿衣少年,就是红妆少女。这是一种艺术繁荣的景象。你正当壮年,应该继往开来,承上启下,把编辑工作的好传统,例如鲁迅、茅盾的传统,发扬而光大之。我写到的几件旧事,也并非心怀不满,意图发泄,不过举一些例证作为教训。

写到这里,已近深夜,而窗外蝉鸣不已,想到不应该再唠叨下去,浪费你的宝贵时光了。即祝安好吧!

孙 犁
八月十二日下午至十三日下午

补 正:

文中所记《天津文艺》两位副主编,据声称,他们当时的职衔,不是副主编,而是"编辑部具体负责人"。

另,对着我说的那几句话,系出自主编之口。文中主语不明,一并补正。

一九八三年六月三十日孙犁附记

致繁峙县地方志编委会(一封)

关于小说《蒿儿梁》的通信

繁峙县地方志编纂委员会:

你们在八月三十日写给我的一封信,收到了。直到今日才能给你们复信,请原谅。收到这封信后,使我深深地陷入年月久远的回忆中,有很多感想,一时整理不出一个头绪,因此动笔倒迟了。

一九四三年秋季,我从《晋察冀日报》(我在那里编副刊)调到了华北联合大学教育学院的高中班去教国文。这次调动,可能是李常青同志提议的,他那时任教育学院的院长。他曾在晋察冀北方分局宣传部负责,我自一九三九年到达边区以后,一直在他的领导下工作。

到了高中班以后,本来那里的教员们有一个宿舍大院,但我一向孤僻,我自己在村北边找了一个人家住下。别的记不得了,只记得在屋中间搭了一扇门板,作为床铺,每天清早,到村边小河去洗脸漱口,那时已是晚秋,天气很凉了。当小河结了一层薄冰的时候,开始了反"扫荡"。所谓反"扫荡",就是日寇进攻边区,实行"扫荡",我们与之战斗周旋,这种行动,总是在冬季进行。

行军之前,我领到一身蓝布棉衣。随即爬山越岭,向繁峙县境转移。我们原住的村庄,属于阜平。

不知走了多少天(那时转移,是左转右转,并非直线前行),在深山里的一个小村庄,我们停下来。我的头发很长了,有一个人借了老乡一把剪刀,给我剪了剪。我就发起烧来,脖颈和脊背的上部,起了很多水痘。我主观认为这是因为剪刀不净引起的,当然也可能是其他原因引起的,而且很可能就是天花。我有一个学生,名叫王鑫郎,他是全班长得最漂亮的,他在反"扫荡"中就得了天花,等到反"扫荡"结束,再见到他时,我简直不认得他了。我因为幼年接引过牛痘,可能发病轻微罢了。

当时领队的是傅大琳同志,他是物理教员,曾经是南开大学的助教。他见我病了,就派了一位康医生,一位刘护士,还有一位姓赵的学生,陪我到一个隐蔽而安全的地方去养病。说实在的,在我一生之中,病了以后得到如此隆重的照顾,还是第一次。不过,这也是因时制宜的一种办法。在战争紧急之时,想尽一切办法,把人员分散开来,化整为零,以利行军。

我们就到了蒿儿梁。所以说,你们信上说"养伤",是不对的,应该说是"养病",因为我并非一个荷枪实弹的战士,并非在与敌人交火时,光荣负伤。有必要说明一下,以正视听。

初到蒿儿梁,战争的风声正紧,这个兀立在高山顶上的小村庄,可能还没有驻过队伍。又因为我们这支小小的队伍,一是服装不整齐,二是没有武器,三是男女混杂,四是可能还没有地方领导机关的介绍信,在向村干部去要粮食的时候,遇到了不顺利。我听说了以后,亲自到村干部那里去了一次。我那时身上带了一支左轮小手枪。这支小枪,有一个皮套,像女人的软底鞋似的。这是我初到路西时,刘炳彦同志送给我的。我系在腰里，只是充样子，一枪也没有放过。直到一九四四年，我到了延安，邓德滋同志要随军南下，我又送给了他，这是后话。

可能是这支小手枪起了点作用，我们弄到了一点莜麦面。也可能是我当时因又饥又乏又有病，表现的急躁情绪，起了作用。当然，很快我们就和村干部熟识了，亲密得像一家人了。

我们三个男的，就住在郭四同志家的一间小西房里，护士和妇救会主任住在一起。这间屋子，我所以记得是西房，因为每天早晨，阳光射在我身旁的纸窗上，就会给正在病中的我无限安慰和希望。屋子有一方丈大，土炕占去三分之二，锅台又占去余下的三分之二，地下能活动的地方就很有限了。我经常坐在炕上，守着一个山西特有的白泥火盆。火盆里装满莜麦秸火灰，上面一层是白色的，用火筷一拨，下面就是火，像红杏一样的颜色，很能引起人的幻想。我把一个山药蛋按进灰里，山药蛋噗噗地响着，不一会儿就熟了，吃起来香得很。

所谓医生，所谓护士，都是受几个月训练速成的，谈不上什么医术医道。我们只有一把剪刀，一把镊子，一瓶红药水。每天，护士在饭锅里，把剪刀镊子煮煮，把水痘的化脓处清理清理，然后用棉花蘸着红药水，在伤处擦一擦。这种疗法显然不太得当，所以直到现在留下的伤疤，都很大，像一个个的铜钱。

我还写过一篇小说叫《看护》，也是记这段生活的。

康医生，有二十多岁，人很精明，医术虽然差些，但在经营粮草方面，很有办法，我们在那里，不记得有挨饿的时候。后来他和我一同到了延安，同在一个学校，他还是医生。我记得他为我洗过一次肠，还有一次，我在延河洗澡，伤了脚掌，他替我敷过一次药。现在不知他到哪里去了。

关于蒿儿梁的印象，都已经写在文章里，现在回忆不起更多的东西了。但那是小说，不能太认真。其中的人物，自然有当时当地人物的影子，但更多的是我的设想，或者说是我的"创造"。

但我听说郭四同志还能记起这件事，我是非常感动的，不只感谢他一家人当时对我们的照料，也为他仍然健在，记忆力很强而高兴。他年纪也很大了吧？请转达我对他一家人的深切的怀念之情。

在那样一个寒冷的地方，我安全而舒适地度过了一个难忘的冬季。我们可以想想，我的家是河北省安平县，如果不是抗日战争的推使，我能有机会到了贵县的蒿儿梁？我是怎样走到那里去的呢？身染重病，发着高烧，穿着一身不称体的薄薄的棉衣，手里拄着一根六道木拐棍，背着一个空荡荡的用旧衣服缝成的所谓书包，书包上挂着一个破白铁饭碗。这种形象，放在今天，简直是叫花子之不如，随便走到哪里，能为人所收容吗？但在那时，蒿儿梁收容了我，郭四一家人用暖房热炕收容了我。而经过漫长的几经变化的岁月，还记得我，这不值得感激吗？

这是在艰难的日子里，才能发生的事，才能铸成的感情。

我们在那里，住了两三个月，过了阳历年，又过了阴历年，才奉命返校。去的时候，我们好像是走的西道，回来的时候，是从东边一条小道下山，整整走了一天，才到山根下，可以想象蒿儿梁是有多么高。天快黑了，我看到了村庄庙宇，看到了平地，心里一高兴，往前一跑。其实是一条小河，上面结着冰，盖着一层雪，一下滑倒，晕了过去。身后的人，才把我抬进成果庵。这一段生活，我好像也写进了小说。

一九四八年冬季，我们集中在胜芳，等候打下天津。我住在临河的一间房子里。夜里没有事，我写了《蒿儿梁》这篇小说，作为我对高山峻岭上的这个小小的村庄，生活在那里的人们的回忆。

是的，时间已经过去四十年了。当时在一起的同志们，各奔一方，消息全无，命运难测。我也很衰老了。人生的变化多大啊，万事又多么出乎意料？能不变的，能不褪色的，就只有战争年代结下的友情，以及关于它的回忆了。

现在是夜里三点钟。窗外的风，吹扫着落叶，又在报告着冬天即将到来。

蒿儿梁上，已经很冷了吧？

祝

他们幸福

孙 犁
九月二十日

附：繁峙县县志编委会给孙犁的信

孙犁同志：

您好。

据我县蒿儿梁郭四同志回忆，您曾于一九四三年在他家养过伤，并在走时赠他家一幅字——"模范家庭"，此后，您并写过一篇小说《蒿儿梁》（或是报道），后由马墨农同志编绘连环画出版发行。

现在，我们县也和全国各地一样，正在编写新的县志，需要了解这方面的情况，故给您去信，望您能提供如下情况：

1. 您在蒿儿梁养伤的具体时间，前后经过，及离开时间。

2. 关于您写作《蒿儿梁》一文的经过，是否以郭四及其妻子（当时的妇女主任）为模特儿？

3. 您所知道的当时蒿儿梁的其他情况。

如您精力、时间允许，请写一篇回忆录寄给我们，如不允许，请为我们提供以上材料。您认为我们这样冒昧地要求您，当否？望函告我们。

切候惠书！

顺祝

撰安

山西省繁峙县县志编委会
一九八二年八月三十日

致贾平凹(一封)

平凹同志:

昨天晚上收到你的信,因为赶写一篇文章,未得及时奉复。今天早些起床,先把炉子点着,然后给你写信。

我们虽然没有见过面,可以说神交已久,早就想和你谈谈心了。前几个月,我也忽然梦到你,就像我看到的登在《小说月报》上你的那张照片。

我很孤独寂寞,对于朋友,也时常思念,但我怕朋友们真的来了,会说我待人冷淡。有些老朋友,他们的印象里,还是青年时代的我,一旦相见,我怕使他们失望。对于新交,他们是从我过去的作品认识我的,见面以后,我也担心他们会说是判若两人。

但是,你这次没到天津来,我还是感到遗憾的。我想,总会有机会见面的。

入冬以来,我接连闹病,抵抗力太弱了,又别无所事,只好写点东西,特别好写诗。前些日子,在《羊城晚报》发表了一首诗,题名《印象》,收到一位读者来信说:"为了捞取稿费,随心所欲地粗制滥造。不只浪费编辑、校对的精神,更不应该的是浪费千千万万读者的时间。"捧读之下,心情沉重,无地自容。他希望我回信和他交换意见,因为怕再浪费他的时间,没有答复。

我的诗的毛病,曼晴同志为我的诗集写的序言,说得最确切明白不过了。但因为一开头就如此,所以很难改正过来。其实不再写诗,改写散文也行,又于心不甘,硬往诗坛上挤。我的目标是:虽然当不成诗人,弄到一个"诗人里行走"的头衔,也就心满意足了。

过去,作品发表以后,常常遇到一些棒喝的批判。近几年,因为有一些勇士,在那里"扫荡",这种文章少见了。好写这种文章的人就改变方式,用挂号信,直接送货上门,随你爱听不听。言者无罪,闻者足戒,最好置之不理。

有些人是由于苦闷和无聊,和你开开玩笑,比如,我在一篇文章的末尾注明:降温,披棉袄作。他就来信问:"你一张照片上,不是穿着大衣吗?"又如,我同记者谈话时说,"文化大革命"时,有人造谣说我吃的饭是透明的。他就又问:"那就是藕粉,'荷花淀'出产的很多,你还买不起吗?"

说实在的,我收到的信,远远不如你们青年作家收到的多。其中,多数都是好心好意,我常常为他们那种幼稚天真的心灵所感动,有时甚至难过:天下的事,哪里像他们所想象的那么容易!我回复的也很少,我确实有很多别的事要做,没有那么多精力了。

有的人也许会这样想:他们的稿子所以不得发表,是因为有老年人在那里挡着。我认为在官阶职位上,这种现象确实存在,在文学艺术上,就不能这样理解。各家刊物、出版社,虽有时对老年人不得不有所照顾,但就其总的趋势来说,其欢迎年轻人的劲头,比起欢迎老年人来,就大多了。历来如此,人之常情,谁也喜欢年轻的。其实也不必着急,不上十年,这些老家伙就会逐个消失,这是历史潮流所向,任何人不能阻挡的。

我的经验是:既然登上这个文坛,就要能听得各式各样的语言,看得各式各样的人物,准备遇到各式各样的事变。但不能放弃写作,放弃读书,放弃生活。如果是那样,你就不打自倒,不能怨天尤人了。

祝
全家安好

孙 犁
十二月四日清晨

一九八三年

致贾平凹（一封）

平凹同志：

今天晚饭前，收到你的信，我心里有些不平静，吃过饭，就给你写信。

今年天津奇热，我有一个多月，没有拿过笔了。老年人，既怕冷，又怕热。

我觉得，从事创作，有人批评，这是正常的事。应该视若平常，不要有所负担，有所苦恼。应该冷静地听，正确地吸取，不合实际的，放过去就是。不要耽误自己写作，尤其不可影响家人，因为他们对文艺及其批评，不明底细，你应该多给他们解释。

前几天北京来人，和我谈起了你。我说，青年人一时喜欢研究点什么，甚至有点什么思想，不要大惊小怪。过一段时间，他会有所领悟，有所改变的。那位同志也是这样看。

我也买过一些佛经，有的是为了习字（石刻或影印唐人写经），大部头的，我都读不下去，只读过一篇很短小的"心经"，觉得是其中精华。作为文化遗产，佛教经典，是可以研究的。但我绝不会相信，现在会有人真正信奉它。中国从南北朝，唐朝达到顶点，对佛教的崇奉，只是政治作用。人民出家，却大多为了衣食，而一入佛门，苦恼甚于尘世，这是我们从小说中，也可以看出的。

　　所以说，传说中你有这种思想，我是从不相信的。但人生并非极乐世界，苦恼极多，这也是事实。青年人不要有任何消极的想法，如有，则应该努力克服它。

　　你的小说，我只看过很少的几篇，谈不上什么"出世"或"顿悟"之类。但我觉得，你的散文写得很自然，而小说则多着意构思，故事有些离奇，即编织的痕迹。是否今后多从生活实际出发，多写些日常生活中的人和事，如此，作家主观意念的流露则会少些。

　　我的话，不知引起你的愉快或是不愉快，请你原谅我的信笔直书。

　　祝

好

孙　犁
七月三十一日晚七时

一九八四年

致丁玲（一封）

丁玲同志：

　　晚饭前收到了您九月九日写给我的信，像往常一样，读过以后，我处在一种非常兴奋和激动的心情之中，不得不吃罢饭就拿起笔来，在灯下给您写回信。

　　关于办刊物的事，我早已听到，并见到报道，邹明同志回来说得很详细。我非常高兴，要尽一切力量为它服务，十月初，我要寄一篇短文去。（最近，我只能写些短文，而近几个月里，连短文也很少写了。）

　　前不久，我已向报社编委会和市委宣传部提出申请，辞去《天津日报》的顾问名义，以及其他事务，要求离休。前此，并已提出辞去天津作协分会的职务。其主要困难，是我感到越来越力不从心，集中剩余的一点精力，写一点东西。老是不前进，这是我一生最大的缺点，您是最了解我的人。所以刊物编委就不要再列我的名字。不然，向报社和市委都不好说话了。

　　热烈地期待刊物的创刊，祝安好，并问陈明同志安好。

孙　犁
九月十一日

致苏予（一封）

谈《腊月·正月》
——致苏予同志

苏予同志：

收到惠寄的今年第四期的《十月》，我开卷就读了贾平凹同志的小说《腊月·正月》。

过去，我读过他几篇小说，印象是故事总有些离奇，好像在追求什么技巧，有编织雕琢的痕迹。读起来，我的兴趣不是那么高涨的。但因为熟识了，又觉得读他的小说少，是个遗憾。

这一篇，读起来很有兴味，我可以说是手不释卷认真地读过了。

我感到：他在尝试了一些西洋"技巧"和现代"手法"之后，转移到了中国新文学的现实主义道路上来。这位作家，一踏上这条从现实生活着眼，从现实生活取材的道路，他的才华就如鱼得水似的，表现了极其泼剌的声势，极其闪耀的光芒。

现在有人在怀疑这条道路，他们的理由是：既然生活要现代化，文学艺术必然也随之需要现代化。他们把生活上的现代化变革，与文学艺术的创作方法等同起来，把日用消费同艺术创造等同起来，实际上是贬低了作家对现实生活的职责，同时也贬低了人民对文学艺术的要求和趣味。

现实主义，主要是从现实生活取得创作素材，而在取得素材的同时，作家也就获得了现实主义的艺术手段。这种创作，自然会体现当前人民群众的愿望和要求，体现政治的实施和力量。过去，我们常常把政治和艺术分成两个标准来衡量一部作品，其结果只能导致作品的概念化，导致作家的虚伪粉饰，于政治于艺术，都是不利的。

我们提倡现实主义，最大一个好处，是能使我们的作家，着眼于生活，把全部注意力放在观察、思考、表现自己周围的人和事，避免闭门造车，胡编乱造。

凡是对现实生活有充分的观察和认真的思考的作家，他就不必过分着意于创作的技巧和故事的编造。生活本身会给他提供适当的情节，故事的进程，他就不必去追求什么奇奇怪怪的形式。试想：如果艺术形式不是从现实生活中提炼出来的，而是从外国小说中学来的，它岂不与现实生活格格不入，而不能为读者所理解？提倡现实主义，提倡生活积累，还可以避免抄袭、套用、生吞活剥等等弊端。

现在抄袭之风甚盛，这不能只责怪作家，理论上的混乱，是非不清，也是重要原因。青年人不知文学事业之艰难，有时不知天高地厚，不知深浅利害。写出一些东西，大家鼓掌叫好，约稿的盈庭满座，并有的诱以高利，以及种种生活待遇上的方便。青年人并非入定圆寂之徒，不能没有一丝尘念，可是他又没有那么多生活本钱，想多生产一些，腹内已经空空，于是，找出几本外国流行小说翻翻，看看能否引起一些灵感。当初可能也是为了借鉴，后来发展为把外国小说的情节，洋为中用或古为今用，稍加变通，自成篇章，再加一些当前需要的改革、创业、开拓等等形象、故事或人物对话的标签，成为自己的创作。编者不察，发表于头条地位；论者不察，以为时代又出天才；委员不察，遂使得奖或名列前茅，赫登红榜。不被揭发则已，一被指破，实在令人啼笑皆非。当然，无论是编辑、委员，谁也不可能无书不读，读过又永久不忘。而抄袭者又不去抄红楼水浒等家喻户晓之作，一时失察，也是情有可原的。不过评论家写文章，则要仔细一些，遇有怀疑之处，应该找书来查一查，不应文过饰非极力把这些现象掩盖起来，或引经据典，称之为影响，称之为套用，并有人把鲁迅的主要小说创作，都在外国名家作品中找到了样板。好像"五四"以来，我国新文学作家，披荆斩棘呕心沥血写出来的东西，都是在外国人的影响下产生出来的，我们竟没有了自己的文学创作。这真是骇人听闻的新理论!

其实在文学事业上,影响、套用和抄袭完全是两回事,有鲜明的界限。正像偷窃与赠与、捡拾与白拿有鲜明界限一样。三岁小孩都能分辨清楚,岂容故意混淆?这样做对青年人的创作会有什么益处呢?

理论上的混乱,会导致文学现象的混乱,近年所见,不只一端。

又如庸俗、低级的色情小说、武侠小说,在旧社会是不能登大雅之堂的,连大报也上不去。现在却成为热门,不只进入大报、大刊物,而且进入大出版社,争相标榜,以牟多利,降低读者水平,影响青年心志,较之多赚几个钱,究竟是何轻何重呢?

当然,现在的色情与武侠,都有新的装扮,以符合时代的样式。但与旧作品相比,实在没有什么社会意义社会效果上的大区分。古时有小说诲淫诲盗之说,并非只是道学家的坐井观天之见,弄不好,小说确也能发生这种坏作用。

贾平凹的这篇小说,没有色情的成分,也没有武侠的成分。从现实生活取材,写的是家常事,平凡的农民。却也能引人入胜,趣味横生,发人深思,有时代和社会的深刻意义。这证明,新的文学还是应该与新的现实生活相结合。至于能否写得好,写得成功,就要看作家深入生活的程度,以及对现实主义的掌握如何。

有人预见,当前生活里的专业承包,会导致文学创作从内容到形式上的新的趋向。有些作家有先见之明,已经把内容转移到侦探、武侠、色情刺激上去了,形式也随之转化。这种理论,颇可怀疑。为艺术的艺术,自然也可以导致金钱,然而金钱的欲望不能转化为艺术。人民的生活,无论如何现代化,还是需要现实主义的艺术,也不会丧失判断力,把庸俗的作品和严肃的作品混同起来,甚至颠倒过来。

贾平凹在这篇小说里,与现实生活的精彩的描绘相适应,还运用了中国传统白话小说的叙述和对话的方法,流畅自然,充满活泼生动的内在力量。

贾平凹是勤奋的好学的，他博览群书，多方面探索，找出这样的一条路，我看到以后，高兴非常。因此写信给你，不知你以为如何？

　　祝

编安

　　　　　　　　　　　　　　　　　孙　犁
　　　　　　　　　　　　　　　　　九月十二日

致李凖（一封）

李凖同志：

　　今天上午石坚同志送来大作上下集。下午收到惠函，多年不见，得聆雅教，非常高兴，非常感激。

　　所谈皆系闻道之言，受益甚多。弟自五十年代中期罹疾以来，写作很少。"文革"以后，劫后余生，有所抒发，实已无当年意气。至于名利是非，弟青年时代或有此念，今行将就木，已完全淡然。近年来，中国庄老哲学，亦有所悟，然道理融会于心，遇有事情袭来，则又易于激动，心浮气躁，徒增衍尤，故知闻道一途，亦知之易，而行之难也。今足不出门庭，不欲见客之名已远播，其效果犹如此，深以钝根天生为苦耳。

　　兄"敲钟"之说，甚好，正对我的毛病，当谨记之。

　　大作当从容阅读。我也是很久不看长篇小说了。短篇偶尔看一些，近年兴趣亦大减。然兄之作品，弟素日甚感兴味，此长篇的一些断片，似曾读过，印象甚佳。俟读完后，当写些意见，或文章，或信件，到时再定。

　　望多联系，时赐教言！

专此，祝

全家安好

孙　犁
十月十日

致姜德明（一封）

德明同志：

那天有些话，未及谈完：

一、许姬传曾给我写过一信，八行朱栏宣纸笺，字体娟秀，格式讲究，我一直保存，拿给青年人看，作为老成典型。可惜我荒疏惯了，只给人家回了一张明信片。他是从你给他的一张《天津日报》，看到我写的关于王国维的文章，才写信来的。我把该文的全部寄给了他，他看我外行，回信就也用钢笔短简了。

二、杨宪益，如你同他熟识，闲谈时可问问他，三十年代之初，是否在保定育德中学教过短时间的高中班的英文？我记得当时有一位老师教英文，好像是这个名字。我以前曾问过外文出版社的一个同志，她说，从年龄上看，恐怕不是他。

以上都是"闲话"。

所赠字帖甚佳，正在阅读。

祝

好

犁
十二月十五日

致李贯通(一封)

贯通同志：

十二月二十一日来信收到了。自从那篇通信发表以后，我也有些惴惴不安。特别是当一位搞评论工作的同志，看过我的信和你的小说以后，委婉地告诉我："当前的青年作家，都喜欢捧……"的时候。我和你只见过一次面，也不过几分钟的时间，对于你的性格脾气，很难说是了解。即使了解，你对这封信的临时反应，也是不能轻易确定的。我近来不好读自己发表了的东西，这次竟把原稿找出来，看过几遍。我没有发现其中有可能开罪对方之处，我放心了。但我发现这封信带有很激动的情感，不是在心平气和的时候下笔的。这种心气不平和，当然不是因为你的作品，而是因为信的前半部那些题外的话引起的，然而它一直延绵到对你的作品分析的那个领域去了。

在分析你的作品时，有些话就说得偏激了些。例如对甜妮母亲的死，话就说得太绝对了，本来可以说得缓和一些。我想到：青年人读到这里会是不愉快的。

我坦白地说，我和你的这次通信，是我在一九八四年，最有情感的一篇文章，我每次读它，心里都忍不住激动。这是因为在这封信里，我倾诉了一些我早就想说的话，借题发挥了我平时对一些事物的看法和想法。

好了，读了你的来信，知道你能体谅我的唠叨，容忍我的偏激，这很难得，因此，我应该对你表示感谢。

我有一个急躁性子，写了文章，就想急着发表，又在报社工作，所以有些文章出去得很快，其实这样并不好。文章写好以后，最好放一放，有个思考、修改的机会。这几年，因为文字的考虑不周，我已经得罪过不少人，得罪了人，就有报应，就得接受"回敬"，吃了不少苦头。文章，没有真挚的情感写不好，有了情感，又容易生是非，这是千古的一大矛盾。

总之，我读了你的来信，我松了一口气。你说，你要把小说改写一次。我希望你千万打消这个想法，不要这样做。这是不合艺术规律的举动，只能费力不讨好。原封不动放在那里，出书时一字不改地收进去，我劝你这样做。把精力用在写新的作品上。

任何人的批评意见，只能听听做参考，你说你的，我听我的，如果确实说对了，也只能在以后的创作中注意。何况，文章一事，别人的意见，哪里就容易说到点上。姑妄听之，并不算是不客气。我虽然好写评论文字，但从来没有给人家出过主意，叫人家如何如何去修改作品。"文心"二字，微妙难言，虽刘勰之作，亦难尽之。"文心"之难以揣摩，正如处子之情怀的难以洞照一样，别人最好不要自作聪明。

也常常听说，什么青年作家的什么作品，按照什么人的意见修改以后，成功了，出名了。我对这种事，总抱怀疑态度。

祝
好

孙　犁

十二月三十一日

一九八五年

致贾平凹（一封）

再谈通俗文学
——致贾平凹同志

平凹同志：

一月四日从北京发来的信，今天上午就收到了，出奇得快。寄一封平信到西安，要十天，挂号则更慢。可见交通之不便了。所以你不来天津，我是完全理解的，并以为措施得当。目前出门，最好不要离开团体，如果不是跑生意，一个人最好不要出门。

上次从西安来信，也收到，曾仔细读过。原以为你能看到我写的关于《腊月·正月》那篇文章，就没有复信。谁知道那篇文章写了已经半年，到现在还没有刊出。不过，我猜想，你在北京可能知道了它的内容，有些话就不在这里重复了。

你到北京去参加了那么隆重的会，是很好的事，这是见世面的机会，不可轻易放过。不过，会开多了也没意思。我只是参加过一次这样的会。

近来，我写了几篇关于通俗文学的文章，也读了一些文学史和古代的通俗小说。和李贯通的通信，不过捎带着提了一下。其实，这种文章，本可以不写，都是背时的。因为总是一个题目，借此还可以温习一些旧书，所以就不恤人言，匆匆发表了。

既然发表了文章，就注意这方面的论点。反对言论不外是：要为通俗文学争一席之地呀，水浒西游也是通俗文学呀，赵树理、老舍都是伟大的通俗文学作家呀。这些言论，与我所谈的，文不对题，所答非所问，毋需反驳。

值得注意的是，凡是时髦文士，当他们要搞点什么名堂的时候，总说他们是代表群众的，他们的行为和主张，是代表民意的。这种话，我听了几十年了。五十年代，有人这样说。六十年代、七十年代，有人还是这样说。好像只有这些人，才是整天把眼睛盯着群众的。

盯着是可以的，问题是你盯着他们，想干什么。

当前的情况是，他们所写的"通俗文学"，既谈不上"文学"，也谈不上"通俗"。不只与水浒西游不沾边，即与过去的施公案、彭公案相比较，也相差很远。就以近代的张恨水而论，现在这些作者，要想写到他那个水平，恐怕还要有一段时间的读书与修辞的涵养。

什么叫通俗？鲁迅在谈到《京本通俗小说》时说："其取材多在近时，或采之他种说部，主在娱心，而杂以惩劝。"

社会上的人心之不同，有如其面。文坛是社会的一部分，作家的心，也是多种多样的。娱心，是文学作品的一种作用，问题是娱什么样的心，和如何的娱法。作品要给什么人看，并要什么样的心，得到娱乐呢？

有的作家自命不凡，不分时间空间，总以为他是站在时代的前面，只有他先知先觉，能感触到群众的心声。这样的作家，虽有时自称为"大作家"，也不要相信他的吹嘘之词。而是要按照上面的原则，仔细看看他的作品。

看过以后，我常常感到失望。这些人在最初，先看了几篇外国小说，比猫画虎地写了几篇所谓"正统小说"，但因为生活底子有限，很快就在作品里掺杂上一些胡编乱造的东西，借一些庸俗的小噱头，去招揽读者。当他们正在处于囊中惭愧之时，忽然小报流行起来，以为柳暗花明之日已到，大有可为之机已临。乃去翻阅一些清末的断烂朝报，民初的小报副刊，把那些腐朽破败的材料，收集起来，用"作家"的笔墨编纂写出，成为新著，标以"通俗文学"之名。读者一时不明真相，为其奇异的标题所吸引，使之大发其财。

其实，读者花几分钱买份小报，也没想从这里欣赏文学，只是想看看他写的那件怪事而已。看过了觉得无聊，慢慢也就厌烦了。

你在信中提到语言问题，这倒是一个严肃的题目。你的语言很好，这是有目共睹的，不是我捧你。你的语言的特色是自然，出于真诚。但语言是一种艺术，除去自然的素质，它还要求修辞。修辞立诚，其目的是使出于自然的语言，更能鲜明准确地表现真诚的情感。你的语言，有时似乎还欠一点修饰。修辞确是一种学问，虽然被一些课本弄得机械死板了。这种学问，只能从古今中外的名著中去体会学习，这你比我更清楚，就不必多谈了。

我这里要谈的是，无论是"通俗文学"或是"正统文学"，语言都是第一要素。什么叫第一要素？这是说，文学由语言组织而成，语言不只是文学的第一义的形式；语言还是衡量、探索作家气质、品质的最敏感的部位，是表明作品的现实主义及其伦理道德内容的血脉之音！

而现在有些"文学作品"，姑不谈其内容的庸俗卑污，单看它的语言，已经远远不能进入文学的规范。有些"名家"的作品，其语言的修养，尚不及一个用功中学生的课卷。抄几句拳经，仿几句杂巴地流氓的腔口，甚至习用十年动乱中的粗野语言，这能称得起通俗文学？

通俗也好，不通俗也好，文学的生命是反映现实。远离现实，不论你有多大瞒天过海之功,哗众取宠之术,终于不得称为文学。

  过去,通俗小说有所谓"话本"和"拟话本"。话本产自艺人,多有现实性,而拟话本产自文人,则多虚诞之作,随生随灭,不能永传。现在的一些武侠小说,充其量不过是"拟"而已矣,还不能独立成章。

  雪中无事,写了以上这些,不知你平日对此是何看法,有何见解?冒昧言之,希望你和我讨论。

  祝

安好

孙　犁
一月五日

致某刊编辑(一封)

编辑同志:

  我最近没有写文章,想休息一下。目前,文章不好写。老年人写的东西,难免不应时。比如说小报吧,前一个时期,庸俗的小报泛滥成灾,教师、家长,无不忧虑气愤。可是,有多少人大言不惭地替小报说好话啊!有多少人写模棱两可的文章,实际是替小报呐喊助威呀!他们把这种泛滥,看成是一种"新的文学浪潮",还预言它会冲垮"五四"以来的新文艺。谁表示点异议,他们就说你对新兴事物泼冷水,对通俗文学评头论足。他们自称是着眼群众的,是重视民族传统的。不久,事实就证明,这种小报,并不是什么通俗文学,与民族传统更是格格不入,甚至沾不上边。评论家进而吹捧庸俗小报,可以说是鼓吹评论的一大降调。

  更使人奇怪的是,前一段时间,有的提倡西方什么主义的人,忽然加入吹捧庸俗小报的行列,也大喊起民族形式和民族传统来。其实,他们头脑里并没有这些东西,这次掺和进来一块喊叫,不过为的是把水搅浑，共同冲垮"五四"文学传统，好树立他们那树了好几年，还没有树立起来的旗。

你看，文艺理论上的事，就是如此混乱，难以说得清楚。文艺创作，当然是一种复杂的精神劳动。文学批评，也可以有种种见解。但是艺术有基本规律，有评价标准，有是非界限。

比如人物性格问题。有人说，凡是人，性格都是复杂的，没有一个单纯的，除非是白痴。照这样说，我们平常说，某某人很单纯，很天真，很可爱，又如何解释？所有这些人，就都是白痴？写小说，你把人物写得多么复杂都可以，但不要把这一原理，应用到实际社会上去，实际生活中去。

目前，有些蒙骗文字，小报的标题，是最显著的，还有的广告，交多少钱可以成为作家等等，都是过去闻所未闻的。评论有时也没有标准，一篇小说，如果评价它的艺术性，无非是内容与形式。内容也包括思想内涵，道德感染力量。有人把思想排斥在艺术之外是不对的。形式，主要是语言和结构。如果在这几方面，都没有达到新的高度，甚至一无可取，你硬把它吹捧到天上，或叫它得奖，那是不能服众的。时间会慢慢把它排斥出去。

好的作品，那是谁都可以看出的，有时甚至用不着评论家去费力。比如李存葆的小说《山中，那十九座坟茔》，就是一部现实主义的好作品，我是从电台广播里，逐字逐句听完的。这是一部有现实生活基础，有高度思想和想象力，有现实主义气派的作品。当然语言还可以简洁些，组织还可以精练些。

有的小说，虽然被吹得那样响，我就不敢苟同。以历史题材为例：如果从历史上说，它反映的社会情况不真实，很肤浅；从现实意义上说，它提供的思想很平庸，没有根基，甚至摇摆不定；从语言上说，它的语言很芜杂，甚至很污秽，这怎么能算优秀之作？还有那种投时代之机的揣摩小说，我也是一向不那么看重的。

现在有的评论文章，一是太长；二是"新名词""新学问"太多。玄而又玄，烦琐之至。貌似渊博新颖，细玩其内容含义，二十年代有些书中，早已介绍过。我以为，文艺评论，早已形成一个独立的完整的学科，把它看得太简单，固然不好；说得太复杂，恐怕也无补于创作的实践。把各种学科，都引进文学批评，不一定对文学批评有利。弄不好，还会把青年作者引入歧途。人对艺术的观念，总不会与自然科学的日新月异同步发展。

前些年，我们付出了多大的代价，才换回来"实事求是"这四个字。现在，这四个字已经不大被一些人重视了，从报刊上，我们常常看到与此相反的浮泛言词。这不能不反映到文艺创作和文艺评论中来。

关于短篇小说，过去我写过文章，现在也没有什么新意。如果是谈艺术，我觉得任何艺术，首先向作家要求的，是严肃和认真。艺术揭示人生的画面，传播人生的知识。世界上有为艺术而艺术的艺术，这种艺术也可以卖钱，但不会有只是为了名利的艺术。艺术给人以安慰，鼓励，憧憬和希望。只有教育陶冶人的思想感情的艺术，不会有使人坠入地狱，掉进浊水污流的艺术。作家首先要正心诚意。

三月二十四日

致吕剑（一封）

吕剑同志：

蒙惠寄《倾盖集》，甚为感谢。书印得很考究，近日所少见，当珍藏之。

弟颇喜读近人旧诗，每期《诗刊》到来，皆先读此栏作品。惟自己不习韵律，偶有尝试，皆被指摘，遂亦不敢再作。今得此集，亦学习之范本也。

祝

安好

犁

四月四日

致谌容（一封）

谌容同志：

五月二十九日惠函敬悉。以后赐信，还是寄到我家里或是报社，由作协转信，有时很慢。

有些事，是越传越邪乎的。这几年，在我的方桌角上，倒是压着一张小纸条，不过是说，年老多病，亲友体谅，谈话时间，不宜过长。后来就传说，限在十五分钟，进而又说只限十分钟，其实不是那么回事。我不大轻信传言，即使别人的访问、回忆等等文字记述，有关我自己的，也常发见驴唇不对马嘴，有时颠倒事实。我看过常常叹气，认为载记之难，人言、历史之不可尽信，是有根据的。

你来时，我正写的文章，题目叫《耕堂读书记——读〈沈下贤集〉》。读书记，是我近年常写的一个题目。它不是创作，所以也谈不上打断，此文已经发表，现在寄上剪报一纸，是没有什么意思的。

因为自己已很久不写小说，近年来也很少看小说。你的小说，那样有名，我也没有认真去读过，这是很不应该的。当代作家的作品，总是有个机缘，我才偶尔读一些。

当收到你惠寄的大著《太子村的秘密》的时候，正赶上《收获》也来了，我一看上面有你的作品，不知为什么就要急于读这一篇。

我用了三个晚上，读完了你的中篇小说《散淡的人》。我读书的习惯是，不读则已，读起来就很认真，一个标点也不放过。你的作品，也是这样读完的，而且是选择安静、精神好、心平气和的时间读的。

名下无虚士，你的小说，写得真好。它能吸引人，我是手不释卷地读完的。

你用现实和历史交替的写法，完成这篇故事。杨子丰这个人物，写得饱满、完整，血肉充盈，神采飞扬。这并不是一个悲剧人物，当然也很难说，是个喜剧的人物。他的言语机锋，有很多名言谠论。这也是时代的产儿，幸而他没有夭折，完成了伟大的动荡时代的一个方面的证词。小说结尾之处，有余韵，有没有说完的，不易解答的问题，使我掩卷沉思。

谌容同志，原谅我，关于你这篇小说，我就谈这一些。这是我真实的读后感，或者说是读书记。我不是理论家，我厌烦烦琐的言词，也不会写头头是道，五彩缤纷的文章。

但是，就这个机会，我还想和你谈一些题外的话。我读作品虽然很少，但也能发见，当代中、青年作家中，确不乏有才有志之士。他们严肃地从事创作，认真地思考问题。对时代，也可以说是对我们的民族，有一种赤诚，有一种信念。这种赤诚和信念，都饱含在他们的文字语言中间。创作方法，也可以说是创作风格，不会一样。一种是表象的写法，一种是内心的写法。前者是通过场景表现人物，包括服饰、饮食、起居方面的细微描写。故事紧凑，人物活跃，通篇有声有色，无懈可击。这种小说，我通常称之为规格的小说，来源于莫泊桑。这是精心细致做出来的小说。写这种小说的人，不断采撷，不断写作，每隔一段时间，就完成一篇作品，很有规律，成为职业作家。

另一种小说，即第二种，是作者内心郁结，不吐不快，感情冲动，闻鸡起舞。这种写作，形式有时不完整，人物有时也有缺陷，但作者的真情实意，是不可遏止的。作品中有他的哲学，有他的血泪，有他的梦幻，读起来，谁也不能心平气和，不为之掬一把同情之泪。这种小说的根源，外国可找契诃夫，中国则是《红楼梦》。这种创作，常常是偶然的，难以后继的，是天籁，电光一闪。这不是做出来的小说，是个人情感和所遇现实碰击出来的火花。

当然，两种小说，也很难断然划开。先是写第二种，后来变为第一种，也是有的。而先写第一种的，却很少转为第二种。

这两者并无高下之分，由作家的气质、师承和爱好而定，前者倒可以说是小说的嫡传。在中国，茅盾的小说似前者，而鲁迅的小说似后者，不知你以为然否？等我慢慢再读一些你的作品，我们再详细讨论吧。

读完你的《散淡的人》，脑际萦绕，有不能已于言者，今晨三时起床，胡诌了以上几点。外面则雷电交作，大雨倾盆，这种氛围，最利于写作了。

祝

好

孙 犁
六月十九日

附：谌容致孙犁信

孙犁同志：

他们警告我说，您接待客人只限十分钟。可我不知不觉在您的椅子上坐了一小时，听您谈笑。回来一想，占了您那么多时间，心里很过意不去。您那篇稿子写完了吧？发在什么地方，我很想看看那被我打扰过的文章。

寄上我的农村题材小书一本，望您批评指正。

您一定要多走些路，在院子里也好。

祝您

逍遥自在

谌 容
一九八五年五月二十九日

致杨栋（二封）

一

杨栋同志：

七月四日来信及刊物均收到，甚为感谢。你们的刊物编得很好，我读了好几篇。

你的作品容我慢慢阅读。入夏以来，我所居环境很乱，什么也干不了。

希望你安心工作，什么事只有自己做出成绩来，才能得到客观的承认。而成绩是只有按部就班，任劳任怨才能做出来的。

我给你的那封信，还在《天津日报·文艺周刊》登过一次，因为有一段时间，羊城说稿子找不见了，这也是你的一个"奇遇"吧。

你收入有限，买书也要有个先后，不要贪多求全。

祝

好

孙　犁
七月十五日

二

杨栋同志：

收到你九月五日信，非常感谢。

关于住房，哪里谈得上卢梭的"退隐庐"，连想也没敢想过。我只是需要一个安静的地方。而安静二字，现在是越来越难说了。有时也想到山林，但人除了安静，还需要穿衣吃饭。比起衣食，安静就只能退居次要的地位了，所以我一直还住在这个人海里。

从这个城市中心到郊区田野，坐汽车也要走一个小时。一九四九年进城时，我是走进来的。现在如果有什么事情，我是绝对走不出这个城市了。一想到这里，就如同在梦中，掉进无边无际的海洋一样，有种恐怖感，窒闷感，无可奈何感。

我的老家还有几间旧房。新近村里来信说，接连下了几场大雨，老屋就要倒塌了，侄子们打算分用那些木料。如果是这样，我的老家就是片瓦无存，回去也无立锥之地了。

市里对我的住房，也不是不关心。他们几次劝我搬到单元房，但我没有去。单元房上下干扰得厉害，我现在住的是平房，虽然老旧，四周嘈杂，上下还是可以放心的。当然还有雨漏之灾，狐鼠之患。

总之，我恐怕就要在这个地方寿终正寝了。

关于你要在十月份来看望我，如果你方便，我是很欢迎的。不过，我一个人生活，又有病，恐怕不能很好招待你。我不善交际谈话，会使抱有热诚之心的青年人失望。

你要带给我几十斤小米，这确实太多了。我一个人，每天熬一次粥，能用多少米？另外，这里离老家不远，亲戚们每年都给我捎小米来。我没有冰箱，小米好生虫，一到夏天，我就得端出端进，忙于晾晒。因此，如果你要带，十斤就算不少了。

抗战八年，我吃的山地小米不少，至今对山区农民的养育恩情，还没有丝毫报答，我想起来也是很难过的。我感谢你那当医生的爱人的拳拳之心。

希望你多读书，细读书，多跑路，写好文章，不断开创自己的新路。

祝

好

孙　犁
九月十五日

致韩映山（一封）

映山同志：

来信收到。今天收到房树民寄来的《中国青年报》，读了你写的《修书》。

我觉得写得很好，有些真实感。写这种文章，最怕添油加醋，也怕只讲道理。主要应写被记的人的言与行。而且最好是多记些无关重要的小事，从中表现出他的为人做事的个性来。例如你记的，我要为你修书的一段就很好，很有风趣。

我是无足记述的。自己也不愿写回忆录，发表的《善闇室纪年》，也是寥寥数语，一年就过去了。甚至一年之中，连寥寥数语也无。为了不给你泼冷水，故作鼓励之词如上。

不好发表，是可以想到的。现在文章，一是要看谁写，二是要看写谁。我和你，都不是时兴的人物。

不过，最近几天，见到和听到一些有影响的理论家、批评家的言论，又在作大幅度的转动，强调现实主义和中国传统了。

祝
全家安好

犁
十月二日

致房树民（一封）

树民同志：

收到来信并寄来的报纸，甚为感谢。你调动工作的事，我前几天就听到了。换个地方也好，新环境总会使人振奋一下。像我几十年蛰居在一个地方，实在不是办法。出版社现在的困难也很多，但慢慢会好起来，你和维熙同事，再好不过了。请代我问候他。

你好久没有写东西，现在是否还把笔拿起来，写小说一时如有困难，可写些散文、读书评论之类的文章，这和你看稿也有联系。总之，我希望不断看到你的文字。你的文字朴实而简洁，文法修辞，也有素养，我一向是很喜欢的。

 祝

好

犁

十月二日晨起

致葛文（一封）

葛文同志：

收到你十一月七日信。

田间同志的逝世，使我非常痛苦。我们之间，也不是没有过小争吵、不愉快，但我总觉得他是一个忠厚的人，真诚的人。这种人，目前并不是随处都可以遇到的了。所以，我很怀念他，因为怀念他，今天见到你的信，我的感情又很波动，几乎流出泪来。

你知道，这两年，一些老熟人，不断地逝去，我却很少写悼念文字。因为有些人虽然很熟，但留在我心中的印象，总不太明确，觉得文章不好写，也没有多少话好说。另外，也接受一些经验教训，话说得直了，家属不高兴。家属总愿意把文章写成悼词似的。这种心情可以理解，但写起来就没有意思了。

老田是例外，是我夜里起来写成的。我也没有忌讳，我知道，即使我有些话说错了，你和孩子们，还是可以谅解的。

古人云：死者已矣，生者何堪！但是时间会渐渐沉淀生者的痛苦，向别的方面转化，用有效的工作来纪念死者。

这也是我对你的希望。把老田的遗著，好好整理一下。你自己也可以多写些文章。近年投稿不易，不要管它，认为有意义的，就用心把它写出来，总会有用的。

我一年不如一年，今年尤其显得衰老。心情忧郁，几乎是足不出户，文章也写得少了。总没有给你们写信，原因就在这里。

保重自己的身体吧！有机会可以到天津来玩玩，天津家里还有人吗？

孩子们也都大了，我想他们会好好工作，用成就来纪念他们的父亲的。

祝

好

孙　犁

十一月八日中午

一九八六年

致某函授中心（一封）

函授中心：

　　读书：不分古今中外，多方面借鉴、吸收。写作：不分小说、散文、戏剧、诗歌，什么都练。待人：不分贫富、贤愚，各行各业，都交朋友。识物：一物不知，儒者之耻。多识鸟兽虫鱼之名。孔子多能鄙事，我们也不要把作家看作高人一等。以上，很多是我没有做到的，是晚年的忏悔之辞，寄希望于敬爱的青年朋友们。

孙　犁
三月二十七日

致何流（一封）

何流同志：

　　四月十日大函及剪报收到，甚为感谢。

　　那篇文字，确是抄袭，是明目张胆的抄袭，也是拙笨的抄袭。他只是把个别字句变了一下，如把"参军"变为"致富"，把"编席"

变为"编筐"。

但要我"站出来，说几句话"，我看就不必了。我一贯反对抄袭，也常说：青年人初弄文字，偶一犯之，也难避免，明白以后，不再犯也就是了。我也一贯不赞成，明明是抄袭，却想出些道道替他开脱，如"套用"呀，"偶合"呀。因为文字是否抄的，是一眼就可以看出的，越开脱越不带劲。对谁也没有好处。

至于编辑为什么看不出来，也是情有可原的，例如天下文章多，编辑哪里都记得住？大手脚的从外文抄，小手脚的从旧书刊抄，都以为是人们所不易发现的。这位同志则笨一些，抄现行课本上的，你是当老师的，一眼就看出来了。编辑同志可能没读过被抄之作，也可能是读过忘记了。这也说明：我的作品，没能做到家喻户晓，深入人心。我们都予以原谅吧。我看了以后，最初觉得有趣：抗日战士一下变为致富能手。最后觉得抄袭之风，总刹不住，是有很多原因的。好在这也不影响国计民生，对我也不算什么损失。希望这位同志也作为一次"失误"，慢慢觉悟吧。我年老多病，什么事情也淡然了，所谈如有不妥之处，望你多体谅。

　　祝
教安

孙　犁
五月二十一日

致姜德明（一封）

德明同志：

六月八日大函及惠寄字帖两种，均收到，甚为感谢。其中苏孝慈志，过去未见过，出土较晚，字体完好，为隋碑中之可爱者。

读字帖，过去不解其妙处。老年始觉到：实亦安心定性之一途径。

金石之学，永久不衰，学者得其精，以成著述。吾等外行人，得其余韵，以养心性。古人作此，以遗后人，未曾想到之另一妙用也。

祝

夏安

犁

六月十七日

一九八七年

致姜德明（三封）

一

德明同志：

七月二十日大函奉悉。

统计了一下，芸斋小说共有二十二篇，每篇最多二千字。恐怕还要写十来篇才可。

大作，已从头读至林淡秋，以为很好，我很爱看。一是通过作者与这些人的特殊交往来写的，一是有什么就写什么，很自然。我主张，这种文字，最好多写人不经心的小事，避去人所共知的大事。

近日大热，想北京亦然。

祝

好

犁

七月二十二日

二

德明同志：

七月三十一日大函及剪报顷收到。我的琐碎文字，蒙兄郑重编排评介如此，且感且愧！

这里室温三十四度，已连续数日矣。今日稍有风雨，降低一些，太反常了。

蝈蝈，天津今年是四角一个，且有本地青皮，欺压乡下人，强行"承包"，与西瓜同售者。

今年我才知道，这玩意儿好吃大米饭，过去，我都是喂它丝瓜花和菜叶，因有污染，常常死去。米饭则既方便又安全，特为同好介绍之。余幼年即喜养此物，常于酷暑季节，伫立谷地，屈十指互擦作响，以引逗之，然后循其鸣声，蹑手蹑脚，四处观望，捕得一只，已满头大汗。

祝

好

孙　犁

八月一日

三

德明同志：

顷奉十一月十日手书。对拙作芸斋小说看法，正是我这两日忧虑处。弟此种文体，一写就是这样；一定要得罪人，而得罪的又多是朋友熟人，所以的确有点怯于执笔了。今年一气呵成七篇，自己已经负担沉重，是否短时再能写出，实在是个问题了。这对你虽然不是好消息，但我的心情，你是可以理解的。

我住的大院，已改为报社发行处。现新购十辆邮递车，停于院内，每日调出调进，比公共汽车终点站还热闹，什么事也做不成了。

散步的路子，也堵塞了，院内空气，也污染了。闭门读书，也读不下去了。而搬家之事，尚无定规，恐怕要到明年春季，才有希望。但我还是想泰然处之的，勿念。

　　祝

近好

　　　　　　　　　　　　　　　　　　　　犁
　　　　　　　　　　　　　　　　　　十一月十二日

致卫建民（一封）

建民同志：

　　十一月二十五日函及刊物，收到。我有《作家》，你写的文章，早已看过，看了两遍，觉得与众不同，有自己的思想。这当然可以称做作品。因为不只有对象，也有自己。

　　不知你看过李又然的散文没有，他写东西很认真，也很吝啬，一字一句，推敲不已，虽不能说：不惊人，死不休，可也称得上：吟成一句，白发几丝了。这种谨严的创作方法，使他留下来的作品很少，而且知音也不是太多。这是一种文学史上，不止一次，出现的现象。

　　你写东西，还可以放开一些，随便一些，这样就可以"多产"一些了。晴窗无事，多谈几句，望你参考。

　　祝

好

　　　　　　　　　　　　　　　　　　　　孙　犁
　　　　　　　　　　　　　　　　　　十一月二十九日

一九八八年

致姜德明（一封）

德明同志：

托人带来的、寄来的赠书，共三册，都收到，甚为感谢！

书印得很好，内容我也都爱看。

我这里，实在一言难尽。因准备搬家，大伤心神。年轻人搬家是乐事，老年人搬家是苦事，而且有苦难言，强颜欢笑。这一搬动，几乎是背城一战。蒋公云：牺牲不到最后关头，绝不轻言抗战。我则云：不是弄到如此局面，也不会轻言搬家。区区下情，当蒙睿鉴！

前些日子，寄给袁茂余同志一稿，是《无为集》的后记，写得不好，也不应时，不知能用否？能用与否，反正是交了季涤尘同志的差了。

给青年散文家题了几个字。他来时，正赶上我精神很不好，手下也没有稿子。写了几个字，他高兴地走了。特告。

祝

好

犁

二月六日

致一位中学生（一封）

寒青同学：

　　收到你二月十四日来信，我非常高兴。这并不是因为你在信中赞扬了我，是因为我看到了你对生活，你对父母，你对文学写作的一片赤诚，和你对我的一片天真之心。你的文字，也使我高兴。你才十五岁，有这样通顺、鲜明，能很好地表达情意的文字，证明你是很用功的、很懂事的一位小姑娘。

　　只有严肃纯朴地对待生活，才能严肃纯朴地对待文学艺术。那些把文学艺术看作是荒诞玩闹的化身的人，最终必然导致荒诞玩闹地对待生活。每年都可以看到，不久以前还在玩弄魔术、哗众取宠的人，在文艺舞台上销声敛迹了。

　　我生活得很好，春节过得也很愉快，请你不要挂念我，好好学习，继续努力。

　　问
你父亲好

孙　犁
二月二十二日

致李华敏（一封）

华敏同志：

　　你走后，我查了字典，"泼剌"不对，应是"泼剌"。我记错了。
　　祝
好

孙　犁
三月二十八日

致卫建民（一封）

建民同志：

四月二十日信敬悉。

我还住在老地方。东西都装好了，新居的电尚未通，所以就等着，什么也干不成了。

给你的那封信，登在今年三月十八日《天津日报》第五版上。

今年的生日，恐怕还是自己吃一碗面条。其实我差不多天天吃面条，但到了生日这一天，如果自己没有忘记，还总是要吃一碗的。

　　祝
近安

　　　　　　　　　　　　　　　犁
　　　　　　　　　　　　四月二十三日

致刘梦岚（一封）

梦岚同志：

前后两信都收到了。这一程子，我一直准备搬家。最近已经到了关键时刻，忙乱得不可开交。我在云游中，度过了前半生。那些年，每当早晨起步的时候，从来不考虑晚上睡在谁家的炕上。现在老了，想的是安静二字，这在当前，又谈何容易！

得知贵报四十年大庆，我衷心地向你们祝贺！几十年来，我在你们的副刊发表了虽然不是很多，也算不少的文章。就是说占了副刊不少宝贵的篇幅，得到了你们的热情关怀，我们之间建立了工作友谊。对我来说，是很值得纪念和感谢的。

你们的工作，是严肃认真的。例如我在副刊发表的芸斋小说，其中一篇，删去三百字。我看了以后，觉得删了比不删好，在结集出书的时候，就按你们的样子发排了。现在，"文章赏析"这一名词很流行。但文友之间，编辑和作者之间，真正的、有见地的、大公无私的分析和讨论，是太少了。有时使人感到寂寞。

写文章，谁能下笔千金不易？有时感情冲动，有时意马心猿，总会出现一些枝蔓。编辑能够看出来，能够认真地给他改正，他不会不服气的。

我希望你们继续保持这种严肃作风，这是对谁都有好处的。

梦岚同志，如果你认为可以，就把我这封短信，作为对副刊的祝贺吧！

　　祝
编安

孙　犁
六月七日

致郭志刚（一封）

志刚同志：

接读六月二十七日来信，甚为高兴！

七月底以前，我搬不了家。万一搬了，可到《天津日报》文艺双月刊编辑部，请他们带你去。那地方尚无定名。

我买过一些佛经，但没有认真研究过。但中国知识分子，说没有受过它的影响，也是很难说的。特别是学文学的人。

希望你把那本书写出来。

我一切如常，只是日见衰老。

　　祝
夏安

孙　犁
七月四日

一九八九年

致邢海潮（三封）

一

海潮学兄：

　　四月八日信，昨日转到。见到照片，审视久之，于眉宇间，尚有迹可寻耳，不胜今昔之感。今亦呈上近照一幅，兄看后，定有面目皆非之慨叹！

　　弟于去年八月份，迁入新居，然邮路不畅，赐信，近期仍寄报社较妥。

　　弟有一男三女，均已独立生活。老伴于一九七〇年病逝。后再娶，又离异。今仍一人生活，琐碎尚可自理。惟自一九五六年患神经衰弱以来，身体一直虚弱。雇一人，为我做饭。也是度日而已，乏善可述也。

　　看照片，兄身体较我为佳，字迹亦清楚，长寿之征，望诸多保重！

　　诗词学会，弟无联系，因弟不会做旧体诗词。

　　望常赐信！

　　祝

春安

弟　孙犁
四月十七日

二

海潮学兄：

　　前后两信均收见。大作读后即交《天津日报》副刊，并请他们与您联系。

　　关于家事，子女皆系亡妻拉扯大，弟每念及，不无惭疚。

　　关于京剧，弟青年时只是好看好听，自己闲时也哼哼几句，实无腔调可言，近已唱念不出矣。

　　弟时有消沉气象，每思振作，甚不易也。

　　天气多变，望兄珍重。

　　祝

大安

　　　　　　　　　　　　　　　　　　　弟　犁
　　　　　　　　　　　　　　　　　　五月二十九日

三

海潮学兄：

　　接前信后，以为兄不久赴京，故即未奉复。今接九月十六日信，知尚未动身。弟自春季突发眩晕以后，虽已恢复，然精神时有不佳，今年一年，几乎没有动笔。

　　目前，出版社事多，郑君恐未能去石家庄。因之也未到兄所。

　　报社拟再选一段"剧谈"刊登。

　　很久前寄兄小书一本，想尚未收到。

　　又届秋凉，望多珍摄。

　　祝

好

　　　　　　　　　　　　　　　　　　　弟　犁
　　　　　　　　　　　　　　　　　　九月二十三

致韩映山（二封）

一

映山同志：

来信收到。

一、西洋古典美学，即指西洋古代哲学家、艺术家，如亚里士多德、黑格尔等人关于美学的论著。但书名我已记不准，可先买一本西洋文学史看看，找到线索。

二、中国古典美学，指如《文心雕龙》（刘勰）、《文赋》（陆机）、《诗品》（钟嵘）、《典论·论文》（曹丕）。第一种为专著，其余为文章，一些古文选本中有。

我主要是希望你在文艺理论上开拓一下，对创作是有好处的。

专此，

祝

好

犁

五月二十九日

二

映山同志：

来信敬悉。

自春季患病以来，一直未曾动笔，现虽已不晕，但头脑不清，精神不集中，因此，终日茫茫然，书也很少看了。

古文读着难懂，多读几遍就懂了。

要硬读。

近日大热，

即祝

暑安

孙　犁
八月四日

致邹明（一封）

邹明同志：

自迁入新居，我们就很少见面。近又得知你身体不适，甚为挂念。望积极医治，安心调养为盼！

值此《文艺》双月刊创刊十周年之际，谨向你们表示祝贺！

你要我谈一些想法。我没有新的想法，只有旧的想法：

作为园地，双月刊应继续以选登初学写作者，虽非初学、但尚不很出名的作者，已经有名、但在目前并不走红的作者——这些人的作品为主。

不强向时代明星或时装模特儿那样的作家拉稿。

不追求时髦，不追求轰动，不以甚嚣尘上之词为真理，不以招摇过市之徒为偶像。

作为内容，这片园地里，种植的仍是五谷杂粮，瓜果蔬菜；作为形式，这个刊物，仍然是披蓑戴笠，荆钗布裙。

每期前面，可以增加一二页文艺短论式的文章，这样，比只登创作，更活泼一些。

编辑部的青年同志，要叫他们进修文化，多读一些文学作品的选本。读一些文法、修辞、标点符号方面的书。

至于我，衰年多病，提笔忘字，很难为你们写一点像样的文章了。近来，深以仍挂名文场，感到不安，这种心情，我想你是能理解的。

祝你早日恢复健康

孙　犁
九月二十二日

一九九〇年

致邢海潮（四封）

一

海潮学兄：

三月一日函敬悉。知兄已返赵县，此行未得晤谈，怅甚！

郑法清是个忙人，近日闻又去东北。然前成议，我想不会食言。他那套丛书，仍在计划之中，望兄稍等，俟彼返津，我当再问之。

现在叫小孩汇上二百元，微不足道，备兄烟茶之用，万勿推却。

弟一切如常，希勿念。

祝

好

犁

三月五日

二

海潮学兄：

前后惠书均奉悉。入夏以来，因气压低，弟时感不适，又以生活时有不安定,故写信少,望兄原谅。

前嘱郑法清寄一册《评传》给兄,该同志现在太忙,办事也拖拉无准则,恐怕还没寄。闻近又去国外,只好等见到他再催之。

弟很少出门,已经多年不到书店。

兄如有短小文章,仍可寄弟处,介绍发表。

弟衰年独处,性又孤僻,心情时常处于无可奈何之境,只有读书作文,以作消遣耳。

祝

近安

犁

九月一日

三

海潮学兄:

前奉大札,敬悉。

稿件两篇,已转本地报纸,他们将与您联系。我看,您还可以写些文学和历史方面的文章,知识性的或趣味性的。可否写一篇回忆钱穆的短文?此人已逝世。

弟已再次写信给郑君,请他寄一本《评传》给兄。

弟近抒发胸怀,胡诌旧诗一首,兹抄奉,望兄代我修改修改。

　　一生多颠沛,忧患无已时;
　　沉迷雕虫技,至老意迟迟。
　　实是无能为,藉此谋衣食;
　　大难竟不死,上天赐耄耋。

祝

节日快乐

弟 犁
九月三十日

四

海潮学兄：

  前后来示均奉悉。大稿二件，交此间《今晚报》，已登出一篇，第一篇亦将刊出。日前见到该报副刊编辑，对兄稿之干净无滞，甚为推誉。今后有稿可直接寄给他们，一来可以消遣，二来于读者有益。

  拙荆忌日经查对，应为一九七〇年四月十五日。她长我四岁，属鸡，然生辰月日，则不复记忆。弟自进入中年，颠沛流离，患难相仍，后又患病，对亲人生忌之日，多不记忆，思之，甚为愧痛。

  随信再寄上近来所作短文一篇，为老兄闲时解闷之用。至于评传，以弟观之，多赞誉之意。作者的热诚，可感念，然并非实录，不可全信也。

  弟近况如前，精神时好时坏，近亦无新作。前些日子，又写了一阵字，对于此道，亦因幼年缺乏基本功，很难于老年得到进步矣。

  祝

近安

弟 犁
十月七日

致韩映山（二封）

一

映山同志：

  你在刊物上发表的日记，很好，我已经剪存，很真实有用。

  发表信件，注意不要妨碍别人。

最近我写了一些文章,"文汇"及"羊城"均有登载。《天津日报》在连载《读〈史记〉记》一文,约一万字。

另寄《光明日报》一纪念邵红叶的文章,约三千字。

凯瑞好了吗?

祝

春安

犁

四月十四日

二

映山同志:

来信收到,当按你的建议办理。

近来,我又写了一些短文,陆续在"人民"、"光明"、"羊城"及"天津"发表,不知能见到否?

听说九月间在白洋淀开篝火晚会,你去吗?

这两天,我正练字,所以用墨笔给你写信。字也写不好了,手颤动。不过,练练比不练好一些。这信纸是山西杨栋寄来的。

抄一首近作:

一生多颠沛,忧患无已时;
沉迷雕虫技,到老意迟迟。
实是无能为,藉此谋衣食;
多难竟不死,上天赐耄耋。

写在一篇文章里了,后一想,韵律不行,怕专家耻笑,又撤下来了。

从诗中,可见我近日心情。无可奈何,强作欢笑。

祝

全家安好

孙　犁
九月二日

致曾镇南（二封）

一

镇南同志：

最近，我托人找来六期《作家》，通读了你写的关于我的文章。我感觉这是迄今为止，写得最有功力、最见匠心的著作。

有些人要写我，我总是劝他们去读我的作品，但他们对于读书，兴趣并不大，总是愿意和我谈。我又不好谈话，谈来谈去也无非是那么几句话。于是他们就根据别人写过的，已经存在记忆里的几条去论述，这样，就总是那么几点，没有新的途径，没有新的发见。

我觉得你的文章，完全得力于读书，读得细，读得认真，因此，有很多新的见解，新的内容。

读后，有一种感激之情，也有很多感慨。我本无什么可写，但同志们写作的热诚，我都是由衷感激的。

随信寄呈《无为集》《芸斋小说》各一本请教。

我一切如常，只是日见衰老，无可奈何，近来只能写些短文章和读书记，想能见到。

恭祝

撰安

孙　犁
七月二十八日

二

镇南同志：

上午收到惠寄大作，饭后即一口气拜读毕。

以充沛的感情，作详尽之评述，加之以文采，此文论写作之三要素。兄作兼之，余不避嫌。惜不谈拙作之缺失耳。

前承问及，《青春遗响》一书，未出成。河南诗集，已无存者，现正编辑我的文集续编，均可收入，出版时当奉寄。

我一切如常，偶有小作，均在报章，想能见到。

即候

冬安

孙 犁
十一月二十七日

一九九一年

致韩映山（一封）

映山同志：

　　元旦来信，敬悉。

　　我自十一月中旬，患腹泻旧疾，每隔十数日，即患一次，迄今已患五次，每次泻四五次，服药即止，过几天又患。因此身体大受影响，孩子们也很紧张。

　　《朋友的彩笔》一文，虽非无的放矢，然亦毫无恶意。××读后，似甚不快，多方辩解。可见写文章实在不易，而得罪人则甚易。

　　近日在饮食上及服装上想尽一切办法，使肚子不受凉，已略有好转，望勿念。近又作一诗：

　　　　不自修饰不自哀，不信人间有蓬莱；
　　　　阴晴冷暖随日过，此生只待化尘埃。

　　祝
春节快乐

孙　犁
元月六日

致鲁承宗（二封）

一

承宗贤弟：

五月六日来信及拍来电报均收见，甚为感谢！

我不大过生日，有时一个人吃碗面条完事。其实不过生日，我也爱吃面条。

前去一信，并附剪报一纸，想已收见。现病情平稳，但仍在服药静养，老年经此一场，前途实难预卜，听其自然而已。弟所告注意之点，兄当遵行之。

即祝

近安

犁

五月二十五日

二

承宗弟：

八月六日信，昨日收见。这本小说读过后，我写的所谓小说，你就都看过了。此间正准备再版我的文集及补编其续集，不知何年何月才能印出，届时定当寄你一部作为纪念。

我们年轻时的照片，都已荡然，不知你有无线索，能找到？恐怕也不可能了。

我的病已稳定，但已大不如从前。你的经验，对我很有用，比如黄连素易引起间歇，安定片可稳定心慌，我都照办。

寄来字帖，收到了。你的研究很细心，我没有耐心，什么帖临几回就烦了，字一直写不好。字帖，原石都已毁坏，只能靠珂罗版了。近阅报，我们那里的衡水县近来发见大量字帖木版，可见很早，就有人翻刻了。

  祝

夏安

孙　犁
八月十五日

致姜德明（一封）

德明同志：

  昨日奉到书籍，今晨接到来信，书已浏览一过。文章虽多散漫，材料还是有些新的，即过去我们所不知道的。从思想研究进入藏书研究，学术多了一点。当然很多文章，还是看重谈思想。

  弟以为书固然是思想来源之主要者；然固定思想者，则为现实。从书本上来的思想是不固定的，多变的。

  我给书包了书皮，上除写明为兄所赠，并写了"戒定慧"三个大字，其出典就在该书内，兄如尚有一本，是可以查到的。

  即祝

近安

孙　犁
十月十日

致耿见忠（一封）

见忠同志：

  来信及报纸收到，甚为感谢！

  "中华"所印近人日记，其中翁氏日记，多年前我曾购有涵芬楼影印本一部。他的《军机处日记》，我也购存二册，"燕大"影印本。

翁氏日记，一如曾氏的，行文简要，记事空洞，并不可观，若想探知当日情形，还是读小人物的日记好些。

日记一体，也多种多样，有随意记下的，有刻意经营，当作著述的，如李慈铭。

近人日记，因未经时间岁月淘汰，鱼龙混杂，买不胜买，读不胜读，即使想读，也没有多少精力了。您尚年轻，可泛览一些，但也需要有个范围才好。

有关日记，我的"读书记"中曾有专文谈及，另有数种，仍想找机会谈一下。

来信所说同口今日情况，想来已远不及当年了。

陈调元事，可问陈乔。

祝

近安

孙　犁
十一月六日

一九九二年

致徐光耀（三封）

一

光耀同志：

　　前接来信，知您心脏不好，望注意休息，心情平静。老年人有点心脏病，不是什么大事。但也要注意才好。我的心脏，主要是时常心慌，即跳动太快，声音太大（自己能听到），心绪烦乱。去年春节甚为不妙，今年春节较好，也没到医院认真检查过。其详情，可参看去年发在《光明日报》上的小说《心脏病》。

　　《光明日报》迟迟未发我写得那篇《寄光耀》，可能是我写得太消沉了一些。说是二月一日发，可我又没有收到报纸，也不知到底发了没有。文章也没有说什么，前边是我写给你的两张明信片，后面是叙你我的交往。

　　这次复信迟，是等着那篇文章发表，请你原谅。

　　即祝

春安

孙　犁
二月十八日

二

光耀同志：

昨天才收见您八月二十一日的信和寄来的照片，非常感谢。

你我合照的一张，很有纪念意义，可惜太靠近那块大山石，有压迫感。

《长城》登载的一张，我准备用在北京电影广播出版社为我编的散文集上。现有的就很好，不必再洗印。

我一切如常，希勿念。

祝您保重

孙 犁
九月五日

三

光耀同志：

刚刚接到您十月二十日的信，我立即找出一张字幅寄给您。我不会写字，近来手颤，已很久不写了，留个纪念吧。

我也正想给您写信，我今天读了《长城》上您的两篇小说，觉得很好，尤其是第一篇。您如此年岁，还能如此用功，一丝不苟，在艺术上精益求精，实属难得。

我也看了贾大山的短篇，还诌了四句顺口溜：

小说爱看贾大山，
平淡之中有奇观；
可惜作品发表少，
一年只见五六篇。

供您一笑。

正在读铁凝的《他嫂》，文长，还有两节没读完。铁凝的文章，才真正是行云流水。我的"行云流水"远不如她。

天骤然变冷，我的心脏又不适应，然不要紧，希勿念。

究竟是太老了。

写写散文好，但要注意休息。

即祝

全家安好

孙 犁
十月十二日灯下

致卫建民（二封）

一

建民同志：

二月二十四日信，今天收到。我给你写回信，是因为我闲着没事，而且有话要说。你的四期分段法，我看很新颖，很有意思，是否可以费些时间，写成一篇论文，也算是一家之言吧。

这几天写了两篇散文，标一总题:《新春怀旧》以应时令，交给《今晚报》发表，我想很快就可以见报。

我在什么地方提到"时达"，我都忘记了，而你却记得，足见是认真读过我写的东西了。

即祝

近安！并问荆扉和孩子好。不必回信。

孙 犁
二月二十七日

二

建民同志：

　　来信收到。

　　欧公是个纯净的文人，是安分的"儒"，所以他的一生，虽然也有人造他的谣言，但官做得还是平稳的。几次贬抑，也只是仕途之常，没有流到琼崖去。他的这种想法，是真心话。当然他也遇到了好时光，宋朝对待文人，是很宽容的。

　　每到换季，我就担心犯病。近日又是心悸亢进，又在吃药。

　　前几天，陕人出版社来组稿，又是"名人随笔系列"，经过考虑，我谢绝了。今后再也不叫人"炒剩饭"了。

　　你那里如果有登载《我的"珍贵二等"》的《文汇读书周报》，请把这篇文章复制一份寄我，如果不方便，就算了。他们寄给我的报纸遗失了。

　　你读的宋书，是什么版本？

　　即祝

全家安好

孙　犁

九月十五日

致邢海潮（三封）

一

海潮学兄：

　　五月十日信收悉。弟之闇弱，兄所素知，"名""家"云云，徒增愧悔。别无他能，遂坠此途，回顾一生，如梦境然。

　　近检数年来兄所赐信函，竟有七十余件，弟呈兄信，当亦不亚此数。通信持续之长,往来之频,为弟生平所少有。实亦不易之遇也。
因思:兄能否从弟信中,选择若干件稍有内容、文词可观者,烦一位能抄写清楚的晚辈,用稿纸抄一下给我?连抄即可,不必一信一纸。前十封已抄过,不必再抄。抄后,兄校核一下,每次用平信方式,寄稿纸五六张,可不超重,亦不必挂号,分寄数次,即可完事。遇有机会,弟拟编入通信集。请兄考虑,是否可行?如有不便,即可作罢。

县志一事,弟亦稍有了解。今之修志,人才太少,水平太低,对"志"的知识亦差,多不成样子。贵县能得兄襄助,实为不易了。

即祝
夏安

弟 犁
五月十七日

二

海潮学兄:

信及抄件均收到,甚为感谢。书信集不知何时方能面世。日前王勉思来舍,一句也没提及此事。近弟谋求在刊物发表致兄之信件,然自前年在羊城受挫之后,知道编辑们对信札,没有兴趣。这是偏见。最能见人性灵的是书信。古人深明此义,故选本多有书简录存。我问问《长城》(河北省出版)愿登与否。寄上拙稿,供兄饭后一阅。

即祝
秋安

孙 犁
九月八日

三

海潮学兄：

前后来信均奉悉。骤然变冷，弟之心脏又有不适，故迟复。每年如此，亦不要紧，希勿念也。

近来报纸副刊，专登应时文章，浅薄无聊。对学术文字既不懂，亦无兴趣。可暂时不寄稿件给他们，写好先放着。弟亦不想再投稿，文场是非多，向无标准，弟为文轻易随便，常因此得罪一些人，不愿再虚耗精神。冬季到，望兄注意保暖，度此危时，

即祝

近安

弟 犁

十一月二日

致鲁承宗（一封）

承宗贤弟：

五月十七日来信及照片，均收到。照片照得很好。兄近年所谓养花养鸟养鱼，也多是凑合，抱残守缺，又不吸取别人经验，也不讲求实效，所以什么也谈不上。即以养花而论，很少上肥，即咱老家所谓"种地不上粪，瞎胡混"而已。也都是一些草花老树。鱼也不喂活食，只喂小米，所以养了多年的，也不长个儿。

贤弟介绍养病经验，多实际之谈，尤以"不关心"三字为名言。许多病症一关心就会坏事。当然也要留意，我现在就集中精力，在不要摔跤这一问题上。这也是贤弟来信告诫后，我才注意的。现在下楼，不管有力无力，都扶着楼梯下，以防万一。

心脏最近很平稳，就是精神差一些。文章写得也很少了。我正

在托人找一本《孙犁小说选》（原四川文艺出版社出版，我手下已无有），如能找到即寄去。这样我写的有关家乡的书，你就可以看全了。

即祝

全家安好

愚兄　孙犁
六月一日

致韩映山（一封）

映山同志：

来信收到。目前，你最好是多读些书，写些杂文投稿，完全放下不写，也不是办法。

我也不愿写了，也实在写不好了。看书也很少，只能看些大字书，最近只写了些题跋，每篇数百字。要从长远看，不要只看眼下。来日方长，你的创作，还是很有前途，千万不要悲观。

即祝

夏安

孙　犁
七月一日

致李屏锦（一封）

屏锦同志：

大函奉悉。赠书亦收到，甚为感谢！

久未通讯，但时常想念您。祝工作顺利，身体健康！

我一切如常，只是日见衰老，心脏亦发现有病，今年写作，已经很少。

即祝

暑安

孙　犁
八月十日

致铁凝（一封）

铁凝同志：

收到你十一月十七日来信，很是高兴！

我有很多年，不看小说了。但遇到熟人的作品，我也总是看看。前几个月，看了您一篇写一个妇女牵牛赶集，回来的路上，坐在石碑上描字的小说，觉得很好，印象很深。

《他嫂》一篇，我是逐字逐句看完的，大概看了三四天，我看书很慢。看时，我只注意故事和语言。农村场景描写入微，惟妙惟肖；行文如流水飞云，无滞无碍。这都是你的超长之处，应该发扬。至于后半部，有个别场面的描写，以及辞句的使用，当然还可以讨论。我以为这也许是您的一时的兴趣，或艺术上的尝试，原无不可，也不可厚非的。

但文学语言，还是需要纯洁的。小说后半部的用语，似乎滥了些，这样，就对艺术无补，反而成为多余的了。

在当代作家中，您的语言，还是很有修养的，素质很好。有些名家，并不注意语言之美，有的名家还公开声言：写几个错字，文法不通，没什么了不起。这是骇人听闻的。古今中外的作家，都像爱护眼睛一样，爱护自己的语言，从来没有人说过这样的话。今天却能在中国文坛上听到。

承问，直言如上，不知当否？

即祝

近安

> 孙　犁
> 十一月二十二日

致吴云（一封）

吴云同志：

　　接奉十二月三日惠函，藉详悉您的生活、工作经历，甚为感动。做学问和创作一样，经历非常重要，读书次之。您的足迹遍及整个中国，器识可谓有余。近年所为著作，无形中证明此点。古人说行万里路，绝非欺人之谈，故司马迁必作万里行也。至于旅途坎坷，历代文人必经之路，有失有得，自可坦然处之也。余不一一。

　　即颂

教安

> 孙　犁
> 十二月十日

一九九三年

致铁凝（一封）

铁凝同志：

寄来书、信均收到，甚为感谢！其中有些文章，我过去曾读过。

你看，这个寿星，和你送我的寿星相比，风神相去甚远。惠山泥塑，无与伦比，天津泥人，徒具其名。你送我的泥塑，一直保存良好。我上次写给你的信，有机会可请光耀同志看看。

　　祝
新春快乐全家幸福

孙　犁
一月十三日

致李安哥（一封）

安哥同志：

收到您的来信，非常感谢！您我也可说是故交了。

有些关于我的报道，多有失实之处：即如文集，一共八卷（包括前编五卷，续编三卷），字数为近三百万字。此书号称珍藏本，在编辑工作上，虽尚有不尽如人意处，然在印刷及装帧上，出版社尽了全力，在当前说是上乘，我在生前能见到它出版，是很满意的。此书为限定版，只印二千部，与出版社约定：概不赠送。大部分已售出去了。

入冬以来，我心脏不稳，诸事俱废。但目前尚无大症状。请勿念。
即祝
全家安好

孙　犁
正月初五日

致卫建民（二封）

一

建民同志：

又收到探询贱体的电话，甚为感念。

由于小女儿春节前住院，玉珍又因家中有事，要多歇几天，我正为今年春节发愁。结果外地两个女儿都于节前赶来，昨日才回去，证明发愁是不必要的。二女儿还给我带来一架收录机和一些老京剧音带。这对我还是新玩意儿，每天收听，并接待了所有来访的客人，以补过去两个春节的疏慢。所以说，这个春节还是过得不错的。

但写东西，确实是不想写了，这是证实我在前年给你信中的诺言，你是可以相信的。所有赠阅我报刊的地方，都已通知人家，今年不要再赠送，意思就是没有稿件给他们了，也不便再白看人家的报刊。外面也没有稿子要刊登。只有《长城》（河北）今年第一期将发表我给赵县邢海潮（老同学）的四十多封信。

读书也谈不上，花山出版社送我一本日本僧人著的《入唐行记》，正在阅读，每天也只能读一二页。

　　祝
全家安好

孙　犁
一月三十日

二

建民同志：

　　中午收到您的信。我是读了林纾的春觉斋论文、论画，又在中国书店的图书目录上，见有他的文集，而且售价非常便宜，才临时写信，请您去问问有无存书。结果又浪费您几个小时，甚歉甚歉！

　　我当即读了您复制来的几篇"林文"——桐城味太浓，实在与他论画论文之作——言之有物者相反，兴趣顿减。想来他的文集，大都是这种文章，不必再去搜求了。

　　此人因能文能画，收入颇丰，有友人誉之为"造币厂"。室内有桌面二：一画画，一写作，交替而作。与人共译法国小说，那个人还没说完原文大意，他的译稿已画句号，文思敏捷如此！当《茶花女遗事》初入中国时，国人耳目为之一新，新潮汹涌，无可匹敌。他因此发了大财，亦时势造英雄也——现趸现卖，我前几天读来的。

　　我还是乱翻一些书。近日又读中华书局前几年校释的两种佛经，只读前言和附录，正文读不下去。

　　天冷，早晨去阳台感冒了，连续服药，已经好些了。

　　即祝
冬安

孙　犁
十二月二十三日

致韩映山（三封）

一

映山同志：

来信及抄件均收到。

《太平广记》所收，均系宋以前古书，价值极高，可以说是中国古文化的百科全书，非只小说。鲁迅对其评价极高。扫叶山房石印本，在今日已属少见，其校对比现在铅印本为佳，且字大行稀，适于你阅读。惜其中缺失两本，以《人海记》两册充填。购时即如此。你如有兴致，可借朋友处有此书者，复制补足，即成全璧。现民初石印书，已成古籍，读书界争收藏之。

我最近，不打算写文章，却写了两首顺口溜，抄寄一笑。

一、写给玉珍女儿小珍的字幅：

保定风光好，抱阳一亩泉。
莲池多古迹，少年曾流连。
至今不能忘，秀水白衣庵。
往事已成梦，故人散如烟。

二、读《长城》某期小说：

小说爱看贾大山，
平淡之中有奇观；
可惜作品发表少，
一年只见五六篇。

三、写给娄凝先女儿的字幅：

八年征战成陈迹，
故人音容已渺茫。
只有白发存记忆，
太行山顶衰草霜。

即祝
春安

孙　犁
二月十八日

二

映山同志：

来信收到。

你那篇稿子，我估计该报不一定用。目前，文艺界极为动荡。我那封信，已遭到或明或暗的攻击，得罪的不止一人，而是一群人。十四大前后，他们极其活跃，各路出击，一支冷箭射向天津，目标就是我。

你要注意近一时期，中央采取的一系列措施，这就是为了防止一场新的动乱。今天报上江总在上海发表的对文化界的讲话，很重要，提出三个主旋律。我想这会使形势进一步稳定下来，但能稳定多久，也难预料。

我写文章，一向随便，也很少考虑后果。因为写时，确是无意得罪人的。比如信中那个病句。我与该人素不相识，也没有读过他任何作品，这哪里谈得上恩怨？我给贾平凹写信，要举个例子，正好身边有一种南方赠阅的小报，不知怎么，就有那么一句话，映进了我的眼帘，就随手用上了，也没有看上下文。又因为是信，文字也未经修改，也没想到发表，就寄出去了。

在过去，这本来很平常。解放初期，就有语言学家举过我的一个病句，看过也就算了，谁会想到去攻击人家。

现在这些名家，是吃捧奶长大的，只能听好话，从来也没碰见过这个，就火冒三丈，语无伦次，说我是"九斤老太"，不愿子孙繁衍，嫉妒，不甘寂寞，只会坐在后台，横挑鼻子竖挑眼，为什么不自己出台唱一出？

都是文不对题的话。他们的文章，也只能做到这样，因为捧奶，并不是一种有益健康的食品，吃多了只能使人虚弱。表现在文字上，则是逻辑混乱，比喻失义。

现在有些聪明的老年人，为了追求新潮流，都迫不及待地洗洗手脸，打扮得时髦一点，极力讨好年轻人。因此，对我的顽固不化，极其不满，对我的结论是：老是骂人。

我到底骂过谁呢？想不起来。

另有一些安分的老年人都放下笔不写了，而我只是落实在口头上，下不了决心。可叹，可叹！

我和你说的这些话，不要对天津有关的人讲，注意注意！

即祝

冬安

孙　犁
十一月二十三日下午四时

三

映山同志：

收到来信。我过去写文章，也有很多不注意的地方，特别是《风云初记》中，用了一些当地的真名真姓，而事迹又系创作，与真人无关。后来颇为后悔，然已不及改。好在是乡亲，也没人追究这些，不然就会造成麻烦。所以现在写文章，顾虑重重，也就没有生气了。

《容斋随笔》，是随笔中的上乘之作，我买过多种版本，后来送人了。这是一部很有价值的书。至于你读的那些禅书，我看都是现代化了的佛书，就像现代化了的《周易》一样，看起来实用，但已非原教旨，而上海古籍影印的佛教典籍，又非常之贵，也不易读懂，对于此道，也只好略加涉猎了。

我的身体，手术后已经半年，一直很好，最近天气一凉，先是感冒，前天又因吃饭不慎，引起腹泻，今天请大夫来，打了一针，还按时服药，恐怕也就止住了。我有时大意，家里人又缺乏卫生常识，虽屡屡嘱咐，有时还是疏忽。现在有病不敢再拖延，只能赶紧吃药。

我读书没有计划，现在读柳溪拿来的《阅微草堂砚谱》，此书卖得很贵。因为我当了《纪晓岚全集》出版委员会的一个顾问，她就送我一本。纪是大学者，河北出的全集，不知能保质量否？现在的出版物，实在令人不放心。所以我宁可读一些旧版本或影印的书。

今天大风，有病不能做别的事，就给您写了一封长信，耽误您的时间。

即祝

新年快乐，全家幸福

孙 犁

十二月三十日

致徐光耀（六封）

一

光耀同志：

收到您二月十七日信。关于信的事，昨天《光明日报》来问，我已经答应可以发表。您寄稿时，再把信看一遍，如有可能得罪人的言词，可径自抹去，不必和我商量。

很多日子，常常想给您写信，问问您的身体情况，因为懒散，没有写成。且自入冬以来，我的心脏，一直不平稳，夜晚难以入睡，必须服药。还有奇怪的，过去是好腹泻，近来忽然转为便秘，比腹泻还难受。关于便秘，我的经验是，便前散步，多吃红薯，最忌年糕。

我是不吃药有了名的。药有时必须吃，多吃必有副作用，中药亦然。养生以饮食，运动，心静为主。

即祝

近安

孙 犁
二月二十日

二

光耀同志：

昨日奉上一函，谈正事。还有些闲话，今日续说：文集一事，动手于一九九〇年十一月，我原以为还像一九八二年一样，同社方及参与编校者同志座谈了一次，交出稿件，致以希望。其实，事情却与过去大不相同，屡出差错，我多次发现致函社方，郑法清同志注意到，才亲自抓，组织了一个较强的校对班子，共校了三遍，我又亲自把续编三册校样，从大局看了一遍。所以最后结果，还算不错，书出来以后，我很满意，也很高兴。您也看出，还算校得认真。

书据说卖得还不错，现已涨价到三百元，黑市且有售价四五百元者。不管怎样，出版社不赔钱就好，据说还有些盈余，再印些续编的普及本，以供应曾买第一版五卷本文集者。

现在印书很难，我们希望不高，于生前能看到这么一部印本，也就心满意足了。过去,我们的作品,不是只能在墙报、油印石印的条件下发表吗?情绪不是很高涨吗?事到如今,也该知足常乐了。

务望您注意休息,少介外务,以养身心,并希望多给我写信。

祝

春安

孙 犁
二月二十一日

附近作二首:

一、为保定荆小珍题条幅(帮忙人之女):

> 保定风光好,抱阳一亩泉。
> 莲池多古迹,少年曾流连。
> 至今不能忘,秀水白衣庵。
> 旧事已成梦,故人散如烟。

二、为娄向丽题条幅(娄凝先之女):

> 八年争战成陈迹,故人音容已渺茫。
> 只有白发存记忆,太行山顶衰草霜。

癸酉春季

三

光耀同志:

前来信两封,都仔细读过。所删字句甚妥,"局"字亦无误。

只有老朋友,能说出知心话,您所谈写作与我身心的关系,实为至理名言,我应该听您的话。但确实很难了。近日身体有急遽下坡之势,前几天,本来写好给您的一封信,后因其中情绪不佳,就废置未寄。

我愿意在我心情较好的时候,给您写信。再谈些闲事:

我从去年就通知各地亲友,不过生日。这是考虑到主客观各种条件,才决定的。然对文艺界朋友的热心,我还是很感激的。我说:组织一些有内容的文章,或作一些小规模的、实质性的座谈,也无不可。

今年人们又谈及此事,天津方面,根据本地情况,已定按我的提议办理。北京刘润为同志来信,我也以此原则相告。前几天,浪波同志来舍,据所谈拟议,我仍以为规模太大,人数太多。但未予争议,只表示感谢而已。

当前,"研讨""庆祝",已流为形式。而一举一动,都要花钱,文艺团体又穷,只能去拉"赞助"。

"花钱买名声",尤其是"花别人的钱,替自己造声势",我极不愿为,而耻为之。但这话,只能向老朋友说。请您在开会时,再委婉地申明我的主张。光耀,我们苦难一生,到了晚年,还争个什么?特别是和"别人"争个什么?那会有什么用处?

此信暂时"保密",但方便时,可复制一份寄我。

即祝

春安

孙 犁

三月十五日晨

多加保重,少生闲气,看点有趣味的书。

四

光耀同志:

三月二十三日信收到。周申明同志已来过舍下,我把意思都向他说了。

那张照片，我这里无有，也忘记了。但我送您的东西，不愿收回，以后也印不了多少书了。如有可能，可翻拍一张寄我。如不可能，您就保存吧。

我说的有趣味的书，指的是让人开心的书。高雅的如《太平广记》《阅微草堂》之类。通俗的如《杂纂》（李义山）、《笑林广记》之类。

《笑林广记》，在我幼年时，庙会上有卖的。"文革"前，曾托旧书店给找了一部，纸是草纸，字是不识字的妇女们刻的，东一刀，西一刀，多一笔，少一笔，就像灶王爷神像上面刻的那种字体。"文革"后，有一位乡亲，是老八路，在警备区当干部，他向我借书看，我想这部书或许他喜欢，借去了。

你可能看过这部书，虽然不登大雅，我以为是笑话书中的精品。其中当然有不少庸俗的内容，但我并不认为那是"下流"，较之当前的黄色小说，艺术高超多了。可惜看不到新出的版本。过去乡下还有一种小石印本。

这也算我给你说了一段笑话吧。

我的病，主要是消化系统紊乱，不吸收，现正积极医治。

祝

春安

孙　犁

三月二十七日

五

光耀同志：

我大病一场，幸得生存。

患病期间，您前后来信，均得拜读，系念之情，深为感谢。

自今年春节，我的病急转直下，发展很快，到五月二十四日晚，忽然休克。当时，我一人在屋，非常危险。次日，被迫住院。先是内科看，又延误一些时日，后经专家会诊，方弄清是什么病症。

　　此次大病，全怨我平日不愿动弹，从不检查身体，又不明生理及医理，造成恶果，几个月来，所受痛苦，实难尽述。幸手术成功，目前在家中静养。然究竟年老体弱，大伤元气，恐短期内不能恢复。

　　知挂念，谨报告如上。

　　即祝

近安

孙　犁
九月十三日

六

光耀同志：

　　十一月八日来信，今日收到。信改动得很好。我的身体，逐渐向好的方面发展，勿念。

　　没事，逛逛小市，花不多的钱，买些小玩意，回家拾掇拾掇，确系消遣解闷之一法。但据我的经验，一不可太上瘾；二不可花大钱。你想，真正的文物，哪能卖到我们手里？我想，也到不了石家庄旧物市场上。

　　近年出土文物之多，以前各朝各代，都不能比，原因不必说，是动土的机会太多。但真正的文物，在民间流失惊人，河北为一走私重地。所剩破碎小件，也必然到了京津贩子之手，我们外行人，绝不会买到便宜。

　　但近来文物方面的工具书，出版不少，关于瓷器，最近复印了《饮流斋说瓷》，可以看看。但据我的经验，看书是看书，不懂还是不懂。所以，从事此道，最好是多看实物，多到博物馆，多到出土现场（您有这个条件），多请教此道上的行家，增加知识。但也只是玩玩，既不想买古董，也不想当专家，只希望不上大当。上点小当，也是玩，也是乐趣。

我老了，什么乐趣也没有了，"文革"前，买了一些零碎，"文革"中，糟蹋了不少，剩下的，存放在那里，连看也不愿看了。你说的那件所谓"明瓷"，并不是我买来的，乃是老伴生前从她娘家拿来的。

我闲着没事，和您胡扯，也是为了练练笔墨，不是给您泼冷水。余后叙。

即祝

冬安

孙　犁

十一月十二日下午

致姜德明（一封）

德明同志：

昨日奉到来示，小报亦收阅。

关于楹联，弟所读的梁章钜之《楹联丛话》及续话，至今仍记得纪晓岚的一医生集句：新鬼烦冤旧鬼哭，他生未卜此生休。

关于李俊民。弟在中学时，即读过他的《跋涉的人们》，系王斐然所赠，当时大革命失败，他从南方带来。三十年代，李守章又发表小说，编辑以为是新生作家，传为笑谈。但我过去不知他叫李俊民。那时的作家，能活到现在，也实在不容易了。

弟近日身体，有急遽下滑之势，文章写不成了。

即祝

春安

孙　犁

三月十五日

致邢海潮（四封）

一

海潮学兄：

弟大病数月，幸得生存。兄前后来信，均得拜读，系念之情，深为感激。

弟自春节以后，病情急转直下，五月二十四日晚，竟致休克。当时弟一人在屋，非常危险，次日乃被迫住院。

弟近年不进医院，从不检查身体，有病就在家挺着，思想顽固，不明医理，以致有此后果。数月来所历痛苦，实难尽述，亦人生之一经验也。

病为"幽门梗阻"，切除半胃，与十二指肠吻合。手术为权威所做，效果颇佳。然究系年老之人，大伤元气，一时恐难以恢复。现在家静养，诸希勿念。

即颂

近安

兄在《河北日报》发表文章，已拜读。

弟　犁
九月十三日

二

海潮学兄：

九月十八日来信，早已收到。因养病生活平淡，无事可谈，故迟复，希谅。

弟手术后，元气大伤，恢复极慢，出院已近两月，身体仍很瘦弱，今日借一磅称，只得一百零六斤（出院时九十六斤）。病的时期很长，消耗殆尽，补充甚难矣！

　　据兄描述，兄近生活环境，较为理想。弟向以为在中、小城市生活，较大城市为佳。平日清静，遇集日可逛逛市场，买些吃食、用品，也有趣味。在大城市，像我们这样年岁，只好闭门枯坐了。但今后必须注意身体，使之健康，能自理自动，不然，环境虽佳，也不能享受了。

　　所谈纪念文集，我估计一时出不来。大家为的是开会，热闹几天，也就完事大吉，至于文字，却在其次。我对这些事，一向没有多大兴趣。当然大家的热情，是可感的。

　　即祝
近安

弟　犁
十月二日下午

　　我在北平时，颇喜王金璐的戏。《翠屏山》一场"六合刀"（？），至今印象犹深。毛世来的《辛安驿》，印象亦甚佳，此人年岁一大，身段不苗条了，进城后看了他和贯盛习演《乌龙院》，从此未再看他的戏——无聊之谈。

三

海潮学兄：

　　前来信，早收到，关于食物，弟多年不进饭馆，但以买来食品看，质量均大不如从前，味道大差。此原因甚多，水、粮食、蔬菜均因化肥等污染，味道变坏。再加从业者经营素质差、手艺差，想吃到三十年代的饭食，已经很难。狗不理名声虽大，吃起来，味道已不如从前。保定的白运章，恐怕早已不存在了。至于育德中学的包子，弟则印象亦不佳，总是南瓜馅，一进食堂，就闻到那种气味，至今想起，仍不想吃（你吃了二年，我吃了六年）。

　　郑法清已升任市出版局副局长，不久即离开百花。目前文章不好写,能给出版社校正一些旧书,也是一种消遣,对于生活,也小有补助,但不知他们给的报酬如何耳。

弟身体略有好转,然年纪大了,前景很难说,只能随时注意而已。也很少看书报,只看《参考消息》报。近研究鲁迅晚年的书信,想写点东西放着。

冬季又至,不知兄之取暖用具已准备齐全否?务希注意!
即祝
近安

孙 犁
十月二十二日

四

海潮学兄:

十二月十一日来信敬悉。达生、金池皆在原处工作。达生虽退休,但已"返聘"。兄如有稿件,可仍与他们联系。

像蔡东藩这些文人,也着实令人佩服。一生能写这么多书,据弟所知,解放后,历代通俗演义印数很大,发给军队老干部,当历史读物。即以弟近所读《民国》一书而言,保存了很多史料文件,今日已甚难见到者。只此一点,已难能可贵。

《废都》一书,只听别人谈论,弟未读过,因多年已不看当代小说,特别是长篇,没有那么多精力去读。兹寄上剪报一纸,诗系一外文专家所写,是位老先生,意见是可信的。

我们在高中时,有一位英文教师,姓杨,名字似与此公相仿,弟曾向人打听,据杨先生称,并未曾在育德执教。杨先生英文、中文,均修养甚深,已翻译多种中国古典及现代文学作品为英文,弟之《风云初记》即为其夫人所译。

刘绍棠同志如去赵县,望代我问候他。

贾平凹君与弟,亦有文字之交。此君在文坛,异军特起,名声噪甚,弟早年曾为文介绍其所作散文,他后来的得美国某石油公司大奖的小说,则未读过。不知何以又写了《废都》。

读来信,知兄生活顺适,甚慰。

即祝

冬安

弟　犁
十二月十五日

致刘绍棠（一封）

绍棠同志：

我生日期间,您赠送的《古寿千幅》一册,著作四种,均拜收领,十分感谢。您发表的文字,也都阅读。文章写得都很好。

此次大病,全由我平日不去医院检查,延误所致。非常危险,幸遇名医,得以存活。然元气大伤,至今仍非常虚弱。预计要半年以后,方可平复。

手术后,饮食情况,大有好转,这是好现象。

近年来,您写作十分努力,成绩斐然,实可庆贺。然仍需劳逸结合,以利长期战斗。亟应注意休息,是盼。

知关注,近稍能写字,即报告如上,以免挂念。

即祝

全家安好

孙　犁
九月十九日

致段华（一封）

段华同志：

前后来信，均收到，甚为感谢！

短信，因没有多少内容，我意先放一放，以后有机会再发表。你献血的钱，可买些营养品，不要用来购书。

绍棠处，我已写信。

我身体仍很虚弱，一时写不了文章，半年以后，或可平复。

即祝

近安

孙犁

十月二日

致鲁承宗（一封）

承宗贤弟：

来信敬悉，知一切安善，甚慰。

今年是我的大灾之年。五月下旬，因病情危急，住进医院，六月下旬，做了胃切除手术，死里逃生。幸组织关怀，孩子们尽心，又遇良医，手术成功，得转危为安。八月上旬出院，至今仍在调养，因年纪太大，手术大伤元气，恢复很慢。目前基本已趋正常，明年春暖，可望平复。希勿念。

您年岁也是高龄了，一切事情，可量力而为，不可过猛过急，以颐养天年为主。

即祝

新年全家快乐

孙犁

十二月二十二日

一九九四年

致葛文(一封)

葛文同志:

前后来信,均奉悉,甚为感谢!

您写的稿子,收到后,我立即看过,改正个别字后,即交《天津日报》葛瑞娥同志,请她想法用一下。本来,我想加个副题:"记孙犁和他的老伴",后来一想不合适,就又抹去了。瑞娥他们会和您联系,请勿念。

朋友们写我的很多,就缺一篇记她的,所以我收到你的稿子,不只没有难过,反而觉得您能表扬她一番,对她对我都是一种难得的友情和安慰。谢谢您了。

您多写文章,太好了,人老了,不能待着,只能工作,才能解脱。

即祝

新年快乐

孙 犁

元旦

致徐光耀（六封）

一

光耀同志：

　　来信收到。青花瓷，确是一种艺术。天津旧家，有个叫"青花孙"的，专收青花瓷，我跟一个卖古董的曾去他家，但所见瓷瓮甚少，只剩了些放瓷器的架子，都是紫檀木的。青花，据说以明代为最，清初次之。河北民间，尚有不少遗留，除盘以外，康熙大碗，据说别具一格，请您留意。

　　我也买过一些，都系仿制，有一个青花瓷翁，"文革"后留给孩子盛面粉，现在我手下，还有一个青花大花盆，年代旧一些，但养花则死，干别的又有洞，只是陈列在柜上。日本青花，我买过不少，多已糟蹋。

　　买些玩意儿，确是养生之道，青花尤其雅素，如水墨画，变化无穷，民间多有，石市易得，可多收集，但不要买太贵的。十元左右，这价格太合适了。

　　我一切如常，前些日子，不慎重，感冒、腹泻各一次，及时医治，已愈勿念。便秘，多吃菜蔬，红薯，比吃药好。

　　即祝

冬安

孙　犁
元月十一日

二

光耀同志：

　　昨天收到《人民文学》，晚上阅读了您写的小说。这种事情，在时代上说，已成逝波；在情感上说，乃是积淀。老来写出，是一种陶醉。但有人很忌讳回忆这些往事。当然另有原因，主要是些为人师表的人，也无可厚非。流水溅溅，溅溅应为潺潺，这是我现查字典才能说准的。

我一切如常，勿念。我病后写给您的信，也希望您整理一下，另外请您通知映山，请他把我病后写给他的信，抄一份寄给您。也请您代为看一下，删去有碍字句。然后合在一起，我准备发表一下，当然不忙，要看时机。您看可行吗？

  祝
春节好

孙　犁
一月二十九日

三

光耀同志：

接读来信，知您身体精神都不错，甚慰！春季气候变化无常，年老人务必注意。天津二十五日停的暖气，室内温度下降，我又把冬天的衣服，都加在身上。预计再过数日，即可外出（阳台），晒晒太阳了。

我看您买的那几件瓷器很好，看来河北农村旧物不少，我仍希望您能买到一个康熙大碗。用这个大碗，养一只绿毛龟，是翁同龢书斋中之一大景观，可知清代已经如此重视康熙朝的青花瓷器了。

没事，又和您胡扯。

  即祝
春安

孙　犁
三月二十九日

四

光耀同志：

　　收到来信。此次见面，终以太匆促为憾。

　　我一冬天未洗澡理发，身上及衣服都太脏，知道朋友们要来，我抓紧做做卫生，以免太不像话。您走了以后，我即洗了一个澡，换了换衣服，吃过午饭，略事休息，客人即不断，敬之那一拨，竟有十来个人，我们家从来没有来过这么多人，又是交谈，又是合影，我的心情是：无论如何也要顶下来。结果还不错，朋友们皆大欢喜，可以说是尽欢而散。此后，又来了两批，说话太多，有好几天，我都感到很累。心情是复杂的，朋友凋零，剩下的白发苍苍，老病侵身。革命，文学，似是而非，非一言可尽，感慨系之！

　　昨接肖复兴来函，他读了《长城》上的我致您的信，又写了一篇读后感，已寄《今晚报》，尚未发表，我深怕引证原文，又触时忌。

　　自本月中旬，就安不下心来，书也读不下去，每天写点字，也写不好。写字要临帖，我就是临不下去，所以字一直写不好。

　　希望您注意身体，多写点东西吧！

　　即祝

春安

孙　犁
四月二十八日

五

光耀同志：

　　收到大函。我不知道您在练字。我也是只在小学时写过几年毛笔字。中学，一星期才上一次练字课，已无意为之。六十年代初，练了一阵字，近日发现一些包裹什物的旧纸，上面就是那时练的《智永千字文》及礼器碑。也买了不少字帖，都是石印，原拓很少。临帖是苦功，我没耐心，后来即胡画，所以无成。

也读了一些有关书法的书。今年写完《读画论记》，本想再写一篇《读书论》，一翻材料，知难而止。只读了一本《书谱》，就感到中国的书法，比画法尤其玄虚，前人空谈，已经汗牛充栋，我辈实无法再插嘴。您喜欢张猛龙，我想也会喜欢张黑女，何绍基即从此出。另外，从您的钢笔笔法，我看和龙藏寺碑很接近，此碑即在正定大佛寺中。

以上，又都是胡扯，冒充内行。

寄上小字一幅，请转寄贾大山，以表示我对他的敬意。并请把他开给您的书目抄一份给我（我不要书）。

我身体还好，只是近日腿肿，也是多年老病，不要紧的。

即祝

夏安

孙　犁
五月三十日

六

光耀同志：

不知身体好些没有，甚为系念。如非器质毛病，则仍以休息为主，辅以药物。少写字，少看书。

我一切如常，十、十一、十二，三个月，没写文章，我有很多旧书，过去都包了书皮。现在无事干，又给它们做一个简易的书套。旧书本来都有布套或夹板，卖书的人，留下布套和夹板（废物利用），把书卖掉，这叫留椟卖珠。我用牛皮纸（废封套）做书套，然后又在上面大写特写，将来买书的人，一定大吃一惊，以为还有如此寒碜的"藏书家"。如果我还有余力,也想把书套上的字,整理一下,编一束"书套文存"。

其次,就是听评书。过去我没有听过评书,从去年开始,已经听了三四部。现在每天中午听一部,晚上又听一部。我觉得听书比看书好,现在的报刊和小说,都没有看头,还不如听听评书。我也不看电视。

您近来又买了什么玩意儿?天津的旧物市场,天下有名,我没有去过。

即问

冬安

孙 犁

十二月十二日

致卫建民(二封)

一

建民同志:

收到来信。如您所知,我青年时读书,局限性很大,一心只读革命书。每天啃哲学和政治经济学。布哈林的书,河上肇的书,中国陈豹隐的书,都很厚。文学方面,非左翼不读,这样就限制了自己的眼界。例如张恨水、包天笑、严独鹤、周瘦鹃这些人,只闻其名,不读其书,一律斥之为"鸳鸯蝴蝶""礼拜六",其实"礼拜六",不就是今天的"周末版"?所以除了读过一本《啼笑姻缘》外,这些人有什么著作,我也说不上来。周瘦鹃后来善做盆景,我倒听说过。现在老了,也不想补这一课了。

近日读书,还是拉曼式:因《续古文观止》,又找出《顾亭林年谱》(清·张穆);因年谱,又找出《归庄集》,也只是翻翻而已,都未细读。顾、归的文章，确是大家，而黄梨洲的文章，好像就不擅长。我有他的全集，前些日子，整理了一遍，看了看首尾，又放起来了。《续古文观止》，只选了他一篇，就很难读。

  祝

冬安

              孙　犁

             一月十一日

二

建民同志：

  其实，现在整理书籍，仍然是无聊性质，非此不足以解烦忧，所以也谈不上您说的"宁静"。

  明末野史，据说共有三百余种，清道光年间，徐鼒所著《小腆纪年》（中华五七年排印本）参考了六十二种，号称丰富。我这次，就集中精神，读了这部书（姊妹篇为《小腆纪传》），也只读了二百来页，就又放下了。不过，这已经打破近年读书纪录。我已很难读这么多页的书了。

  汇编的书，我有《荆驼逸史》，石印线装本，包括史料五十余种，共十六册，两函。尚有商务排印线装本《痛史》，包括史料近三十种，线装两函。此外，商务国学基本丛书《明季稗史初编》，所收亦十余种，总计也不下"六十二种"之数了。但是，徐氏的书，研究者都以为是最完善的明末史记。纪年是"纲目"体，叙事详明。

  李、张戎马一生，迅速消亡，其部下孙可望、李定国、刘文秀等都有改弦更张，建立一个根据地的想法。但时势已不同，故亦失败。明末清初，的确是一个大动乱的时代，知识分子很难应付得当，非死即降。像钱谦益、吴伟业这些人，是很狼狈的，而顾炎武和归庄却能活下来，是各有各的特殊能力和办法，实在不容易想象了。

祝

冬安

孙　犁
一月二十七日

致郭志刚（一封）

志刚同志：

收到贺片。屡蒙关怀，甚为感谢！

我的身体已逐渐恢复正常，生活基本上已走向正轨，只欠没有下楼。春暖后，当练习下楼散步，如果顺利，那就和过去没有什么两样了。

每天无事，整理整理书籍，我买了很多书，有的并没有认真读过，在整理过程中，也找出一些重新阅读。近日读了不少，但杂乱无章。较有系统的为明末清初野史。这种材料，我有很多，近来集中读了徐鼒的《小腆纪年》及《纪传》。他参考了六十二种南明野史，叙述颇有根据。另一部为谷应泰著《明史纪事本末》，他对张献忠和李自成的事迹，记述详备，议论也平允。此外还读了中华书局近年刊印的佛教典籍，但我对禅书，始终读不进去，不知何故。花山出版社送我一本日本古代僧人写的《入唐行纪》，倒很有兴趣。这位高僧，历尽艰险，来中国取经，却赶上了皇帝改信道教，对佛教大加摧残的政治风暴，只好匆匆回国。但收获还是不小，较《大唐西域记》和《法显传》所记，尤为动人，他差不多走遍中国大部，有些路线，我也走过，如去五台等等，反映当时农村风土人情。

和您提这些，只是叫您知道我近来不错，还可以读书，弄文墨，请放心而已。

即祝

春节阖府均吉　夫人和令郎安好

孙　犁
二月二日

致韩映山（七封）

一

映山同志：

　　接到来信。我近来还在读书，读的是明末野史，这类书，新版、旧版，我有数十种，过去没有系统看过。这次看得比较详细的是张献忠和李自成的故事。他们杀人很多，妇女尤其遭殃。他们攻城时，叫妇女们裸体围城，向城上守兵大骂，这样，城上的大炮，就会点不着，响不了，甚至炮身会崩裂。有人说：张李杀人多，但明太祖起事时，也是这样。果然，我昨天读《明史纪事本末》一书，就读到了同类的故事：元兵包围明太祖的城，他叫兵士们进屋掩藏，叫妇女们"倚门，戟手大骂，元兵错愕不敢逼"。元兵为什么这样老实？因为是少数民族？也不一定。反正明太祖的战法起了作用，张、李用妇女帮忙进攻，他用妇女帮忙守卫罢了。历史如此反复循环，所以很多人就信佛经和易经了。

　　明末清初，中国大动乱，时间之长，情况之惨，人民真难活下去。张、李之起，主要是因为天灾、饥荒、政治腐败。再加上异族入侵，镇压掠夺，知识分子，尤其不容易过关，非死即降。

　　我的身体，逐渐恢复正常，不读新书，只好读旧书，好在我存书很多。

　　即祝
春节全家快乐

孙　犁
二月七日

二

映山同志：

来信敬悉。《中流》我有，文章是XXX所写。

光耀处，只要我病后的书信，您的和光耀的，叫光耀编一下，找个地方发表，算是我病后的文字。其他书信，先放在您那里，以后，可能要编书信集，再寄来。但这些事，恐怕是由别人做，也不知在何年何月。

您最好系统地读些书，这对写作以及思路开拓，都有好处，现在文章不好写，可节省时间多读书。

即祝

春安

孙 犁

二月十六日

三

映山同志：

来信收到，不知您开会回来没有？

读书和买书，有时是两回事。贪多求大，买了书摆在那里充样子，不是办法。买书要实用，还要不占地方，读着方便。中华的廿四史，虽便于读，但太笨重，不一定全买，可先买前四史：即《史记》《汉书》《后汉书》《三国志》。您已经有了《史记》，先买部《汉书》看看吧。《汉书》和《史记》，有些内容重复，但写法有别，看过的内容，不看也可，可看不重复的部分。《汉书》是一部大著作，不能不读，其中还保留了很多文学名篇，一举两得。看完了《汉书》，再看《后汉书》。《后汉书》也很重要，中国古代的很多思想家、作家，都有论列。

我一切如常，身体逐渐见好。每天也读点书，但"有系统"，我也很难做到。

　　即祝

近安

　　　　　　　　　　　　　　　　　　孙　犁

　　　　　　　　　　　　　　　　　二月二十八日

四

映山同志：

　　来信收到。既然买了"精华"，就先把它读完，再买别的，书越买多了越读不了，这是我的经验。但不知这种精华本，校对如何，如校对不善，错字多，那就很麻烦。读古书不同白话小说，最怕有错字。

　　我还是乱抓一些书看，近日看关于中国美术的书，并写了一些读书笔记。

　　前几天，段华来了。他最近买了好多书。光耀身体不好，我不知道，以后也要少打扰他。

　　即祝

春安

　　　　　　　　　　　　　　　　　　孙　犁

　　　　　　　　　　　　　　　　　　三月十日

五

映山同志：

　　您的答记者问写得很好。毛笔字也很好，可以买点字帖（汉碑、魏碑）看看，就会更有变化。我的毛笔字不行，主要是少年时未下功夫，老年太随便，不肯下功夫练。现在更写不好。前些天练了练，手生，写得不像样，寄上一张，请您看看。

《文艺报》的信，究竟如何，不能预测，人家也许认为没有什么内容，不愿登，也说不定。等等吧。光耀没有信来，我担心他的身体。

我如常，近写一文：《读画论记》，近八千字，是我病后较长之作，《天津日报》可望发表。

梁斌同志，四月份生日大庆，又成立梁斌文学研究会。路一等同志要来，不知通知您了没有？

即祝

近安

孙　犁

三月二十日

六

映山同志：

你买的鹦鹉，天津叫虎皮鹦鹉，是很好养的，给粮食和水就是了。要一对，可繁殖。我没养过，嫌它吵人。这不是林妹妹养的鹦鹉，她养的那种是稀有动物。

北方养鸟，讲究的是画眉、红脖、百灵。前两种不吃粮食，不好弄；后一种产于张家口一带。过去每逢春季庙会，总有贩子卖雏鸟，也不很贵，自己养大，地主家老太爷多养之。近年乱捕成鸟，又养不活，因此货源少，很贵重，连天津市也很少见有人养了。此鸟吃油粮（小麻），又安静，站在笼中平台上，叫得又好听，且不必遛。

我并没养过讲究的鸟，只养过黄雀（就是你说的黄鹂，你弄错了，黄鹂个儿大，养的人很少）、玉鸟，这都是吃粮食的鸟。此外，还有大山雀，如豆瓣、金钟；小山雀如虎皮、腊子等，都是一个叫红柳的诗人，捕了送我的。自从病了，把鸟都送人处理了，也没精神侍奉它们，不想养了。

杜甫的诗，因随翻随写，还要查一下，等以后再告你吧。

即祝

近安

> 孙　犁
> 六月十一日

七

映山同志：

来信收到。我九月份写了八篇文章，其中两篇为旧稿。因为是在激怒的情况下写的，可以说是大放厥词，百无顾忌，大有姜太公在此，诸神退位的味道。这还能不得罪人？这已不是四面树敌，而是八面树敌了。写了一阵，气消了，也就觉得无聊，就不再写了。十月，十一月两月，一字未写。附上最近一篇。

祝

好

> 孙　犁
> 十一月二十七日

致段华（八封）

一

段华同志：

收到来信。希望您注意身体，可到医院检查一下。

您现在也成了一个"游子"，在外边一人过春节了。要当作家，先要当游子，这是中国文人的一特点。各地跑跑，对您太有好处，一编刊物，就拴在报纸上，对您是不利的，不过还得听从调动。

你春节买的书，可开一个目录给我，我好知道您在读什么。

我近来读明史，包括南明野史，现正读谷应泰的《明史纪事本末》。

必须多读书,特别是中国古书,不然文章就很难写好,鉴赏能力也提不高。只读翻译作品,解决不了写作问题。

即祝

节日好

孙 犁
阴历正月初二

二

段华同志:

收到来信,知您近来读了不少书,很是高兴。我近来每天也读一些,但所说"读明史",其实只是读一些野史和杂史,不是正史。现在读《明史纪事本末》。

线装书,买几部玩玩,也就是了,不要多买,因为太贵,不值得,可买平装。前几天,我也读了《通志堂集》和《赖古堂集》。前者情感不合,没有兴趣,后者读得较细,并有一些感想,形于文字。

当作家,一定要多读书。过去,只强调"有生活",即可写东西,现在看来不行了。尤其要多读中国古籍,只看外国小说也不行。

您在很短期间,跑了好几个省份,这是难得的机遇,会终身受用。

近期将发表一些文字,但无正经,只是一些书信、题跋之类。不过,藉此,可以使朋友们知道,我的身体,又渐渐好起来。

编刊物,有编刊物的乐趣,可以联系一些作者。

即祝

春安

孙 犁
二月二十一日

三

段华同志：

　　来信及报纸均收见，甚为感谢！刊头，版制得很好，显得我写的字也好看了许多。

　　您也不能只读古书，还应该以新潮书籍为主，藉知世界文化现状，沉潜于故纸堆中，不是您现在应该做的事。

　　编刊物也应该兼收并蓄，不能只登一种风格的文字，过去，文艺刊物，要办得出色，无不是采取集纳主义。

　　以上希您参考。

　　附上小字幅一张，为今天所写，以助雅兴。

　　即祝

编安

孙　犁
三月十五日

四

段华同志：

　　来信收悉。我不看小说。

　　那幅字，没想到您去裱，用的是剩墨，弄不好会洇。

　　最近发了很多信，要暂停。三月二十三日《天津日报》发了一篇读书记：《读画论记》，近八千字，一次登完。这算是我病后正规写作之始。

　　我也有一部《六十种曲》，是开明原版，当时已有影印新本，但我讲究版本，还是买了一部旧的书。只是书皮有些破损，内文还是很新。抄家发还，我又修整了一次，放在那里没有读过。我平生对词、曲两项，读得很少。六十名家词，甚至《全宋词》都买了，就是懒得看，不知何故。《牡丹亭》是因为《红楼梦》推崇，幼年即读过，至今放一本在手下，所以那幅小张字，就是随手抽出照写的。并不证明我正在研究戏曲。

但张相那本《诗词曲语辞汇释》，我以为很有用，没事翻翻，对创作有好处。

您忙，没事不必复信。

即祝

编安

孙 犁

三月二十五日，大风

五

段华同志：

来信收到，相片照得很好，我已经不带病容。

写了画论，我原计划写文论和史论，一翻书，不好写，就停了下来。现仍在看书画方面的书，《佩文斋书画谱》，打开捆起，捆起又打开，已有好几次了。每次打开，总多少读一些，才知道这确是皇家编纂的一部内容丰富的大书，不可等闲视之。因为很多书籍，仗它引述，现今才能见到。例如它引了沈括（《梦溪笔谈》作者）的一首图画歌：就非常有意思，证明沈括不只是科学家，还是艺术家。

新民登的《梅村家藏稿》，是一篇未完稿，原是想写吴伟业的，病前只写了一半，病后无力续之，就作为题跋发表了。现在已经有很多力不从心的现象。

再附小字幅一张，此曲系薛宝钗介绍给贾宝玉者，我写的容或有误，剧本是《醉打山门》。

弄好了，我想写一篇关于书法的读书记。

即祝

春安

孙　犁
四月八日

六

段华同志：

　　来信敬悉。谢谢！

　　我也正在读《画禅宝随笔》和《艺舟双楫》，都是清刻本。我另有广益书局的排印本《艺舟双楫》和《广艺舟双楫》。读这种书，要配合字帖，才能读好，这就困难一些。对我们来说，也只是为了长点知识而已。

　　《孙可之（樵）集》，我未读过。唐人文集，也分等级，我们也只能读一些名家。独狐、皇甫，已是二流，孙之文集，得以流传，恐怕也是他的幸运。有些人的文集，可能就没得流传下来。

　　买书要有计划，不能滥收。因为它很笨重，要占地方，现在空间又小，以后搬动也难。

　　即祝

编安

孙　犁
四月十七日

七

段华同志：

　　刚刚收见您五月三十一日来信。

　　《法书要录》不是要紧用的书，不必急着找。什么时候遇见，记着买一册就是了。

　　四五月份，我是白白过去，什么也没做，书也没看，不知怎么回事。

下楼已有一月时间，但需扶着楼梯。去年住院，至今已有一周年，恢复至此，已算不易，别的也就不想它了。

丁福保印的、清何文焕编的《历代诗话》，过去医学书局出版。另有清人吴景旭著的《历代诗话》，则系他个人的著作，评论历代诗作品。后者解放后有排印本，原本系《嘉业堂丛书》之一。丁印何辑诗话二十余种，共二函。解放后有无重印，我记不清。此外即郭绍虞编的那一套。

我因为读诗少，故对诗话兴趣亦不大，除去《诗品二种》，及王国维，就认真读过《苕溪渔隐丛话》。

笔记小说，洋洋大观，然真正有价值的，亦不太多，其中唐宋作品，佳者较多，元代亦较好，明清则太滥，读时要选择。过去，商务、中华等书局，出版这类作品，较有选择。

扫叶山房的石印书，已成古籍，有收藏价值，笔记小说，也印过不少，我之所有，多已送给艾文会，文会已作古，书之命运已不知。梁章钜的《浪迹丛谈》很好。其合集为《梁氏五种》。

至于《笔记小说大观》之类，可不买。近印的书，校对不善，尤其要慎购。

照片托人带，要包扎好，以免折损。信抄好后，要看一看。我近来常误记或误写，有错误即改正。

附抄书一纸。

即祝

编安

孙　犁
六月三日

八

段华同志：

十月七日信，昨晚收到。

《读书周报》信件已登出，版式很好，您写的短文亦很好。还有上次《森林》上，您用笔名写的散文，也很好。

您近来所购书，其中有些我也有，然地方志书，我没有。不过，像《地舆广记》《元和郡县志》，甚至大部的《方舆纪要》，我也购存，并读过。

地方志书，过去流于日本者甚多，据说日本人，持一手杖，用手杖一量，即论价，并不详细查看，因当时国内并不知道重视此类书籍。

但至今我仍不想购买，因其文字，以修志之人水平为准，名家不多。即是名家，地方取材，亦难得有重大事迹可写也。

有机会，还是出去多跑跑，这种收获，将一生受用，不要怕吃苦。

我一切如常，只是不愿读书，每天白白过去，亦无可如何。

《蓬窗类记》，记得在涵芬楼秘笈中，您买的是"日录"当非一个作者。

即祝

近安

孙　犁
十月十日

致梁斌（一封）

梁斌同志：

值您八十华诞之大喜大庆的日子，谨向您致以热烈的祝贺！祝您健康长寿，越活越年轻！

并在梁斌文学研究会成立之期,谨向大会表示祝贺!对您半个世纪以来,在文学事业上的努力,及其辉煌成就,表示衷心的钦佩和景仰!亲爱的老战友,请接受我对您的祝贺吧!

孙　犁
四月十八日

致肖复兴(五封)

一

复兴同志:

四月二十四日大函,今晨奉悉,至为感谢!

您去年评我致邢海潮书信,其中一句,为河北报刊多次引用,可以说是知音之言。

您在各地报刊发表的短文,我能读到的,都拜读了。以为写得很好,文风很正。

当今,只是文风正,已很不容易,这期间,要有很大的自持力。因为文坛风气不正,致使一些本来很有前途的作者,受不住诱惑,走入歧途。每念及此,能不伤心!

我原来好发一些议论,屡碰钉子之后,乃知此非一人一言所能奏效,近日亦安于缄默。

贪图名利于一时,这是很容易的。但遗憾终生,得不偿失,我很为一些聪明人,感到太不值得。

也很少写东西,三月二十三日《天津日报》有一篇《读画论记》,还算是一篇稍为像样的文章,不知北京能见到该报否?

希望读到您更多的作品,并时常赐教!

即祝

大安

孙　犁
四月二十六日

二

复兴同志：

顷收到六月三日大函，所询问题：

一、宋元以前读书记，除该二书外，专书未见，然于一些笔记或文集中，亦多有关于书籍之记载。至于现代，则涉猎甚少。我看这方面的书，截止到鲁迅、郑振铎。

二、有效途径，我以为最好买一部《四库全书总目提要》，或简明目录，甚为实用。另，可将鲁迅日记书账通读一遍，藉知一个作家治学之方。

三、您正在青年，读书当以中西兼顾为主，中国古籍择要读之即可。

四、四、五两月，我情绪低落，几乎白白过去。仍读一些书法和画法的书，近日找出一些字帖画册观赏，都是过去商务、中华、文明、有正书局印的珂罗版。

读书烦了，就读字帖；字帖厌了，就看画册，这是中国文人的消闲传统，奔波一生，晚年得静，能有此享受，可云幸福！

即祝
大安

孙　犁
六月六日

三

复兴同志：

六月十三日大函收悉。书籍尚未收见。

我的身体还可以，现已能下楼活动，回忆去年此时，正在医院手术，一年时间恢复成这样，实在可说是幸事了。然我患有忧郁宿症，情绪时常不稳，过一段时间也就好了，希勿念。

您买的两本书，《书目答问》，我用了很多年，查考起来，简便实用。虽旧的版本，已无法买到，但新出的古书，还是可以参考的。余先生的著作，我读过一些，他对目录学，是专家。

天气突然变得热了，昨晚天津无风奇热，一夜睡不实。

即问

夏安

孙 犁

六月十七日晨

四

复兴同志：

六月二十二日大函敬悉。您写的文章，在《天津日报》刊出后，当天就读过了，写得很好。寄来的书也收到了。这两天正在读，我读书很慢，您难以想象，但我读得很细，这也是年轻人难以想象的。

您的回忆文章，使我得以了解您的身世。这很重要，了解一个作家及其作品，是一回事，分不开。不了解作家的身世，贸然谈论他的作品，是不妥当的。好像在街上，看人的面孔，总不会认识他的。

但据经验，作家的身世回忆，也有真实与否的问题，有的人在偶然的机遇下，成为名家，你就很难见到他真实的身世了。他的自传都带有传奇的成分，其作品之不可信，就可想而知了。

您的身世写得很真诚，使我感动，并愿意继续读下去。您的童年，无论如何，不能说是幸福的，使我伤感。

先写到这里。

日本女士的论文，我从中文字面看了一遍，还是很用功的。

天津昨夜下了雨。

即祝

编安

孙　犁

六月二十五日

五

复兴同志：

您的信来得快一些，我发信，是托人代投，有时耽误。

您的书，我逐字逐句读完第一辑。其他选读了几篇。

在这本书中，无疑是《母亲》和《姐姐》两篇写得最好。

文章写得好，就是能感动人。能感动人，就是有真实的体验，也就是真实的感受。这本是浅显的道理，但能遵循的人，却不多，所以文学总是无有起色。

关于继母，我只听说过"后娘不好当"这句老话，以及"有了后娘就有了后爹"这句不全面的话。

您的生母逝世后，您父亲"回了一趟老家"。这完全是为了您和弟弟。到了老家，经过亲友们的商议、物色，才找到一个既生过儿女、年岁又大的女人，这都是为了你们。如果是一个年轻的，还能生育的女人，那情况，就很可能相反了。所以，令尊当时的心情是很痛苦的。

当年《文汇月刊》，我是有的，但因为很少看创作，忽略了。又不看电影。

这篇文章，我一口气读完，并不断和我身边的人讲，他们有的看过电影。

现在，有的作家，感受不多，而感想并不少，都是空话，虚假的情节，虚假的感情，所以我很少看作品了。

谢谢您给我一个机会，得读了这样一篇好文章，并希望坚持写真实。不断产生能感人的文章。

即祝

暑安

孙 犁
七月四日上午

致万振环（一封）

振环同志：

前后寄来信件，均收悉。蒙您及时为我发了几篇文稿，甚为感谢！我非好斗之人，实在忍无可忍，才略为反击一下。至此，告一段落，再写则近无聊。

过一段时间，我再给你们写些其他方面的文章。

祝贺您的作品入选。希望多写。

我一切如常，然究竟是老了，有些事情，只好量力而为，不能勉强了。

即祝

编安

孙 犁
十月十七日

致周翼南（一封）

翼南同志：

前蒙赐信，并惠寄大著，甚为感谢！

近日我重点读了您写的《妻子》。您的文章，写得自有风格，读起来有真切感，并有自己的幽默感。我很喜欢您的散文，也敬佩您的妻子，她的临事不惊这一特点，我早已在中国妇女身上发现。过去都说妇女识见不如男人，这是男人的自大之词。其实遇到灾难，还是女人表现得坚强，并有牺牲精神。这一观点，不知您同意否？

即祝

大安

孙　犁

十一月十八日

一九九五年

韩映山(一封)

映山同志:

寄来信和所谈文章,都已读过,写得都很好。

入冬以来,我总睡眠不好,精力得不到恢复,书也懒得看,糊了一阵子书套,现在也腻了,每天无事干,也很苦恼。

光耀身体也不好,来信情绪也不高,朋友中,我想您的身体还算不错,要注意保养,劳逸结合。

段华买书很大方,每月数百元,藏书丰富,学识也日有长进。北京书源多,逛书市也是长知识的好办法。保定就不行,书源少,卖书的人也少。

即祝

全家安好

孙　犁

一月二日

致李安哥（一封）

安哥同志：

每逢春节，我就想到会收到您的来信，果然如此，从不爽期。

我一切如常，希勿念。文章偶尔为之，也不愿多写了。去年八九月份，写了几篇，以后就没有写。

您能适应生活，很好。人应当投入生活，不能逃避生活，逃避将一事无成。

近年我写给您的信，如果您愿发表也可以和报纸联系商量，发表前看一下，有无违碍字句。投稿时要抄一下，不要寄原件。如您不愿发表，则可保存留待我出书信集时寄我。

值此新春将临，

祝您

全家快乐、幸福

孙　犁

一月二十五日

致徐光耀（四封）

一

光耀同志：

二月二十七日来信敬悉，贾大山文章，昨日已读毕，我心中打个比方：目前，无论物质及文化，均受不同程度污染，如水、菜蔬、粮食、环境等，我辈已无法抵御，并无处躲避。文化当可自主，电视不愿看，关闭，收音机不愿听，不开，报刊书籍亦如此，新的不愿看，还可以看些旧书等等。

再比如棒子面，这本是我爱吃的东西，但目前市场所售，据说已提取味精及维生素，所剩渣滓，小贩涂以黄色，售之用户。

但偶尔也有朋友从农村带来一些，农民自吃自用的棒子面，据说是用人畜粪培植，用石磨碾成者，其味甚佳。

读贾大山小说，就像吃这种棒子面一样，是难得的机会了。他的作品是一方净土，未受污染的生活反映，也是作家一片慈悲之心向他的善男信女施洒甘霖。

当然，他还可以写出像他在作品中描述的过去正定府城里的饼子铺，所用的棒子面那样更精醇的小说，普度众生。我们可以稍候，即能读到。

我一切如常，近来忙着写一点材料，但不一定能卒业。

希望您多运动，不要单靠药物。

即祝

近安

孙　犁
二月二十五日

二

光耀同志：

三月三十日来信敬悉。您提的几点意见，我都同意。

入春以来，我睡眠一直不好，牙齿也出毛病，事虽不大，但颇影响精神和体力，所以也没有干什么。倒是极力想办法，调整一下神经，多找一些体力活动。而今年又特别春寒，人们都喊冷，到室外活动，风又很大，所以只好等暖一些，到阳台上弄弄花草，晒晒太阳，睡眠可能就好些了。

有时也看一些碑帖和有关金石的书，对此，我都是外行，但看这种书，不费脑力，也远离现实，是可以得到休息的。现在正看《西岳华山庙碑》，此碑共有三种本子，我都有，每本后面，都有名人题跋多种，看起来是很有兴味的。

希望您注意休息。

即祝

春安

孙　犁
四月二日上午

三

光耀同志：

前来信敬悉。信件改动甚妥。

我的睡眠及牙齿，仍无改善，只好听之。今年二月份在《天津日报》发表《甲戌理书记》一文，当时寄给映山一份，他说复制一份寄您，未知见到否？三四月间，又写成续记及三记，各有六七千字。现正写四记。此本无聊工作，打发时日而已，谈不上文章。均将在《天津日报》刊出。

您近来身体如何，还逛小市吗？逛小市，吃小馆，听小戏，是人生三大乐事。您买过宣德博山炉吗？就是阿Q从土谷祠偷出来的那种东西，我正在看一本关于此物的书。

祝

春安

孙　犁
五月三日

四

光耀同志：

昨晚接到您的信，甚为高兴。

我看的那本书叫：《宣德鼎彝谱》，是清代大字聚珍版，但内容无用，只是记录烧制此种炉所用材料，各若干斤，其中有一种料叫云南棋子，铸金而用石料，可知奥妙无穷。又说宣德年间宫中大火，把金玉宝器烧成一团，用来铸炉，就是宣德炉，所以为稀世珍宝。因此，我悟到：玩必成瘾，无瘾就不去玩。我当年滥买旧书，可作您今天逛市的借鉴，其实这不是什么大事。不过，什么东西买多了，就要有地方安置，日久，也必生厌，所以，还得有除旧布新的设想：必买也卖，当然不能去摆摊，不过也得有个处理废品的渠道。我看自古以来，玩古董的人，都是这么办。我又和您胡扯了。

叩齿一法甚好，古人云：养目如养女，养牙如练兵，就是这个意思，可惜我无常性，想起来就叩几下，想不起来的时候多。

理书记在《天津日报》文艺评论登，每月一期，又不能连登，登完要在年底了。

即祝

近安

孙　犁

五月十八日

致段华（二封）

一

段华同志：

来信敬悉，首先向您祝贺新婚之喜，并寄赠字幅一方，敬希笑纳。

我在电话中说的那两本书，一是罗尔纲的《五年从师记》，据说与其他一本小书合印，好像是三联要出，可能还未出。一是张伯驹著《×月楼联话》，书名记不清，是上海古籍印的，也不一定出了。均非紧要之书，碰见就买，碰不见就作罢，不必专门去找了。寄来的映山的书收到了,谢谢!映山也寄来一册,其中人名,有些记错,无关紧要。

您读了那么多书,实在令人羡慕并高兴。我则读书甚少,近日还是翻阅一些字帖,并看一些金石文字的书,根底甚浅故心得亦不多。

即祝

春安

孙 犁
四月九日

二

段华同志:

昨天收到寄来的两册影印书,书印得很好,我很喜欢。"上海古籍"印的这套书,过去我不知道。这是七十年代末出版的,当时定价很便宜,但现在就一定很贵了,来信时,望告知售价。您给我买书,跑路就可以了,书款我一定自己付。

前来信问写字,这很简单,买一些字帖看看,现在出版很多书法大全之类的书,很好买。然后,找机会用毛笔写字,例如写信,记日记等等,写稿则不方便,还用钢笔。

即祝

近安

孙 犁
五月五日

致邢海潮(一封)

海潮学兄:

来信敬悉。弟近日一切如常,希勿念。

石家庄有一花山出版社，负责人为屏锦，前因事来舍下，弟与之闲谈，谈及兄为百花审阅古典书稿，并嘱他如有类似任务，亦可请兄代审。他已将兄地址抄去。不知有无机会。天气变化无常，希珍重。

即祝

近安

孙　犁

五月十八日

编 后 记

  书信，作为人们交流思想感情的重要工具之一，源远流长，已有数千年的历史了。李斯《谏逐客书》、司马迁《报任安书》、诸葛亮《出师表》、李密《陈情表》、林觉民《与妻书》等等，以其思想内涵丰富，文采斐然，不仅成为书信，也成为中国古代散文的经典之作，令人百读不厌。到了现代以来，尤其在推行白话文以后，这样文情并茂、使人动容的书信，则是越来越少了。

  在当代作家中，孙犁是发表书信最多的人之一。出于职业习惯，他对专业作家，也对业余作者，来稿必读，有信必复，循循善诱，诲人不倦，不失时机地扶植文学新人，直到晚年仍坚持不渝，难能可贵，这是值得人们永久学习和纪念的。孙犁的书信，平易亲切，待人以诚，直面受众，直面人生，犹如朋友间聚谈，娓娓道来，长短不拘。本书从他的书信中，编选出二百余通，历时50年，以写作日期先后为序。编选的出发点有二：一是有助于读者增长知识；二是有助于读者了解作家的思想、经历、生存状态和处境，为研究者提供第一手资料。是耶非耶？尚祈读者、方家赐教。

编选者

2016 年 2 月